文春文庫

横浜大戦争　明治編

蜂須賀敬明

文藝春秋

目 次

挿画　はまのゆか

横浜大戦争

明治編

- Yokohama Wars
Meiji Revisited -

Prologue

　ぶおおおおお。鼓動《こどう》を止めた心臓に再びの目覚めを告げるような、大きな音だった。横たわっていた地面は、昨夜雨を染みこませていたのか、柔らかく湿っている。重い身体を起こすと、お気に入りの大洋ホエールズ[1]のユニフォームが汚れてしまっていた。片膝をついて服の土を払い、クセの強い髪を手で掻《か》きむしった。

「くそ、飲み過ぎたか」

瞼《まぶた》が言うことを聞かない。頭がボウリングの球のように重い。こめかみを手首でぽんと叩き、大あくびをして、目をこするうちにぼやけた視界のピントが合っていく。

　周囲が騒がしい。辺りに人混みが出来ており、群衆は目覚めたばかりの大洋ホエールズのユニフォームを着た男を見つめていた。

若葉色の着物を身にまとったふくよかな婦人、ぴったりとした紺の燕尾《えんび》服を着た赤毛の外国人、ぼろぼろの草履《ぞうり》を履《は》いて牛車を引く痩せた農夫、鼻水を垂らして爛々《らんらん》と輝かせた目を向けてくる子供の群れ。往来を横切っていく人力車の向こうには、大きな汽笛を鳴らして港を去って行く木造船が見えた。海には木造船や艀《はしけ》が浮かぶだけで、大きな橋も高い建物も見えてはこない。

「なんだあ？　和装のコスプレ大会でもやってんのか？」

目立つのをよしとしないユニフォーム姿の男は、立ち上がって野次馬を追い払った。

「何じろじろ見てやがる。見せもんじゃないぞ。ほれ、散った散った」

ホエールズのユニフォームより、よっぽどレトロな格好をしている連中にどうして珍奇な目で見られなければならないのか。解散するよう忠告しても群衆が散る気配はなく、むしろ人は増えていくばかりだった。

横では黒いスラックスに白のワイシャツとベストを身にまとい、几帳面《きちようめん》に髪を後ろに撫《な》でつけた男が倒れていた。ホエールズ男は、本来なら酔い潰《つぶ》れるなど言語道断《ごんごどうだん》であるバーテンダーの肩を揺さぶって声をかける。

1　**大洋ホエールズ**　現在の横浜ＤｅＮＡベイスターズ。一九六〇年に初のリーグ優勝を果たし日本一にもなるが、大洋としてのリーグ制覇はこの一度だけであった。

「おい、西$_2$、起きろ。ったく、バーテンのてめえが潰《つぶ》れてどうすんだ。こんなところで寝るなんて……」

そう言いかけてホエールズ男は何かに気付き、言葉を失ってしまった。

肩を揺さぶられ、バーテンダーは重い身体を起こして額に手を当てた。酒で潰れたことなど一度もなかったのに、今は頭を排気ガスで膨《ふく》らまされたように気分が悪い。柄《がら》にもなく路上で眠ってしまい、苦渋の表情が浮かんでいる。

「……不覚だ」

自分を起こしたホエールズ男は、口をあんぐりと開けたまま硬直している。この愚図《ぐず》は事情を聞くに値しないと判断したバーテンダーの男は、自分の横で修道女が眠っていることに気付いた。

「姉上、起きて下さい」

腕を揺すられた修道女は、眠そうに目をこすってから、ずれてしまったヴェールを直して起き上がった。大きく伸びをした修道女は、右手で口を隠しながら小さくあくびをして問いかける。

「ふわあ、おはようございます、西。もう朝ですか？」

のんきにしているのは修道女だけで、バーテンダーも古めかしい服を着た人々に囲まれていることに気付いた。

「この民《たみ》たちはなぜ私たちを見ているのだ？　もしや、酔っ払って神器《しんき》を使ったなどということは……」

何はともあれ、人々とは異なる暮らしをしているバーテンダーたちが衆目《しゅうもく》に晒《さら》されるのは好ましくない。

「ひとまず身を隠すことにしましょう」

修道女に手を差し出して、バーテンダーが身体を起こしてやると、先ほどから不気味に沈黙していたホエールズ男が、突如として頭を抱え、叫び声を上げた。

「なあああああい！　ない、ない、ない！　ないぞ！　どこへいったあああ！」

そう叫びながら、遠くへ走って行ってしまった。奇行に走ったホエールズ男をよそに、バーテンダーは建物の陰に隠れて修道女を呼ぶ。

「さあ、姉上、行きましょう」

土煙を上げて、走り回っているホエールズ男を、修道女は心配そうに見つめていた。

「けれど、保土ケ谷[3]の様子がおかしいですよ？」

無様《ぶざま》なものが視界に映らないよう、バーテンダーは修道女の前に立った。

2　**西区**　横浜市の中央臨海部に位置する区。一九四四年に中区から分区。人口は約一〇万人で市内一八位。面積は約七㎢で市内一八位。横浜駅やみなとみらいの所在地であり、日産自動車や日揮、相模鉄道、崎陽軒、エバラ食品などの本社も置かれている。
3　**保土ケ谷区**　横浜市の中央部に位置する区。一九二七年に区制施行。人口は約二一万人で市内九位。面積は約二二㎢で市内一一位。保土ケ谷駅の開業は一八八七年と古く、当時は東海道本線の旅客駅だった。

「寿命が来たのでしょう。最期くらい好きにやらせてやるのが、情けというものです」

よそよそしくその場を後にしようとするバーテンダーに気付いたホエールズ男は、冷や汗をだらだら垂らしながら腰にしがみついてきた。

「やべーって！　やばすぎるっての！」

「離れろ！　貴様の関係者だと思われたら末代《まつだい》までの恥だ！」

バーテンダーの男は泣きついてきたホエールズ男を残酷《ざんこく》に足蹴《あしげ》にするが、それどころではなくなっている熱狂的ホエールズファンはめげずに声を上げた。

「ない！　ない！　ないんだって！」

ホエールズ男を気の毒に思った修道女は、優しく問いかける。

「落ち着いて下さい、保土ケ谷。財布でも落としてしまったのですか？」

すると、バーテンダーの男からさっと身を剝《は》がしたホエールズ男は、海岸沿いの柵に近づいて海を指差した。港の倉庫に大小様々な木造船が係留されており、湾の沖に停泊する大型の船から艀が近づいてきている。

ホエールズ男は地面に膝をついて天を仰ぎながら叫んだ。

「見ろ、ランドマークタワーもベイブリッジも見えない！　火力発電所もパシフィコも、クイーンズもドコモの電波塔も、どこへいっちまった！　いつもならスカイツリーだって見えるのに！　なんもかも、なくなっちまってるじゃねえか！」

男が指差した海に近代的な施設は皆無であり、地平線にも高い建物は一切見えなかった。

またしても我を失ったホエールズ男は地面に突っ伏して泣き出している。

修道女がゆっくりと後ろを振り返ると、そこには三つの三角屋根を頭に載せて、海を向いたベランダが続く、西洋式のホテルが堂々と建っていた。欧風建築の粋を極めた立派なホテルを見て、修道女は思わず手を合わせて声を上げた。

「まあ、グランドホテル[5]ではありませんか！　ほら、見て下さい、西！」

そう言って、にこにこ笑う修道女はバーテンダーの男の袖を引っ張るが、引っ張られた方は寒気を感じていた。

嬉々《きき》として柵の間からホテルを覗《のぞ》こうとする修道女と、海岸沿いの通りを再び走り出したホエールズ男を見ながら、バーテンダーの男は額から汗を一粒垂らして小さく呟《つぶや》いた。

「……ここは、どこなんだ」

4　**一連の施設**　ランドマークタワーは一九九三年開業。ベイブリッジは一九八九年開通。横浜火力発電所は一九六二年運転開始。パシフィコ横浜は一九九一年開業。クイーンズスクエア横浜は一九九七年開業。横浜メディアタワー（電波塔）は一九九九年完成。

5　**グランドホテル**　一八七三年開業。現在の人形の家周辺。本格的な西洋式のホテルとして、海外の旅行客からも高い評価を受けていたが、一九二三年の関東大震災で焼失。

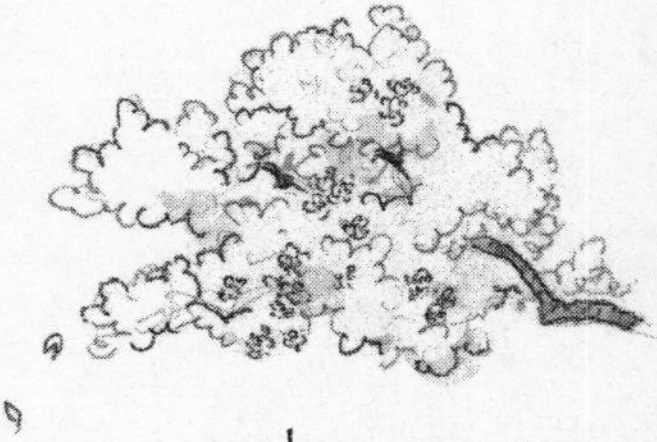

Chapter 1

「お花見をしましょう！」

二〇一五年、春。突如として横浜を司《つかさど》る十八の土地神たちを震撼《しんかん》させた横浜大戦争から季節は少しだけ進み、桜は花盛りを迎えていた。騒動の責任を取る形で市内の美化活動を命じられていた神々は、処分が解かれるとそれまでの鬱憤《うっぷん》を晴らすために盛大な宴会を画《かく》策《さく》していたところ、真っ先に提案をしてきたのは意外にも中の神[6]であった。

ホテルニューグランド[7]の向かいに咲いたしだれ桜は、春を告げる暖かな風に揺られて季節の移ろいを楽しむ観光客を優しく迎え入れていた。山下公園[8]の芝生の上にいくつものビニールシートが敷かれ、作ってきたお弁当をカップルは仲良く食べさせあい、犬を連れた若い夫婦はよちよち歩きの子供を愛《いと》おしそうに見守っている。氷川丸[9]の前で記念写真を撮る外国からの観光客もいれば、黙々と走り続けるジョガーもいて、長い冬を乗り越えた人々は思い思いの春を過ごしていた。

のどかな花見客の一角に、ひときわ盛り上がっている集団があった。一団の周囲には空になった一升瓶やワインボトルが乱雑に置かれ、広げられた重箱はほとんど食べ尽くされており、手羽先の骨や丸められた銀紙が残されているだけである。そこかしこからげらげらと笑う声が起こり、その一帯だけ下町の飲んだくれを集めたような乱痴《らんち》気《き》騒ぎぶりだった。

「うえっへっへっへ。日差しが気持ちいいですねえ。こんな天気のいい日に酒も呑《の》まずにしらふでいるのは天罰が下りますよお。さ、港北[10]ひゃん、もっと呑んで呑んで」

顔を真っ赤にしてろれつが回らなくなっている栄[11]の神は、両手で一升瓶を抱えて港北の

---

6 中区 横浜市の東部に位置する区。一九二七年に区制施行。人口は約一五万人で市内一五位。面積は約二一㎢で市内一二位。古い歴史を持つ女子校であるフェリス女学院をはじめ、山手沿いには横浜雙葉《ふたば》学園や横浜共立学園など宣教師によって開かれた学校が並ぶ。

7 ホテルニューグランド 一九二七年開業。関東大震災後の復興事業として設立された。チャップリンやベーブ・ルースが滞在したことでも知られる他、ナポリタン発祥の地とされている。

8 山下公園 一九三〇年開園。関東大震災で生じた瓦礫《がれき》を埋め立てて造成された。

9 氷川丸 一九三〇年に竣工《しゅんこう》された客船。主に横浜からシアトルやバンクーバーまでを航海した。一九六〇年引退。現在は山下公園に係留されている。

神の紙コップに酒を注ごうとした。散々酒を呑まされた港北の神はうつらうつらしていて、紙コップを落としそうになっている。ところが一升瓶からはぽたりと滴が落ちるだけで、栄の神は文句を垂れた。

「んにゃんで酒が入ってないんですか！　今日は打ち上げだっていうのに、酒がないのは大罪ですよ！　誰か、そこのファミマで買ってきて下さい！」

朝っぱらから呑み続けた結果、酒宴は死屍《しし》累々《るいるい》の様相を呈している一方で、未だ顔色一つ変えず淡々と白ワインを呑んでいた泉[12]の神は、ピスタチオを口に放り込んだ。

「栄、言い出しっぺの法則って知ってる？　何かを欲するのなら、まず自分から動きなさいという実に賢明な考え方なのだそうよ」

極めて真っ当な格言を耳にして気分がよくなった鶴見[13]の神は、紙コップに残っていた日本酒を一気に呑み干して手を叩いた。

「はっ、そいつあいいや！　俺様はとりあえず甲類だ。まだまだ呑み足りねえ、勝ち逃げは許さねえからな」

「よく言いますよ！　一番呑んでるのは鶴見ひゃんでしょう？」

不毛な言い争いを鎮《しず》めるために、エプロンの紐《ひも》を解いて南[14]の神はのっしりと立ち上がった。

「仕方ないねえ。あたしもついてってあげるよ。そんな様子じゃ店に迷惑がかかりそうだ」

思わぬ加勢に感動した栄の神は、南の神の手を取って目を輝かせる。

「うう、なんて優しいんですか南ひゃん。この強突《ごうつ》く張りの神々とは大違いです」

あらぬ言いがかりを付けられた泉の神は、立ち上がろうとした南の神の手を引っ張って座らせる。

「甘やかしちゃだめよ、南。ねえ、今日のお弁当誰が作ったと思ってるの？　六時に女神組が横浜橋に集合して支度をするって約束だったのに、寝坊してすっぽかしたあげく、何

---

10 **港北区**　横浜市の北部に位置する区。一九三九年に神奈川区と都筑郡から分区。人口は約三五万人で市内一位。面積は約三一㎢で市内五位。日吉にある慶應義塾大学のキャンパスには、一九四四年に旧海軍連合艦隊司令部が置かれ、その時の地下壕が今も残されている。

11 **栄区**　横浜市の南部に位置する区。一九八六年に戸塚区から分区。人口は約一二万人で市内一七位。面積は約一九㎢で市内一五位。区内唯一の駅である本郷台駅周辺はかつて、海軍工廠《こうしょう》が置かれていた。

12 **泉区**　横浜市の南西部に位置する区。一九八六年に戸塚区から分区。人口は約一五万人で市内一四位。面積は約二四㎢で市内一〇位。旧深谷通信所は長らく米軍によって接収されていたが、二〇一四年に全面返還された。

13 **鶴見区**　横浜市の北東部に位置する区。一九二七年に区制施行。人口は約二九万人で市内三位。面積は約三二㎢で市内四位。横浜市を代表する寺である總持寺《そうじじ》は、一九一一年に石川県から移転してきた。

14 **南区**　横浜市の中央南部に位置する区。一九四三年に中区から分区。人口は約二〇万人で市内一一位。面積は約一三㎢で市内一七位。春になると、区内を流れる大岡川沿いには沢山の桜が咲き乱れ、出店や花見客で大いに賑《にぎ》わう。

の反省もしないで酒を呑んでるのはどこの誰かしら」

　残酷な真実を突きつけられ、栄の神の顔色は悪化の一途をたどっていく。

「うぐ、いや、しょれはですね」

「姉さん、怒ってたわよ。うるさくなりそうだったから、酒を盛って眠らせておいたけど、起きたら覚悟しておくことね」

　すでに酒乱の毒牙《どくが》にかけられてしまった戸塚[15]の神と緑[16]の神は芝生の上でくうくう眠っており、港南[17]の神は大きないびきをかいて自分の指をしゃぶっていた。待ち受ける栄の神の悲劇を耳にして、神々は大笑いした。もはや反省するよりは酒宴でぱっと騒いでしまおうと頭を切り換え、栄の神はビールケースにまだ酒が残っていないかチェックを始める。

「今更買いに行くもんですか。きっとまだ一本くらい残っているはずです」

「あっひゃっひゃ！　酒をご所望《しょもう》ですかな？」

　栄の神の横から、ぬっと姿を現して顔を近づけてきたのは磯子[18]の神だった。一人だけぼろぼろの白衣に身を包んだ磯子の神は、蛍光イエローの液体が入ったフラスコを片手に薄ら笑いを浮かべている。

「うひぇっ！　どこからやってきたんですか、磯子ひゃん！」

「あっひゃっひゃ！　皆さん、よく呑みましたね。あなたたちの消費にあわせていちいち買い足していては、きりがありません。そこで、これはどうです？」

　ぽこぽこと泡を立てる液体の入ったフラスコを、磯子の神は栄の神の顔に近づける。

「こ、これ、何ですか？」

栄の神の警戒心を解くべく、磯子の神はフラスコに口を付けて、泡立つ蛍光イエローの液体をぐいっと呑み干した。猫背の磯子の神が一瞬だけぴんと背筋を伸ばし、満足そうに手の甲で口を拭ってため息を漏《も》らす。

「あっひゃっひゃ！　これは私のラボで極秘に醸造した幻の酒です。どうも酒というのは単調な色彩が多いですからね、私のテクノロジイで華麗に色づけしたのです。もちろん、天然由来ですし、呑めばすぐに高揚感に包まれますよ」

15　戸塚区　横浜市の南西部に位置する区。一九三九年に鎌倉郡の一部が横浜市に合併して区制施行。人口は約二八万人で市内四位。面積は約三六㎢で市内一位。区内にキャンパスのある明治学院大学は、和英辞書の編纂《へんさん》に携《たずさ》わったヘボンによって設立された塾に端を発する。

16　緑区　横浜市の北西部に位置する区。一九六九年に港北区から分区。人口は約一八万人で市内一二位。面積は約二五㎢で市内八位。区内の長津田は、江戸時代に整備された矢倉沢往還（厚木街道）の宿場町であり、当時の流行である大山詣《おおやまもうで》で栄えた。

17　港南区　横浜市の南部に位置する区。一九六九年に南区から分区。人口は約二一万人で市内七位。面積は約二〇㎢で市内一三位。区内を横断する環状二号線沿いは、横浜市内でも屈指のラーメン街道になっている。

18　磯子区　横浜市の南部に位置する区。一九二七年に区制施行。人口は約一七万人で市内一三位。面積は約一九㎢で市内一四位。かつて横浜市内には市電（路面電車）が走っていたが、一九七二年に姿を消した。今は堀割川近くの保存館で眠りについている。

新しいフラスコを渡されて、未知の快楽に誘われつつあった栄の神は禁断の酒に口を付けようとするが、その前に磯子の神が補足した。

「あっひゃっひゃ！　一つ言い忘れていましたが、ちびちび呑んで下さいね。いきなり全部呑んではいけませんよ。慣れないうちだと、ああなってしまいますからね」

そう言って磯子の神が指差した先には、清潔そうな白衣を身にまとい、昨日美容院で染め直したばかりの金髪をたなびかせていた金沢[19]の神が、顔をヘドロのような色に変えて口から泡を吹き、天を仰いでぴくぴく震えている姿があった。それを見て、栄の神はすかさずフラスコを地面に叩きつけた。

「なんてもんを呑まそうとしたんですか！」

どの神もまるで役に立たず、いい加減諦めた栄の神は足をふらつかせながら、公園の裏にあるコンビニへ向かおうとした。その時、足がもつれて倒れそうになった栄の神を支えたのは神奈川[20]の神だった。

「か、神奈川ひゃん！　やはり最後に頼れるのは大先輩の神です！」

なんだかんだと面倒を見てくれる神奈川の神に、胸を打たれた栄の神の目頭にはすでに涙が浮かんでいる。和服の襟を直して、神奈川の神は袖から何かを取り出そうとしていた。

「待つんだ、栄」

取り出されたのは黒い手帳であり、神奈川の神はペンを片手に何か計算をしている。

「くれぐれもレシートは忘れないでくれ。後で十八で割るんだからなるべく端《は》数《すう》が出ないように頼むよ」

大騒ぎをする神々の集団から少し離れて、酒を呑まない都筑[21]の神と青葉[22]の神の姉妹は仲良くバドミントンに興じていた。そこに交じって旭[23]の神も一心不乱にラケットを振り回し、平和な笑いに包まれている。

その姿を見ながら紙コップのビールをちびちびと呑んでいた保土ケ谷の神の横に、缶ビ

---

19 **金沢区** 横浜市の最南端に位置する区。一九四八年に磯子区から分区。人口は約二〇万人で市内一〇位。面積は約三一㎢で市内六位。歌川広重によって描かれた金沢八景は、かつて江戸の民の観光地として栄えたが、近代化を迎え埋め立て地に変わった。

20 **神奈川区** 横浜市の中央東部に位置する区。一九二七年に区制施行。人口は約二五万人で市内六位。面積は約二四㎢で市内九位。浅野学園の創立者・浅野總一郎は欧米の工業化に喚起され、大正時代から埋め立て事業に従事し、京浜工業地帯の発展に貢献した。

21 **都筑区** 横浜市の北部に位置する区。一九九四年に港北区と緑区から分区。人口は約二一万人で市内八位。面積は約二八㎢で市内七位。都筑郡は一九三九年に消滅したが、それから五五年の時を経て都筑の名を冠する行政区が復活することとなった。

22 **青葉区** 横浜市の最北部に位置する区。一九九四年に港北区と緑区から分区。人口は約三一万人で市内二位。面積は約三五㎢で市内二位。区内にある緑山スタジオでは、かつてたけし城が築かれ、攻め落とそうとして幾多の挑戦者たちが散っていった。

23 **旭区** 横浜市の中央部に位置する区。一九六九年に保土ケ谷区から分区。人口は約二五万人で市内五位。面積は約三三㎢で市内三位。二俣川には神奈川県運転免許試験センターが置かれ、県内で免許を取る人は必ず一度は訪れることになる。

ールを持って近づいてくる人影があった。

「今日は随分と大人しく呑んでいるのですね」

珍しくヴェールを外した修道服を着た中の神は、そう言って保土ケ谷の神の紙コップにビールを注いだ。ビールを呑み、保土ケ谷の神は騒ぎまくる神々を横目に言った。

「あんな醜態に巻き込まれるのは勘弁だ。打ち上げだ、なんて言ってもう何回こんな飲み会をやってるんだ？　この調子だと今日は晴れたから飲み会にしようなんて言い出すぞ」

透き通るような金髪を揺らして中の神は楽しそうに笑う。

「いいではありませんか。みんなあなたがあの輪にいなくて不満そうですよ？」

保土ケ谷の神は中の神の缶ビールを手に取り、相手の紙コップに注いだ。中の神はコップにちょんと口を付けて小鳥のように呑んでいく。

「珍しいな、今日は」

「たまにはいいかと思いまして」

穏やかな中の神の表情を見て、保土ケ谷の神は安堵《あんど》していた。

美化活動を始めた当初は、横浜大戦争の責任を感じて落ち込んでいた中の神も、回を重ねるにつれて表情が落ち着いていき、処分解除となった今では酒を一緒に呑めるまで気持ちが回復していた。何か言葉をかけるべきか考えていた保土ケ谷の神も、中の神の顔を見てそれは野暮だと思い直し、注いでくれたビールをそっと喉へ流した。

「貴様、姉上に酌をさせるとはいい度胸だな」

突如として二人の間に割って入ったのは、バーから出張してきたと見紛うようなワイシャツとベストにスラックス姿の西の神だった。手にはシェイカーが握られており、中の神の紙コップをさっと奪い取ると一気にビールを呑み干してしまった。

「姉上、この男の酒など呑んではなりません。何が入っているか分かったものではないのですから」

でも、これはわたしが持ってきたもので、と言う中の神を遮《さえぎ》って西の神はカクテルグラスを手渡し、そこにシェイカーでオレンジのカクテルを注ぎ込んだ。

「姉上ともあろう方が紙コップで酒を呑むなど言語道断《ごんごどうだん》。こちらをお呑み下さい」

「まあ、綺麗《きれい》！」

嬉しそうにカクテルを呑む姉を見て満足そうな西の神に、保土ケ谷の神は紙コップを突きだした。

「おう、色男。俺にも一杯作ってくれよ。同じのでいいからさ」

リクエストを受けた西の神は、苦虫をかみつぶしたような顔をしてシェイカーを何度か鳴らした後、ぶっきらぼうにカクテルを注いだ。先ほどの夕暮れを思わせる美しいものとは打って変わり、どろっとした黄土色の液体が保土ケ谷の神の紙コップに注がれていた。

「てめえ、うんこ入れやがっただろ！　ふざけんじゃねえ、なんだこの格差は！」

間髪入れずに検便カップを投げ捨てた保土ケ谷の神は、西の神に詰め寄る。

「貴様にカクテルなど過ぎた代物《しろもの》だ。姉上の前で汚らしい言葉を吐かないでもらおうか」

中の神と同じく、西の神も少しだけ目が据わっていた。中の神を遠ざけるように立った西の神に向かって、保土ケ谷の神は嫌らしい笑みを浮かべた。

「いよいよ正体を現しやがったな、このシスコン野郎！　てめえのせいで姉ちゃんがどれだけ苦労してるか、ちったあ反省したらどうなんだ、コラ！」

安い挑発に乗った西の神は、保土ケ谷の神を睨《にら》み付ける。

「私の姉上への敬意を愚弄《ぐろう》するとは、死にたいようだな、貴様。何かにつけて姉上に近づいて、いよいよ我慢ならなくなっていたところだ」

「ほっほーう、威勢がいいじゃねえか。この横浜一の智将に喧嘩《けんか》を売るとは身の程を知ったらどうだ？」

売り言葉に買い言葉は二人の専売特許であり、やりとりはさらに過熱していく。

「この際だ、今度こそ白黒はっきり付けておこうではないか」

いよいよ雲行きが怪しくなってきたのを見て、中の神は二人の間に立ち仲裁に入った。

「ちょっと、二人とも！　それくらいに……」

「おーい！」

その時、遠くから声を上げて近づいてくる姿があった。腰に生け花用のハサミを吊るし、背中に枝切りバサミを装備した眼鏡《めがね》の男が、手に木箱を抱えて言い合いをする神々に声をかけた。

「みんなお待たせ！　いやあ、参っちゃったよ、もう」

「瀬谷![24] 遅かったですね、今日も大神様のお手伝いだったんですか?」

中の神に問われ、ずれた眼鏡を直しながら、瀬谷の神は苦笑いを浮かべる。

「今日はお花見だって大神様に言ったら、早く上がっていいと言って下さったんだけど、ポケットをどれだけ調べてみてもスマホが見当たらなくってさ。挙げ句、財布はお家に忘れてスイカもまったくチャージされてなかったから歩いてきたんだよ、とほほ。みんなは?」

未だに言い合いを続ける保土ケ谷の神と西の神を無視して、中の神は桜の近くで大騒ぎする神々を指差した。

「あそこにいますよ。離脱者も何名かおりますが」

「おーい、みんな、僕も混ぜてよお!」

遅れを取り戻そうと走りかけた瀬谷の神に、中の神は気付いたことがあった。

「その箱はなんですか?」

動き出した足を止め、瀬谷の神は木箱を持ち直した。

「そうだ、忘れてた! これ、ちょうど君たち三人に渡してくれって頼まれたものなん

---

24 **瀬谷区** 横浜市の西部に位置する区。一九六九年に戸塚区から分区。人口は約一二万人で市内一六位。面積は約一七㎢で市内一六位。瀬谷区の約一五%を占める旧上瀬谷通信施設は長らく米軍(NSA)の管理下にあったが、二〇一五年に全面返還された。

だ」

中の神に呼ばれて、喧嘩を始めていた保土ケ谷の神と西の神が近づいてくる。

「なんだあ、俺はアマゾンで買い物をした覚えはないぞ」

そう言って、瀬谷の神がやってきていたことに気付いた保土ケ谷の神は顔をしかめた。

「げっ、瀬谷じゃねえか。お前、またろくでもないもの持ってきやがったのか」

「なんだよ、その顔は！　せっかく持ってきてあげたってのに！」

ぷんすか腹を立てる瀬谷の神をよそに、西の神は箱を上下させて検査する。

「宛先は、なし。封もされていない。瀬谷、これを誰から渡すよう頼まれた？」

無精ひげの生えた顎に手を当てて、瀬谷の神は記憶をたどる。

「うーん、見覚えのない男の人だったな。どことなく貫禄《かんろく》があったよ。目が細くて、背筋がぴんと伸びて、立派なひげをたくわえてて。僕が土地神だってことにも気付いていたし」

警戒心のない瀬谷の神に半ば呆《あき》れながら、西の神は箱を地面に置く。

「貴様、よくもそこまで無警戒でいられるな。これは怪しい。大神様へ報告した方が……」

「開けちゃいましょう！」

酒が入っていたせいか珍しく上機嫌だった中の神は、西の神の忠告を無視して木箱の蓋《ふた》を開けた。

「おい、中！　いきなり開けるなよ！」

保土ケ谷の神は咄嗟《とっさ》に身をかがめて文句を口にしたが、箱に入っていたのは布でくるまれた球体だった。中の神は好奇心たっぷりで布を剝がす。現れたのは中心がかすかに紫色をした黒い水晶玉だった。

「まあ、とても立派な宝玉ですね」

手に取って太陽に透かしてみると奥できらきらと輝くものがあり、中の神は色々な角度から水晶玉を見つめていた。

「見たところ何の変哲もない水晶玉のようだが」

西の神も輝く宝玉に目をやるが、変わった様子は特にない。

「お前、騙《だま》されて買わされたんじゃないのか？　後でとんでもない額の請求書が届いても知らねえぞ」

保土ケ谷の神にそう言われて、なくもない話だと気付き、瀬谷の神は見る見るうちに顔色が悪くなっていく。

「そ、そうだったらどうしよう？　助けてよ、保土ケ谷くん！」

「俺が知るか！　消費者センターにでも駆け込んでろ」

そんな無慈悲なあ、という瀬谷の神の叫びを無視して、未だ警戒心を解いていない西の神は、宝玉を見続ける中の神に忠告した。

「姉上、それくらいにして箱に戻しましょう。もしものことがあったら……」

「きゃあ！」

中の神が悲鳴を上げた。水晶玉は黒い光を放ちながら濃い影を生み出し、中の神の両手を奥へ飲み込み始めた。中の神は必死にもがくが、影の力は並みではなく、見る見るうちに身体が引きずり込まれていく。

「姉上！　手を放すのです！」

そう西の神が言葉にした時はもう遅く、中の神は腕と顔がすでに影の奥へ消えていってしまい、声は聞こえなかった。

「させるものか！」

西の神は中の神の足を摑《つか》むが、影の引力は計り知れず、これ以上力を入れると姉の身体を引きちぎってしまいそうだった。その隙《すき》が仇《あだ》となり、西の神も中の神に続いて影の奥へ飲み込まれようとしていた。

「中！　西！」

事態に気が付いた保土ケ谷の神は、中の神をなんとか引っ張り上げようとする西の神の腕を強く摑むが、まるで歯が立たない。西の神も影の奥へ消えてしまい、保土ケ谷の神もばちばちと音を立てて光を放つ影の中に右半身が消えようとしていた。

「ちくしょう、どうなってやが……」

その声が最後まで発されることはなく、三人の神々は黒い影の奥へ消え去ってしまった。

その一部始終を、瀬谷の神は声も出せずに見ていることしかできなかった。

「おおっ、瀬谷殿！　来たのなら声をかけてくれればよいものを！」

そう言って、バドミントンを終え、近づいてきた旭の神が見たのは、黒い水晶玉の前で跪《ひざまず》き、呆然としている瀬谷の神の姿であった。

Chapter 2

前後の記憶を取り戻してきた西の神は、流れ出る汗の量が増していた。憔悴《しょうすい》する弟とは対照的に、中の神は壮観なグランドホテルの姿に目を奪われており、自分に何が起こったのかもすっかり忘れてしまっている。

「姉上、待って下さい！」

ホテルの入口にこっそりと近づいていた中の神を手招きして、西の神は小声で言った。

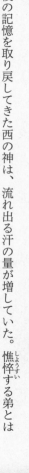

「私たちは山下公園で花見をしていたはずです。瀬谷が持ってきた妙な水晶玉から現れた影に姉上が飲み込まれてしまい、気が付くとこんな場所に……」

そう言って、西の神と中の神は目の前の景色に改めて目をやった。山下公園はぱったりと消え、埠頭《ふとう》も氷川丸もマリンタワー[25]も銀杏《いちょう》並木もない。建物が少なく、空が広い。土と海の匂いが混じり合い、舗装《ほそう》されていない道路の上を牛車や馬車が往来する光景が神々の視界に映し出されていた。

　事態の深刻さに気が付いた中の神は、目をぱちくりさせた。

「ここは、どこなのでしょうか」

絵はがきでしか見たことのなかったホテルが今、眼前にその姿を現して、西の神は思わず身震いしてしまっていた。

「これは、グランドホテルです。見間違えようがありません。ですが、これは……」

西の神は岸壁《がんぺき》に近づき、海の向こうを見た。港では半裸の水夫たちが声を上げて荷揚げをしている。

「あの馬鹿が言ったように、みなとみらいの一帯やベイブリッジもなくなっている。だが、何もかも知らない場所ではない。向こうに見える波止場《はとば》は象の鼻[26]。東には房総半島がよく見える。ここは、間違いなく横浜だが、まさか……」

　思いを巡らせる西の神の前に、再び我を失った保土ケ谷の神が接近してきた。保土ケ谷の神は、涙と鼻水で顔をぐしゃぐしゃにしながら西の神の服を引っ張った。

---

25 横浜マリンタワー　中区にある高さ一〇六mの塔。一九六一年に完成。

26 象の鼻　中区にある波止場。一八五九年に完成し、一八六七年に象の鼻の形に似た湾曲した姿に改築されたが、関東大震災で崩壊。二〇〇九年になり、往時の形が再現された。

「おい、もしかして俺たち、明治時代に飛ばされちまったんじゃねえのか！」

西の神は、その仮説を一笑に付してやりたかった。だが、今はその説が真実としか思えないくらい、文明開化してまもない横浜の光景が、西の神から反論を奪っていた。

深刻な男の神々をよそに、明治という単語を耳にして破顔したのは中の神だった。

「まあ、明治時代！　やっぱりそうなのですね！」

ぴょんとジャンプして喜んだ中の神は、往来の人々に興味津々の様子で視線を送っていた。

「向こうに見えるドーム型の税関[27]、建設中の大さん橋[28]、目の前のこいつはどう考えたってグランドホテルだ！　なんだってこんなことになってやがる！　瀬谷め、また厄介ごとを持ち込みやがったな！」

頭を抱えて叫ぶ保土ケ谷の神をよそに、中の神は初めて見る明治の横浜の景色に、すっかり目を輝かせていた。

「すごい！　図鑑や絵はがきで見た通りです！　なんてことでしょう、ずっと見てみたかったのです！」

「落ち着いて下さい、姉上。そう喜んでもいられませんよ」

明治時代に飛ばされた。その仮説がいよいよ現実味を帯びてくると、保土ケ谷の神は血の気が引いていき、唇が震え始めていた。

「これから俺たちどうするんだよ！　これがハマ神のジジイに知れたら極刑もんだ！　他

県に行くだけでもがみがみと口うるさいのに、時空を越えたらどんな罰を言い渡されるのか分かったもんじゃない。ちくしょう！　野球が開幕したばっかなのに、これじゃ試合経過が分かんねえじゃねえか！」

またしても乱心しかけた保土ケ谷の神の頰を二度引っぱたいて、西の神は冷静に言う。

「いい加減にしろ。野球どころではない。まずは何が起こったのか、もう一度考えてみるしかあるまい」

そこまで口を開くと、大騒ぎを聞きつけた警官たちが近づいてくるのを西の神は見逃さなかった。

「場所を変えよう。目立ちすぎたようだ」

異国文化が入り込んできた時代とはいえ、修道女とバーテンダーと大洋ホエールズのユニフォームを着た集団は嫌でも周囲の耳目を引いた。店に入るわけにもいかず、神々は通りを駆けていった。往来の人々の視線を浴びながら、西の神は小さく呟《つぶや》いた。

「誰かに見られている気がする」

27 横浜税関　前身の神奈川運上所《うんじょうしょ》は一八五九年に開設され、この建物は一八八五年に完成。「クイーンの塔」で知られる現在の税関は、一九三四年に建てられたもの。

28 大さん橋　一八九四年に完成。現在の大さん橋は二〇〇二年に拡張され、大型のクルーズ船が入港できるようになった。

「そりゃこんだけ目立つ格好をしてりゃ、嫌でも見られるだろ！」

何、当たり前のことを言っているのだと、保土ケ谷の神は突っ込みを入れる。

「何か、強い視線を感じる」

視線の正体を掴むことが出来ないまま、神々は広い公園に入り、保土ケ谷の神は広場の中央を見て何かに気付いたようだった。

「ハマスタ[29]がない！」

公園の真ん中にはグラウンドが整備されていたが、大型の液晶スクリーンや大きな入場ゲート、ファングッズのショップや選手の描かれたプレートなどは一切なく、殺風景な広場があるだけだった。海岸沿いから公園まで歩いてきたことで、西の神は推測がより正しさを増していることを感じていた。

「ここは、おそらく横浜スタジアムの前身である運動場だ。この広い道は日本大通[30]で、向こうに見えるのは税関。何より、民が和服を着用していて、車が一切見えない。誰もスマホをいじっていないし、どこもアスファルトで舗装されていない。認めたくはないが、やはり私たちは明治時代に飛ばされたというのか？」

西の神と同じく、腕を組んで深く考え込んでいた保土ケ谷の神は頷《うなず》いた。

「瀬谷が持ってきた水晶玉が原因だ。あれは、たぶん神器に違いない。中、あの水晶玉に触れて何か感じたことはあったか？」

中の神は、自分が箱を開けようと言い出したことに責任を感じながら、申し訳なさそうに口を開いた。

「光に透かしたら何か見えるかと思い、天に掲げると少しだけ手が温かくなった気がしました。西に注意されて放そうとしたら、すでに影がわたしの手を飲み込んでいて、その力はどんどん強まっていきました。注意を怠ってしまい、申し訳ありません」

反省する中の神をこれ以上見たくなかった保土ケ谷の神は、はっきりと否定する。

「お前のせいじゃない。瀬谷は、あの木箱を俺たちに渡すよう言われて持ってきたんだろう？　となれば、俺たちを明治にすっ飛ばそうと画策していた誰かが存在していることになる」

西の神は、保土ケ谷の神に怪訝《けげん》そうな表情で問いかけた。

「貴様、誰かから恨みを買ったのではないか？　至る所で品性下劣な振る舞いをしているからこのような目にあうのだ。貴様が馬鹿を見るのは勝手だが、私たちを巻き込まないでもらおうか」

「ふざけんな！　俺はどっちかといえばインドアな生活をしてるんだぞ？　他人《ひと》の恨みを

29　**横浜スタジアム**　一九七八年開場。スタジアムのある横浜公園の歴史は古く、クリケットなどが行われた運動場の前は江戸・吉原を思わせる港崎《みよざき》遊郭だったが、一八六六年の豚屋火事で姿を消した。
30　**日本大通**　一八六六年の豚屋火事で区画整理が行われ、一八七九年に完成。現在は通り沿いに神奈川県庁や横浜地方裁判所などが建ち並ぶ。

買うほど他人と関わっちゃいねえわ！」

そう言い返して、とても悲しい気持ちになった保土ケ谷の神は、咳払《せきばら》いをして話を元に戻す。

「瀬谷はこうも言っていた。君たち三人に渡すように、と。仮に俺だけをすっ飛ばしたいと考えているのなら、俺に渡すよう言われたはずだ。ターゲットは俺だけでなく、お前らも含まれている」

「いったい誰がこんなことを」

中の神は思い当たる節《ふし》を検討してみるが、心当たりはない。保土ケ谷の神はさらに推理を続ける。

「時空を超越する神器なんて、並大抵のものじゃない。俺たちのような末端の神々はおろか、ハマ神や、神奈川の巨神でさえ持つことを許されそうにない特級の代物だ。そんなものを扱えるような土地神が、俺たちに何らかの攻撃をしかけてきている」

明らかに自分たちの力を超えた存在が裏に隠れていることに気付き、神々は口を閉ざしてしまった。沈黙を嫌った西の神は、場の空気を変えるために前向きな姿勢を見せた。

「どれほど高位の神がいかなる理屈をこねて私を明治に送ろうとも、横浜の地から西区がなくなるその時まで、私は今の横浜に顕現《けんげん》し続ける」

その宣言を耳にして、保土ケ谷の神は胸の奥が熱くなるのを感じた。

「その通りだ。どこの誰だか知らねえが、ふざけたことしやがって。黒幕を見つけたら、思いっきりしばきあげてやる。俺たちは、現代に帰るんだ」

保土ケ谷の神はそう言って、西の神と中の神は力強く頷いた。

「唯一の手がかりは、あの水晶玉でしょう。土地神を過去へ送るほどの力があるのなら、逆に過去から未来へ戻ることもできるかもしれません。まずはあの水晶玉に関する手がかりを……」

中の神の話を遮って、神々に話しかけてくる姿があった。

「ようやく見つけたわ！」

突如《とつじょ》として木の陰から現れた人物に、不意をつかれた神々は一斉に声のする方に目をやった。

赤いかんざしを挿し、薄紅色の着物を身にまとった少女が、したり顔で神々を見つめていた。神々を見つめる目はきらきらと輝き、引き締まった表情には自信を感じた。丁寧に結った髪や、派手すぎない化粧が施された出で立ちからは、ただの街の女とは異なる気品を感じる。少女はもう逃がさんとばかりに神々ににじり寄り、腰に手を当てて地獄の門番のごとく顔や服装をじっくりと観察していた。

保土ケ谷の神は俯《うつむ》き、勢いよく後悔が押し寄せてくる。ただでさえ土地神と人間との交流を是としない彼にとって、明治時代の人間に見つかってしまうことだけはなんとしても避けたかった。三人で目を合わせて逃走を目論《もくろ》んだのを見逃さなかった少女は、すかさず警告した。

「逃げてもダメよ。あたしが叫んだらすぐに警官が飛んでくるわ。ここはただでさえ揉《も》め事が起きないよう敏感になっているから、逃げられるなんて思わないことね」

見た目の幼さとは裏腹に、神々のとっさの行動をすぐさま読み取った少女の言動に、一同の浮き上がった足が地面に戻っていく。

着物姿の少女は、顔をそむけようとする神々に無理やり視線を合わせながら物怖《ものお》じすることなく話を続ける。

「あたし、見たんだから。あなたたちが突然グランドホテルの前に現れる瞬間を。あれはどういう大道芸なのかしら？　あなたの修道服は基督《キリスト》教のものだし、あなたのシャツ姿は外国船のバーで似たような格好をした方を見たことがある。でも、あなたの着たその服は、見覚えがないわ。前に見た野球の競技服に似ているけど」

そう言って、少女は保土ケ谷の神に急接近し、大洋ホエールズのユニフォームに触れながら縫い目やワッペンをじっくりと見つめ始める。

「これ、手縫いにしては縫い目が均一すぎる。それにこの生地、木綿や絹とは違う。つるつるするのに軽くて、とても風通しがいい。こんな素材、見たことないわ」

神々が何か言葉を発する隙《すき》も与えず、少女は保土ケ谷の神のユニフォームを見終えると、今度は西の神のワイシャツやベストに手をかけた。

「横浜にある布で、あたしが見たことないものなんてないんだから。ここには世界中からいろんな生地が集まってくるの」

「あ、あの」

中の神は優しく声をかけた。柔らかな声色《こわいろ》に気分を良くした少女は、観察の対象を中の神に変更し、再び興味を爆発させる。

「なんて綺麗《きれい》な方！　でも、あなた外国人ではないわね。顔付きはあたしたちと似ている。ごめんなさい、ちょっと失礼するわね」

「きゃあ！」

少女に髪を触れられ、中の神は思わず声を上げてしまった。すかさず西の神が警戒を強めるが、少女は楽しげに声を上げるだけだった。

「まあ、透き通るような金の髪！　これはあなたが色をつけたの？　それとも何か食べ物を変えればあたしでも髪が金色になるのかしら？」

人間から褒められることなど滅多になかった中の神は、真正面から賛美を受けてすっかり顔が赤くなり、言葉が喉の奥に引っ込んでしまった。困っている中の神を助けようと、西の神が話を引き継ごうとした。強敵が現れたと感じた少女は、舞い上がった気持ちを抑えてさらなる追及を始める。

「あなたたちの話、こっそり聞かせてもらったわ。神とか、攻撃とか何か物騒なことはよくわからなかったけど、現代に帰るっていう言葉は聞き逃さなかったんだから。現代、って今の時代のことよね？　でも、あなたたちにとっては、ここが今ではないということなの？　となれば、あなたたちは今とは違うところからやってきたということ？　どうやって？　どうして？　なんで突然あんな風《ふう》に現れることができるのかしら？」

この聡明《そうめい》な少女はすでに神々に起こりつつあった事態を理解しかけていた。空間や時間の考え方など、明治時代の人間に理解するのは難しいだろうとタカをくっていた保土ケ谷の神にとって、少女の理解力には驚かされるものがあった。下手な嘘をついたとしてもこの少女には見透かされる可能性が高い。西の神は、保土ケ谷の神に耳打ちした。

「どうする。こうなっては洗いざらい話さない限り、逃がしてくれそうにないぞ」

顔をしかめて保土ケ谷の神は反論する。

「俺たちの正体をバラせってか？　そんなことしたら追放もんだぞ。たとえ明治時代だろうと、それだけはまずい」

「なら走って逃げるか？　仮に警官からは逃れられたとしても大騒ぎになる。ただでさえ情報が足りないのに、指名手配の網をかいくぐりながら事態を把握《はあく》するのはいよいよ困難を極めるぞ」

「んなことはわかってんだよ！　だからどうしようか悩んでるってのに……」

「実は、わたしたち、横浜の神々なのです！」

躊躇《ちゅうちょ》する男の神々をよそに、照れすぎて頭の機能が麻痺《まひ》してしまったのか、あろうことか中の神はなんのオブラートに包むこともなく自らの正体を明かしていた。すかさず保土ケ谷の神は中の神の口を塞《ふさ》いで声を上げる。

「アホ！　いきなりバラすやつがあるか！」

突然のカミングアウトに、薄紅色の着物を身にまとった少女はぽかんと口を開けていた。

だが、それは長く続かず、腹を抱えて笑い始めた。

「あはは、なにそれ！　宣教師って、キリストを遣わした神様を信仰するはずでしょう？

そのあなたが神だなんて、他の宣教師に聞かれたら怒られるんじゃない？」

あまりにも下手な嘘に笑ってしまった少女は、気を取り直して問いかける。

「あたしを子供扱いして、変な冗談でごまかそうとしたって無駄なんだから。ちゃんと納得できる説明をしてくれるまでここから逃がさないわ」

得意げな表情を浮かべる少女に、さすがの保土ケ谷の神もお手上げであった。

「仕方ない。この姉ちゃんの言う通り、俺たちは横浜の土地神だ」

まさか保土ケ谷の神の口から正体をバラすとは思わず、西の神は驚いてしまったが、少女はまだ疑ったままだった。

「あくまでも白を切るつもりね。いいわ、あなたが神様を自称するなら、あたしが驚くような奇跡を起こせるはずでしょう？　あたし、英語の先生から教えてもらったことがあるの。西洋にはかつて、槍で嵐を起こして山を砕いて川を作ったり、自分の夫を拐《かどわ》かした愛人を蛇に変えてしまったりする神々がいたんでしょう？　あたしをびっくりさせることができたら、神様だと認めてあげてもいいわ」

なぜ人間に神と認めてもらうために力を見せなければいけないのか、すっかりプライドを傷付けられてはいたものの、背に腹は替えられない。保土ケ谷の神は、どこからともなく取り出した神器『硬球必打《こうきゅうひつだ》』を少女に見せた。

「これは、土地神だけが持つことを許される神器と呼ばれるものだ」

保土ケ谷の神が、手品のようにバットの形をした神器を出したことに気をよくした少女は、鼻を膨らませていた。

「これなら見たことあるわ。野球という競技で用いる棒のことでしょう？　特に珍しいものでもないと思うけど」

ちっちっちっと指を振り、保土ケ谷の神は鼻高々に言う。

「人間が使っているものと一緒にされちゃあ困るぜ。これは俺だけが扱える、どんな球でもホームランにしてしまう究極のバットなんだ！　まあ説明するより見た方が早いだろう。おい、西、ピッチャーを頼む」

バットと共に取り出していた硬球を西の神に渡し、グラウンドに向かった保土ケ谷の神は力強くスイングをして土煙を起こした。

ろくに野球も普及していないこの時代に特大のホームランを打ってしまえば、横浜の歴史に妙な偉業を残してしまうかもしれない。明治時代に、大打者あり、と。この時代の人間に、俺の神スイングはいささか刺激が強すぎる。だが、他に神と証明できるものもないのだから仕方あるまい。

そう自分を正当化しながら、いいところを見せようと調子に乗った保土ケ谷の神は、西の神が振りかぶって投げてきた球に視線を合わせた。

西め、そんな棒球じゃなく、もっと勢いを込めて投げればいいものを。俺を誰だと思ってやがる！　軸足をずらすことなく、下半身から上半身に重心を移動して、ありったけの遠心力を『硬球必打』に加えた。

カーン、という心地よい金属音と共に、白球が海にまで届いていく。水上に落ちたバリー・ボンズのホームランボールを求めて、ボートに乗ったファンが群がる様子が、保土ケ谷の神の頭にフラッシュバックしていた。

そのビジョンに酔っていた保土ケ谷の神は恍惚《こうこつ》の表情を浮かべるだけで、西の神が放った球がバットをすり抜けて後ろへ転がっていくことに気が付かなかった。

「おい、貴様！　マジメにやれ！　神の証明がかかっている大事な打席なのだぞ！」

空振りしたことをようやく理解した保土ケ谷の神は、拾ったボールを西の神に投げ返して叫んだ。

「お前こそ、ナックルなんて小癪《こしゃく》な球を投げるんじゃねえ！　この捻《ひね》くれもんが！」

そんな高度な球を投げた覚えなどない、ともはや反論するのもむなしく、西の神は先ほどと同じような百キロ程度の速球を放った。今度こそと意気込んだ保土ケ谷の神は、またしても無駄のないシャープなスイングを披露《ひろう》してみせたが、バットは空を切るばかりだった。三球目も見事空振りになり、西の神はワンポイントリリーフに見事成功していた。

「う、うしょだ……」

神器『硬球必打』を投げ捨て、がっくしと肩を落とした保土ケ谷の神は、地面に額を付けてめそめそと泣き始める。

「こ、これは何かの間違いに決まってる。俺が三球三振なんて許されない。ホームランを打てなくなった俺に、何の価値があるというんだ。このままじゃ戦力外だ。今年のトライアウトはどこでやるんだ。どこから連絡が来てもいいように、今から携帯電話を契約しにいかないと……」

無様に一アウトを献上した保土ケ谷の神を、西の神は叱りつけてやろうと思ったが、あまりにも狼狽《ろうばい》する姿を見て呆れかえっていた。少女は露骨《ろこつ》に落ち込む保土ケ谷の神を見て大笑いしていた。

「あはは！　あなたは、そういう寸劇をする役者なのね！　そのがっかりする姿、板についているわ」

こうなってしまっては、自分が出るより他はあるまい。惨めな最期を遂げた保土ケ谷の神に代わり、袖をまくった西の神が腰に巻いていた鎖を摑むと、グラウンドの上に大きな神器『神之碇《かみのいかり》』が鎮座していた。いきなり碇が現れて少女はいよいよ真打ち登場と察し、期待を高めていく。

「あなたたち、何もないところから大きいものを取り出す技術は、天下一品のようね。で、酒場の主のあなたは何を見せてくれるのかしら？」

碇に繋《つな》がった鎖を握りながら、西の神はすました表情で宣言する。

「私の操る神器は『神之碇』。伸縮自在のこの鎖が碇を縦横無尽に振り回し、どこへでも投げ飛ばすことが出来る。神の力、とくと見よ！」

西の神は鎖を思い切り引っ張り上げた。大型客船を係留できるほどの巨大な碇も、西の神にかかればヨーヨーを引っ張るように浮き上がり、碇の舞う速さで竜巻を起こすことなど造作もないはずだった。だが、西の神が顔を青紫色にして力を込めても、碇は頑《がん》として動かなかった。

「ふぎぎ。おもひ」

保土ケ谷の神と同じく、西の神も碇が空を旋回し、少女や明治の人々を驚かせすぎやしないか心配していたが、それは見事杞憂《きゆう》に終わり、『神之碇』はうんともすんとも言わずグラウンドにずっしりと座り込んだままだった。

「なぜだ！　どうなっている？」

全身から汗を噴き出して西の神は『神之碇』に抗議をするが、神器は丸太のように沈黙している。

「……全然ダメダメじゃない」

口だけの男たちにうんざりしていた少女は、興味を失いつつあった。こんなことなら話しかけなければよかった、という少女の空気を感じ取った中の神は胸のポケットから神器『銃王無尽《じゅうおうむじん》』を抜き、園内に目をやった。

「一応あなたも見ておいてあげ……」

呆れた少女がすべてを言い終わる前に、中の神は音の響かない銃で空中に弾を撃ち放った。呆気《あっけ》に取られた少女をよそに、中の神は銃を撃った方角にとことこ歩いて行き、何かを拾って戻ってきた。浮かない表情の中の神は、申し訳なさそうに少女に言う。

「わたしの神器はこの『銃王無尽』という銃なのですが、どうも調子が悪いみたいです」

そう言って見せた中の神の手のひらには、上が丸く削られた葉っぱが載せられていた。

「本当は真ん中を射貫《いぬ》いたはずなのですが、照準がずれてしまいました」

落ち込む中の神とは裏腹に、初めて少女は満足そうな笑みを浮かべてぴょんぴょんと飛び上がっていた。

「すごい！　あなた、女なのに銃を扱えるのね！　それに、なんていう腕前なの！　前に英国人が銃を撃つのを見たことがあるけれど、的に全然当たっていなかったというのに！」

またしても褒められてしまい、中の神は恥ずかしそうに否定する。

「わたしたち横浜の土地神は、その地に住む民と繋がることによって力を得ています。どうやら、明治時代にやってきたことで、現代の民との繋がりが途絶えて、いつものように神器を扱えなくなったのかもしれません」

中の神は神器を扱えない事実を冷静に分析していた。男の神々の野卑《やひ》な言い分では信用できなかった少女も、穏やかな中の神が話す姿に、少しずつ信頼を置き始めていた。じーっと中の神を見て、落ち込む西の神と保土ケ谷の神にも視線を送りながら、少女は諦めたように息を吐きだした。

「分かったわ。まあ、あなたたちが神様かどうかは、とりあえず置いておくことにする」

「信じて下さるのですか?」

あまりにも綺麗な中の神に顔を近づけられて、今度は少女の方が頰を赤く染めてしまう。

「それはいいとして、あなたたちが、今とは違う世界からやってきたというのは本当なの? どうすればそんなことが可能になるのかしら」

「わたしたちは、黒い水晶玉の影に飲み込まれてこの時代に飛ばされてしまったんです。なぜこんなことになったのかはよく分からなくて。ちなみに、今は明治時代なのですか?」

本気で年号を知らなそうな中の神を見て、少女はいよいよこのへんてこりんな集団が嘘をついているわけではない気がしてきていた。

「今年は明治二十六年。西暦で言えば一八九三年よ」

「明治二十六年!」

ようやく自尊心が癒《い》え始めていた保土ケ谷の神は、少女から本当に過去の年号を聞かされて復唱してしまう。少女は驚く神々を見ながら、真剣な表情を浮かべた。

「あなたたちは、今よりももっと古い時代から来たわけではなさそうね。棒を振り回しているあなたが着た服は、見たこともない素材でできているけど、それだけ通気性がよくて軽い服が今よりも昔にあったらすでに普及しているはずだもの。そう考えると、あなたたちは、あたしたちよりももっと進歩した技術を持つ時代、つまり未来からやってきたことになるわね。あなたたちは何年先から飛ばされてきたの？」

相変わらず少女の高い推理力を感じて、神々は驚きを隠せずにいる。

「わたしたちがいたのは」

「待て」

話を打ち明けようとした中の神を止めたのは、保土ケ谷の神だった。

「俺たちがいつの時代からやってきたのかは、教えられない」

野球でふざけていた時の雰囲気とはまるで異なる保土ケ谷の神に、少女はわずかに気圧《けお》されながらも屈さずに食い下がる。

「じゃあ、ますますあなたたちの正体は怪しくなるわよ？」

そう忠告されても、保土ケ谷の神は動じなかった。

「お前の言う通り、俺たちは今よりもずっと先の時代からやってきた。だからこそ、お前に干渉《かんしょう》してしまうと厄介なことになるんだ」

「どういうこと？」

保土ケ谷の神は西の神から硬球を受け取り、ポケットにしまった。

「たとえ話をしよう。俺たちの時代に、お前の孫がいたとする。その孫は、お前が今日、たまたま出会って結婚した男の子孫だ。だが、俺たちと出会い、その男と出会う機会を失ってしまったことで、俺たちのいた未来が、その孫が生まれなかった歴史に変わってしまうかもしれないんだ」

保土ケ谷の神は『硬球必打』で地面に描いた一本の線を二つに分岐させ、一方の線の先にハートを描き、その線の途中に×印を加えた。残された一方の線を延ばしていき、その先にドクロマークを描いていく。

「でも、あたしに夫なんていないし、孫のことなんて分からないわ」

「あくまで可能性の話だ。だが、そういう危険がある以上、無闇に過去に干渉したり、未来のことを教えたりすることは、歴史を狂わせることになる。お前一人の運命が変わるだけでも、俺たちのいる世界から誰かがいなくなってしまうくらい、大きな変化に繋がる可能性だってある」

しばらく首を傾《かし》げて考え込んでいた少女は、手を後ろに組んで返事をした。

「つまり、あなたたちから未来のことを根掘り葉掘り聞くことで、本来なら得られなかった知識や歴史を知ったあたしが、選べるはずのない道を選んでしまう恐れがあって、ひいてはそれが、あなたたちのやってきた世界すら変えてしまうかもしれない、ってこと？」

少女の理解力はまたしても保土ケ谷の神を驚嘆《きょうたん》させた。驚いていたのは他の神々も同じで、思わず西の神は中の神と目を合わせてしまうほどだった。

ぽかんとする神々をよそに、少女は保土ケ谷の神が地面に描いた二つの線を、下駄でなぞって一本の線に戻してしまった。

「けれど、もしもあなたたちが明治時代にやってきて、あたしと出会うことになっていたとしたら、あたしに何も教えない方が、未来を変えてしまうことにはならない？」

その仮説に納得しそうになってしまった神々だったが、保土ケ谷の神は冷静に否定した。

「そんなこと言ったって、俺たちの時代のことは教えないからな」

「ちぇっ、やっぱりダメだったか」

あははと少女は軽く笑い飛ばしてはいたが、絶対に違うとは言い切れない以上、保土ケ谷の神はその説を捨てるわけにもいかなかった。

どう行動すれば正しいのか悩む神を見て、少女はけろりとした表情で手を叩いた。

「よし、じゃあこうしよう！　あたし、あなたたちが未来へ帰る手伝いをしてあげる！　あなたたちがどういう時代からやってきたかはすっごく興味があるけど、世界のためにも、聞かないでおくことにする」

心強い提案ではあったが、保土ケ谷の神はすぐに承諾できなかった。

「とは言っても、やはり過去の人間に干渉するわけにはいかない。知識を与えるだけでなく、俺たちの存在を認知するだけでも、充分お前に余計な情報を教えてしまっているんだ。俺たちのことはとっとと忘れることだ」

むくれた表情で、少女は保土ケ谷の神を睨み付ける。

「ふーん、じゃああなたたちこれからどうするつもり？　お金、持ってないんじゃないの？　泊まるところはどうやって確保するのかしら。夜になればお腹だって空くわ。知り合いもいなくて地理にも疎《うと》いのに、探し物なんてどうやったら見つけられるんでしょうね。警官だって、あなたたちのこと、追ってるかも。協力者が必要なんじゃない？」

「こいつ、つくづく妙なところが冴《さ》えてやがるな」

ぐうの音《ね》も出ないとはまさにこのことで、反論できなくなった保土ケ谷の神に代わり、西の神は冷静に質問した。

「君はいささかお人好《ひとよ》しが過ぎる。私たちが嘘を言って、君を騙そうとしている可能性だってあるはずだ。なぜ素性の分からない私たちに、そこまで手を差し伸べようとしてくれるのだ？」

極めて真っ当な疑問を受けて、少女は鼻を膨らませた。

「あたしはね、今、すっごく退屈なの！　妖術《ようじゅつ》を使ったみたいに、いきなり目の前に現れた？　自分たちを神様だと言い張っている？　今よりもずっと先の時代に帰らなきゃいけない？　こんな面白い話、聞いたことがないわ。あなたたちの手伝いをすれば、とても面白いことになる気がするの。いいえ、すでに面白いことになっているわ！」

それだけでは質問の答えになっていないことに気付き、少女は落ち着いて言う。

「あたしは他の娘《こ》とは違って色んな人を見てきている。騙そうとしたり、都合のいいことを言ったりする人間なんて、ぱっと見ただけですぐ分かる。あなたたちには、そういう嫌な気配を感じない。神様なのかどうかは分からないけど、あなたたちと話していると、他の人とは比べものにならないくらい楽しいの」

「私たちは、誰かに狙われている。それが、私たちよりも強い力を持った神であることは確かだ。君の言うように、私たちは協力者が必要だろう。だが、この男が言った過去を改変してしまう恐れだけでなく、君を危険な目にあわせてしまう可能性だって充分にある。それこそ命に関わることになるかもしれない」

「それでも構わないわ。あたしは自分の目で、色んなものを見てみたいの」

澄んだ目で強くそう言われてしまうと、諭《さと》そうとしていた西の神も口を閉ざしてしまった。少女は一度言い出したら聞く耳を持ちそうになく、保土ケ谷の神も他にどんな理屈で納得させたらいいものか、頭を悩ませていると、今までずっと黙っていた中の神が口を開いた。

「手伝ってもらいませんか？」

まさか姉からそんなことを打診されるとは思わなかった西の神は、驚きながら言った。

「何を仰《おつしや》るのですか、姉上！　彼女に干渉するのは危険が伴います」

「ですが、策がないのも事実でしょう？　もしもこの娘に災いが降りかかったら、わたしたちが払えばいいだけの話です。あなたはこの娘一人守れないほど、軟弱な土地神なのですか？」

珍しく姉から挑発的な言葉を耳にして、西の神は防戦一方になってしまう。

「そうは言ってもですね……」

真剣な表情で、中の神は少女ににじり寄っていった。男の神々とは異なり、最も神聖な雰囲気を持つ中の神に近づかれて、少女は思わず後ずさりしてしまった。少しだけかがんで、中の神は少女と視線を合わせた。甘く優しい中の神の匂いが少女の鼻腔《びこう》をくすぐり、鼓動が高まっていくのを感じる。

「それに」

そう言うと、中の神は勢いよく少女を抱きしめていた。

「こんな可愛い娘を放っておくことなんてできません！　何と好奇心旺盛《おうせい》で、天真爛漫《てんしんらんまん》なんでしょう！」

中の神に頭を撫でられて、少女も抱き返していた。お手上げという表情を浮かべる西の神と保土ケ谷の神を見ながら、少女は勝ち誇った表情で口を開いた。

「交渉成立ね」

呆れる男の神々を無視して、中の神は少女に話しかけた。

「申し遅れました。わたしは、中の神。バーテンダーの姿をしているのはわたしの弟の西の神。ぼさぼさ頭の彼は保土ケ谷の神と言います。あなたのお名前はなんというのですか？」

薄紅色の着物を直しながら、少女は満面の笑みを浮かべた。

「あたしは茂原《しげはら》れんげ。よろしくね、神様！」

れんげに案内されるがまま、弁天通[31]に入ると、神々は活気に意表を突かれてしまった。ローマ字で書かれた和名の屋号の下に、PHOTOGRAPH、BOOTS&SHOES、SILK、TAILOR、IVORYなどの英語の看板を掲げ、様々な輸入品を取り扱う店がずらりと建ち並んでいる。通りの奥には時計塔が立っていて、ぱっと見ただけではロンドンの一角と見紛うほどの十九世紀的な商店街が続いていた。

ショーウィンドウをじっと見つめている背広姿の外国人もいれば、和服にシルクハットという出で立ちで流行を気取った日本人もいて、手の込んだ映画のセットとでも思いたくなるほど、生活感のある景色が神々の視界に入り込んでくる。さすがの保土ケ谷の神も、言葉を失ってしまった。

日本家屋と西洋建築が入り乱れる通りに、すっかり心奪われた中の神は、通りを何回も横断しながら思ったことを口に出していく。

「まあ、あの靴屋さんの看板、とっても可愛いです！　ここは眼鏡屋さんですか、丸っこいデザインのものが多いですね」

気分をよくしたれんげは、はしゃぐ中の神を次々と案内しながら手を引いていた。

「この辺りは商業の中心で、生糸《きいと》の商会とか銀行とか、外国人が服や靴を修理するための店とかが沢山あるの。ほら、見て、あそこは金細工を扱う店なんだけど、いつも店主の弟が見張りをしていて目が合うとどやしてくる、いやーなやつ」

腕を組んで店番をする男に見つからないよう、舌を出したれんげに中の神は辺りを見回しながら質問をする。

「時計屋さんや本屋さんまで、色んなお店がありますね。食べ物屋さんはあまり見当たらないようですが」

「貿易商たちは、グランドホテルをよく利用しているわ。あとは何と言っても元町[32]よ。山

31 **弁天通**　中区にある通り。かつてこの地に置かれた洲干《しゅうかん》弁天社（厳島神社）という鎮守に由来する。現在は沿道に神奈川県立歴史博物館（旧横浜正金《しょうきん》銀行本店）が見える。
32 **元町**　中区の街区。一八六〇年に立ち退かされた旧横浜村の住人たちによって開かれた。裏手の山手居留地や横浜居留地に多くの外国人が住んでいたため、彼らの生活を支える西洋式の商店が発展するようになった。

手[33]に外国人たちの住居があって、彼らが普段生活する時に使うパン屋だったり洗濯屋だったり、ピアノの調律師がいたり、ここよりもっと楽しい店がどんどん増えているの。あ、もしかしてお腹空いちゃった？　洋風のものが食べたいなら元町にとても美味《おい》しいスープを出すお店があるの。あるいは南京町[34]に行ってみるのも面白いわね。あたしのおすすめは塩味の支那《しな》そば。肉の入ったおまんじゅうも食べやすくて好きかな。和食がいいなら、間違いなく伊勢佐木町[35]ね、老舗《しにせ》が多いの。でも最近、関内の盛り上がりに刺激されて西洋風のお菓子のお店とか色々出来てるの、今度見に行きましょう！」

きゃっきゃと騒ぎまくる女性陣を後ろから見ていた保土ケ谷の神は、首をごきっと鳴らした。

「中め、状況分かってんのか。俺たちゃ観光しに明治まで飛ばされてきたわけじゃないんだぞ」

せめて男衆だけでもしっかりしようという意味合いを込めて、保土ケ谷の神は言ったつもりだったが、西の神は満足そうに頷いていた。

「いつの世も、女性は新しいものに目がないということだ。あんなに楽しそうな姉上を見たのは久々な気がする」

「お前なあ」

保土ケ谷の神は怒る気力もなくなってしまった。西の神は文房具屋の店頭に並べられていた絵はがきを手にとった。

「今更慌《あわ》てふためいてももう遅い。ならば、せっかく明治時代にやってきたのなら見識を深めておくのも、土地神として立派な仕事ではないのか。うむ、これはなかなかよく刷られているな」

「お前まであいつらと一緒に騒ぎ出したら、俺は一人で帰るからな」

今度は西の神が呆れたように肩をすくめて、輸出用の漆器《しっき》を扱う店を見ながら言った。

「いい加減腹をくくったらどうだ。現代に戻った時に、大神様に怒られるのを心配しているのであれば安心しろ。今回は私も姉上も貴様も、等しく叱られることになる」

「そんな心配は一ミリもしちゃいねえよ」

「ならば、何をさっきからそんなにそわそわしている。貴様がここまで根性のないやつだとは思わなかったぞ」

西の神は容赦《ようしゃ》ない一言を向けたが、保土ケ谷の神は真剣だった。

33　山手　中区の街区。開国当初に設置された関内の居留地では手狭になり、一八六七年に高台の山手も居留地として増設された。

34　南京町　現在の横浜中華街。中区の商業区。一八五九年の開港でやってきた中国人貿易商たちによって、横浜居留地に作られたコミュニティがはじまり。三国志の英雄である関羽は、商売の神という伝承があることから、彼を祀《まつ》った関帝廟《かんていびょう》が一八七一年に建立された。

35　伊勢佐木町　中区の商業区。元は入江であったが、江戸時代から段階的に埋め立てが行われた吉田新田の上に作られた。明治の中期頃から遊郭へ向かう途中の歓楽街として栄えた。

「お前こそ自覚がないのか。俺たちは昭和の頭に横浜へ顕現したが、その頃の景色は、目の前のものとまるで異なっている。なぜか分かるか？」

「言うまでもない。それは関東大震災[36]が……」

そこまで口にして、西の神は全身に寒気が走るのを感じた。

「あまり深入りはするべきじゃない。お前自身のためにもだ」

保土ケ谷の神は言葉を失った西の神の肩にぽんと手を置いて、仲良く道を歩く中の神とれんげを追いかけていった。

れんげが足を止めた先に建っていたのは、重厚な煉瓦《れんが》造りの洋館だった。正面の入口には『SHIGEHARA SILK』と書かれた看板が吊されており、二階にはベランダが設けられていて、店内から続く廊下の先には中庭も見えた。つかつかと店に入ろうとするれんげを見て、保土ケ谷の神は立ち尽くしたまま声をかけた。

「……待て待て。お前んち、もしかして金持ちなのか？」

れんげは返事をせずに、店に入った。挨拶する店員たちをよそに、廊下を抜け中庭に出た。芝生が敷かれ、丁寧に世話されている花が随所に咲いていた。流行の西洋花壇が導入されており、色とりどりのバラが咲いている。その庭の真ん中で、和服を着た白髪の老婦が目を鋭くして待ち構えており、それを見たれんげはきびすを返そうとするが、厳しい声が飛んできた。

「お嬢様！」

その一言でれんげは動けなくなってしまい、和服を着た老婦はゆっくりと近づいてくる。

「あれほど寄り道はなさいませんようにと申し上げたのに、一時間も遅れるなんて、一体どこで何をなさっていたのですか？　最近は、若い娘が誘拐《ゆうかい》される事件が多いのです。こんなことが続くようでは、またきちんと車に乗って頂かなければなりません」

神々には堂々とした態度だったれんげも、老婦を前にすると目に見えて狼狽しており、普段から厳しくしつけられているのが伝わってくる。

「待って、ばあや。お小言の前に、紹介したい人たちがいるの」

そう言ってれんげは、やりとりを見守っていた神々を老婦の前に立たせた。

「こちらの方々は？」

老婦は、修道女とバーテンダーと奇っ怪な半袖の服を着た三人組を白い目で見つめる。

「彼らはヨーロッパを外遊して、ついこの間横浜に戻ってきたばかりの留学生なんですって。偶然グランドホテルの前で出会って、とても貴重なお話を聞かせて頂いていたらあっという間に時間が経ってしまったの」

普段港で見かける旅人とはいささか異なった服装をしていることに気付いた老婦は、厳しい視線を神々に送る。その疑いを払うかのごとく、中の神はスカートの裾《すそ》を摘まんで丁

36　**関東大震災**　一九二三年に起きたマグニチュード7・9の地震。この地震で、明治の開国以降に作られた多くの歴史的建造物が灰燼《かいじん》に帰した。

寧に挨拶をした。

「突然の訪問でお騒がせしてしまい、申し訳ありません。わたしたちは、ローマやサンクトペテルブルク、パリを回り、ロンドンからこの横浜へ戻ってきたばかりなのです。お嬢様は熱心にお勉強をなさっているようで、わたしたちが学んできた教育や文化の話を次々と理解してしまうものですから、とても驚かされました」

老婦に見つからないよう、保土ケ谷の神はこっそりと西の神に耳打ちする。

「よくもまあ次から次へと嘘をつけるもんだ」

「きっと、来るまでの間に口裏合わせをしておいたのだろう。私たちも乗っかるぞ」

品のある中の神の振る舞いに、老婦は少しだけ表情を緩めたものの、まだ警戒心は解いていない。今を好機と見た西の神は前に躍《おど》り出て、右手を胸に当てて頭を下げた。

「お初にお目にかかります、ご婦人。私は彼女の弟で、西洋の料理について勉強をしてきました。私が横浜を発った時から、街には随分と店が増えたようですね。近頃はハムや腸詰を出す店もあるとお嬢様から伺い、私も学んできた腕を早く振るいたいと思っているのです」

西の神の思わぬ加勢に、中の神とれんげはこっそりと驚いた表情を浮かべる。きっちりしたバーテンダー姿は、老婦に好印象を与えたようで、徐々に表情から緊張感がなくなっていく。

「そうでしたか、貴重な体験をお嬢様にお話し頂き、ありがとうございます。そちらの方は何を学ばれたのですか？」

一同の視線が保土ケ谷の神に向かっていく。中の神や西の神が話した内容は、老婦を安心させることに繋がった一方、保土ケ谷の神は自身のカードがあまりにも足りない事実を突きつけられていた。

大学に潜り込んではいるものの大半を惰眠《だみん》に費やし、有り余る時間の大半はネットゲームか動画再生、たまにでかけても近所の定食屋か弁当屋くらいのもので、人間社会に参加するわけでもなく、ある意味では最も神らしい生活をしていた。神なのだからあくせく働く必要などなかったのに、どうも勤勉な神々の横にいると、自分がだらしないように思えてきてしまう。何か老婦を納得させられる武器はないものか。

注目が集まる中、保土ケ谷の神はにやりと笑みを浮かべて胸を張った。

「ご婦人、今アメリカでは野球が隆盛《りゅうせい》を迎えているのです。毎夜行われる試合には多くの観客が集まり、出場する選手たちはその収益から莫大な給料が与えられて、野球は娯楽から職業に変わりつつあります。雨の日も風の日も、俺は球場に足を運び、土煙の舞うグラウンドで選手たちを見つめながら思ったものです。いつの日か、我が国でもこのように野球が沢山の人々に愛される競技となり、広く知れ渡って欲しい、と」

いつの間にか神器『硬球必打』を取り出して、保土ケ谷の神は自分の演説に惚れ惚れしながらバットを天高く突き立てていた。

「昼前に目を覚ましてメジャーリーグ中継を見ているだけだというのに、ものは言い様だ」

「しっ、静かに」

あまりにも白々しく話をする保土ケ谷の神に、思わず西の神は冷徹なツッコミを入れるが、間髪入れずに中の神が制止した。

老婦はベースボールシャツに、チノパン、便所サンダルという奇妙な保土ケ谷の神のスタイルには、他の神々ほどの感銘は受けなかったものの、自分たちの知らない文化を有しているという点は認めたようで、疑いの念はひとまず引っ込んでいた。

その様子を見て、今だと確信したれんげはわざとらしく肩をすくめた。

「彼らは一週間後にまたヨーロッパへ戻ってしまうのだけど、逗留《とうりゅう》する予定だったホテルが、彼らの部屋を予約し忘れてしまっていたの！　酷《ひど》い話だとは思わない？　そこでね、この人たち、旅立ちの日までうちに泊まっていってもらうのはどうかしら。部屋ならいくらでも空いているでしょう？　それに、あたしはこの人たちからもっと外国の話を聞きたいの。外国の最新情報も知っているから、お父様にだって悪い話ではないと思うわ。どうかしら？」

いきなり客人を招くことになり、当然のことながら老婦は驚きの表情を浮かべる。それを見た中の神は遠慮がちにれんげに言う。

「どうかお考えをお改め下さい。わたしたちのようなよそ者がいきなりお家に伺うだけでも不躾《ぶしつけ》だというのに、あまつさえ泊めて頂くなど言語道断。他に宿を見つければ済むだけの話、今日はご挨拶だけで失礼をさせて頂きます」

いい流れだったというのにまさか自分から断ってしまう中の神を見て、保土ケ谷の神は口を挟んでしまいそうになった。だが、辞去しようとする中の神を止めたのは、老婦だった。

「お待ち下さい。皆様はお嬢様が招かれた客人。私のせいでお引き取り頂いたとなれば、後で旦那様から叱られてしまいます。この家は関内でも有数の広さを誇る邸宅、皆様が倍になったとしても優に過ごせるほどの部屋は用意してございます」

「じゃあ、あたしと一緒にお父様を説得して下さる？」

そうれんげに問われ、老婦は一瞬呆れたように目を細めたが、最後は笑みに変わっていた。

「外国を周遊なさった客人をお招きするなど、滅多にない名誉なこと。きっと旦那様も喜んでお迎え下さるはずです。そうと決まれば、誰か！」

老婦が声を上げると、庭のバラに水をやっていた一人の男が近づいてきた。襟無しの黒いシャツの喉元までしっかりとボタンを留め、金糸の入った丸っこい帽子を被《かぶ》った背の高い男は、目が一重で弓なりの口はいかにも寡黙《かもく》そうな様子だった。

「あら、王《ワン》さん。旦那様と一緒ではなかったのですか？」

老婦にそう問いかけられ、中国人の男は首だけを左右に動かした。

「旦那様、今日は東京。ワタシ、書類の判子《はんこ》、押す、いっぱい。どうかしマシたか？」

「今夜から、客人をお泊めすることになりました。王さんがいてちょうどよかったわ、旦那様にその旨《むね》を電話でお伝えして下さい。私たちはお泊りの準備をしなければならないので」

「わかりマシた」

ぺこりと礼をして、王と呼ばれた中国人は邸宅の奥へ消えていった。

「ありがとう、ばあや」

老婦は、使用人に部屋を綺麗にするよう指示を出していた。

「しばらくお時間を頂けますか。準備が終わったらすぐにお呼びいたしますので」

「何から何まで、ありがとうございます」

中の神の礼を受け、老婦も二階へ準備に向かっていった。老婦が見えなくなったのを確かめると、一同は安堵のため息を漏らした。

「はあ、なんとかごまかせたわね」

中庭の椅子に腰をかけて、れんげは胸に手を当てた。

「よくこの短い間に、わたしたちの素性を考えられましたね。ばあや様を騙す形になってしまい心苦しいのですが」

れんげは得意げに笑った。

「あたし、そういう空想するのって、得意なんだ。港を歩いている商人や外国人を見て、この人たちはどういう職業で、なぜ横浜にやってくるようになったのかを考えているだけであっという間に時間が過ぎちゃう」

「しかし、あのご婦人が許しをくれたのは意外だった。もっと疑われるものだとばかり思っていたが」

西の神は袖をまくり、額を手で拭った。

「そりゃあ、普段のあたしの行いがばあやの信頼を勝ち取ってるからよ！　と、言いたいところだけど、ああ見えてばあやって見栄っ張りなのよ。ばあやはお母様の乳母《うば》になってからずっと家の世話をしていて、茂原の家に嫁いだ時も一緒についてきたの」

「結婚して、嫁に乳母がついてくるってのは、夫からするとなかなかぞっとする話だな」

保土ケ谷の神が冗談めかして言うと、れんげも呆れたように頷いた。

「元々あたしのお父様は上州[37]の出身で、横浜が開港した頃に外国人が沢山生糸を買い付けにくると聞きつけて商人になったの」

大きな邸宅を見ながら、中の神は感心していた。

「とても大きな成功をなさったのですね。この辺りの家でも、ここは特に大きいではありませんか」

娘なら父親の成功を自慢したっておかしくはないくらい立派な家ではあったが、れんげ

37　**上州**　上野国《こうずけのくに》。現在の群馬県。一八七二年に設立された富岡製糸場では、日本で初めて器械による製糸が行われ、明治初頭の輸出品として大いに栄えた。

が浮かれることはなかった。

「生糸商人は成金も多かったから、昔から横浜に住んでいた人たちの評判はあまりよくなかったの。そこで、お父様は伊勢佐木町の地主の娘だったお母様と結婚をして、横浜商人としての地位を高めたんだけど、田舎の商人に嫁に出すなどもってのほかだって、大反対されたみたいでね。お母様がお父様のもとに嫁に行く条件が、ばあやを世話役として雇うことで、何か妙な動きをしたらすぐに実家へ連絡がいくようになっているわけ。だから、さっきばあやはお父様に許可を取れ、って命令していたけど、お父様がばあやに意見なんてできるわけないの。この家の舵《かじ》を取っているのはばあやだからこそ、この説得がとても重要だったわけ」

茂原の家の仕組みを聞いて、西の神は感心したように頷いていた。

「君は、人をよく見ているな。君の観察眼が鋭い理由も、分かった気がする」

「これは、ばあや譲りね。お母様に育てられていたら、こうはなっていないと思う」

「それはどういう意味ですか？」

中の神は優しく問いかけた。

「お母様は、古い人なの。実家にいた頃はお祖父《じい》様のいいなり、茂原の家に嫁いできてからはお父様とばあやのいいなり。女が意見をするなんて差し出がましいって考えていて、常にお父様の後ろにぴったりとくっついている、すごく退屈な人。何を考えているのか、分からなくなることもあるくらい。あたしを育てたのは、お母様ではなく、ばあやなの」

れんげが、茂原の家にどことなく居心地の悪さを感じている理由が、神々には少しだけ伝わってきた。場の空気が重くなってしまったことを恥じるように、れんげは椅子から立ち上がり、笑い声を上げた。

「ごめん、変な話しちゃったね。あたし着替えてくる」

去って行くれんげを、神々は黙って見送っていた。しばらくして階段を下りてやってきたばあやが神々に声をかけた。

「お待たせいたしました。準備が出来ましたのでお越し下さい」

中庭から続く階段を上り、廊下を東に向かった一番奥の部屋に通された。賓客用《ひんきゃく》に設《しつら》えられた部屋はペルシャ絨毯《じゅうたん》が敷き詰められ、天蓋《てんがい》付きのベッドが三つに大理石で作られた暖炉《だんろ》、樫《かし》の木の大きなテーブルの上にはカーネーションが生けられた花瓶が置かれている。

壁には写実的な女の子の絵が飾られていた。子供用のドレスを着ているものの、顔には面影があり、それが幼い頃のれんげを描いたものだと神々はすぐに気が付いた。現代のホテルだったとしても、それなりの値段がしそうな立派な部屋だった。

思わぬ好待遇《たいぐう》にぽかんとした表情を浮かべるしかなかった神々をよそに、ばあやはカーテンを開けながらてきぱきと説明を始める。

「お洗濯をご所望《しょもう》の場合は、夕食後にお申し付け下されば翌日の昼までにご用意いたします。浴室は一階に下りて、左手にお進み下さい。お食事は階段を下りて右に進んで頂くと食堂がございます。お部屋でのお食事をご希望の場合には、こちらまでお運びいたします。

家には使用人がおりますので、他にも何かご入り用の際は声をおかけ下さい。こちらはこの部屋の鍵でございます」

とても慣れた様子でこの家の使い方を説明されてしまい、神々はまたしても言葉を失ってしまう。足早に部屋を去ろうとしたばあやを見て、中の神は声をかけた。

「あの、ばあや様。ここまで手厚くもてなして頂き、ありがとうございます。なんてお礼を申し上げたらよいものか」

深々と礼をして、ばあやは顔を上げた。

「お嬢様の客人を、この家総出でお迎えするのは当然です」

そう言って、ばあやは格式張った喋《しゃべ》り方を少しだけ和《やわ》らげた。

「実を申しますと、お嬢様がお友達を家へ招いたのは、これが初めてなのです。お嬢様はアメリカの婦人宣教師が開いた学校に通っているのですが、ご学友とは馬が合わないようで、しばしば退屈だと仰っております。このまま大人になって、人付き合いがおできになるか悩んでおりましたところ、突然皆様を連れていらしたのですから、私がどれだけ驚いたことか、少しはお分かり頂けるでしょうか」

笑みを浮かべかけたばあやだったが、それをすぐに引っ込めて厳しい表情に戻っていた。

「世界を旅してきた皆様のお話は、きっとお嬢様の教養を深めることになりましょう。ですが、あまりお嬢様に旅の話はなさらないで下さいますか」

「どうしてでしょう？」

中の神は静かに問いかけた。ばあやの目には迷いがなかった。

「奥方様の御実家は東海道沿いの古い旅籠《はたご》屋で、私は代々その家の女中を務める家に生まれました。まだ私が若かった頃、幼い奥方様を軒先で抱きながら、街道を行き交う商人や武士を見てはどこへ行くのだろうと話をし、旅籠に飾られていた広重《ひろしげ》の浮世絵を見ては、箱根の山はどれだけ峻険《しゅんけん》で、富士はいかに大きいことか、京の賑わいを一度でいいから見てみたい。そう思いを馳《は》せたものです。ですが、私は女中の身。奥方様はこの茂原の家に嫁いで次のお子を願われ、お嬢様はご結婚が間近に迫っています。女には女の役目があり、街道の先にある賑やかな街や、海の向こうにある見知らぬ国を追い求めるのは、とても残酷なことです」

長話の非礼を詫《わ》びるようにもう一度頭を下げて、ばあやは部屋を出て行った。ベッドに腰を下ろして中の神は俯いた。

「わたしたち、本当に明治時代にやってきたのですね。彼女たちの事情も知らないで、こちらの価値観を押しつけるのは、確かに残酷なのかもしれません」

深々とため息をついて、保土ケ谷の神は火の入っていない暖炉に寄りかかった。

「だから散々言ったじゃねえか、深入りするもんじゃないって。今必要なのはあの水晶玉を探し出すことであって、交流を深めることじゃない。明治時代を楽しむ気持ちも分かるが、ほどほどにしておけ」

保土ケ谷の神の言い分に理があったからこそ、西の神は素直に納得できなかった。

「貴様、もっと他に言い方はないのか。姉上は何も悪気があって……」

またしても口論が始まろうとした時、部屋の扉が開いた。先ほどの和服とは打って変わり、れんげは淡い青のワンピースを身にまとっていた。

「まあ、可愛らしい！」

明治時代とは思えないモダンな姿を見て、中の神は思わず賞賛《しょうさん》の声を上げた。れんげは照れくさそうにしながらクローゼットを開けた。

「ありがと。これあたしが作ってみたの、お父様が見つけてきた外国の本を見て。よければ、あなたたちもあたしが作った服、着てみない？　その格好だと目立ってしまうでしょう」

そう言ってれんげは着物を取り出して、保土ケ谷の神の身体にあててみた。

「大丈夫そうね。これ、着物なんだけど、簡単な作りになっているの。浴衣ほどだらしなくはないし、どうかしら？」

濃紺と白の縞《しま》模様の着物は生地がしっかりとしていて、とても十五歳の娘が仕立てたとは思えないほどの作りだった。

「よく出来てる。全部お前がやったのか？」

保土ケ谷の神が感心していると、れんげは西の神にも着物をあてながら苦笑いを浮かべた。

「まさか。あたしは型紙を描いて、ばあやと一緒に作ったの。ほんとは全部一人で出来るようになりたいんだけどね」

着替えようとする保土ケ谷の神を見て、れんげは何かに気付いた。

「あら、あなたの服、破《やぶ》れちゃってるじゃない」

「何だと？」

よく見れば保土ケ谷の神が着たユニフォームの腕の辺りが破れてしまっていた。

「なんてことだ！　俺のパチョレック[38]が！」

愛する助っ人外国人ユニフォームに疵《きず》が付き、悲嘆《ひたん》に暮れる保土ケ谷の神だったが、それを見たれんげは箪笥《たんす》から裁縫箱を取り出し、糸を針に通していた。

「ちょっと動かないでね」

れんげはあっという間にパチョレックのユニフォームを繕《つくろ》ってしまい、破れた箇所はそれほど目立たなくなっていた。

「おお！」

感動する保土ケ谷の神であったが、れんげは不服そうだった。

「生地にあった色の糸があればよかったんだけど。ごめんね、急ごしらえで」

「いいや、構わん！　ありがとう！」

38　**パチョレック**　一九八八年から九一年まで大洋に在籍した助っ人外国人。九〇年に首位打者のタイトルを獲得するが、大洋としての最後の首位打者となった。

子供のように喜ぶ保土ケ谷の神を見て、こんな童心に返ることもあるんだと、れんげは少し意外に感じた。

「あなたはあたしが着付けてあげる。衣装室へ行きましょう」

そう言ってれんげは中の神を連れて、部屋を出て行ってしまった。言われる通り、保土ケ谷の神と西の神は着物に袖を通し、姿見の前に立った。

「たまには和服も悪くないな。バーでも和服デーを設けてもいいかもしれん」

「俺は、どっかのマイペース野郎みたいで、落ち着かない気分だがな」

ぶちぶちと文句を言っていると、突如として部屋の扉が勢いよく開き、外から着替えを終えた中の神の手を引いたれんげが飛び込んできた。

「おお、なんだなんだ？」

れんげと中の神は、何も言わずに保土ケ谷の神と西の神の後ろに隠れてしまった。

「どうかしたのか？」

そう西の神が問いかけると唇に人差し指を当てて、れんげは肩を縮ませた。

「しーっ！　誰か来ても、あたしがいないふりをして！」

何のことかさっぱり分からず、神々が戸惑っていると、廊下をどかどかと歩いてくる賑やかな足音が聞こえてきた。

「どこへ行ったのかな、れんげ嬢！　この太一郎《たいちろう》、れんげ嬢のためならどんな海や山を越えてでもお迎えに行きますよ！」

そう大声で部屋に入り込んできた、背が低く丸々と太った男は、ぴちぴちのタキシードでおしゃれをし、髪は油でぴったりと撫でつけ、たっぷりと生やした口ひげを手で伸ばしていた。神々に気付いた男は、一歩後ろへ下がり、仰々《ぎょうぎょう》しく礼をする。

「これは失礼。この部屋に麗《うるわ》しい少女が紛れ込まなかったかな？　随分と照れ屋でね、いつもボクの前だとこうなんだ。さあ、れんげ嬢！　もう逃げ場はないぞ！　出てきなさい！」

にやにやと演説をする男を前にして、保土ケ谷の神は西の神に耳打ちした。

「……この手の人種に見覚えがあるんだが」

「奇遇だな。私も同じ男を想像していたところだ」

隠れたれんげに向かって、中の神はこっそりと声をかける。

「あのお方は？」

頭を抱えながら、れんげは首を振って声を絞り出す。

「あたしの婚約者。ああもう、ほんと無理無理無理無理……」

小さな声も聞き逃さなかった太一郎は、神々の後ろに視線を送り、甘ったるい声を出す。

「さあ、かくれんぼはおしまいだ！　いい子だからこちらへおいで！」

覚悟を決めたれんげは、頬をぱちんと両手で叩き、前に出た。

「こんにちは、太一郎さん。ごめんなさい、ドレスを着て走ったらどんな気分になるか無《む》性《しょう》に試してみたかったの」

れんげが姿を現したことにすっかりご満悦《まんえつ》だった太一郎は鼻息が荒くなっていた。

「構うものか！　ご機嫌うるわしゅう、れんげ嬢！　今宵の晩餐《ばんさん》をどれだけ楽しみにしていたことか！　汽車[39]があと少しで発車します。浅草に天ぷらの店を予約してありますゆえ、早いお支度を！」

れんげは震える手をぎゅっと握りしめ、精一杯の作り笑いを浮かべた。

「太一郎さん、おあいにくだけれど今夜は別件が入ってしまったの。こちらにいらっしゃるのは先日欧州留学からお戻りになった方々で、彼らと会食することになったから、お食事はまたの機会にということで」

渡りに舟とばかりに、断りの返事を都合よく解釈した太一郎は話を引き継いでしまう。

「なんと！　それは素晴らしい！　では、皆様もご一緒に浅草へご案内いたしましょう！　長い海外生活でさぞ和食が恋しかったことでしょう。腕によりをかけた品々を皆様にご賞味頂こうではありませんか！」

何を言ってもまるで聞く気のない太一郎に嫌気が差したれんげは、中の神の手を掴むと強引に引っ張って走り出した。

「ちょ、ちょっと、どうしたのですか、れんげちゃん！」

足を止めていた男の神々に向かって、れんげは声をかけた。

「何してるの！　あなたたちも来るのよ！」

そう言ってれんげと中の神は部屋を出て行ってしまった。

「おお、れんげ嬢！　どこへ行くというのですか？」

それを見た保土ケ谷の神は、西の神と目を合わせた。急いでれんげを追いかけようとする太一郎に、早歩きで近づいた保土ケ谷の神が右足をすっと伸ばすと、ぷくぷくした男性はころりと転がってしまった。保土ケ谷の神は転んだ太一郎にわざとらしく謝罪をした。

「これは失敬。外国暮らしが長すぎて、足が伸びすぎてしまったようだ。それでは、ごきげんよう」

先に走っていた西の神は、追いついた保土ケ谷の神ににやりとして言った。

「貴様も悪いやつだ」

「よく言うぜ。俺がやってなきゃ、お前がやってただろ」

店の前に出ると、すでに人力車に乗っていたれんげと中の神が、西の神と保土ケ谷の神を手招いていた。

「早く乗って！」

「これ二人乗りですよ？」

中の神の忠告を無視して男の神々が飛び乗ると、れんげは慌ただしく車夫《しゃふ》に言った。

「料金は倍払うわ！　とにかく伊勢佐木町の方まで走って！」

39　汽車　一八七二年に日本で初めて新橋―横浜間で鉄道が開通した。（仮開業は品川―横浜が先。）この時の横浜駅は現在の桜木町駅であり、二代目は現在の高島町周辺に移転。今の横浜駅は三代目になる。

体勢を整えた太一郎が、中庭から迫ってきていた。事情を察した車夫は腰を低くして、勢いよく車を引っ張り始めた。ぐんぐんと速度を増していく。

「その調子よ！」

うきうきの様子でれんげは車夫に賛辞を述べ、見る見るうちに茂原商会は小さくなっていった。

「なんだか少し気の毒な気もしますが」

「いいのです、姉上。あのような男にはこのくらい灸《きゅう》を据えておくべきでしょう」

「ところで、俺たちと会食するってのは本当なのか？　そう言われたらなんだか腹が減ってきたぞ」

すっかり空腹になっていた保土ケ谷の神にそう問われ、れんげは胸を張った。

「女に二言はないわ。何でもごちそうしてあげる。何か食べたいものはある？」

その質問を待ってましたとばかりに、保土ケ谷の神は声を上げた。

「明治時代の横浜と言ったら、注文は一つ！　何はなくとも、すき焼きを食わせろ！　こっちはハチャメチャに巻き込まれて、いい加減腹がぺこぺこなんだ！」

その提案に半ば呆れながらも、西の神は同意していた。

「貴様、食事だけは一切の遠慮がないな。だが、悪くない。私も気になっていたところだ」

「大丈夫ですか？」

わがままを言い過ぎていないか心配する中の神を安心させるように、にこっと笑ってれんげは叫んだ。

「まっかせなさい！　とびっきりのお店、紹介してあげるんだから！　さ、もっと急いで！」

四人の客を乗せた人力車は、がたがたと車体を揺らしながら、橋を越えて伊勢佐木町へ消えていった。

「ぎもぢわるい」

　チューリップ形のガス灯に照らされた夜道を歩く保土ケ谷の神は、膨れあがったお腹を押さえて足を止めた。何度となく足が止まることにうんざりしたれんげは、呆れて腰に手を当てる。

「店主にこれ以上は勘弁して下さいなんて言われたの、初めてよ」

　保土ケ谷の神は満腹すぎて言葉にならず、れんげにさらなる追い打ちをかけられる。

「だから車で帰りましょう、って言ったのに。運動になるから歩くって言ったの、あなたなんだからね、もう。未来の神様って、よほど質素な暮らしをしているのかしら」

「すまない。この男が特別に卑しいだけなのだ」

Chapter 4

食事にいたく感心した中の神は、満足そうに口を開いた。

「れんげちゃん、ごちそうさまでした。みそで食べるすき焼きは初めてだったので、びっくりしました。あんなに美味しいのですね」

「未来はみそで食べないの？」

未来の食事に興味を示したれんげは、目を輝かせて尋ねてくる。

「今だとお醤油《しょうゆ》にお酒やみりん、お砂糖を混ぜた煮汁が主流になっていますね。あと、先ほど頂いたお肉はかなり厚切りでしたが、わたしたちは薄切りにした肉を軽く焼いた後、たれを注いで煮すぎないあんばいで食べています」

「おい、さらっと未来のネタバレをするんじゃない」

保土ケ谷の神は口うるさく注意をしたが、れんげはまるで気に留めていなかった。

「へえ、佃煮《つくだに》を作る時の出汁《だし》に近いのかしら。今度やってみようかな」

夜の馬車道[40]は人通りもまばらで、時折人力車や馬車が通りすぎていくだけだった。夜風が涼しく、星も見ることができた。会話が弾む一方、西の神が黙って周囲を見ていることに気付いた中の神が声をかけた。

「どうかしましたか？」

40　馬車道　中区にある通り。居留地のある関内と港を結ぶ道として、外国人を乗せた馬車が多く通った。街路に日本で初めてガス灯を用いたほか、アイスクリームや日刊新聞の発祥の地でもある。

「いえ、何か視線を感じるのです。気のせいかもしれませんが」

「もしかして……」

れんげがぞっとして声を上げ、茂原商会に戻ってくると、入口で腕を組んだ老婦が待ち構えていた。

「げっ」

れんげが気付いた時にはすでに遅く、ばあやはゆっくりとした足取りで近づいてくる。

「お食事は済みましたか、お嬢様」

さすがのれんげももはや逃げ場はなく、後ずさりしていく。

「だ、大好評だったよ。ばあやも来ればよかったのに」

笑いでごまかそうとするれんげを、ばあやは一喝した。

「お戯《たわむ》れを！　なんですか、あの太一郎様に対する無礼な振る舞いは！　お嬢様は茂原の長女なのですよ！　お嬢様のわがままな行いがもしも太一郎様のご機嫌を損ねたら、ひいては旦那様のお仕事にまで差し障りが出かねません。もう十五なのですから、品格ある一人の女性として、慎みある立ち振る舞いを身に付けて頂かなければ、ばあやは旦那様や奥方様に顔向けできません」

いつもはばあやのお小言をのらりくらりとかわしているれんげも、こう立て続けにがみがみと説教をされて顔をむくれさせた。

「何よ！　あたしが太一郎さんの妻になりたいだなんて、一言でも言った？　あたしはあたし、お父様のお仕事にどうしてあたしが関係してくるの？」

「お嬢様！　あなたは茂原の娘なのです！　そんな勝手が許されると思っているのですか？　もっと自覚をお持ち下さい！」

「知らないわよ、そんなの！」

そう強く叫ぶと、れんげはばあやを無視して家の中に入ってしまった。

「お待ちなさい」

ばあやの呼びかけは、ひとけのない夜の弁天通にむなしく響くだけだった。客人に見られていることに気付いたばあやは、深々と頭を下げた。

「お騒がせして申し訳ありません。おやすみの準備は整っておりますので、ごゆっくりとおくつろぎ下さい。失礼いたします」

そそくさとその場を去って行くばあやを、中の神は心配そうな目で見つめることしか出来なかった。部屋に戻った神々は、順番に浴室を借りてから部屋着に着替えた。保土ケ谷の神が部屋に戻ると、窓の前にある椅子に腰掛けて、中の神と西の神が黙っている姿が目に入った。あくびをしながら保土ケ谷の神はベッドに横たわり、沈黙する神々に話しかける。

「なんだか明治時代ってのは、もっとのほほんとしたもんだと思ってたが、案外面倒くさそうな感じだな。ああもがみがみ言われてたら、退屈だと言いたくなる気持ちも分かる」

その言葉を受け、西の神は窓の外に視線を移した。

「西洋文化が入ってきて、まだ半世紀も経っていない時代だ。生活様式や、新しい商業は導入できたとしても、人々の生き方はすぐに変えられない。いくら海外相手に貿易をして先進的な商売をしようと、ここは昔ながらの家で、彼女のような考えを受け入れられる土壌にはなっていないということだ」

自分を納得させるように西の神はそう口にしたものの、一同は何も言うことが出来ず、またしても沈黙が訪れるのであった。

こんこん、と小さく部屋の扉が叩かれた。中の神が近づいて扉を開けると、そこにはネグリジェを着て立っているれんげの姿があった。

「どうしたのですか、れんげちゃん」

中の神が優しく問いかけると、れんげは驚いた表情を浮かべた。

「まさか、彼らと一緒に寝るつもりだったの？」

中の神は男の神々を見て、こくりと頷いた。

「ええ。こんな立派な部屋を用意して下さってありがとうございます」

のんきに礼を言う中の神を遮るように、れんげは男の神々を見て顔をしかめた。

「ばあやも気が利かないわね。どうして男女で部屋を分けなかったのかしら。淑女《しゅくじょ》たるものの、男子とは別に眠るものではなくて？　それに、男なんて、いつ姿を変えるか分かったものじゃないわ。特に、彼なんて、あれだけお肉をむしゃむしゃ食べちゃうんだから、警戒しておくに越したことはないでしょう」

とんでもない言いがかりを付けられて、真っ先に西の神が抗議する。

「何を言っているのだ！　私がそばにいるのだから姉上の身は固く守られたようなもの！　この淫神《いんしん》がその毒牙を姉上に向けようものなら、明治の世にこの男の墓を作ってやろうぞ！」

不名誉な扱いを受け、保土ケ谷の神はすかさず反論する。

「アホか！　俺がどうトチ狂ったら中に劣情《れつじょう》を催すというんだ！　おい、娘、多感なのは結構だがな、スケベな妄想に俺を巻き込むんじゃない！」

「貴様、それはどういう意味だ？　この横浜の地において、いや、世界でも姉上ほどの女《め》神《がみ》など他にいないというのに、魅力がないとほざくつもりか！」

くだらない言い合いをする西の神と保土ケ谷の神を黙らせたのは、どこからともなく取り出されていた中の神の神器『銃王無尽』であった。冷たく銃口を光らせた『銃王無尽』を保土ケ谷の神と西の神に向けながら、中の神は笑顔で言った。

「そういうことですから、男同士、ごゆっくり。おやすみなさい」

一瞬でけんかっ早い男の神々を黙らせた中の神は、れんげの手を摑んで部屋を出た。

「さあ、参りましょう、れんげちゃん。あなたのお部屋はどこですか？」

れんげの部屋は弁天通を見下ろすように窓がついており、ベッドの横には大きな西洋箪笥が置かれ、机の横の本棚には洋書がずらりと並んでいた。その一冊を取り出して開いてみると、沢山の生地が張られたサンプル帳になっていて、どこからともなく香料の匂いが漂ってきた。

「まあ、素敵な本。可愛らしい生地が沢山載っていますね。れんげちゃんのお気に入りはどれなんですか？」

サンプル帳をめくって、れんげは絹の生地を指差した。

「やっぱりシルクが好きかな。これって上州のシルクを使ってるんだけど、一度ヨーロッパに輸出されて生地になったものらしいの。あたしね、他にもいくつか自分で作った洋服があるんだ。ねえ、せっかくだし着てみない？　あたし、自分で着たところしか見たことがないから、他人が着たらどう見えるか見てみたいの」

中の神の返事を聞くより先に、衣装箪笥からドレスを取り出したれんげは次々と服を着せ替えていった。ひっきりなしに着替えさせられる中の神は目が回りそうではあったが、楽しそうにしているれんげを見て自分も笑顔になっていた。

ひとしきりお色直しを繰り返して満足したれんげは、中の神に抱きついてお腹に頬ずりをした。中の神はれんげの綺麗な黒い髪を優しく撫でながら、わざと困った声を出す。

「あら、どうしたのでしょう。急に甘えん坊になってしまったみたいですね」

ベッドに腰掛けると、れんげは中の神の膝に頭を載せて恥ずかしそうに俯いてしまった。

その様子を愛《いと》おしく眺めながら、中の神はれんげの腰にそっと手を置いた。俯きながら、れんげは言った。

「あ、あのね。一つ、お願いがあるんだけど」

れんげのもじもじする様子を見て、中の神は笑みを浮かべて答える。

「なんでしょう。わたしに出来ることなら、何でも叶《かな》えますよ」

こんなことが保土ケ谷の神の耳に入ったら、また口うるさく怒られてしまいそうだと、中の神は思ってしまった。くるりと身体を動かしたれんげは仰向けになり、何度も唇をもぞもぞと動かしながら絞り出すように言った。

「あたしね、今までずっと、お姉ちゃんが欲しかったの。だから、その、あなたのこと、お姉ちゃんって呼んでも、いいかな？」

何とも子供らしいお願いをされて、中の神は思わずぎゅっとれんげを抱きしめてしまった。

「もちろん！　そう言ってくれて、とっても嬉しいです」

「ほんと？　よかった、へへへ」

一緒に布団に入り、しばらく何も言わないまま、二人は笑ったり、時にくすぐったりしながら楽しい時を過ごしていた。だが、突如《とつじょ》としてれんげは中の神に強くしがみついて、動かなくなってしまった。身動きが取れなくなったので、中の神は笑いながら声を出した。

「れんげちゃん、少し苦しいですよ」

中の神に顔を埋めたれんげはしばらく黙ってから、静かに肩を震わせ始めた。その変化に気付いた中の神は、れんげの肩を抱きながらそっと問いかける。

「なぜ泣いているのですか」

優しく問いかけるとれんげの泣きじゃくりは強くなってしまい、中の神は静かに撫でながら気が静まるのを待つしかなかった。すすり泣く声の合間に、れんげはそっと言葉を漏らした。

「結婚なんて、したくない」

さらに続けて、れんげは小さく続ける。

「怖いよ」

中の神の頭には、保土ケ谷の神が言っていた言葉がよぎっていた。深入りをするべきではない。自分たちは交流をするために明治へやってきたわけではない。自分たちが干渉すれば、れんげの人生を変えてしまうかもしれない。ここでうかつなアドバイスをしてしまえば、いたずらにれんげの人生を左右する可能性がある。この短い間で、ここまで心を開いてくれた人間だからこそ、一時の感情の高ぶりで、結果的に人生を壊してしまうことは、すべきではない。

きっと、保土ケ谷の神ならそうぐっと堪《こら》えて、それ以上考えることはやめてしまうだろう。けれど、本当にそれでいいのだろうか。横浜の土地神として、未来からやってきた神として、どう接することが正しいのか。

れんげのことを思うより先に、己《おのれ》の行動の是非を考えている自分が嫌になり、中の神は震えるれんげをさっきよりも強く抱きしめることしか出来なかった。やがてれんげは眠りについてしまい、中の神は少女の寝息を聞きながら目を閉じた。

れんげと中の神が深い眠りにつく頃、西の神はぐうぐうといびきをかいて眠り呆《ほう》けている保土ケ谷の神を放っておいたまま、れんげが用意してくれたシャツとサスペンダー付きのパンツに着替え、洗面所で顔を洗い、一階の食堂に向かった。

食堂は大きなテーブルが四つ並べられた広い部屋になっており、香ばしい匂いに包まれていた。その正体を探るべく、厨房《ちゅうぼう》の扉を開けると、王と呼ばれた中国人の男が夜明けの光を頼りにハムを切っていた。

「おはようございマス」

王の後ろの調理台には、匂いの正体である長い食パンが湯気を立てて置かれていた。食パンの他にも卵の山やみずみずしいレタス、瓶詰めされた牛乳が並べられており、現代とほとんど変わらない献立《こんだて》に、西の神は興味がかき立てられていく。

「おはよう。君は、確か王と言ったな。私は西だ。短い間ではあるが世話になる」

「よろしく」

表情をほとんど変えない王ではあったが、ぺこりと挨拶した。

「お腹、空きマシたか？」

「どんな朝食なのか待ちきれなくてな」

それを聞いた王はパンを一口サイズに切り、その上にハムを載せて西の神に渡した。

「つまみ食い。どうぞ」

思わぬ差し入れに西の神は礼を言い、口に運んだ。パンは焼きたてで、ハムも新鮮であり、もっと粗野《そや》な味を想像していたが、現代と遜色のない風味に西の神は感心してしまった。パンをかじりながら西の神は手際よくハムを切る王に話しかける。

「君はこの家で料理人をしているのか？」

戸棚から皿を取り出した王はレタスを盛りつけながら、ゆで卵を煮る鍋が噴きこぼれないよう竈《かまど》を注視していた。

「ワタシ、シェフもやる。でも、ホントの仕事、買弁《ばいべん》[41]」

「買弁？」

西の神が問い返すと、王はゆで卵の横でじっくりと煮込んでいた野菜スープの味見をしながら返事をした。

「ワタシの国、この国よりも早くヨーロッパと貿易、するようになった。この国の人、英語とっても苦手。でも、ワタシたち、英語、前から知ってる。この国の、言葉も。だから、ヨーロッパの人とこの国の人、言葉繋げる人、必要」

「なるほど。つまり、君は通訳をしているのか」

王は首を横に振った。

「それだけじゃない。ワタシ、ヨーロッパの会社、いくつか知ってる。この国の人、どの会社がいいか、分からない。だから、ワタシ、どこが儲《もう》かる会社か、教えてあげる。商人、ずるがしこい。すぐ、騙そうとする。やり方知らないと、破滅」

端的な言い方に西の神はくすりと笑ってしまった。

「経営コンサルタントも兼ねているのだな。だが、その仕事だけでも充分だろうに、どうしてこんなに朝早くから君が料理番をしているんだ？」

王は薄い眉をひそめ、鼻から息を漏らした。

「ワタシ、昔から料理得意。一度だけ、ワタシの国の料理、旦那様に作って出した。それから、食事作ってくれ、作ってくれ、うるさくなった。やらなきゃよかった」

西の神はパンを完食し、同情を示す。

「ごちそうさま。ここの主人が君に料理番を任せたくなる気持ちも分かる。私も少なくない料理人を見てきたが、君の手際は見ていて気持ちがいい。面倒でなければ今度、君の祖国の料理も振る舞ってもらいたいところだ」

「アナタも料理を？」

「私はバーテンダーだ。簡単な料理もできるが、カクテルを作る方が多い」

「カクテル、イイね。ワタシ、そんなに呑めないけど、好きよ」

あっという間にサラダの盛りつけを終え、王がテーブルに並べようとしたので、西の神も手伝いながら返事をした。

「なら交換条件といこう。君が料理を振る舞ってくれたら、私もカクテルを作ろうじゃな

---

41 **買弁** 異国間の貿易を仲立ちする中国人商人のこと。西洋の商人との交渉には、語学だけでなく世情にも詳しい必要があり、南京条約で日本より早く開港していた中国人は列強との交渉術を磨いていた。

いか。どうだ？」

「イイね。約束」

そう言って、王はテーブルに皿を置きながら笑みを浮かべた。その時、西の神は王の長袖からわずかに姿を現した右手の手首にやけどの痕を見た。いつできたものなのか聞くのも失礼かと逡巡《しゅんじゅん》しているうちに、目を覚ましたれんげと中の神が食堂に現れ、話は流れてしまった。一同が朝食を終える時間になって、ようやく保土ケ谷の神がぼさぼさの頭を掻きながら大あくびをしてやってきた。

「お、立派な朝食じゃないの。いただきまーす」

朝早く起きた王が、丹精《たんせい》込めて作ったサラダをむしゃむしゃと食べまくり、パンをちぎってはスープをぐびぐび飲む保土ケ谷の神の無神経さに腹が立った西の神は、表情が曇っていた。不穏な空気を悟った保土ケ谷の神は、恐る恐る尋ねる。

「な、なんだよ。朝っぱらから不機嫌じゃん」

「とっとと食べろ。こんな事態になってよく寝坊などできるものだな」

食事が一段落し、れんげが話を切り出した。

「さあ、作戦会議を始めましょう！」

「どうしてお前が一番乗り気なんだよ」

りんごをかじった保土ケ谷の神に呆れられながらも、れんげはめげることなく続ける。

「だって、この時代のことを一番知っているのはあたしなんだから、あたしが指揮《しき》を執《と》るのは当然でしょう？　で、あなたたちを過去に飛ばした水晶玉はどういうものなの？」

唯一手に触れたことのある中の神は、改めて証言をした。

「片手で持てるほどの大きさで、黒くて、奥がかすかに紫色をした水晶の球です。光を浴びるときらきらと輝いて、他の宝玉ではあのようなものを見たことがありません」

「手がかりはそれだけ？」

申し訳なさそうに中の神は頷いた。話を引き継いでれんげは言った。

「二つの可能性を考えてみましょう。一つ目は、すでに誰かの手に渡っているというもの。もう一つは、まだ誰かのものにはなっておらず、商人たちの間を流れているというもの。普通の宝玉とは見た目が異なっているのなら、商人たちの目にも触れているはずだと思うの。せっかく四人もいるんだから、班を二つに分けて一班は、宝石を購入していそうな人たちに聞き込みをする。二班は商人たちに水晶玉の話を聞き込んで追跡をする。あたしは、商人たちにつてがあるから、港の聞き込みに回るわ。お金持ちへの聞き込みは、そうね」

ぐるりと一同を見回し、れんげはすぐに結論を出した。

「まず、お姉ちゃんは絶対。お姉ちゃんならいきなり疑われるということはないだろうから」

「なら私は姉上と同行しよう。もしものことがあってはいけない」

そう提案をした西の神を見て、横に座った保土ケ谷の神と見比べてから、れんげははっきりと頷いた。

「そうだね。じゃあ西はお姉ちゃんと一緒に山手や元町の方に聞き込みをお願い」

「おい、ちょっと待て！　今、俺とこいつを見比べたな？　どういうことだ！」

「あ、でもそうなると、あたしがこの人と回ることになるのか……」

れんげは小さく呟いたつもりだったが、地獄耳の保土ケ谷の神が聞き漏らすことはなかった。

「俺じゃ不服だってのか！」

保土ケ谷の神を無視して、西の神は深々と頭を下げる。

「すまない、れんげ。面倒を押しつけるようだが、そいつをよろしく頼む」

「うん。そっちも頑張ってね」

一人でぷんすか怒る保土ケ谷の神をよそに、れんげから地図を渡された西の神たちは揃《そろ》って聞き込みに向かっていった。

「さ、あたしたちも行きましょう」

てきぱきと話を進めてしまったれんげに、もはや保土ケ谷の神は何も反論することは出来ず、弁天通から港へ向かった。

ドーム型の屋根が付いた塔が中央に聳《そび》える煉瓦造りの税関を抜け、れんげと保土ケ谷の神は艀が無数に接岸する桟橋に近づいていった。沖に停泊した大型の船からひっきりなしに艀がやってきては、樽《たる》や木箱に詰めた荷物を次々と荷揚げしていく。荷物の状態を確認する外国人の商人や、書類を見ながら木箱を数える役人もいて、その活気に保土ケ谷の神は言葉を失っていた。

呆気に取られている保土ケ谷の神とは対照的に、れんげは行き交う商人や役人に話しかけて水晶玉を見た覚えはないか問いかけていた。しょっちゅう税関に顔を出しているのか、いかつい水主や半裸《はんら》の荷揚げ人夫を見ても物怖じする様子はなく、顔見知りに声をかけられると、れんげはきさくに返事をしていた。男だらけの港で、きちんとした着物を着たれんげは紅一点であったが、悪目立ちした様子はなく、とても馴染《なじ》んでいるのが伝わってきた。

荷物を検査する役人に聞いてもめぼしい情報はなく、象の鼻で実際に荷揚げを指示している水夫にも何人か当たってみたが望ましい返答は得られなかった。

「この様子だと色んなものを大量に扱っているだろうから、しらみつぶしに探すのは無謀かもしれないな」

早くも諦めていた保土ケ谷の神を見て、れんげは奮起していた。

「あなたが諦めてどうするのよ！　ここじゃダメね、他を当たってみましょう」

れんげは保土ケ谷の神を連れて海岸通りを歩き、グランドホテルの前にやってきた。賑やかだった税関周辺とは打って変わり、ホテルの庭園では外国人の逗留客がのんびりと桜を眺めている。元来高級な場所に縁のない保土ケ谷の神は、いくら明治時代とはいえ格式の高いホテルを前にして怖じ気付いていた。

「おい、こんな高そうな場所に何の用があるんだ」

すっかりやる気になっているれんげは保土ケ谷の神を無視し、入口の扉を開けた。フロントにはスーツを着た小柄な日本人の他に、赤茶色の髪をした背の高い外国人の姿もあった。れんげは外国人のフロント係に英語で話しかけ、保土ケ谷の神を紹介してから何かを交渉していた。すぐに話はまとまったようで、赤い髪のフロント係は建物の奥に二人を案内し、木の扉を開けるとそこにはランプで照らされた薄暗い部屋が広がっていた。

長いカウンターの奥では眼鏡をかけた外国人のバーテンが丹念にグラスを磨いており、ソファに腰掛けて果物を摘まんでいる客も、カウンターで談笑しあう客もみな外国人だった。本格的なバーが突然現れて、保土ケ谷の神は場の空気に呑《の》まれていた。れんげはカウンターで話し込んでいる外国人に躊躇なく話しかけていき、事情を説明しているうちに何度も笑い声が上がる。保土ケ谷の神は水晶玉の情報探しより、れんげの度胸に驚かされていた。れんげは何組かの外国人グループに話を聞いた後、入口でぽつんと立っていた保土ケ谷の神を連れてバーを出た。

「どうだった？」

「ダメ。宝石商にも知り合いがいるの、今度はそっちに聞いてみましょう」

れんげと保土ケ谷の神は弁天通に戻って『Jewelry』と書かれた看板の店を訪ね、店主に話を聞いたが情報は得られず、その後も何度となく港や商店を往復しては話を聞いて回ったが、成果を上げることは出来なかった。

改めて波止場に戻り、れんげと保土ケ谷の神は海を見ながら岸壁に腰をかけて一息つくことにした。

「もう！　ここまで何の手がかりもないなんてどういうことなの？」

色々なことにすぐ腹を立ててしまう年頃のれんげは、ぷんすかしながらやり場のない怒りをぶちまけていた。いきなり手がかりが得られるとは思っていなかった保土ケ谷の神は、優しくなだめる。

「まあそう慌てるなよ。じきに何か見つかるって」

「どうしてあたしが慌てて、あなたが冷静なのよ！　未来に帰りたいんでしょう？　ちょっとは焦ったらどうなの？」

頬を膨らませるれんげを、保土ケ谷の神は感心するように見つめていた。

「それにしてもお前、大したものだな」

「何のこと？」

「英語だよ。ペラペラじゃないか。外国人だらけのホテルに行って何をするのかと思って冷や冷やしてたら、まさか聞き込みをするとは思わなかった。あいつら、お前があれだけ話せることに驚いていたじゃないか」

調子に乗りやすいれんげのことだから、語学力を褒められて鼻高々になるかと思いきや、膝を曲げて鼻から息を漏らした。

「別にどうってことないよ。あたしの英語の先生が和英辞典を編纂《へんさん》した方と知り合いで、教え方がとても上手だっただけ。こんなことできたって何の役にも立たない。結婚すれば外国の人と話すことなんてなくなるし、どうせ使わなくなることを覚えたって何の意味もない。ただのお仕着せの習い事だわ」

目の前で建設中の大さん橋に視線を移して、れんげはため息をついた。

「来年になるとね、ここの桟橋が完成して大きな船がここまで近づけるようになるの。ここからロンドンとかローマとかパリに行けるようになるそうよ。あなたは外国に行ったことある？」

船の煙突からもくもくと上がる煙を見ながら、保土ケ谷の神は諦めたように口を開いた。

「自慢じゃないが、俺は横浜から出たことはない。土地神というのは、その土地を見守るのが仕事だ。横浜を司《つかさど》る俺が、あちこちへうろちょろしていては、民に示しが付かないからな」

「外へ行ってみたいとは思わないの？」

「俺は家でごろごろしているのが性に合っている。土地神は見守るのが仕事だとは言ったが、厄介ごとに巻き込まれることも少なくない。西や中だけでなく、横浜には色々な土地神がいて、どいつもこいつも問題を抱えてやがる。俺くらいじっとしてなきゃ収拾が付かない」

「へえ、未来には西やお姉ちゃん以外にも神様がいるんだ」

またしても墓穴を掘ったことに気付いた保土ケ谷の神は、話を変えることにした。

「お前は海外に出たいと思っているのか？」

れんげは頷いたものの、いつものような勢いはなかった。

「あたしは自分の目で、色んなものを見てみたい。前にお父様から買ってもらった本に、エジプトのピラミッドとか、ローマの闘技場とかパリ万博で披露されたエッフェル塔とか、世界中の史跡や名所が沢山載っていたの。それをこの目で見ることができたら、どれだけ幸せなのかしら。ねえ、もしもこのまま水晶玉が見つからなかったら、あたしと一緒に世界旅行へ出かけるのはどう？　土地神が海外へでかけちゃいけないというのは、あなたの時代での取り決めでしょう？　あたしの時代ならどこへでかけたって問題はないと思うの」

れんげの思わぬずるがしこさに笑ってしまった保土ケ谷の神は、珍しく同意していた。

「それは悪くないかもな。俺だって、外国に興味がないわけじゃない」

「お姉ちゃんや西も一緒に行くの。あたしたちの冒険を旅行記にすればとても売れると思わない？　ただでさえ外国に行く人なんて少ないのに、女のあたしが世界を一周したらきっと話題になるわ」

「その儲けた金で、もう一回旅行が出来そうだな」

保土ケ谷の神が話に乗ってきたことが嬉しくて、れんげは舞い上がっていく。

「それって素敵ね！　そうなったらどれだけ楽しいのかしら！」

悲しいことに、れんげという少女は女の子が描きがちな空想にいつまでも浸っていられる性格ではなかった。

「でも、そんなの絶対に無理。あたしがここを離れることなんてできないもの」

保土ケ谷の神は何も言わずに、船を見つめるれんげに視線を送っていた。しばらく黙っていたれんげは、ふと保土ケ谷の神を見てお願いをした。

「もしも水晶玉が見つかったら、あたしを未来に連れて行ってくれないかな？」

何を言い出すのかと思いきや、到底認めることは出来ない提案をされ、保土ケ谷の神は露骨に顔をしかめる。その反応を予想していたれんげは、ひるまずに続ける。

「あたしが過去からやってきたことは、誰にも口にしないわ。あなたたちのことも内緒にしておく。どんな仕事だってやってみせるし、文句だって言わない」

怒る気力もなくなり、保土ケ谷の神は空を見上げた。

「両親やばあやはどうするつもりだ。お前がいなくなったと知ったら悲しむぞ」

かもめが空を飛んでいた。明治時代にもかもめがいるという事実に、保土ケ谷の神は今更ながら感心していた。

「知らないわ、そんなこと。お父様もお母様も、あたしが大事ではないのよ。自分たちの仕事に繋がるからあたしを育てているだけで、あたしがいなくなったら、養子《ようし》でももらうんでしょう」

保土ケ谷の神は視線をれんげに戻して、じっと見つめた。

「未来に行ったところで、お前には家族も知り合いもいないし、金だって持っていない。働こうにも、素性の分からないお前を雇ってくれるところなんてない。未来の新しい風習を何一つ知らないお前は、飲み物一つだって買えやしない」

「でも、あなたたちが……」

れんげがそう言いかけたところで、保土ケ谷の神は被《かぶ》せるように話を続ける。

「間違っても、俺たちに頼ろうなんて考えるなよ？ 俺たちは土地神で、お前は人間。お前に付きっきりで世話をすることなんてできない。元々、住む世界が違うんだ」

釈然としない様子のれんげに向かい、保土ケ谷の神は容赦のない言葉を投げかけた。

「それに、嫌なものから逃げるために何かを始めたって、うまくはいかない。この時代でも身動きが取れなくなっているお前が、未来にやってきたところで何の役に立つ？ 言っておくが、未来は進んでいる。過去の人間が逃げ込んだところで、簡単に順応できる場所だと思うなよ」

そこまで言ったところで、保土ケ谷の神は横からすすり泣く声を聞いた。れんげは顔を赤くしながらぽろぽろと涙を流して、手で何度も拭っている。

「あなたに言われなくたって、分かってるわよ、そのくらい！ でも……」

自分でも悔しさに気付いていたからこそ、れんげは気持ちを抑えることが出来なくなっていた。顔を覆《おお》うように涙を拭うれんげの手首を、保土ケ谷の神はそっと摑んだ。

「俺はな、自覚のないやつが嫌いなんだ。人間ってやつは、みんな誰かと違うものを持っているのに、大抵それに気付かないまま一生を終える。俺が人間に干渉しないのは、偉い神から人間に近づくなと言われているからじゃない。自分が持っているものを自覚しない人間を、見ているのがもどかしいからだ」

れんげの手首から手を離し、保土ケ谷の神は海を見た。

「お前、自分が英語を話せることに、何の自信も持っていないだろう」

突然そんなことを言われてれんげは驚いてしまったが、表情は暗いままだった。

「……自信なんてないよ。発音はぎこちないし、綴《つづ》りだってしょっちゅう間違えるし、きっとあたしの英語なんて向こうからすれば片言に聞こえているはずだわ」

「なら、お前に話しかけられた外国人たちは、どうしてあんなに楽しそうにしていた？　他人にあれだけ心を開かせることは、教えてどうにかなるものではない。外国人だけじゃない。いかつい水夫や気難しそうな商人相手でも、お前はまるで臆することなく話が出来る」

「それは、あたしがお父様にくっついてよく港に行っていたからってだけよ」

「あれだけ分け隔《へだ》てなく話が出来るのに、お前ときたら英語の力をお仕着せの習い事だと言う始末。お前、本当は海外になんて行きたくないんじゃないのか？」

れんげは立ち上がっていた。

「そんなことない！　あたしは、海を渡ってみたい！　でも、あなただって見たでしょう？　あたしには婚約者がいて、相手の家に入ることが決まっているの。叶わない夢を見たって、むなしいだけじゃない」

保土ケ谷の神は、顔を上げてれんげの目を見た。

「言い訳はよくないな。お前は最初から海外になんて行けないと、自分で決めつけている。家のしきたり、国の事情、女の在り方、お前の前に様々な壁があるのは事実だ。だけど、お前の夢を遠ざけているのは、周りのせいじゃない。自分の持つ力を信じずに、叶わないに決まっていると思い込む自分が、誰よりも夢から突き放しているんだ」

自分を傷付けるような厳しい言葉を向けられていたはずなのに、そう保土ケ谷の神に言われてれんげは何かに気付き、はっとした気持ちになっていた。それでもまた弱気がやってきて、しゃがみこんだれんげは顔を手で覆ってしまう。

「でも、言葉なんて特別なことではないわ。それができたからってどうだというの」

大きく咳払いをして、保土ケ谷の神はれんげを見た。

「英語を話せることは自信を持っていい」

「どうして？」

ようやく視線を合わせたれんげに、保土ケ谷の神は笑顔を見せた。

「俺、英語めちゃくちゃ苦手だから」

今までお説教をしていたはずなのに、突如としてふざけた保土ケ谷の神を見て、れんげは吹き出してしまった。

「何それ。あなた、神様なんでしょう？」

本気で笑い始めたれんげに、保土ケ谷の神は段々腹が立ってきていた。

「うるせえ！　神にだって得手《えて》不得手《ふえて》はあるんだよ！　俺は外に出る必要が無いんだから、

英語なんて覚えなくたっていいの！」

　ムキになる保土ケ谷の神がおかしくて、れんげはいよいよ笑いを堪えきれずお腹を押さえて苦しそうにしていた。

「お前、笑いすぎだぞ！　神を冒瀆《ぼうとく》するつもりか！」

　保土ケ谷の神に怒られながら、なんとか笑いを押しとどめたれんげはまたしても目から涙が流れていた。

「あはは、なんだか馬鹿らしくなってきちゃった。ちょっと元気出た気がするよ」

　笑顔が戻ったれんげを見て、保土ケ谷の神は黙って立ち上がった。通りへ戻ろうとする保土ケ谷の神を追って、れんげは声をかけた。

「あなたって、てっきり人間が嫌いなのだと思ってた」

　れんげは保土ケ谷の神を追い越して、前に立った。

「でも、本当はすっごくお人好しなのね。嬉しかったよ、ありがとう」

　感謝の言葉を口にしたれんげは、清々《すがすが》しい表情を浮かべていた。面と向かって礼を言われるのは恥ずかしく、保土ケ谷の神は無視して通りへ進んでいった。機嫌良く通りに出たれんげは足を止めた。

「今日はこれくらいにしておこうか。また明日別の場所に聞き込みに行くとして、ひとまず……」

　そう言いかけた時、通りから一台の馬車が土煙を上げて向かってきた。馭者《ぎょしゃ》は何度も馬に鞭《むち》を入れ、勢いはどんどん加速する。馬車の扉は開けっ放しになっており、音に気付いたれんげが振り向こうとした瞬間、頭巾《ずきん》を被った男が、れんげの腰を両手で掴んだ。

「れんげ！」

頭巾の男は手慣れた様子でれんげを抱き抱えると、そのまま馬車の奥に押し込んでしまい、間髪入れずに扉は閉ざされた。

「強盗《ごうとう》だあ！　誰か止めてくれえ！」

馬車のやってきた方角から、シャツを破かれた小太りの男が息を切らしながら走ってきていた。状況を把握《はあく》した保土ケ谷の神は『硬球必打』で足元の石をフルスイングするが、むなしく空を切る。ここが現代とリンクしていない事実を思い出し、舌打ちをして全速力で追いかけようとするが、すでにれんげを乗せた馬車は通りの彼方へ消えてしまっていた。

周囲がざわめきに包まれる中、保土ケ谷の神は歯がみするほかなかった。

Chapter 5

「君たちは一体何をやっていたんだ!」

ガス灯で照らされた広い応接間に、太一郎の激怒《げきど》する声が響いていた。椅子に座った保土ケ谷の神と西の神は黙ったまま目を閉じ、中の神は唇を真一文字に結んでいる。長いテーブルを挟んで向かいに座っているのは、長いあごひげを蓄えたスーツ姿のれんげの父と着物姿の母。その背後に表情を変えないまま、ばあやが立っている。太一郎はテーブルを強く叩いて、神々を見ながら叫ぶ。

「そもそも、君たちは何者なのだ? 留学生だそうだが、どの学校に属し、出身はどこなのだ?」

大きな声を張り上げることで俄然《がぜん》怒りがわき立ってきた太一郎は、テーブルに置かれた一枚の手紙を引っ張り上げてさらに叫び続ける。

「あまりにも話が出来すぎている！　どこの馬の骨とも知れない連中とれんげ嬢が仲良くなったかと思えば、突如として誘拐された挙げ句、脅迫状《きょうはくじょう》まで届くなど、この事件に君たちが関与していないと考えるのはあまりにも不自然だ！　冬吉《ふゆきち》様、今すぐにこの連中を警察に突き出して、れんげ嬢の捜索をするべきです！」

強い口調で話を向けられたれんげの父は、時計を見たまま何も言わなかった。その代わりに、おどおどした様子のれんげの母が、声を震わせながら言った。

「けれど、その手紙には警察に連絡をすればれんげの命はないと書かれているのでしょう？　あの子にもしものことがあったら……」

そこまで口にするのが精一杯で、れんげの母は涙をぽろぽろと流し始めてしまった。れんげの母が泣き出してしまい、さすがの太一郎もこれ以上声を荒げるわけにもいかず、重苦しい沈黙が部屋を覆っていた。

これまで何を言われてもずっと黙っていた神々だが、堂々とした調子で話を始めたのは西の神だった。

「私たちがれんげさんと仲良くなった矢先に、このような出来事が起こってしまい、不審に思われるのは当然のことでしょう。この男がれんげさんと一緒にいながらこのような醜態を晒し、返す言葉もないのは事実です。ですが、れんげさんが誘拐されたことに、私たちは一切関与していない。それだけははっきりと分かって頂きたい」

その弁明《べんめい》を待ってましたと言わんばかりに、一度は言葉の刃を鞘《さや》に収めた太一郎が、再び剣を抜いた。

「そんなことを言って、誰が信じると思う？」

西の神は理解を示すように頷いた。

「私たちの潔白《けっぱく》を示せるのは、やはり私たちしかいない。れんげさんを誘拐した犯人は、愚かにも引き渡し場所を指定してきている。警察に頼れないのであれば、私たちの手でれんげさんを奪還《だっかん》するまでです」

西の神の表情が本気だったからこそ、太一郎にはそれが滑稽《こっけい》に映った。太一郎は大笑いした。

「君たちに身代金を渡して、引き渡しの現場へ向かわせるというのか？　それでは、ここで犯人に金を渡すのと何も変わらないではないか！」

西の神は太一郎の目をじっと見た。

「私たちを信用できないのなら、太一郎殿、あなたが身代金をずっと持っていればいい話。私たちはあなたを窮地《きゅうち》には立たせないし、れんげさんは傷一つ無く奪い返してみせる。そもそも、身代金の袋こそ用意すれど、中身など不要。賊《ぞく》の交渉に乗る必要は無いのです」

怒りが溢《あふ》れ出しそうなのを抑えながら、西の神はきっぱりと言った。決然とした西の神の様子に腹が立ってきた太一郎は、テーブルを強く叩く。

「そんな理屈が通用すると思うか！　第一、君たちのどこにそんな腕っ節が」

そう言いかけたところで、ようやく口を開いたのはれんげの父だった。

「私が同行しよう」

太一郎の近くに置かれていた脅迫状を自分の前に引き寄せて、れんげの父は神々を見た。

「この手紙には、私が取引場所へ向かえ、と書かれている。太一郎殿を危険な場所へ向かわせるわけにはいかない」

今度は露骨に心配するような声色で太一郎はれんげの父に近づいた。

「何を仰るのですか、冬吉様！　冬吉様にもしものことがあればこの太一郎、一生れんげ嬢に顔向けできません。冬吉様を向かわせるくらいなら、この太一郎が参ります！　こ、こう見えても、剣術には一家言あるのです！　粗暴な戦い方の盗賊一味など一ひねりですとも」

どれだけ太一郎が騒いでも、れんげの父は冷静だった。三人の神々の顔をじっと見ながら、れんげの父はゆっくりと口を開いた。

「一つ、質問をしてもいいかな」

れんげの父は葉巻に火を点《つ》けて、煙を静かに吸い込んだ。

「君たちは、れんげをどう見ている？」

のどかな夕食会でするような質問をされて、神々は不意を突かれていた。そう思ったのは太一郎やれんげの母も同じだったようで、間の抜けた顔をしている。質問は不思議だったものの、保土ケ谷の神も、中の神も笑っていた。代表して西の神が質問に答えた。

「甘やかされて育ったのでしょう。わがままで、一度言ったら決して考えは曲げないし、こちらの都合などお構いなしに振り回そうとします。言動は子供っぽいのに、時折大人顔負けの鋭い面を見せることもあって、口は達者で、そのくせ傷付きやすい。いよいよ手の付けられない年頃になってきた感じでしょう」

「君、失礼ではないか！」

そう叫んだ太一郎を制止して、れんげの父はさらに話すよう西の神に促《うなが》す。西の神は遠慮なく続ける。

「ですが、彼女には類《たぐ》い希《まれ》なる好奇心があります。もしも彼女に自由が与えられるのであれば、彼女は決してそれを無駄にすることも、それに押しつぶされることもなく、私たちが思うよりずっと遠く高い空へ飛んでいくことが出来るでしょう」

葉巻を灰皿に捨てたれんげの父は、背後でずっと立っていたばあやに声をかけた。

「お客人はこう仰っている。どう思う、ばあや」

お腹の前で手を交差したまま目を閉じていたばあやは、一歩前に出た。

「よき友人というものが、自分の目を覆いたくなるような欠点でも容赦なく指摘し、それを慈《いつく》しんで下さる方なのだとすれば、こちらの方々は間違いなく、お嬢様のご友人と言えるでしょう」

その返事を受けて、れんげの父は初めて笑みを浮かべた。席から立ち上がったれんげの父は神々を見た。

「準備をしてくる」

それだけ言い残すと、れんげの父はばあやや家族を連れて応接間から出て行った。最後に出て行ったのは太一郎だったが、その表情は苦渋に満ちていて、大きな音を立てて扉を閉めていった。

一同が去ったのを見て、中の神はため息をついた。

「れんげちゃん、大丈夫でしょうか」

落ち込む姉を見ていたくなかった西の神は、自信を込めて言った。

「一番の心配は、彼女の父親が私たちに救出の許可を与えてくれるかどうかだったはずです。父親の信頼を得たのなら、後は私たちが誘拐犯をぶちのめしてやるだけです。善は急げ、作戦を考えることにしましょう」

西の神は心配する中の神と比べて、終始表情を変えないまま黙り込んでいる保土ケ谷の神に気付いた。

「何をぼけっとしている。貴様の失態を挽回するには、その賢《さか》しい頭脳を用いるほかあるまい。賊をどのように引っ捕らえるか、策はもうあるのだろう?」

西の神に問いかけられても、保土ケ谷の神は視線を動かさずに窓を見ていた。風が吹き、窓がかたかたと音を立てた時、保土ケ谷の神は慎重に口を開いた。

「俺たちは、本当に助けに行くべきなんだろうか」

その言葉を耳にするや、西の神は保土ケ谷の神の胸ぐらを思い切り掴み、壁に身体を押しつけた。その勢いで椅子が倒れ、壁に掛けられていた絵画が揺れた。

「貴様、まさかとは思うが、現場にいながらみすみす彼女が誘拐されるのを見過ごしたわけではあるまいな」

西の神の言葉で、保土ケ谷の神は目を大きく開け、胸ぐらを摑んでいる手を強く握り返した。その反応を見て、西の神はさらに強く詰問《きつもん》していく。

「貴様の小癪《こしやく》な口が何をほざこうと、目までは嘘をつけん！　貴様の目に一瞬灯《とも》った炎は、彼女を助けに行くと叫んでいるではないか！　なぜ、それをそのまま言葉にできんのだ！」

保土ケ谷の神は歯を強く嚙み、西の神の射殺さんばかりの強い視線から目を背《そむ》けることしか出来なかった。張り詰めた沈黙を和らげるように、中の神はそっと西の神の手に触れ、優しく拘束《こうそく》を解いた。

中の神は、苦悶《くもん》の表情を浮かべる保土ケ谷の神に穏やかな調子で口を開いた。

「もしもここで、わたしたちがれんげちゃんを助けてしまったら、未来が変わってしまうかもしれない。あなたは、それを心配しているのですね？」

保土ケ谷の神は、決して中の神とは目を合わせようとしなかった。中の神に責める様子はまるでなく、乱れた保土ケ谷の神の襟を静かに直していく。

「あなたの考えは間違っていません。わたしたちのいた世界が、れんげちゃんが誘拐される運命から続いているのだとすれば、これからわたしたちがやろうとすることは著《いちじる》しい歴史改変になってしまうでしょう。けれど、こうも思うのです。わたしたちは、あらかじめここへやってくるようになっていたのではないか、と」

「お前もれんげと同じようなことを言うのか」

保土ケ谷の神は本気で問いかけたはずだったが、中の神は笑っていた。

「正直なことを言えば、わたしたちが動くことで、未来がどのように変わってしまうのかなんて、よく分かりません。ただ、わたしたちがれんげちゃんにあの水晶玉を探す手伝いをして欲しいと頼んで外に連れ出した時点で、あの娘を助け出す責任があるはずです。ここがいくら明治時代とはいえ、わたしも横浜の土地神の端くれ。わたしたちが原因で人間に害を被《こうむ》らせてしまったのであれば、わたしは土地神としてその責任を果たしたいと思います」

すでに中の神の決意は固く、保土ケ谷の神の手を握る力には信念が込められていた。

「この件で、もしかしたらわたしと西は天界裁判にかけられることになるかもしれません。その時はぜひ、わたしたちの弁護人になって下さいね。あなたなら天界の判事たちとも渡り合えるでしょうから」

そう言って、中の神は応接間を離れようとした。

保土ケ谷の神は、れんげに投げかけた厳しい言葉を思い出していた。自分に嘘をついて、願いを遠ざけているとれんげに言ったくせに、自分がそれをしようとしているのはなんとも情けない話だった。本気で怒りをぶつけてきた西の神と、天界に裁かれる覚悟を決めた中の神を見て、悔しさも感じていた。

「待て」

部屋を出て行こうとする中の神と西の神に、保土ケ谷の神は声をかけた。

「あいにくだが、俺はお前たちの弁護人にはなってやれない」

保土ケ谷の神は、勢いよく二人の神と肩を組んだ。

「俺が座るのは被告人席だからな」

煩《わずら》わしそうに保土ケ谷の神の腕を除《の》けながら、西の神は呟いた。

「初めからそうすればいいのだ、馬鹿め」

吹っ切れた保土ケ谷の神は、今まで散々溜め込んでいたものを吐き出すように喋り出した。

「そもそもだな！　俺たちは望んで明治にやってきたわけじゃないんだ。未来へ帰るために、ちょこっとばかり人助けをしただけで怒られるような天界なら、クーデターを起こしてやる！」

中の神がくすりと笑っていると、準備を終えた冬吉が応接間に入ってきた。それを見て、保土ケ谷の神は不敵な笑みを浮かべながら宣言した。

「れんげ奪還作戦を始めるぞ」

Chapter 6

冬吉を乗せた馬車は、真っ暗な山手の道を抜けて本牧[42]へ向かっていた。海岸が埋め立てられる前の本牧は切りたった崖が続いており、日中ともなれば景勝地《けいしょうち》だった根岸[43]へ向かう外国人の観光客で賑わっていたが、明かりのない夜道を進むのは慣れた馭者でも難しそうだった。

---

42 **本牧**　中区の海側の地域。かつて本牧神社は、本牧岬と呼ばれる東京湾に張り出した崖の麓に鎮座しており賑わいを見せたが、空襲で社殿と境内を喪失し移転した。岬も埋め立て事業により姿を消した。

43 **根岸**　磯子区の山側の地域。現在の根岸森林公園は、一八六六年に開場した横浜競馬場の跡地を利用したもの。

道から外れて鬱蒼《うっそう》と木々が生える野山の麓《ふもと》で馬車を止めた冬吉は、レザーの鞄を片手に持ち、道のない山をひたすら登っていった。思わぬ来客に驚いた鳥が、大きな声を上げて飛び去っていく。蛇や野犬も出るこの辺りを夜に散歩する奇特《きとく》な人間はあまりおらず、身が震えそうになる寂しい雰囲気だったが、冬吉は汗を拭うこともせずに、ひたすら頂上を目指した。

山を登り切りそうな辺りで明かりが見えた。ずっと夜道を歩いていたので、ランプの明かりが眩《まぶ》しく、冬吉はしばらく何も見えなかった。光に目を慣らしながら進むと、人の気配を感じた。しかも一人ではない。闇夜に紛れて、大勢の人間が自分を見ているのが冬吉には分かった。

何か大きく叫ぶ声が聞こえた。何を言っているかは分からなかったが、何を言いたいかは冬吉に伝わっていた。普段ならとても発しそうにない、娘の鬼気《きき》迫る声を耳にして冬吉は声のする方に目を向けた。

「れんげ！」

冬吉は後ろ手に手首を縛られ、猿ぐつわをかまされたれんげが、もがいている姿を見た。れんげを拘束する男の横で、痩軀《そうく》ではあったが鋭い目をした男が、ぎこちない笑みを浮かべて冬吉を見ていた。その手には拳銃が握られている。

「本当に一人で来たみてえだな」

痩軀の男が笑うと、冬吉の背後から何人もの男たちがぞろぞろとやってきた。誰かにつけられていることに、冬吉はまったく気が付かなかった。背後からやってきた男たちに、強く背中を押されて、冬吉はいつの間にか夜盗《やとう》の輪の真ん中に立たされていた。

主犯格であろう痩軀の男は、ゆっくりとした足取りで近づいてくる。すでに男の興味は冬吉からレザーの鞄に移っているようだった。

「開けろ」

冬吉はすぐに鞄の鍵を外した。中には金塊《きんかい》がぴっちりと入っており、ランプの明かりを浴びてきらきらと輝いている。痩軀の男はにやにやしながら鞄に近づき、汚れた手で金塊を持ち上げた。

「さすがは横浜きっての大商人。すぐにこんなものを用意できるとはな。おい、連れていけ」

指示を受け、頭の禿《は》げ上がった大きな男が冬吉の腕を掴み、乱暴に手を縄で縛り始めた。粗野な割に拘束することには慣れていて、冬吉は身体を目一杯動かして暴れてみたが何の抵抗にもならなかった。

「待て、話が違うぞ！」

身代金と引き替えに娘を返してもらうつもりでいた冬吉は、ここまで必死に抑え込んでいた焦りが一気に溢れ出て、表情が乱れていく。金塊を持った痩軀の男は冬吉への興味を失っており、木に寄りかかって退屈そうに返事をした。

「娘は返してやるさ。これは娘の返却料だ。だが、あんたを返す金はまだもらっていない」

強欲な夜盗に痺《しび》れを切らした冬吉は、低い声で警告をした。

「やめておけ。欲をかくとろくなことにならないぞ」

他人に注意されるのが我慢ならない痩軀の男は、鞄に金塊を戻し、鍵を閉めた。

「自分の立場、わかってんのか？　二度と俺に偉そうな態度を取るなよ」

精一杯の凄《すご》みを込めて夜盗は威嚇《いかく》したが、冬吉の態度は変わらなかった。

「これが最後だ。手を引け」

気の短い痩軀の男は、腰にぶら下げていた拳銃を手に取り、引き金に指をかけようとした。その時、言葉にならないうめき声が響き、盗賊たちは一斉に周囲を見回した。叫び声を上げた正体はすぐに分かった。れんげを捕らえていた大男が肩から血を流し、右手で傷口を押さえながら地面に転がっていたからだ。

「どうした！　何が起きてる？」

痩軀の男が倒れ込んだ男に近づこうとした時、またしても悲鳴が上がった。驚いた痩軀の男が音のした方に目を向けると、今し方冬吉を縛った禿げ頭の男もまた、肩を押さえて倒れ込んでいる。何が起こっているのか分からず、主犯格の男は冬吉に近づき、乱暴に腕を掴んで問いかけた。

「何を……」

その疑問が最後まで発されることはなく、痩軀の男もどこからともなく放たれた銃弾によって肩を撃ち抜かれ、地面に膝をつくことになった。倒れ込んだ男たちを助けようと、他の夜盗が動き出した瞬間、木の上から飛び降りてきた和服の女がれんげの前に降り立った。女が片手に銃を握っていることに気付いた盗賊たちは、仲間をやられた怒りから我を忘れて襲いかかろうとするが、和服の女に首や腕を摑まれては投げ飛ばされていった。屈強な男たちがいとも簡単に宙を舞い、地面に叩きつけられていく有様を見て、れんげは呆気に取られていた。

神を相手にしていることなど知らずに襲いかかってくる哀れな男たちが近づいてこなくなると、和服姿の中の神はれんげを拘束していた猿ぐつわと縄を切って、申し訳なさそうに声をかけた。

「遅くなってごめんなさい、れんげちゃん。怪我はありませんか？」

その優しい中の神の笑顔を見て、れんげは安堵から泣き出しそうになったが、音を立てずに近づいてくる影が見えて声を上げた。

「お姉ちゃん、後ろ！」

日本刀を握りしめた男が、中の神に斬りつけようと切っ先を天に向けた瞬間、その刃は手を離れて重さで地面に突き刺さっていた。それと同時に、男も白目を剝《む》いて地面に倒れていく。

「後ろから襲いかかるなど、貴様に刀を握る資格はない」

西の神が頭に強烈な拳の一撃をお見舞いするだけで、刀を握った男は意識を失っていた。

西の神は、落ち着いた様子で冬吉に近づき、縄を解いていく。

「ご無事ですか？　素晴らしい陽動でした」

西の神の背中はがら空きだったが、一切動じる様子のない立ち振る舞いに、野蛮な盗賊たちも力の差が歴然《れきぜん》なのは肌で感じていた。冬吉も、れんげの友人がどうしてこれほどまでに格闘慣れしているのか、さっぱり分からなかった。

一瞬にして人質を奪還され、力自慢の味方がやられている窮状《きゆうじよう》に気付いた痩軀の男は、金塊の入った鞄を抱えながら後ずさりして叫んだ。

「てめえら、何者だ！」

その言葉を待ってましたと言わんばかりに、バットを握りしめた保土ケ谷の神が木の上から降り立った。

「中、ご苦労だった。れんげと親父さんを連れて先に戻っていてくれ」

れんげを抱き寄せた中の神は、冬吉に近づき、山を後にしようとした。ところが、騒ぎを聞きつけた他の仲間たちが次々と暗闇から姿を現し、退路を塞《ふさ》いでいる。主犯格の男は援軍を見て威勢を取り戻し、強気な態度で神々に乱暴な言葉を吐いた。

「おい、てめえら、目が見えねえのか？　このまま帰すわけねえだろうが！」

中の神の退路を塞いでいた男たちは、西の神が振り回した小さい『神之碇』によって次々と頭を強打され、膝から地面に崩れ落ちていった。

「さあ、二人とも。わたしから離れずに付いていきて下さいね」

大柄な男たちが昏倒《こんとう》していくのをまるで気に留めず、観光案内のガイドのような優しい口調で中の神は夜盗たちを踏んづけながら山を下っていった。まだ闘志を失っていなかった男たちが、必死の形相《ぎょうそう》で人質たちを追いかけていく。それを見て、保土ケ谷の神は慌てた声を上げた。

「あ、おい、よせ！」

ここまで強気だった保土ケ谷の神の慌てた様子を見て、主犯格の男は気分をよくし、ぼけっとしている他の男たちにも追いかけるよう促しながら叫んだ。

「馬鹿め！　女の足で俺たちから逃げられると思うなよ！　すぐにあいつらが連れ戻す！」

そうは言ったものの、男たちが逃げた獲物《えもの》を取り返してくる気配はなく、その代わりに夜の野山に野太《のぶと》い男たちの悲鳴が響き渡ってくるだけであった。その哀れな声を耳にして、保土ケ谷の神は合掌《がっしょう》する。

「だからやめておけって言ったのに」

何人かは中の神を追いかけて姿を消していたものの、夜盗の数はまた増えており、保土ケ谷の神と西の神は、銃や日本刀を持った男たちに敵意を向けられていた。その威勢の良さに思わず笑みがこぼれてしまった保土ケ谷の神は、わざとらしく指をポキポキと鳴らしながら夜盗たちに声をかけた。

「さーて、待たせたな、盗人《ぬすっと》諸君。楽しい楽しい神罰の始まりだ。お前らがどんな悪行を働いてようと俺の知ったこっちゃないが、けんかを売った相手が悪かったな。こんなマネをして、ただで済むと思うなよ？」

保土ケ谷の神の覇気《はき》を感じ、盗賊たちは一瞬ひるんだ。それを嫌った主犯格の男は負けじと声を上げた。

「少しは腕が立つようだがな、俺たちでかかればお前らなんざイチコロだ！　かかれ！」

叫び声を上げて、複数の男たちが一斉に保土ケ谷の神と西の神に飛びかかっていったが、あっという間に片付けられてしまった。肩慣らしにもならないといった様子でため息をついた保土ケ谷の神は、神器『硬球必打』を強く握りしめた。

「ナメるなよ。いくら現代とチャンネルが切断されていても、盗人風情《ふぜい》に後れを取る土地神ではない！　いい機会だ、まとめてかかってこい！　お前たちを根絶やしにしてくれる！　なっはっは！」

久々に暴れ回ることになり、機嫌よく盗人をフルスイングしていく保土ケ谷の神を見て、軽蔑するような視線を送りながら西の神は呟いた。

「まるで邪神《じゃしん》のような言い様だ」

深呼吸をして、『神之碇』を引っ張った西の神は、じりじりと近づいてくる盗賊たちを睨みながら高らかに言った。

「だが！　貴様たちの振る舞いは決して見過ごせん！　神自ら、貴様たちの歪《ゆが》んだ性根《しょうね》に裁きを加えてやろう！　容赦はせん！」

土地神としての力は失われていても、神と人間ではまるで相手にならず、仲間内では腕っ節自慢の豪傑《ごうけつ》も、軽々と吹っ飛ばされては木に叩きつけられ、坂を転がっていき、失神してうめき声を上げていた。

「ぬわっはっは！　少し力が戻ってきたようだ！　横浜の盗人ならもう少し根性を見せたらどうだ！」

襲いかかってくる盗賊の数は減っていき、西の神は逃走経路を探るため周囲に目を光らせていた。その時、空気を震わせるような鈍い音が鳴り響き、煙が上がった。

すかさず西の神は音の鳴る方に『神之碇』を振り、手に振動を感じた。鎖を通じて伝わる振動で、西の神は異変を感じ取っていた。容赦なく夜盗を痛めつける保土ケ谷の神に近づき、西の神は『神之碇』の鎖に挟まったものを見せた。

「おい、これを見ろ」

鎖の間に挟まった弾丸を見て、保土ケ谷の神は言葉を失った。煙が霧散して視界が元に戻ると、保土ケ谷の神たちを取り囲んだ夜盗はその手に突撃銃を構えていた。保土ケ谷の神は銃から視線を逸らさず、西の神に問いかける。

「ＡＫ－47だよな、あれ」

会話をする神々を無視して、盗賊たちは銃を乱射してきた。西の神はその弾をすべて『神之碇』ではじき返しながら返事をする。

「あいつらはソヴィエトから支援を受けているのかもしれないぞ」

西の神の冗談はつくづく自分の趣味に合わないとうんざりしながら、保土ケ谷の神は鉄砲玉を器用に打ち返していた。

「馬鹿言え。この頃はまだロシアに皇帝がいるっての」

くだらない冗談を言っていなければ力んでしまいそうになるほど、激しい銃弾の雨が神々を襲っていた。だが、苦しい表情を浮かべているのは盗賊たちも同じで、百発以上は撃っているはずなのに傷一つ付けられないこの男たちに、いよいよ恐怖を感じ始めてもいた。西の神は弾丸をはじき返した後、突撃銃を構えている夜盗に『神之碇』をお見舞いして体勢を整えた。

「どうやら、時空を越えたのは私たちだけではないようだ」

変化に気付いたのは、保土ケ谷の神だった。いよいよ神々を相手にしてもまるで歯が立たないことを察した夜盗たちは、四方八方に散らばって逃走を開始していた。よく見れば金塊の入った鞄がなくなっており、主犯格の男の姿も見えなかった。

「くそっ！　金塊だけはなんとしても取り返すぞ！　俺は右に逃げたやつらを追う。お前は反対側を頼む！」

「ヘマをするなよ」

西の神の忠告を無視して、保土ケ谷の神は一目散に山道を駆けていった。西の神も音を頼りに夜盗たちを追っていった。

金塊の入った鞄は決して軽いものではないので、走っていると普通より足音が重くなる。

加えて、重い足取りになるのでリズムがぎこちなく、耳を澄ませばすぐに逃げた獲物を捕まえられそうだった。だが、西の神が進んだ方向は、どれもみっともない走り方をする男たちしかおらず、重いものを持って逃げ惑《まど》う足音は聞こえなかった。

「どうやらババを引いたのはやつのようだな」

そうつぶやき、追走をやめかけた時、西の神は闇夜を駆ける妙な音を耳にした。他の男たちとは比べものにならないくらいの速さで、地面を飛ぶように駆けていく音が聞こえてきた。明らかに夜盗たちには比肩《ひけん》できない速さで移動する何かを追って、西の神は木に飛び移り、全速力で駆けていった。

とてつもない速さで動く何かは、西の神が追ってきていることに気付き、さらに速度を増して地面に降りては木に飛び乗り、攪乱《かくらん》を試みようとしている。ただ追いかけるだけでは勝ち目がないと判断した西の神は、先回りして徐々に逃げ場を限定し、崖に追い込んでいった。本牧の野山は、西の神にとって古くから姉と散策して回った自分の庭であり、それがたとえ明治時代とはいえ地の利があるのは明白だった。

追い込みは功を奏し、逃げ場を失った何かは徐々に速度を落とし、東京湾がよく望める崖で足を止めた。すかさず西の神も足を止め、逃げ惑う何かの前に立った。

「あいにくここは私のテリトリーだ。貴様のような部外者に、もとより逃げ場などない」

逃げていたのは、黒いローブを頭から被った人間だった。ローブの下に頭巾を被って、周到に顔を隠している。一つはっきりとしているのは、この人物はさっきまでの夜盗より運動能力も知性も桁違いに優れているという点だった。

「貴様、一体何者だ。頭目はてっきりあの痩せた男だと思っていたが、どうやら貴様が黒幕のようだな。なぜソヴィエトの銃が明治時代にある。私たちがここにいるのも貴様の差し金か？」

ローブの人物は、西の神が質問を終えた瞬間、崖の下へ飛び降りていった。その一瞬、ローブをまとった人物の右の手首がちらりと見えた。そこに、ひどいやけどの傷痕《きずあと》があることを、西の神は見逃さなかった。

崖はかなりの高さがあり、飛び降りればただでは済まない。西の神が崖に近づき、下を眺めるとすでに何の痕跡《こんせき》もなく、星を浮かべた穏やかな海だけが見えていた。

夜の海を見ながら、西の神は小さく呟いた。

「ババを引いたのは、私か」

Chapter 7

庭に咲いたバラは、穏やかな風に揺られて気持ちよさそうに花びらを広げていた。暖かい日差しを浴びながら、中の神は古いずだ袋をごそごそと探る保土ケ谷の神を見ていた。袋から何かを取り出した保土ケ谷の神は、それをぽいっと中の神に投げた。

「お宝発見だ」

中の神が手に取ったのは、薄い液晶画面に長ネギのストラップが付けられた、現代人なら誰もが知る文明の利器であった。しかも、中の神にはそれが誰のものか見覚えがあり、素《す》っ頓狂《とんきょう》な声を上げてしまった。

「まあ、瀬谷のスマホ！」

その調子外れな声を聞いて、保土ケ谷の神はがくんと肩を落とす。

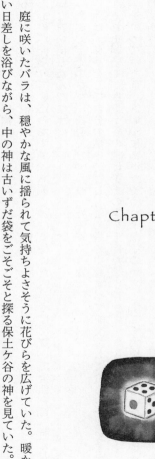

「間違いなく、あいつのだよな、それ……。なくしたとは言ってたが、まさか時空を越えた落とし物をするなんて、どんだけ運がないんだよ、あいつ」

思いもしない掘り出し物を発掘してしまい、心底疲れた様子の保土ケ谷の神は、それでも面倒くさそうに尋ねた。

「この袋、どこで手に入れたんだ？」

髪を束ねた中の神は、ぼろぼろの袋を見ながら言った。

「昨日、わたしたちは山手の家々に聞き込みに行ったんです。宝玉の情報は手に入らなかったのですが、珍しい輸入品を扱う露天商の噂を聞きまして、中華街へ向かいました。すると裏路地で、風呂敷を広げて妙にこそこそした商人を見つけました。壺や絵画など様々なものが売られていたのですが、あることに気付いた西がやけに驚いて全部を買い取りたいと言い出したんです」

「たぶん、このスマホを見てびっくりしたんだろうな」

「西は、交渉をして自分の懐中時計《かいちゅう》と、この袋の中身すべてを交換してもらったんです」

それを聞いて、保土ケ谷の神は驚きの声を上げた。

「それって、お前があいつにあげたやつじゃないのか？　すごく大切にしていたものじゃねえか」

「はじめはわたしが指輪を出そうとしたのですが、西に固辞《こじ》されてしまいまして。あの懐中時計は装飾が施されていたので指輪よりも食いつくだろうと言って、西は商人と交渉し、これらを持ち帰ることが出来ました」

「ふうん、やつも身を切る大切さを学んだってわけか」

感心したように鼻からため息を漏らし、袋を探った保土ケ谷の神は、銀河を描いたような黒い茶碗を見せた。

「この綺麗な茶碗は？」

保土ケ谷の神は、茶碗をひっくり返して目を凝らしていた。

「これは曜変天目《ようへんてんもく》茶碗と呼ばれる、南宋時代に作られた世界で三つしかないと言われるウルトラレアな骨董品《こっとうひん》だ。俺は、国宝に指定されている三つを資料で見たことはあるが、この模様はそのどれにも該当しない。贋作《がんさく》の可能性もあるが、よく出来ているし、風格がある。次はこれを軽く握ってみてくれ」

保土ケ谷の神は、袋の中から銀色のサイコロのようなものを取り出して中の神に渡した。中の神が右手で軽く握ると、手の甲からホログラムが現れ、空中に光るアルファベットが無数に流れ始めた。

「きゃあ！」

びっくりして、中の神はサイコロを手放してしまった。するとホログラムはぱっと消えていった。保土ケ谷の神が改めてサイコロを握り、手の甲からホログラムを出して、上から下にスクロールし続ける文字を見ながら言った。

「これは、俺にも分からん。ただ、一つ言えるのは俺たちの時代よりも、さらに未来で作られた装置だということだ。何かの記憶媒体なのか、音楽再生機なのか、あるいは映像装置なのかは分からんが、見てみろ」

そう言って保土ケ谷の神が空中に浮かぶホログラムを指でなぞると、反応したところが明るくなり、スクロールが止まって何か入力する画面が現れていた。

「空中に浮かぶホログラムが、指に反応するようになっている。たぶん、これはＢＩＯＳ《バイオス》のような画面なんだろう。これほどの技術力の結晶がこんなサイコロ大のものに凝縮されていて、しかも外部入力の端子もなく、ここでも動いているということは太陽光か、あるいは体温で充電できるバッテリーも内蔵している可能性がある。詳しいことは分からないが、これが俺たちの文明の先にあるというのは間違いない」

まるで使い方を知っているかのように語る保土ケ谷の神を見て、中の神は素直に感心してしまい、小さく手を叩いた。

「すごいです、保土ケ谷！　もう少し調べれば、使い方まで分かっちゃいそうではないですか」

能天気に褒め称える中の神を見て、保土ケ谷の神は呆れながら返事をした。

「今は未来の技術に感動している場合じゃない。過去や未来のものが、明治の横浜に流れ込んできているんだ」

すぐに中の神は推論を口にする。

「露天商が、犯人なのではないのですか？」

保土ケ谷の神は、その推測に納得するように頷いた。

「普通はそう考えるよな。だが、その露天商はどこかから流れてきたこれらの珍品を、価値に気付かないまま売っているだけだ。この曜変天目茶碗が仮に本物だとすれば、明治時代でも価値が充分にあるはずだが、それに気付かないあたり、露天商はちんけな盗人だよ。知識があれば、露店で売りさばくようなマネはしない。時空を越えて過去や未来のものを持ち込んでいるやつは、他にいるはずだ」

「組織的なものなのでしょうか？」

保土ケ谷の神は、首を横に振った。

「さあな。仮に、俺が時空を越えて金儲けをするならもっとうまくやる。少なくとも、闇雲に過去や未来から仕入れるようなマネはしない」

「けれど、みんながみんな、あなたのように悪知恵が働くわけではありませんよ？」

極めて無垢《むく》な表情で中の神が言ったものだから、保土ケ谷の神は腹が立って仕方がなかった。

「いいか、明治で時空を越えて金儲けをするために、スマホやよく分からんデバイスを持ってきたって猫に小判だ。それより、金そのものだったり、宝石だったり、この時代の人間でも分かるものを持ち込まなければ商売にならない。金儲けが目的なら、こんな雑な仕入れはしないだろう。これらの珍品は、あくまでおまけで持ち込まれたに違いない」

「なら、本当の目的はなんなのでしょう？」

中の神の問いかけに、保土ケ谷の神は静かに答えた。

「武器だ」

深刻な顔をして、中の神は問いかけた。

「わたしがれんげちゃんたちを連れていった後、あなたたちを撃ったのは明治時代には存在しない銃だったのですか?」

保土ケ谷の神は確信を持って頷いた。

「突撃銃が使用されるようになるのが第二次大戦頃からだ。加えて、あの盗人が持っていたAK-47は第二次大戦後にソヴィエト軍で採用されて、旧東側諸国やヴェトナムなんかで使用された二十世紀を代表する殺戮《さつりく》兵器だ。十九世紀に使用された話は聞いたことがない。って、お前の神器は銃なんだから詳しいはずじゃないのか?」

「すみません、荒事《あらごと》については疎くて」

昨日大男たちをばったばったとなぎ倒していたのは誰だったのかと口に出しそうになったが、保土ケ谷の神は続けた。

「武器まで流れ込んできているのはまずい。まだあの程度の盗賊にしか渡っていないようだが、これが各国の軍に知れ渡ったら奪い合いになるはずだ。となれば、二十世紀を待たずに大戦が始まったっておかしくはない」

中の神は頬に手を当てて、庭の花に目をやった。

「何が目的で、過去や未来のものを持ち込んでいるのでしょうか」

しばらく考えてから、保土ケ谷の神は組んだ腕を解いた。

「どうも、やり方が素人っぽいんだよな。露店で売られていた品々は、時代も用途も何もかもがバラバラだ。手当たり次第に持ってきた感じがある。犯人はまだ文明がそれほど発達していない時代、さらに言えば、今の明治を軸に過去や未来を行き来しているのかもしれない」

「なぜそう思うのです?」

「根拠は俺たちだ。俺たちを明治時代にすっ飛ばしたやつと、過去や未来を行き来しているやつが、まったくの無関係というわけではないはずだ。わざわざ俺たちを明治に飛ばしたのなら、犯人がこの時代にいると考えるのは的外れでもないだろう」

過去や未来の話をされて、すっかり頭がこんがらがってきてしまったが、犯人の目星が多少ついただけでも安心した中の神は、安堵のため息を漏らす。

「ものすごく遠い未来からやってきた犯人だったら、わたしたちの手に負えないところでした」

「安心するのはまだ早い。すでに、突撃銃を持ち込んで実戦で採用する知恵は働いているんだ。武器に魂を奪われたやつは、際限なくもっと強いものを求めようとする。早いところ正体を掴まないと、さっき言ったことが冗談ではなくなるかもしれない」

答えが出ないまま沈黙していると、建物の二階から西の神が駆け足気味にやってきた。

「れんげが目を覚ましたぞ!」

それを聞いて保土ケ谷の神と中の神はぱっと席を立ち、二階のれんげの部屋へ駆け込んでいった。部屋では枕元に冬吉とれんげの母、ばあやまで勢揃いしており、目を覚ましたれんげに声をかけていた。れんげの顔色はよく、部屋に入ってきた神々に気付くと大きく手を振った。

「みんな！」

「れんげちゃん、大丈夫ですか？　どこか痛みませんか？」

れんげの手を握って心配そうに声をかける中の神に少し照れた様子で、れんげは集まった全員に言う。

「みんな、おおげさ。どこも怪我なんてしていないし、びっくりしていつもより長く寝ちゃっただけだよ」

安心させるために明るく振る舞ってみても、れんげを取り囲んだ人々の表情は暗いままだった。特に、保土ケ谷の神は西の神と中の神の後ろに立って、ひどく深刻そうな顔をしたまま声をかけることも忘れて黙っていた。それを見たれんげはいつものように、冗談めいて保土ケ谷の神に話しかけた。

「もう、一緒にいたんだからちゃんと守ってよね」

そう言えば、保土ケ谷の神が顔を真っ赤にして反論してくるものだと、れんげは考えていた。ところが、保土ケ谷の神は目を伏せて小さく返事をした。

「すまなかった」

謝って欲しいために、れんげはそんなことを言ったわけではなかった。保土ケ谷の神の謝罪は、場の空気をさらに重くし、れんげは慌てて取り繕《つくろ》った。

「そんな、本気で謝らないでよ。そこは、うるさい！　お前がぼんやりしているからだろう！　って怒るところでしょう？」

そこでみんなに笑って欲しかったが、保土ケ谷の神は背を向けて部屋を出て行ってしまい、西の神と中の神も心配そうな顔を崩すことはなかった。れんげは、保土ケ谷の神の失態より、いつものような気さくな態度を示さないことに段々腹が立ってきていた。掛け布団を剝いだれんげは、スリッパを履いて立ち上がった。それを見たばあやがすかさず近寄ってくる。

「お嬢様、今はゆっくりおやすみ下さい。あのようなことがあったのですから、とても疲れているはずです」

「人を病人扱いしないでよ！　あたしは大丈夫。お庭で日光を浴びるのもダメだなんて言わないわよね？」

憤然とした様子でれんげは中の神の手を握って、西の神と一緒に部屋を出た。中庭の椅子では保土ケ谷の神が腰をかけてバラを眺めていた。どうしてあんなよそよそしい態度を取ったのか、責め立てたい気持ちをぐっと堪え、れんげは神々に言った。

「みんな、助けてくれてありがとう」

西の神は深々と頭を下げた。

「すまなかった、これは私たち全員の責任だ。君を危険な目にあわせるようでは、とても土地神を名乗れたものではない」

また重苦しい雰囲気に包まれそうなのを嫌ったれんげは、遮るように言った。

「それ、もうおしまい！　助けてくれたんだからオッケーだよ。みんな凄い戦いっぷりだったね。見ていてなんだかすっきりしちゃった」

「何かひどいことはされませんでしたか？」

中の神が心配そうに声をかけると、まったく気にしない様子でれんげは首を横に振った。

「あたしの横に、ずっと誰かがいたの。その人はあの盗賊たちからあたしを遠ざけてくれているみたいで、お父様たちがやってきた時だけ大勢がいる場所に連れて行かれたの。だから、あの盗賊たちとはほとんど接触しなかったんだ。それに、みんなが来てくれると思ってたからまったく不安じゃなかったよ」

中の神に優しく抱きしめられ、れんげは恥ずかしさをごまかすように口を開いた。

「それより、水晶玉はどうなった？　お姉ちゃんたちは、何か手がかり見つけられた？」

西の神は、保土ケ谷の神から茶碗とサイコロ形のデバイスを受け取り、れんげに見せた。

「この茶碗は私たちの時代ではとても貴重なもので、このサイコロは私たちの文明よりはるか先の技術が用いられている。他にも色んな時代の機械や食器なんかが、このずだ袋に詰め込まれていた。これらは、南京町の裏路地で売られていたものだ。おそらく、誰かが過去や未来を行き来して、盗んできたのだろう」

れんげがサイコロを掴むとホログラムが浮かび上がり、はっと声を上げた。

「すごい、空中に文字が浮かんでる！　これって何に使うものなんだろう？　でも、よく買えたね。お金、持ってなかったんじゃないの？」

西の神は、茶碗を見ながら話を続ける。

「露天商は、正規の商人というわけではなさそうだった。風呂敷に商品を広げて、誰かに咎《とが》められればすぐに片付けられる準備をしていた。商人は、自分が売っているものの価値に気付いてはおらず、私の懐中時計と交換しようと提案したら、すぐ話に乗ったんだ」

「そんないいもの、上げちゃってよかったの？」

「私たちには何より情報が必要だ。交渉を終え、私と姉上はその商人の跡をつけてみた。商人は尾行を撒《ま》くよう、執拗《しつよう》に狭い道や大通りを何度も曲がり、一軒の邸宅へ続く道に入っていった。その道の途中、二人の西洋人の男たちが行く手を阻《はば》んでいた。露天商は顔を見せずに通行を許可されていたが、私たちがそこを抜けようとすると許可証を見せろと言ってきた」

れんげはサイコロから手を離して、西の神に返した。

「あのあたりは外国人居留地[44]だから、ちょっと込み入っているの。もめ事が起きると、国

44　**居留地**　開国後、日本国内で外国人が居住・営業することを許可された地域。居留地周辺の橋には関所が置かれ、人の出入りを監視していたところから、関所の内側に当たる地域に関内の名が付いた。

と国との争いに繋がりかねないから、基本的にはお互いに波風を立てず、深くは踏み込まない、っていうのが暗黙のルールなの。開港した頃に比べれば、随分ましにはなったそうよ。でも、そんな許可証を見せろなんて言ってくる区画があるなんて、聞いたことないわ」

スズメがパタパタと庭に降りてきて、花壇の間をちょこちょこと飛んでいた。西の神が花壇に近づくと、甘い匂いが漂ってきた。

「許可証を持っていない以上、先へ進むことは出来なかった。だが、時空を越えた盗品を売る露天商、それを匿《かくま》う洋館、排外的な守衛《しゅえい》、疑惑は募るばかりだ」

ずっと黙って話を聞いていた保土ケ谷の神は、裸足になって椅子にごろりと寝転んだ。

「そんなの無視して入っちまえばよかったじゃねえか。お前らしくもない」

「貴様、私を何だと思っているのだ！」

ムキになった西の神をなだめながら、今度は中の神が話を切り出した。

「騒ぎになるのは避けたいのですが、やはりその邸宅に何か情報があるのは確かなようです。れんげちゃん、どうにかならないでしょうか」

れんげはしゃがみ込んで、両膝を抱えてしまった。

「居留地となると、ちょっとお手上げかな。お父様の知り合いをたどれば手がかりは摑めるかもしれないけど、お父様はあたしがこの手の話に首を突っ込むのにいい顔をしないの。どれだけごねてみても、何も得られないと思う」

長考を嫌ったれんげは、立ち上がって神々を見た。

「とりあえず、市庁舎に顔を出してみようか。何か手がかりがあるかもしれないから」

「正攻法にも程があるな」

保土ケ谷の神は大あくびをした。

「何もやらないよりましでしょ？　ほら、寝てないで起きた起きた！」

れんげに急《せ》かされて、一同は弁天通から市庁舎へ向かった。市庁舎は煉瓦造り二階建ての建物で、これが百年後には三百万人を抱える大都市の市庁舎になるとはとても思えないほど、こぢんまりとしていた。古い市庁舎を眺めながら、さてどのように話を進めていくかと神々が頭を悩ませていると、脇を抜けて中へ入ろうとする人影があった。

「失礼」

そう言って神々の横を通り抜けていったのは、肩幅のしっかりとした男で、手には沢山の書類を抱えていた。その男がわずかに神々に視線を移した時、保土ケ谷の神が素っ頓狂な声を上げたのであった。

「あー！　てめえ！」

驚いたのは保土ケ谷の神だけでなく、中の神と西の神もすぐさま同じように声を上げてしまっていた。いきなり驚かれた男は、見慣れない連中に指を差され怪訝そうな表情を浮かべている。

「何か」

がっしりとした体付きの男は、全体からエネルギッシュな雰囲気が醸し出されていた。一秒でも時間が惜しそうにせかせかとしており、突然呼び止められてひどく煩《わずら》わしそうにしていたこの男こそ、若き日の横浜[45]の大神であった。

見た目こそ若かったものの、一筋縄ではいかない頑固な気配は昔から変わらず、保土ケ谷の神はポケットに手を突っ込んで、チンピラのように横浜の大神に近づいていく。

「こんなところで何してやがる、ハマ神！　へっ、その融通《ゆうずう》の利かない顔立ちは生まれつきみてえだな！」

悪党のような振る舞いを見せる保土ケ谷の神を尻目に、れんげは中の神に耳打ちをした。

「知り合い？」

若い横浜の大神の壮健な姿に感心していた中の神は、はっと我に返り返事をする。

「あのお方は、横浜の大神様と言って、わたしたちの上位の土地神、いわば上司に当たります。昔はあんな大柄だったのですね」

不審者に絡まれても動じなかった横浜の大神も、神という単語を耳にして表情が一変した。

「お前、何者だ？」

その表情には確かな威厳が感じられたものの、未来で円熟した怒りを何度となくぶつけられている保土ケ谷の神からすれば虚勢を張ったもののようにしか見えず、鼻で笑っていた。

「おいおい、まずは自分から名乗るのが筋ってもんじゃないのか？　第一、土地神が人間の行政組織に参加してるってのは、天界法に反するんじゃないのか？　知らないぞ、こんな勝手な振る舞いをしていたら、あとで裁判にかけられちまうかもしんねえな、なっはっは！」

なぜか得意げになっている保土ケ谷の神を見て、西の神は頭を抱えた。

「馬鹿が調子に乗って」

れんげは保土ケ谷の神の発言を聞き漏らさず、中の神に質問をした。

「土地神は、行政に参加してはいけないの？」

「わたしたちの時代では、土地神が人間の公務員に当たる仕事に就くことは禁じられています。ですが、古い時代だとその基準が曖昧で、土地神が政治や行政に顔を出すことも珍しくはなかったそうですよ」

神々が市庁舎の入口を塞いでしまっているのを見て、横浜の大神は落ち着きながら執務室へ誘導した。

「ここでは邪魔になる。話は部屋で聞こう」

市庁舎の二階にある一室に入った横浜の大神は、中央に置かれているテーブルに持ってきた書類を置いて、椅子に腰掛けた。調度品は最小限のものしか置かれておらず、嗜好品《しこうひん》

45　横浜市　一八八九年に市制施行。一八八九年の人口は約一二万人。面積は約五・四㎢。

と呼べるものはテーブルの引き出しから取り出された灰皿と葉巻だけだった。葉巻にマッチで火を点けた横浜の大神は、深く煙を吐きだして、静かに口を開いた。

「それで、なぜお前は私の正体を知っている？」

横浜の大神は保土ケ谷の神を見ながら、後ろで見守っている神々とれんげにも目を向けていた。妙に強気な保土ケ谷の神は、腕を組みながら今まで散々お説教を喰らわせてきた横浜の大神を見下して話を始めた。

「俺たちは、未来からやってきた横浜の土地神だ。俺は保土ケ谷、後ろのいけ好かない男は西、金髪の姉ちゃんが中だ」

「未来？」

すぐに保土ケ谷の神の発言を否定しようとはせず、横浜の大神は慎重に疑問を口にした。驚かれると思っていた保土ケ谷の神は、いささか意表を突かれたものの、話を続ける。

「そうだ。俺たちは未来で妙な水晶玉の影に吸い込まれて、この明治時代に飛ばされてきた。おそらく、その水晶玉は神器で、時空を飛び越える破格の力を持っている。俺たちは何者かに仕組まれて、タイムスリップさせられたんだ。これは俺たちの本意ではない。すぐにでも未来に帰りたいんだ。そのために、俺たちは今、この時代にも存在しているであろう水晶玉を探している」

たっぷりと煙を吸い込んで目を閉じた横浜の大神は、思案にしばらくの時間を必要とした。土地神や神器、という言葉を耳にして、保土ケ谷の神たちがただのチンピラではないことは分かっていたようだったが、突然未来だのタイムスリップなどと言われて理解できるはずもなく、考え込んでしまうのは仕方のないことだった。保土ケ谷の神は、返事が来るまで黙っていた。

「お前たちのいる未来というのは、今から何年後なのだ？」

「それは答えられない。未来のことをあれこれ話してしまえば、歴史が書き換えられてしまう恐れがある。どんな小さなことでも、改変に繋がるようなことは教えられない」

その返答は横浜の大神にとって満足の行くものではなかったが、保土ケ谷の神の慎重な姿勢には理解を示していた。

「水晶玉を探しているお前たちが私に何の用だ。時空に干渉するような神器など、聞いたことがないし、無論私も持ってはいない。それに」

首を動かして、横浜の大神は保土ケ谷の神の後ろに立っていたれんげを見た。

「なぜ茂原のお嬢さんがここにいる？」

保土ケ谷の神にとってはまだ青二才に見える横浜の大神も、れんげからすれば充分に迫力のある男であり、突然名指しされて固まってしまった。それを見て、保土ケ谷の神が語調を改めて話を始めた。

「昨晩、れんげが誘拐された」

「何だと？」

横浜の大神は、鋭い目で保土ケ谷の神を見た。神々が疑われているのを察したれんげは、すかさずフォローするように口を開いた。

「この方の言ったことは本当です。昨日、海岸通りを歩いていた時に馬車に乗った人さらいに連れ去られてしまいました。賊たちはお父様に身代金を要求したのですが、彼らが本牧の山奥に連れて行かれたあたしを助け出してくれたのです」

横浜の大神も、名の知れた横浜商人の娘であるれんげは当然よく知っており、彼女からそう言われると信じないわけにはいかなかった。

保土ケ谷の神は机に手を置いて、今ぞ好機といわんばかりに話を続ける。

「れんげを誘拐した盗賊たちは、俺たちを銃で撃ってきやがった。しかも、明治時代には存在するはずのない未来の銃で。それだけじゃない、これを見ろ」

ずだ袋から曜変天目茶碗とサイコロを取り出し、保土ケ谷の神は横浜の大神に見せつけた。

「この茶碗は南宋時代のもの。この妙なサイコロは、俺たちがいる時代よりもっと未来で作られた高度な機械。これらが南京町の近くで売られていた。今、この明治の横浜には、過去や未来からやってきたものが溢れかえっている。このまま放っておけば、とんでもない騒ぎになる」

深刻さを必死で伝えようとする保土ケ谷の神を見ても、横浜の大神は冷静なままだった。

「それで、私に何をしろと」

「この盗品を売っていた露天商は、居留地にある洋館に入っていったんだ。ちょうどいい、この地図を使おう。西、どのあたりだったか分かるか？」

保土ケ谷の神は西の神を呼んで、机の上に広げられていた関内周辺の地図を見せた。西の神が指差したところを見て、れんげが口にした。

「そこは、ホワイト商会だね。生糸の売買をしている、あたしの家と同業者」

地図を見る横浜の大神に行動を促すように、保土ケ谷の神はたたみかけていく。

「この家の周辺は、外国人が警備をしていて近づけないんだ。許可証を出せと言って、門前払いされてしまう。そこで、あんたの力を借りたい。どうせそいつらの言っている許可証なんてものはでっちあげだ。お上の判子が押されているものを見せれば、すぐに引っ込んじまうに違いない。俺たちに、許可証に準ずるものをくれ。露天商が逃げ込んだ家には、何か時空超越に関するものが隠されているはずなんだ」

多少強引ではあったものの、保土ケ谷の神としては精一杯の危機感を伝えたはずだった。ただの私情で言っているわけではなく、現に自分たち以外にも過去や未来から様々なものが流入している以上、危機が迫っていることは確かだった。

だが、横浜の大神は葉巻を灰皿でもみ消して、背後の窓を見た。

「許可は出来ん」

机を強く叩いて、保土ケ谷の神は横浜の大神に迫った。

「これは人間だけでなく、土地神も深く関与した重大事案のはずだ！　仮にもハマ神なんだったら、真っ先に対応を検討すべきだろう？　このまま見過ごすつもりか？」

保土ケ谷の神に激しく責め立てられた横浜の大神は、改めて神々を見ながら落ち着いて口を開いた。

「お前たちの話を信じないわけではない。だが、どういう名目でその洋館へ踏み込もうというのだ？　茂原のお嬢さんを誘拐したのが、その商会だという直接の証拠はあるのか？　あるいは、過去や未来の物品を持ち込んでいるのがホワイト商会だという確証はどこにある？　疑わしきは罰せず、というのが法治国家の基本理念だ。それに、居留地でのもめ事は御法度《ごはっと》だ。あまり深く追及しすぎれば、横浜の枠を越え、国と国との大事に発展しかねん。それほどの大事になったとすれば、土地神一人でどうにかなる問題ではなくなる。よほどの重大事件でも起きない限り、ただの気まぐれで居留地を刺激するような判断は出来ん」

保土ケ谷の神は、横浜の大神の胸ぐらを摑んでいた。その速さに一同は止めに入るのが遅れてしまうほどだった。

「てめえ、れんげが誘拐されたのは重大事件じゃねえって言いたいのか？」

恫喝《どうかつ》されても横浜の大神は一切抵抗せず、保土ケ谷の神を睨んでいた。

「お前にはお前の事情があるように、私には私の事情がある。感情の赴《おもむ》くまま、後先考えずに行動をしたところで、痛い目を見るのは自分だ」

横浜の大神が指摘した点は、保土ケ谷の神にも自覚があったからこそ怒りを抑えることが出来なかった。はじめはれんげを見捨てることを口にしたはずなのに、今れんげをないがしろにするような発言を耳にして腹が立っている自分の矛盾が、保土ケ谷の神に力のなさを感じさせていた。

保土ケ谷の神はいつしか『硬球必打』を取り出し、横浜の大神に突き付けていた。それを見た中の神は、割って入ろうとした。

「落ち着いて下さい、保土ケ谷！」

左手で中の神を押しとどめた保土ケ谷の神は、椅子から立ち上がった横浜の大神を見て言った。

「下がってろ、中。過去だろうと未来だろうと、このジジイとは永遠に馬が合わない運命のようだ。おい、若造。ご託はいい、俺がてめえをぶっ倒したら問答無用で許可証を出せ。事態は急を要する。てめえの石頭をのんびり削ってる時間はねえんだ」

机の前に立った横浜の大神は、ネクタイを直しながら保土ケ谷の神を見た。

「時間の無駄だ」

いよいよ怒髪天《どはってん》をついた保土ケ谷の神は、『硬球必打』を思い切り振りかぶり、叫びながらフルスイングをした。

「いっつもいっつも偉そうにしやがって！　こんの、クソジジイが！」

次に保土ケ谷の神が目を開けた時、かもめが海に向かって飛んでいくのが見えた。はっと身体を起こすと、保土ケ谷の神は税関の近くにある長椅子に寝かされていたことに気付いた。心配そうな顔をしていた中の神と、呆れた表情を浮かべるれんげと西の神が見え、記憶がなくなるほどコテンパンにやられたことを悟った。

「大丈夫ですか？」

優しく声をかけてくれる中の神とは対照的に、れんげは冷たかった。

「あんな言い方をされれば、誰だって怒るよ。他に言い方はなかったの？」

「俺は最大限の譲歩をした。てゆーか、どうしてお前たちも一緒に戦ってくれなかったんだよ！」

ポケットに手を突っ込んだ西の神は、博打《ばくち》ですべてを失った男を見るような目で吐き捨てた。

「愚か者が。一目見ただけで、勝ち目がないことなど分かるだろう。今でさえまともにやりあって勝てるか分からないというのに」

それは分かっていた保土ケ谷の神ではあっても、やはり納得できずにいた。悶々《もんもん》とする保土ケ谷の神を見て、れんげはどこか釈然としない様子だった。

「さっきの横浜の大神という方は、みんなの上司なんでしょう？　どうしてあんなに噛み付くの？」

中の神は小さく笑いながら返事をした。

「大神様はただの上司というわけではなく、わたしたちが守護をする土地に顕現した時、その地の文化や歴史、民の性質や風土、そういった土地に関するあらゆる教育をして下さった方でもあるのです。保土ケ谷は昔から大神様とはそりが合わなくて、いつもけんかばかりで」

ばつの悪そうな顔をしている保土ケ谷の神を見ているのが楽しくて、れんげもつい笑ってしまった。

「なんだ、まるで親子げんかみたいじゃない」

さすがにその言いぐさには納得のいかなかった保土ケ谷の神が、すかさず嚙み付いてくる。

「誰が親子だ！　あんなジジイと同じ血が流れているなんて考えただけで虫酸《むしず》が走る！」

その嫌がる様子を見て、れんげには思い当たる節があった。他でもない、自分も父や母に似たような気持ちを持ったことがあった。自分では親を疎ましく思っても、人がそういうことを言っていると途端に、そんなことは言うべきじゃないと言いたくなってしまうのはなぜなのだろう。自分の矛盾した気持ちを不思議に思っていると、れんげにはある閃《ひらめ》きが生まれていた。

「ねえ、もしみんなのお父様に当たるのがあの方だったとしたら、あの方のお父様やお母様に当たる方もいらっしゃるのかしら？」

れんげとしては何気なく言ったつもりだったのだが、思いも寄らない深い沈黙を生んだ。

そして、真っ先にれんげの手を摑んでぴょんぴょんと飛び始めたのは、中の神だった。

「それです！」

Chapter 8

東海道を南に進み、傾斜の急な権太坂を越えていくと、西に富士山が姿を現した。前方に丹沢の山々が控えた富士は、明治の頃も姿を変えることなく雄大に構えており、途中の茶屋では多くの旅人がお茶を飲んだり、団子を食べたりしながらその景色を楽しんでいた。
東海道を外れて木々の生い茂る山道を進んでいくうちに、畑が広がった場所に出た。畑にはネギやじゃがいも、キャベツににんじん、アスパラガスまで育てられており、とてもまめに手入れされていた。畑の近くに茅葺《かやぶ》き屋根の古い家屋が建っていて、庭先には干した柿が吊されている。神々とれんげはその家屋の玄関までやってきて、戸を引いた。
「ごめんください」
中の神は快活な声で言ったが、どういうわけか保土ケ谷の神は表情が硬かった。道中に声をかけてもどこか心ここにあらずといった様子で、横浜の大神と言い合いをした時に見せたような感情の起伏は一切見えないことが、れんげには妙に不気味でもあった。

「留守なのでしょうか」

返事はなく、中の神は一度戸を閉めて、辺りを見回した。家の裏手も畑になっており、神々が水の流れる音の方へ近づいていくと人影があった。もんぺ姿の女性が、籠《かご》の中に収穫した野菜を入れているところだった。どこからどう見ても百姓だったのだが、れんげはその女性から感じる気品に親近感を覚えていた。頭巾をした女性が突然現れた客人に愛想よく挨拶をしようとしたその瞬間、今までむっつりと黙っていた保土ケ谷の神が震えたような声を上げたのであった。

「た、橘樹《たちばな》[46]さまあああ！」

何事かと思い、れんげが驚いていると、保土ケ谷の神はもんぺ姿の女性に抱きつくやいなや、わんわんと泣き出したではないか。

「あの男は何をやっているのだ……」

西の神は冷たく言ってのけたが、それを見て中の神も目に涙を浮かべ、いつもの冷静な様子はどこかへ消えてしまっていた。驚いていたのはもんぺ姿の女性も同じで、何を尋ね

---

46 **橘樹郡** 律令制により、七世紀ごろから武蔵国橘樹郡として成立。現在の川崎市のほぼ全域と横浜市の北部に該当する。一八七八年に郡制施行。一九三八年消滅。

ようにも保土ケ谷の神は大声で泣くばかりでまるで会話にはならず、背中に優しく手を当てて慰めていた。

「あらまあ、どうしてこんなに泣いているのでしょうねえ」

もんぺ姿の女性は、取り残されていた神々とれんげを見て困ったように笑った。

「ほら、そんなにくっついては顔が泥で汚れてしまいますよ」

そう言って、もんぺ姿の女性はいつまでも離れようとしない保土ケ谷の神を引っ張りながら、茅葺き屋根の家へ歩いていった。ほんのわずか声をかけられただけなのに、れんげはこの女性を昔から知っているような懐かしい気持ちになっていた。どうして中の神と保土ケ谷の神がいきなり泣き始めたのかは分からなかったが、あのもんぺ姿の女性に甘えたくなる気持ちはとてもよく理解できた。れんげたちは、土間で靴を脱ぎ、中央に囲炉裏《いろり》のある畳《たたみ》の部屋へ案内された。部屋に入っても保土ケ谷の神は女性の胸に顔を埋めて泣きじゃくっており、一向に会話が成り立つ気配がない。

もんぺ姿の女性は保土ケ谷の神の頭を撫でながら、優しく声をかけた。

「さあ、そろそろ泣くのはよしましょうね。人間の娘さんを連れてきたのは、あなたたちなのでしょう。民を困らせるのは、神のすることではありませんよ」

その発言を耳にして、保土ケ谷の神はがばっと顔を上げた。

「お、俺たちのこと分かるんですか?」

子供のように純粋な目で尋ねた保土ケ谷の神を、愛おしそうに見つめながらもんぺ姿の女性ははっきりと頷いた。

「分からないことがあるものですか」

それを聞いて、またしても保土ケ谷の神はわんわんと泣き叫んでしまった。お手上げと言わんばかりに、もんぺ姿の女性は目尻にしわを寄せた。

いつもの大人らしい神々の姿はそこにはなく、今の自分よりも幼い姿を恥ずかしげもなく晒していたが、れんげはそれをみっともないとは思わなかった。彼らがいつも神として、大人として振る舞おうとする姿を知っていたからこそ、れんげはもらい泣きしそうにさえなっていた。

西の神もまた、冷静な姉や保土ケ谷の神がここまで我を忘れて感情を露《あら》わにする姿を見たのは初めてだった。何か見てはいけないものを見てしまったようで、申し訳なさを感じる一方、これほどまでに素直になれる相手がいることを羨ましくも思っていた。

いい加減収拾がつかなくなったことを察した保土ケ谷の神は、泣き腫らした目を指で拭い、頬をパチンと叩いて気持ちを切り替えた。泣きじゃくりそうになるのを必死で抑えながら、保土ケ谷の神は話を始めた。

「取り乱してしまい、すいません。俺は保土ケ谷の神と言います。この目つきの悪い男は西の神、こっちはその姉の中の神です。実は……」

そこまで話すともんぺ姿の女性は労《ねぎら》うように声をかけた。

「大変な思いをしましたね。古い時代に飛ばされて、さぞ心細かったでしょう」

まだ何も話していないのに、もんぺ姿の女性は神々の置かれた状況を理解しているようだった。神々とは明らかに風格も気品も異なる女性に、いよいよ興味を隠しきれなくなったれんげは、中の神にそっと尋ねた。

「こちらの方は？」

それを見たもんぺ姿の女性は、失礼に当たらないよう気を遣っていたれんげを落ち着かせるような声で言った。

「わたくしは、橘樹の大神。古代より、この橘樹の地で土地神を務めています。あなたのお名前は何と言うのですか？」

まさか名前を聞かれるとは思っていなかったれんげは、慌てて座り直して挨拶をした。

「あ、あたしは茂原れんげと言います。この神様たちと偶然出会って、未来に帰るためのお手伝いをしています」

偉い神様を前に、失礼がないか心配をしていたれんげだったが、それは杞憂に終わった。

橘樹の大神はにっこりと笑みを浮かべていた。

「この子たちを助けてくれて、どうもありがとう、れんげさん」

あまりにも穏やかに接してくれるものだから、れんげはつい質問が口から出てしまっていた。

「あの、人間のあたしが神様とお話をしてもいいのでしょうか」

「おい、言葉を慎め！」

小声で注意してくる保土ケ谷の神を制して、橘樹の大神は言った。

「神だろうと人間だろうと、等しくこの地に生きるもの。近頃は土地神と人間に距離が生まれるようになりましたが、昔はその境界が曖昧でした」

「そうなんですか？」

興味津々といった様子で、れんげは質問を続ける。橘樹の大神は丁寧に答えてくれた。

「土地神が作った野菜を分けたり、人間の祭りに参加したり、遠くの村へ収穫を手伝いに行くこともあれば、稚児《ちご》につきっきりになっている母親の代わりに、子供たちの相手をすることもありました。とてものどかだった頃の、古い話です。ですが、わたくしたちはあくまで民の営みを見守るのが定め。わたくしたちの持つ神器は、時に民に災いをもたらします。富国強兵、殖産興業の時代において、神器の力は過ぎたるもの。いずれは別の道を歩まなければならなくなるでしょう」

橘樹の大神の頭には、古い櫛《くし》が挿されていた。宝石がちりばめられているわけではなかったが、漆の塗られた赤い櫛は常に橘樹の大神に付き従ってきた貫禄が感じられた。

「今はまだ、土地神と人間の接触が禁じられているわけではありません。ここで出会ったのも何かの縁。れんげさん。どうか、この子たちをよろしくお願いします」

神々が畏《おそ》れる神に深々と頭を下げられてしまい、れんげも咄嗟に礼をした。顔を上げた橘樹の大神は、三人の神々の顔をじっくりと見つめていた。

「未来の横浜は繁栄しているのですね。あなたたちの顔を見ればよく分かります。あなたたちの時代がどうなっているのか、話を聞かせてくれませんか？」

そう尋ねられて、今まで散々泣きじゃくっていた保土ケ谷の神は、厳しい表情に変わり、言い淀んでしまった。中の神や西の神からも何も言うことは出来ず、橘樹の大神は沈黙を保っている。ようやく口を開いた保土ケ谷の神は、唇が震えていた。

「申し訳ありません、橘樹様。お話をしたいのは山々なのですが、未来のことを過去に伝えてしまうのは歴史への干渉になってしまいます。俺たちは、歴史を変えにやってきたわけではありません。ですから、今の俺たちの話をするわけにはいかないんです」

そう言いきった保土ケ谷の神は、終始俯いていたが、このままではいけないと思い、顔を上げて橘樹の大神を見た。

「何を言っているのかと思うでしょうが、俺たちがこの横浜に顕現して、一番お世話になったのは、橘樹様、あなたなのです。中や、ここにはいない鶴見や磯子、神奈川といったろくでもない連中もみな、あなたに返しきれないほどのご恩を頂き、今でもあなたのような土地神でありたいと思っています。そのことを直接伝えられるだけでも……」

そこまで言って、中の神が慌てて制止した。その意味をすぐに察した保土ケ谷の神は、申し訳なさそうに頭を下げた。れんげにはその意味がよく分からなかったが、西の神には、すぐに察せられた。

橘樹の大神は、穏やかな笑みを浮かべてしばらく黙った後、そっと呟いた。

「今のあなたたちを、わたくしは見られないのですね」

畳に額をくっつけて、保土ケ谷の神は叫んでいた。

「すみません。そんなことを伝えるために、俺たちはやってきたわけではないのに」

保土ケ谷の神を慰めようと必死で肩を抱く中の神も、ぼろぼろと涙を流しており、気が付けばれんげまでその悲しい雰囲気に呑まれてしまっていた。西の神は、中の神や保土ケ谷の神が表情を崩す様子を、ただ黙って見ていることしかできなかった。

吹き込んできた風は青草の匂いがして、神々の間を静かに通り抜けていった。

「顔を上げなさい」

恐る恐る保土ケ谷の神が顔を上げると、橘樹の大神に責めたり悲しんだりする様子はなかった。

「あなたたちは、一人前の土地神に育っているようですね」

橘樹の大神に面と向かって褒められて、とても嬉しいはずなのに、自分など足元にも及ばない神に褒められても未熟さを自覚してしまうだけだった。言葉を失っている保土ケ谷の神に、橘樹の大神は優しく声をかける。

「あなたたちが、未来の横浜を司っていると分かっただけで、わたくしは幸せです。けれど、あなたたちは横浜の民を見守る大切な役目の途中。すぐにでも、未来に帰らなければなりませんね」

ようやく本題に入ったと見て、西の神が話を切り出した。

「橘樹様、私たちは未来で妙な水晶玉に触れて明治時代に飛ばされてしまいました。このような力を持つ神器に、お心当たりはないでしょうか？」

初めて会ったはずなのに、橘樹の大神に見つめられると、西の神は妙な懐かしさを覚えた。それは姉と共にいる時に感じるような親しみの情であり、不思議ではあっても気持ちが落ち着くものだった。

「おそらく『九戀宝燈《ちゆうれんぽうとう》』によるものでしょう」

「『九戀宝燈』？」

「わたくしたちに与えられている神器は、土地神の役目を終えた時、天界に返還することになっています。ですが、行方が分からなくなっているものも多くあるのです。『九戀宝燈』もその一つで、過去や未来を自由に行き来できる桁外れの力を持っています」

そこまで話を聞いて、西の神には根本的な疑問が浮かんでいた。

「なぜ、そのようなことが起きるのでしょうか。地上を去ると決まったのなら、当然神器を返すのが道理のはずです」

極めて真っ当な西の神の意見を、橘樹の大神は苦笑いを持って迎えた。

「あなたの言う通りです。役目が終わったのなら、潔《いさぎよ》く神器を返還し、地上を去る。ところが、神にも色々といて、困ったことに目先の金に目が眩《くら》んで神器を手放したり、うっかりなくしたりする神もいるのです。そして、時に長く地上に住んでいると名残《なごり》惜しさゆえ、天界を逃れ地上に残ろうとする土地神もいます」

これ以上聞くのはためらわれたが、それ以上に西の神の好奇心は膨れあがっていた。

「その場合、土地神はどうなるのですか？」

静かに目を閉じ、橘樹の大神は淡々と口を開いた。

「堕天《だてん》した土地神は、神位を剝奪《はくだつ》され二度と天界に戻ることは許されず、穢《けが》れの不死者となって地上を永遠にさまようようになります」

禁忌《きんき》を犯した土地神がどのようになるのか、詳しく知らなかった神々は言葉を失っていた。橘樹の大神はさらに話を続ける。

「穢れの不死者は土地神としての力を失い、人間と同じ時が流れるようになります。ですが、何をしても死が訪れることはなく、身体は老いていき、やがて意識はあっても、自由の利かない魂の牢獄へ閉じ込められることになるのです。死は、地上の生命にだけ与えられた安息であり、天界より降臨したわたくしたちには、もたらされないのです」

すっかり縮こまってしまった神々を安心させるように、橘樹の大神は笑みを浮かべた。

「ですが、天界に帰るのを拒んだ土地神がいるという実例を、わたくしは聞いたことがありません。あくまで、気の遠くなるような昔にそのような禁忌を犯した土地神がいて、その逸話《いつわ》が伝説のように残っているだけで、実際は定かではないのです」

西の神は沈み込もうとする場の雰囲気を覆《くつがえ》すべく、推論を口にする。

「私たちが明治時代に飛ばされたということは、すでに誰かが『九戀宝燈』を見つけ出し、その力を行使したことを意味します」

「そういうことなのでしょう」

「橘樹様は、なぜ私たちがやってきたことをご存じだったのですか？」

庭から見える街道では、農夫が籠を背負ってのんびりと歩いていた。

「年の功でしょうか、己の司る地に、他の土地神が足を踏み入れたことくらいは、気配で分かるのです」

簡単に言ってのけた橘樹の大神ではあったが、自分にはとてもそんな芸当などできそうにもなく、西の神は改めて目の前の神がただ者ではないことを感じていた。

「そして、この地にやってきた土地神は、どうやらあなたたちだけではないようです」

「私たちの他にも土地神が？」

橘樹の大神は静かに頷いた。

「この横浜の地に、本来の土地神以外の神が集まりつつあるのは事実のようです。『九繼宝燈』を操るくらいですから、わたくしと同格以上の土地神がやってきているのは確かでしょう」

西の神は、橘樹の大神を見て考えていた。きっと、橘樹の大神ほどの土地神なら、誰がどのような意図を持って『九繼宝燈』を使い、自分たちを明治時代に送り込んだのか、その真実にまで辿《たど》り着くことが出来るだろう。ただ未来に帰りたいのであれば、橘樹の大神に泣きついて、後は事態が解決するのを待っていればいい。だが、果たしてそれでいいのだろうか？

西の神は、中の神と保土ケ谷の神にも目をやった。いつもなら率先して問題の解決に当たる二人は今、橘樹の大神を見て、脱力してしまっている。彼らに、今後どうすればいいかを尋ねるのは適切ではない。今こそ、一人の土地神として、何を選択すべきなのか、考える時だった。

橘樹の大神にも、中の神や保土ケ谷の神にも、もう甘えてはいられない。たとえどのような理由があるにせよ、これは自分に与えられた試練であり、それを誰かに丸投げしたり、甘えて逃げたりするようなことを、してはいけないのだ。

襲いかかってきた弱気を振り払い、西の神は決然と橘樹の大神に言った。

「本音を言えば、橘樹様のお力を借りて、『九繼宝燈』を操る正体を見つけ出したいところです。ですが、私たちは未来の横浜を司る土地神。たとえ明治時代に投げ出されたとしても、私たちは私たちの力で、未来へ帰らなければいけません。橘樹様、どうか私たちを見守っていて下さい。向こうにやられっぱなしというのは柄《がら》ではありません。私たちにも、意地というものがあるのです」

そう言い放った西の神は姿勢を正し、表情も引き締まっていた。それを見た橘樹の大神は優しく笑うだけで、何も言うことはなかった。

それまで黙っていた保土ケ谷の神は、中の神と目配せをした。なぜ二人が視線を合わせたのか、れんげにはよく分からなかった。

「では橘樹様、一つお願いしてもよろしいでしょうか」

そう切り出したのは、保土ケ谷の神だった。自分たちで何とかすると言った直後に、いきなりそれを撤回するようなことを保土ケ谷の神が言い出したので、西の神は憤然《ふんぜん》と言った。

「貴様！　私の話を聞いていなかったのか？」

保土ケ谷の神はふざけた調子で、西の神の肩に手を置いた。

「まあまあ、固いことを言いなさんなって。どのみち橘樹様のお力を借りなければ、どうしようもないこともあるんだから」

保土ケ谷の神が元気を取り戻したのを見て、橘樹の大神は少しほっとした様子で問いかけた。

「わたくしは何をすればよろしいのでしょう？」

保土ケ谷の神はこれまで正座だったのを崩し、あぐらをかいて腕を組んだ。

「南京町で、曜変天目茶碗や、俺たちも知らない未来の技術が用いられた機械が、売買されていました。おそらく、時空を越えて盗んできたものでしょう。それも『九戀宝燈』を操る土地神と、関係しているような気がするのです。それらを売っていた商人はこそこそと動き回りながら、居留地にある洋館に消えていったのですが、その辺りは許可がないと近づくことが出来ないのです。そこで、市役所にいる半人前の土地神に、俺たちの事情を説明して許可を貰おうとしたのですが、まるで相手にしてもらえませんでした。橘樹様、なんとかあの石頭を説得して頂くことは出来ないでしょうか」

「石頭、とは、横浜の大神のことですか？」

保土ケ谷の神がむくれた顔をしたので、橘樹の大神は事情を察したようだった。

「どうやらあの子は、随分とあなたたちに厳しく教えたようですね」

「やつからは、陰湿《いんしつ》で狭量《きょうりょう》なことがいかに土地神を傲慢《ごうまん》にするか、嫌と言うほど学びましたよ」

言い過ぎですよ、と中の神にたしなめられても保土ケ谷の神は不機嫌なままで、そのやりとりを見ているだけで橘樹の大神は楽しかった。立ち上がった橘樹の大神は隣の部屋に向かい、しばらく帰ってこなかった。特に会話もせず待っていると、戻ってきた橘樹の大神は封筒を手に持っていた。

「これをあの子に渡しなさい」

「これは?」

手紙を受け取った保土ケ谷の神が質問をすると、橘樹の大神はいたずらっぽく笑った。

「どんな神にでも、一つや二つ、知られたくないことはあるものです。長生きをしたいのであれば、その封を解かない方がいいでしょう。あなたたちには無傷で未来に帰って欲しいですからね」

保土ケ谷の神が、横浜の大神を好きになれないのは、橘樹の大神が自分たち以上に横浜の大神に色々なことを教えている姿を見ていたからだった。そうだ、この方はいつもこうやってジジイをからかっていたんだ。橘樹の大神のお茶目な姿を見て、保土ケ谷の神は、やはりこの方がもう自分たちのそばにはいないという事実を実感したのであった。

「ありがとうございます。やつがひっくり返る姿が目に浮かびます」

橘樹の大神に頼めることは、これがすべてだった。自分たちで何とかするという西の神の考えは、他の神々も同意見であり、これ以上橘樹の大神を巻き込むわけにはいかない。

後ろ髪を何度も引かれながらも、神々はいとまごいをした。

れんげは橘樹の大神から籠一杯の野菜をもらい、それを保土ケ谷の神と西の神にも持ってもらいながら、楽しそうに帰り道を進もうとしていた。最後に中の神が深々と礼をして去ろうとすると、橘樹の大神は頭巾をほどいて口を開いた。

「あなたは気配りが出来て、周りをとてもよく見ていますね」

まさかそんな言葉をかけられるとは思っていなかった中の神は、顔を赤くして胸が詰まってしまった。照れる中の神の様子を愛おしく見つめながら、橘樹の大神は続ける。

「あの子たちは少し猪突猛進《ちょとつもうしん》なところがありますから、あなたのような落ち着いた子がいて、助かっているはずです。けれど、いくらあなたが誰かの面倒を見る立場にあるからと言って、もう二度と誰かに甘えてはいけないということはありませんよ。大人になるとは、子供から大人に姿を変えることではなく、大人というもう一人の人格を増やすことなのです。あなたにもまだ子供の面は生きていて、それは大人になったからこそひどく窮屈《きゅうくつ》な思いをすることもあるでしょう。けれど、わたくしの前では、そのような我慢はしなくてもいいのですよ」

その言葉を受けて目に涙を溜めた中の神は、橘樹の大神にしっかりと抱きついた。保土ケ谷の神のようにすぐ感情を露わに出来ないからこそ、中の神の抱きしめる力は強かった。

橘樹の大神は中の神の綺麗な髪にそっと手を当てて呟いた。

「これから、多くの困難が訪れることでしょう。それでも、あなたたちに訪れる辛さは、必ずあなたたちを立派な土地神に変える力になります。頑張ってきなさい」

いつまでも抱きしめていてもらいたかったが、まだ事態は何も進展していない。中の神はおもむろに橘樹の大神から離れ、手で涙を拭き、精一杯の笑顔を見せて強く言った。

「行ってきます」

離れ行く神々の姿を、橘樹の大神は見えなくなっても追い続けていた。

両手で抱えきれないほどの野菜を持ち帰り、ばあやは目を丸くしていた。せっかくなのでロールキャベツを作ってみようと調理番が話しているのを耳にし、れんげはまだ食べたことのない西洋料理が食べられるとあってご機嫌だった。甘い香りの漂う中庭の椅子に腰掛けて、れんげは横に座る中の神に言った。

「橘樹様、素敵な方だったね。落着きがあって、優しくて。お土産《みやげ》までもらっちゃった。まさか、あんなところに神様が住んでるなんて思いも寄らなかったな。他にも色んなところに、神様がこっそり住んでいるんだよね？　そうやって見守っててくれると考えると、何だか不思議」

家に帰ってきてから、どこか元気のない中の神を必死で元気づけようと、れんげはなる

Chapter 9

べく楽しい話ばかりするよう心掛けていた。今も橘樹の大神の話で盛り上げようとしているが、中の神の表情は浮かないままだった。

「それにしても、手紙を見た時の大神様の顔、すごかったよね。あんなに顔が赤くなったり青くなったりするの、初めて見たよ。みんなが吹き出さなかったら、あたしが一番に笑っちゃってただろうな。一体何が書いてあったんだろ？　でも、よかったね、なんとか許可をもらえて」

「そうですね」

中の神は優しく返事をしたつもりだったが、心ここにあらずなことはれんげに見透かされていた。さすがのれんげも、これ以上騒ごうとするのは逆にわざとらしく感じられ、俯くしかなかった。

「ごめんね。あたしが橘樹様に会いに行こうなんて提案をしなかったら、お姉ちゃんがこまで悲しい気持ちにならなくて済んだのに」

れんげに気を遣わせてしまっていることに気付いた中の神は、はっとした表情を浮かべ、首を横に振った。

「そんなこと言わないで下さい。れんげちゃんの閃きがなければ、わたしたちは途方に暮れていたのですから」

足をぶらぶらさせながら、れんげは背もたれから身体を離した。

「未来ではもう、橘樹様に会えないんだよね。きっと、お姉ちゃんも保土ケ谷も、覚悟を決めてお別れをしたはずなのに、残酷なことをしちゃった気がする。だから、保土ケ谷は会いに行こうって決めた時から、ずっと難しい顔をしていたんだよね。あたし、そんなことになっているなんて知らなくて」

責任を感じているれんげを慰めるように、中の神はそっと手を取った。

「れんげちゃん、わたしは悲しい気持ちより、嬉しさが勝《まさ》っているのです。もちろん、もうお会いできないのは悲しいことですが、再び橘樹様のお姿を目にすることができて心から幸せでした」

それでもまだ申し訳なさそうにしているれんげに、中の神は懐かしい話を始めた。

「天界から地上に遣わされると、先に地上に顕現している土地神から、その土地のいろはを教わるのです。わたしたちは保土ケ谷を含む五人で横浜に顕現したのですが、その頃はまだ土地神の任務というものがきちんと分からなくて、毎日酒を呑んで騒いだり、人間と本気でけんかしたり、それはもう滅茶苦茶でした」

「そうなの？　信じられない！」

中の神の話に興味を示したれんげは、落ち込んだ様子を吹き飛ばしていた。元気になってくれたれんげを見て、安心した中の神は小さく笑った。

「わたしたちに土地神の在り方を教えて下さったのは横浜の大神様でしたが、大神様も当時は若く、後進を育てることができるほど経験は積んでいませんでした。わたしたちが顕現した頃にはまだ、大神様に土地神としての教育を施した四人の古い大神様がご健在だったので、保土ケ谷や他の若い神々は、横浜の大神様を半人前と馬鹿にし、その四人の大神様を本当の師匠と思っていたのです」

「だから保土ケ谷はあんなに強気に出られたんだ」

中の神は苦笑いを浮かべていた。

「保土ケ谷たちは、見下していたというよりかは、四人の大神様たちに強い期待をかけられている横浜の大神様を羨ましく思っていたのでしょう。その気持ちは、わたしにもちょっとだけ分かります。保土ケ谷たちは、大神様に負けないくらい立派な土地神になろうという気持ちもあるからこそ、時にライバルのように思ったり、時に口うるさい父のように感じたり、結構複雑なんです」

赤裸々に中の神から打ち明けられると、神も人間と同じように他人との関係で悩むことがあるという事実が、妙な安心感を生み出していた。

「可愛いところもあるんだね」

笑いながらられんげがそう言うと、中の神は人差し指を唇に当て、本人には言わないで下さいね、と言い添えた。

「四人の大神様はみな個性のある方々で、どなたからもわたしたちは多くのことを学びました。その中でも、橘樹様だけは一度もわたしたちを叱ることもなければ、見捨てることもなく、ひどい間違いを犯した時でも、辛抱強く諭して下さいました。ですから、他の大神様たちに怒られた時なんかは、しょっちゅう橘樹様のところへ逃げ込んでいたものです」

「お姉ちゃんにもそういうこと、あったんだ」

立派な淑女に見える中の神にも、自分と似たような時期があったことがれんげは嬉しかった。

「橘樹様はわたしの憧れなのです。四人の大神様は性格も考え方もまるで違っていて、本来なら一緒にいても仲良くはなれそうにないとさえ思うほどなのに、橘樹様がいたことで互いを尊重し合えていました。どれだけわがままで、乱暴で、向こう見ずな神でも、橘樹様の前では不思議と柔和《にゅうわ》に、饒舌《じょうぜつ》になり、気が付けば橘樹様に心を開き、助言に耳を傾けるようになっているのです。その評判は横浜に限らず、全国の土地神にも及び、橘樹様がわたしたちの自慢でもありました。未来の横浜は、土地神の数が増え、互いの気持ちを理解し合うのが難しい時もあります。けれど、橘樹様が長い間、この関東や日《ひ》の本《もと》の神々を結んで下さったように、わたしもそういうことができる土地神になりたいと思って、ずっと生きてきました」

中の神が自信なげに言ったので、れんげはすかさず口を挟んだ。

「お姉ちゃんは、立派よ。西だって保土ケ谷だって、必ずお姉ちゃんの言うことには耳を貸すじゃない。橘樹様を見て、どこか親しみを感じたのは、きっとお姉ちゃんが橘樹様から授かったものを、大事にできているからだと思うの」

そう言われた中の神は、れんげを抱き寄せた。

「ありがとうございます、れんげちゃん。あなたにそう言ってもらえてとても嬉しいです。正直に言えば、こんなことになって、わたしは橘樹様に何もかも解決を委ねてしまいたいとも思ったのです。橘樹様は、ただ見守るだけでなく、きちんとわたしたちが自分で歩き出せるように、一歩先を見据えていらっしゃった。しかも、自分たちでなんとかすると言ったのが西だったことにも驚きました。橘樹様は、わたしや保土ケ谷だけでなく、初めて会った西まで、成長させてしまったのですから、やはりあの方には敵《かな》いません」

ここまで神々の気持ちを把握しているのだから、橘樹の大神と比較しなくても充分に立派だとれんげは思ったが、何も言わないことにした。

「今はわたしたちがきちんと『九戀宝燈』を見つけ出し、橘樹様を安心させることこそが何より大事です。ですから、もう会えない悲しさで落ち込むことはやめにします。橘樹様からさらに、多くを教わったことをありがたく思わなければいけませんもの」

「うん」

中の神が元気になったのを見て、れんげは一安心だった。れんげは椅子から立ち上がって伸びをし、ふうと息を吐いた。何気なく息を吐きだしただけだったのに中の神は、どこか悩ましげなれんげの様子を見逃さなかった。

「今度はわたしが、れんげちゃんの悩みを聞く番ですね」

隠していたつもりではなかったが、自分の釈然としない気持ちを見透かされてしまい、れんげは驚くより笑うしかなかった。

「お姉ちゃんは、何でもお見通しなんだ」

諦めたように椅子に座り直したれんげは、庭の花壇を見た。

「あたしを誘拐犯から取り返してから、保土ケ谷がそっけない気がするの。あたし、何か彼の気に障《さわ》るようなことしたかな」

もしも橘樹の大神に会っていなければ、きっと中の神はただの気のせいですよ、とお茶を濁していたかもしれない。だが、それではれんげのためにならない気がした。たとえ辛い話だとしても、それについて考える時間を奪うのは正しいことではないと、中の神は覚悟を決めて口を開いた。

「れんげちゃんが誘拐された時、保土ケ谷は助けに行くことに反対したのです」

その一言は、れんげの表情を暗くした。その顔を見るのは辛かったものの、中の神は表情を変えずに話を続ける。

「土地神として、誰かが一つの可能性を提示しなければなりませんでした。もし、れんげちゃんがさらわれることが歴史的に正しいとされていたならば、わたしたちが助けに行くことは改変に繋がってしまいます。ましてや過去に飛ばされたのなら、何もせずじっとしているのが妥当なのではないか。わたしたちは、れんげちゃんを好きになっているからこそ、そういう土地神としての基本的な考え方に、一度立ち返らなければならず、保土ケ谷はその嫌われ役を担ったのです」

事情を察し、れんげはゆっくりと呼吸していた。

「今でも、何が正解だったのかは分かりません。ただ、わたしたちが外に連れ出したことで、れんげちゃんが事件に巻き込まれたのは間違いありません。誘拐そのものがイレギュラーな出来事だったと考えれば、助け出すことはむしろ元に戻すことになる。れんげちゃんが、初めて会った時、わたしたちに言ったように、わたしたちもその考えを採用し、助けに行くことにしたんです」

ずっと座っていた中の神は、れんげの目を見た。

「ごめんなさい。本当ならこんなことを、れんげちゃんに話す必要はないのかもしれません。けれど、わたしはあなたに多くを話してあげられないからこそ、これ以上隠しごとを増やしたくはないのです。あなたがわたしたちのことを本気で心配し、助けてくれているからこそ、わたしたちの事情もきちんとあなたに伝えておきたい。そう思ったのです。きっと、保土ケ谷はれんげちゃんに合わせる顔がないと思っているからこそ、話を避けているのでしょう。ですが、彼は可能性を提示しただけで、本心ではないということは、どうか分かってあげて下さい」

果たしてここまで伝えることが、正しいのかどうか。中の神には分からなかった。れんげは表情を変えず、短く切りそろえた艶《つや》のある髪が風でさらさらと揺れていた。

「保土ケ谷、今どこにいるのかな」

「散歩に行くと言っていましたよ」

「あたしも、ちょっと出かけてくるね」

くれぐれも気を付けて下さいね、と中の神が声をかける頃にはもう、れんげは家を飛び出していた。

保土ケ谷の神がどこに出かけたのか、れんげにはなんとなく見当がついた。税関を抜け、波止場にやってくると、すでに今日の荷揚げは終わったらしく、艀に乗って船に戻ってい く船員の姿や、仕事を終えこれから夕食へ向かおうとする荷揚げ人夫がちらほらいるだけで、閑散としていた。海は沈みつつある夕日を受けて、黄金色に輝いている。夕暮れは、日陰が夜の闇よりも濃く、波止場の陰でぼんやりと海を見つめている保土ケ谷の神の姿があった。そうっと近づいたれんげは、まだ自分に気付いていない保土ケ谷の神をちょっぴり驚かすような声で話しかけた。

「よかったね、お許しが出て」

保土ケ谷の神は、れんげが望んだようなびっくりする仕草は見せず、退屈そうに振り向いて、また海に顔を向けてしまった。

「なんだ、お前か」

あまりにも素っ気ない態度に、れんげは感傷的な気持ちがすっ飛んでしまい、腹が立っていた。

「なんだとは何よ！　せっかく探しに来てあげたのに」

「誰も探してくれなんて言っちゃいない」

一人にしてくれと言わんばかりの態度を取るものだから、れんげは意地でも帰るものかとムキになり、保土ケ谷の神の横に座った。こうやって一人でふてくされているのが格好いいとでも思っているのかしら、と初めのうちはれんげもぷりぷりしていたものの、保土ケ谷の神が怒っているわけでも、悲しんでいるわけでもなく、ただ黙って海を見つめている様子に、心がじわりと痛むのを感じていた。

れんげは、昨日の会話を思い出していた。未来へ行きたいと言った時、保土ケ谷の神に家族はどうするると問われ、ひどいことを言ってしまった。だが、誘拐犯から救出されて家に帰ると、父や母、ばあやに使用人たちはみな、心の底から心配していてくれたことを感じ、もう二度と自分を育ててくれた恩人に会えなくなってしまった保土ケ谷の神たちのことを思えば、自分の発言がいかに幼稚で、考え無しだったか、恥ずかしかった。

保土ケ谷の神は、自分に厳しいことを言った。外国に行きたいことを端《はな》から諦めているのは自分なのに、自由になれない責任を周りのせいにしている。そんなことを言われたのは初めてのことだった。思わず涙が出てしまったのは、傷付けられたと思ったからじゃない。自分が思わないようにしていたことを言い当てられて、悔しかったのだ。この神様は、闇雲にひどいことを言うわけじゃない。遠回りにも思えるような思いやりに気付いたれんげは、たとえ保土ケ谷の神が自分を見捨てるような発言をしていたとしても、それを責める気にはなれずにいた。

きっと彼はこの話をしたくはないかもしれない。けれど、自分から話さなければ、辛い思いをし続けるのは彼の方だ。いくら神様だからといって、辛い思いに耐えなければいけないわけはない。そう覚悟を決めたれんげは、小さく息を吸い、一言口にした。

「あたしが誘拐された時、助けに行くのやめようって言ったんだ」

保土ケ谷の神はすぐに返事をせず、護岸に打ち付ける波の音が響くだけだった。日はどんどん暮れていき、辺りは薄暮《はくぼ》を迎えていた。保土ケ谷の神は真っ直ぐに前を向いたまま、静かに口を開いた。

「失望したか？」

今朝、目を覚まして、保土ケ谷の神に謝られた時は、冗談めかして返事をしてしまったが、もうその手は使いたくなかった。まだうまく気持ちは整理できていなかったが、声を出しているうちに考えがまとまりそうな気がして、れんげは返事をしていた。

「あなたは本当に土地神なんだな、って思った」

「そうか」

突き放したつもりはなかったのに、保土ケ谷の神は別の解釈をしたように感じたので、れんげは落ち着いて続けた。

「お姉ちゃんはとっても優しくて、頼りがいがあって、あたしの理想の女性。西は、無愛想だけど本当はすごく情熱的で、自分が正しいと思ったら迷いなく進む真っ直ぐな神様。でも、あなたって、よく分からなかったの。一番ふざけているようにも思えるし、だらしないし、面倒なことは投げだそうとするし、けんかっ早いし。かと思えば、橘樹様を見た途端、脇目も振らずに飛びついて泣き出しちゃうし。まるで子供みたい」

「何とでも言えばいいさ」

十五になったばかりの少女に馬鹿にされ、いよいよ保土ケ谷の神は拗《す》ねていた。その姿が可愛く思えたれんげは、くすりと笑った。

「あなたはどれだけだらしなく見えても、自分の責任だけはきちんと背負おうとしている。たぶん、お父様やお母様、ばあやや太一郎さんだって、みんなそれぞれの責任があって、その上でどうするのが正しいのか悩みながら生きているんだと思うの。あたしは、生きる本当の難しさに気付かないまま、わがままを言っていたんだ、って、あなたたちを見ていて思ったの。何もかも投げ出して自由に生きるなんて、そんなこと、言っちゃいけなかった」

沖に泊まった船が明かりを点《とも》した。夕方の海に、船室の明かりが反射して、きらきらと輝いていた。

「もし、お姉ちゃんと西だけだったら、あたしがいたことで、二人に土地神という立場を忘れさせてしまっていたかもしれない。でも、あなたはあえて反対することで、自分たちの立場を、思い出させた。それに気付いたら、もしかしてあなたたって、すごい神様なんじゃないかって、思っちゃったのは、ちょっと買い被りすぎかな?」

保土ケ谷の神は初めてれんげの顔を見た。れんげは、なぜ保土ケ谷の神が驚いた表情を見せているのか、さっぱり分からなかった。再び海を見た保土ケ谷の神の表情は、わずかながら緩んでいた。

「お前の想像力には恐れ入るな」

保土ケ谷の神が笑ったことで安心したれんげは、優しく言った。

「橘樹様のこと、本当に好きだったんだね」

保土ケ谷の神も、いい加減むっつりしていることに疲れたのか、これ以上だんまりを続けるつもりはなさそうだった。

「明治時代にやってきたと分かって、真っ先に橘樹様が頭に浮かんだんだ。もしかしたら、もう一度会えるかもしれない。会ったら何を話そうか。けれど、まだ向こうは俺のことを知らないし、うかつに事情を話すわけにもいかない。そんなことばかり考えていた。ジジイを説得するために橘樹様に会いに行こうと決まって、不安で仕方がなかった。ずっと会いたいと思っていたが、俺はまだ橘樹様に報告できるようなことは何も出来ちゃいない。橘樹様の薫陶《くんとう》を受けた身として、恥ずかしくなってきてな。帰ろうか迷っていたら、橘樹様の顔を見た途端、あれだ。我ながら、情けないものだ」

「別に恥ずかしくないよ。たぶん、あたしがあなたでも、同じことをしていたと思うもの」

れんげの慰めを、保土ケ谷の神は素直に受け止めていた。

「やはり橘樹様はすごい。侵入者を察知していたし、神器の知識も豊富で、『九戀宝燈』のこともすぐに察してしまった。橘樹様の櫛を見たか？　あれは『風光明飛《ふうこうめいび》』といって、鳥になれる神器なんだ。鳥に変化《へんげ》する橘樹様は、とても美しいんだ。変化の神器も、時を超えるものと同じくらい特別な力があって、それを与えられるということが、橘樹様の実力を何よりも示している」

橘樹の大神について語る保土ケ谷の神は、まるで子供のようだった。楽しそうに話をしている保土ケ谷の神を見ていると、自分の父や母がこの世から去った後、こんな風に笑って思い出話ができるようになるのか、まだ若いれんげには自信がなかった。

今度はれんげがぼうっとした表情をしているのに気付いた保土ケ谷の神は、調子付いて話しすぎてしまったことを戒めるように咳払いをした。

「お前の親父やお袋さんは、お前が誘拐された時、とても心配していたぞ。口うるさくて、自分の気持ちなんてまるで理解してくれないと、腹が立つこともあるかもしれないが、自分のことを本気で想ってくれる誰かがいるってのは、ありがたいことだ。後で悔いることのないよう、思いの丈《たけ》は思いっきりぶつけておけ。時間が経てば、そんなこともできなくなるからな」

もしも昨日、このことを言われていたら、ありきたりな説教なんて聞きたくないと、まともに取り合わなかっただろう。けれど、今のれんげは、その言葉がきちんと身体にしみいっていくのを感じていた。

保土ケ谷の神は小さくため息をついて、暗くなった海に視線を移していた。その寂しそうな様子を見ていると、れんげは自分まで切ない気持ちになった。土地神として、人と距離を保ちながら長い時間を生き続けること。甘えられる恋人や家族もいないこと。沢山の別れを見続けてきたこと。神様なのだから、人間のような感傷に浸ることもなく、強く生きられるのかもしれない。けれど、橘樹の大神に再び会った時の姿や、今の表情を見ていると、たとえ土地神という人間とは異なる生き物だったとしても、そこに宿る心は、自分と何も変わらないのだというのが、伝わってきた。

なんとか保土ケ谷の神の心に寄り添ってあげたい。自分に、何か出来ることはないだろうか。経験も知恵もない自分に出来ること。一つの可能性が頭に浮かぶと、顔が熱くなったが、辺りは暗く、保土ケ谷の神はその変化に気付いていないようだった。

ふらふらと立ち上がったれんげは、顔を真っ赤にしながら目を閉じて、腰に手を当てていた。

「し、仕方がないなあ！」

なぜかぷるぷると震えているれんげを、保土ケ谷の神は不思議そうに見つめていた。

「き、きききキスでもしてみれば？　そ、そうすれば少しは、寂しさも、紛れるんじゃない？」

なんということを口走ってしまったのか。首筋から汗が伝っていき、頭から湯気が立ち上っていきそうだった。そもそも、こういう時は、黙ってキスをする方がスマートなんじゃないのかと後悔してももう遅い。これでは、まるで自分がキスをしたがっているみたいではないか。どんどん恥ずかしさは増していき、目を閉じていたはずなのに、視界は真っ白で気を失ってしまいそうだった。

拳を強く握り、唇を強く嚙んでいると、保土ケ谷の神の大笑いする声が聞こえてきた。目を開けた先には、腹を抱えている保土ケ谷の神の姿があった。

「何を言ってんだよ、お前は」

顔を真っ赤にして、目を見開いているれんげを見ながら、保土ケ谷の神はほっとしたようにぽんと少女の頭に手を載せた。

「心配してくれたんだよな。ありがとよ。確かに、うじうじしてらんないな。これから、もっと強い神が待ち構えてるかもしれないんだ。これくらいでへこたれてたら、神の名が廃《すた》るってもんだ」

気持ちの整理がつき、ふうと伸びをして少女の顔を覗くと、どういうわけかれんげは目に涙を一杯に溜め、さっきよりも顔を真っ赤にしながら右の拳に力を入れて、保土ケ谷の神を睨んでいた。なんでそんな顔をしているのかと聞くより先に、れんげの思いのこもった右ストレートが保土ケ谷の神の左頰にクリーンヒットし、勢いよく決まったせいで、哀れな神はそのまま海に落とされていった。

「バカ！　死んじゃえ！」

そう言い残し、れんげは走り去ってしまった。殴られる理由に、何の見当もつかない朴《ぼく》念仁《ねんじん》の神は、反論することすら許されず、海の底へ沈んでいくのであった。

Chapter 10

荷揚げ所にお茶の木箱を忘れてしまい、明日でもよかったが仕事を片付けておきたかったので、渋々船から艀を出して、税関に向かった船員が、偶然にも象の鼻の近くで溺《おぼ》れている男を助けなければ、現代の保土ケ谷区は土地神を失うところであった。九死に一生を得た保土ケ谷の神は、海水で身体を冷やしてしまい、何度もくしゃみをしながら茂原の家に帰ってきた。

ありがたいことに玄関では、中の神が待ってくれており、保土ケ谷の神は安堵の笑みを浮かべたが、神器『銃王無尽』を突き付けられたことで、顔が引きつってしまった。

「最期に何か言い残すことはありますか？」

中の神は満面の笑みを浮かべながら、十キロ先のミシン針の穴を撃ち抜ける強力な銃の銃口を、保土ケ谷の神の眉間《みけん》にぐりぐりと押しつけていた。中の神が本気で怒っているのは容易に伝わってきたので、保土ケ谷の神は両手を挙げながら落ち着いて弁明した。

「見てくれ、危うく海で溺れ死ぬところだったんだ。風邪引いちまいそうだぜ。タオルか何か出してくれないか」

「溺れ死んだ方がましだったかもしれませんね」

聖母のような笑顔で、火山も瞬時に氷山へ変わりそうな冷たい声を発するものだから、保土ケ谷の神は為《な》す術《すべ》がない。海風が吹き付けてきて、保土ケ谷の神はまたくしゃみをした。

「ぶふぇくしょ！　本当に凍えそうだ！　まだ春だから夜になると寒いんだって！」

何を言っても中の神は判を押すように銃を押しつけてくるだけだった。

「わたし、言いませんでしたっけ？　れんげちゃんを傷付けたら容赦しないって。あの娘、泣きながら帰ってきたのですよ。あなたの悪口を散々吐きながら」

「俺は何にもしてないぞ！」

「本当に、何の自覚もないのですか？」

ここは素直に首を縦に振れば許されると思い、保土ケ谷の神は何度も頷いた。それが中の神の機嫌を損ね、さらに銃の押しつけが強くなっていく。

「なんでだよ！」

「自覚なき罪こそ、最も重い過ちなのです。今夜は夜風に晒されながら、自分の胸に手を当てて、よくよく反省することです」

そう言って中の神は玄関の扉を閉めてしまい、施錠《せじょう》される音がむなしく響き渡った。またしても大きなくしゃみが外から聞こえてきたが、中の神は深々とため息をつき、れんげの部屋まで向かい、扉をノックした。静かに扉を開けると、ベッドにうつぶせになったれんげが、枕を抱えながらくすんと泣き声を立てている。ベッドに腰掛けた中の神は、泣き続けるれんげの肩にそっと手を置き、優しく声をかけた。

「保土ケ谷は、反省して頭を冷やしてくるそうです」

れんげは肩を震わせながら、中の神の手をぎゅっと摑んだ。

「あたし、どうしちゃったのかな。自分でもよく分からないの」

中の神を心配させないように、れんげは顔を起こそうとしたが、全身があまりにも熱くなりすぎていて、またしても顔を伏せてしまった。

「なんで、あんな恥ずかしいことを……」

一人で枕に顔を埋めて、足をばたつかせるれんげを見て、中の神は微笑みを浮かべていた。その仕草を見れば、少女の体に何が起こっているかなど、中の神には百も承知だった。波止場の記憶を思い返す度に、鼓動が高まって、音が聞こえなくなるくらい耳の裏がきんとなる。このままこの気持ちを身体に押し込めていては破裂《はれつ》してしまいそうに感じたれんげは、枕を抱きしめながら背中越しに、中の神に話を始めた。

「はじめはね、保土ケ谷を慰めに行ったつもりだったの。橘樹様のこととか、色々傷付いているんじゃないか、って思ったから。あたしが話をすることで、ちょっとでも元気になってくれればいいなって。でも、保土ケ谷の堪えたような顔とか、傷付いていないふりをする声を聞いているとね、自分がちょっとおかしくなっていったの」

「はい」

中の神の手を握ったれんげの左手は、凍えるように震えていた。

「彼のことを考えると、楽しいはずなのに、どんどん苦しくなっていって、あたしだけに、もっと色んな表情を見せて欲しいって思ってしまう。誰かに、こんな気持ちを持ったことって、ないの」

れんげは、自分の身体に起こっている異変を理解できずにいた。他の娘たちより聡明《そうめい》で、理で行動する彼女だったからこそ、頭では受け止めきれない心の揺らぎに、強く戸惑っていた。

「それは、恋なのかもしれません」

「あたしが？　まさか！」

驚いたれんげは、恥ずかしさも忘れて顔を上げた。中の神は、枕元の壁に寄りかかり、足を伸ばした。

「恋は眠りと同じで、いつの間にか落ちてしまっているものなのです。けれど、それを恥ずかしいと思ったり、気持ち悪いと感じたりする必要はありません。れんげちゃんは、少しだけ大人になったのです」

自分の気持ちを、言葉にされてしまうと、れんげは途端に恥ずかしい気持ちでいっぱいになった。言葉では聞いたことがあっても、それが実際にはこんなにももどかしく、心が暴れ馬のように言うことを聞かなくなってしまうなんて、想像も出来ないことだった。

深呼吸をして、胸に手を当てたれんげは、恐る恐る中の神に問いかけた。

「人間は、神に恋をしてもいいの？」

ずっと優しくれんげの戸惑いを見守っていた中の神は、静かに目を閉じた。

「天界の法では、土地神が人間と関係を持つことは禁じられています。民を見守るのがわたしたちの命《めい》であって、特定の誰かに肩入れするのは平等の原則に反しているからです」

「そうだよね」

これだけ慎重に行動している神々なのだから、きっとダメに決まっているだろうと、頭のいいれんげには分かっていたことだった。中の神は、れんげの手に、両手を重ねた。

「ですが、わたしにはそうも思えないのです。恋とは、意図せずして起こるもの。誰かに恋をしてしまったら、それが正しいか間違っているかを考えるより、その気持ちをいかに大切に出来るかが、最も大事なのです。人と神との間には、多くの隔たりがあります。法で禁じられているのも、互いが余計な傷を負う前に、避けた方が安全だと考えているからでしょう。けれど、たとえ相手が神であろうと、恋をした事実に蓋をしてしまっては、いずれ誰かを愛することに臆病《おくびょう》になってしまう気がするのです」

れんげの戸惑いに寄り添うつもりだったのに、余計なことを話してしまった気がして、中の神はぱっと目を開けた。

「ごめんなさい。はっきりとしたことを言えなくて」

中の神が本気で考えて、伝えてくれたことが分かったれんげは、小さく首を横に振った。

「ううん。あたしこそ、軽々しいことを言ってごめん」

思えば、れんげが姉を欲しがった理由は、何よりもこういう話をしたかったからだった。

少しだけ落着きを取り戻したれんげは、まだ深刻そうな顔をしている中の神に、ずっと気になっていたことを口にした。

「お姉ちゃんは、誰かに恋したこと、ある?」

自分の恋について語るのは、死にそうなくらい恥ずかしいのに、誰かの話となると、れんげは聞きたくて仕方がなかった。中の神は伸ばした裸足の足の指を、少しだけ広げた。

「恋と呼べるようなものなのか、自分でもよく分からない思い出はあります」

「どんな方だったの? 聞かせて!」

中の神は、自分の髪を肩の後ろに回した。

「横浜に顕現したばかりの頃、わたしたちに戦い方を指導して下さった土地神がいらっしゃいました。その方はとても厳しくて、保土ケ谷たちは鬼のように恐れていたのですが、実際は少しおっちょこちょいなところがあって、口べたな方でもありました。わたしは、何よりその方を師匠のように尊敬していて、自分でもそれ以外の感情を抱いている自覚はありませんでした。ですが、その方が天界へ帰還することが決まってから、途端に敬意とは違う、離れたくないという強い気持ちが、自分の奥にある気がしたのです。それが、恋なのか、それとも親愛の情なのかは、わたしにもよく分からなくて」

「それで、お姉ちゃんは何か伝えたの？」

「もちろん、感謝とお別れの言葉は伝えました。けれど、それ以上のことは何も」

「で、でも、たとえば、頭を撫でてもらったり、抱きしめてもらったり、そ、そういうことをして欲しいって、思わなかった？」

照れながらも必死に話すれんげを見て、中の神は笑みを浮かべた。

「わたしは、感情を優先できる神に、ちょっぴり憧れがあるのです。保土ケ谷や西は、考えるより動く性格ですから、わたしも、時には思い切った行動に出られれば、何か違ったことが起きるかもしれない、と考え耽《ふけ》ることもあります。ですが、わたしはその方を自分にとって大切だと思えること、そのものを嬉しく思うのです。わたしにとって特別に思える方と、出会えただけでも、それはとてつもなく幸せなことだったのだと、時間が経った今でも、そう思っています」

「あたしって、俗っぽいな。もっと色んなことを求めてしまうんだもん」

「それでいいのです。今は、れんげちゃんに芽生えた気持ちと、大事に向き合って下さい」

沈黙が訪れていた。大きな柱時計がこちこちと時間を刻む音だけが、恋を思う女たちの部屋に鳴り響いている。中の神に寄りかかったれんげはぽつりと口を開いた。

「あたし、彼にひどいことをしてしまったの。嫌われちゃったかな」

「きちんと謝りましょう。大丈夫ですよ」

「うまく、話せるかな」

「大丈夫です」

静かな女たちの部屋と比べ、夜の南京町は活気が溢れていた。仕事を終えた華僑《かきょう》たちだけでなく、西洋人たちも露店や薄暗い飲み屋に出入りしており、汗と熱気と煙が充満している。

炒め物の湯気がもうもうと立ちこめる中華飯店から、ガラス戸を開けて一人の男が姿を現した。男はズボンのポケットに手を突っ込み、外灯を避けながら往来を進んでいく。夜の南京町は人の気配こそするものの、みな陰に隠れてひそひそと会話をし、そこかしこに煙草や厨房からの煙が混じり合っている。

店から出た男は、酔っ払いの多い通りを離れ、裏路地に入ってからも歩く速度を変えず、淡々と歩を進めていた。南京町のざわめきはもはや聞こえず、外灯のない暗い道で、男はぴたりと足を止め、ゆっくりと振り返った。そこには真剣な表情で睨んでいる、西の神の姿があった。

西の神は、ポケットから手を出そうとしない男に向かって静かに問いかけた。

「本来の仕事を終えて、息抜きは済んだか？」

そう西の神に問われても、王は何も言わなかった。

「なぜ貴様が、あれだけ警備が厳重なホワイト商会から出てきた。入る時も出る時も、警備の男たちは貴様に何の確認もしていなかった」

西の神はじっと王の目を見据え、威圧していく。だが、相手はその迫力にまったく動じることなく、ゆっくりと返事をする。

「ホワイト商会、同業者。仕事の話、してた」

「仕事、というのは若い娘を誘拐することか？」

王がポケットから手を出すと、右手首に痛々しい傷痕が現れた。その傷を見て、西の神は悔しそうな顔をした。

「本当ならば、れんげをさらった賊を一匹たりとも逃がすつもりはなかった。だが、右手に傷のある賊だけは、私の手を逃れていった。その珍しい傷を、私は茂原家の厨房で見たことがある。王、なぜ仮にも仕える家の娘を売った？」

神器『神之碇』を取り出した西の神は、鎖を振り回しながら王を睨み付けた。物々しい武器を目の当たりにしても、やはり王が動じることはなく、あろうことか背を向けて一言口にした。

「よそ者、首、突っ込むべきじゃない」

それを宣戦布告と解釈した西の神は、碇のない鎖を鋭く王に投げつけていた。

「たとえここが明治だとしても、この地は私の礎《いしずえ》となる場所だ！　貴様のような賊が、我が物顔で歩いていいところではない！」

西の神の手を離れた『神之碇』は風を切って王に向かっていったが、地面に当たって土煙が舞うだけで狙った獲物の姿はなかった。

「どこへ行った！」

慌てて周囲に目をやると、西の神の背後に王の姿はあった。息一つ乱してはおらず、無表情のまま西の神を見ている。いつ背後に回ったのか、西の神にはまるで見えなかった。瞬《また》きすらしなかったはずなのに、気が付けば後ろに立っている。すかさずもう一度鎖を投げつけるが、今度は塀の上に立っていて、何をしても王に鎖の一撃を与えることは出来なかった。

そこで西の神は『神之碇』での攻撃を捨て、近接戦に持ち込んだ。王の顔めがけて右フックや左のアッパーをお見舞いするが、いたずらに空を切るだけで手に反動がくることはなく、王は踊るように避け続けるだけだった。

仮にも横浜大戦争では複数の神々を相手にしながら善戦した西の神でさえ、王には傷一つ付けることはできず、息が上がっていく一方だった。

「貴様、何者だ！　さては、私たちをずっとつけていたのも貴様だな？」

王が反撃してこないことも、西の神を苛立《いらだ》たせていた。明らかに格下だと分かっているから、手を下さなくとも勝手に倒れる。そう考えていることが分かるからこそ、西の神は余計に熱くなっていった。

しゃがみ込んで足払いを試みてもふわりと宙を舞い、抱え込もうとすればバック転で拘束を逃れ、終《しま》いには地面の土を投げつけて目つぶしを試みようとしても屋根の上に飛び移り、あらゆる攻撃を避けてしまった。

肩で息をするようになっていた西の神は、これ以上闇雲に攻め続けても埒《らち》があかないことを察し、再び『神之碇』を手に取り、王が立つ場所とはまるで異なる方向に投げた。投《とう》擲《てき》を誤ったと解釈した王は鎖を目で追うだけで、視線を西の神に戻した。だが、それを見た西の神はすかさず宙を舞い続ける鎖をさらに加速させ、自分と王の立つ周囲の空間を鎖で覆い始めた。いつの間にか半球状になった鎖のドームに閉じ込められていた王は、静かに見上げていた。

『神之碇』を摑んだ西の神は、空いた手で汗を拭いながら言った。

「これでもう、ちょこまかと逃げられはしない。このままぐるぐる巻きにされるか、私に殴り飛ばされるか、どちらかを選ばせてやろう」

西の神はすでに自分共々《ともども》王を鎖で押しつぶすつもりでいた。その決断に王はため息をついたが、それは戦い方に感心したようではなかった。じわじわと鎖の空間が狭まっていくと、突如として王は西の神に接近し、腹を拳でとんと軽く押した。パンチとはとても呼べない、軽い一撃だった。あまりにも力のこもっていない殴打《おうだ》に、いよいよ西の神は我慢ならず、ここまで自分を侮《あなど》った報いを何としてでも受けさせてやると意気込んだ。その矢先、視界がぐにゃりと歪み、今までに感じたことのない鈍痛が腹から全身に広がっていくのを感じた。

「……貴様、何をした」

思い切り叫んだはずなのに、もはや言葉が声にはならず、周囲を旋回して空間を築き上げていた『神之碇』は力なく地面に落下していった。痛みは強さを増し、次第に目が開けられなくなっていくのを西の神は感じていた。

身動きが取れなくなり、地面に横たわるしかなくなった西の神を見下ろした後、王はどこかへ姿を消してしまった。立ち上がって追いかけようとしても、膝にも手にも力は入らず、保ち続けようと堪えていた意識もついに、途切れて何も見えなくなっていった。

「ぶえっくしょい！　ったく、ちくしょうめ、ほんとに外で一夜を明かせってのかよ」

大きなくしゃみをして、文句を言いながら裏路地に入り込んだ保土ケ谷の神は、そこでうつぶせになっている西の神を見たのであった。

Chapter 11

珍しく早起きをした保土ケ谷の神は、二階の部屋から茂原の中庭を見つめていた。柔らかい朝の光が、絡まった記憶の糸をほどいていく。時空を越えた商品を売る露天商が出入りするホワイト商会。物々しい警備の男たち。そして、道端で倒れていた西の神。何かが着実に動き出しているのを、保土ケ谷の神は感じていた。

ベッドに目をやるが、西の神はまだ眠ったまま。誰にやられたのか、道で昏倒《こんとう》していた西の神に何を問いかけても返事はなく、朝になっても目覚める気配はなかった。横浜大戦争でも、最後まで立ち続けた西の神を昏倒させるなど、ただ事ではない。『九戀宝燈』さえ見つければ、万事解決と単純に考えていたが、ことはそう単純ではなさそうだ。何か、根深いものに引きずり込まれているのは、もはや気のせいではなかった。

情報が足りなすぎる。すでに、大きく出遅れている。れんげを誘拐した連中と、『九繼宝燈』がどのように関係してくるのか。疑問が浮かべば浮かぶほど、事態を把握できていない自分に腹が立ってくる。

腹が立って、腹が空いていたことに気付き、朝食でも取りに行こうかと部屋を出かけたその時、一階から大きな叫び声が聞こえてきた。

「きゃあああああああ！」

その叫び声は中の神のものだった。

「……姉上！」

姉の危機を悟り、西の神は目を覚まして重い身体を起こしたが、身体はまだ言うことをなかなか聞いてくれない。それを見た保土ケ谷の神は、部屋の扉を開けながら声をかけた。

「お前は寝てろ。俺が見に行ってくる」

「姉上の悲鳴を聞いて、おめおめと寝ていられるか！」

ゆっくりとした足取りでベッドを抜け出そうとする西の神を置いて、保土ケ谷の神は一足先に悲鳴の聞こえた方へ駆けていった。叫び声は玄関から聞こえており、腰を抜かしている中の神が、目に涙を浮かべて震えている。

「どうした！　何があった？」

保土ケ谷の神が慌ててそばに近づくと、中の神は震える指で入口に立っている男を示した。その男を見て、保土ケ谷の神も同じように悲鳴を上げるしかなかった。

「ぎゃあああああああ！」

玄関には、二メートル近い長身の、猫背気味な警察官が立っていた。大きな銀縁のサングラスをかけ、ぼさぼさに伸びきった髪の上に、よれよれの警察帽を被り、口に挟んだパイプからは煙がもくもくと上がっている。いかつい風体ではあったが、神々が驚いたのはその点ではなかった。

警察官は、なぜこんなにも驚かれなければならないのかさっぱり分からず、帽子を取って困ったようにぐしゃぐしゃな髪に手を突っ込んでいた。騒ぎを聞きつけたれんげと西の神が、恐れおののいている神々に近づき、声をかける。

「どうしたの、お姉ちゃん？」

「姉上、大丈夫ですか！」

れんげと西の神にまで、敵意ある目で見つめられてしまい、男は居心地悪そうに煙草を深く吸うしかなかった。

「この男、何者なのですか？」

西の神がそう口にすると、保土ケ谷の神は慌ててその口を手で塞いだ。

「馬鹿野郎！　なんて口の利き方をするんだ！　殺されるぞ、お前！」

小声で注意する保土ケ谷の神に、顔を真っ赤にした中の神は頭をゆっくりと縦に振って同意していた。身体を支えてくれるれんげに向かって、中の神は囁《ささや》くように言った。

「こちらのお方は、久良岐《くらき》[47]の大神様といって、わたしたちの師匠のお一人です」

それだけを口にすると、中の神は何も喋れなくなってしまい、ぼうっと久良岐の大神を見つめていた。察しのいいれんげは思わず声を出していた。

「もしかして、この方がお姉ちゃんの……」

ここまで取り乱す姉を見たのは珍しく、西の神が不思議に思っていると保土ケ谷の神がさらに補足した。

「く、久良岐様はな、神器の使い方や、土地神としての基礎体力、規範や道徳について、それはもうみっちりと仕込んで下さった方なんだ。お前ももうちょっと早く顕現していれば、この地獄の、いや、とてもありがたい訓練に参加できたのにな。俺は、それが心の底から残念で仕方ないよ。ちくしょう、なんで俺たちだけあんなこの世の終りみたいな訓練を……」

ぶつぶつと恨みがましく話し続ける保土ケ谷の神を見る限り、よほど強烈だったことが西の神に伝わってきた。勝手に大騒ぎをしていた神々に、痺れを切らした久良岐の大神が話しかけてきた。

「おい」

---

47 **久良岐郡**　律令制により、七世紀ごろから武蔵国久良郡として成立。現在の横浜市南部に該当する。一八七八年に郡制施行。一九三六年消滅。

保土ケ谷の神は反射的に敬礼をして、直立不動になりながら返事をしていた。

「はい、なんでありましょうか！」

意味もなく大きな声で返事をした保土ケ谷の神を無視して、久良岐の大神は胸ポケットから警察手帳を取り出していた。

「この家に、王という買弁はいるか？」

玄関の騒ぎを聞きつけて、王が厨房からやってきていた。

「ワタシですが」

エプロンで手を拭く王を見て、寝起きだった西の神は少しずつ記憶が戻ってくる。昨夜、この男に、不可思議な一撃をお見舞いされた屈辱《くつじょく》が、西の神の身体を熱くしていた。なぜ誘拐犯だと発覚したにもかかわらず、未だ茂原の家にいられるのか。どれだけ騒がれようともみ消す自信があるのか。何事もなかったかのように振る舞う王の態度が、西の神の怒りを駆り立てた。今すぐ声を上げて、この男が誘拐犯だと糾弾してやりたかったが、西の神が騒ぐより先に、久良岐の大神が艶のある低音の声を響かせた。

「ホワイト商会の社長ショーン・チェンバレンが殺された」

その事実は、神々とれんげから言葉を奪った。

「今朝、チェンバレンと打ち合わせを予定していた商人が商館を訪れたが返事がなく、警察官を連れて家に入ると、社長室で頭を撃ち抜かれているチェンバレンが見つかった。そして昨夜、ホワイト商会から出て行く人間の目撃情報が入っている。そいつは、辮髪《べんぱつ》に襟無しの服を着ていた。出入りしていたのは王、お前だな？　深夜のホワイト商会に一体何の用があったんだ？」

久良岐の大神の話に神々とれんげは驚いて、一斉に王を見つめた。王は顔を真っ青にし、額の汗を何度も拭きながら唇を震わせていた。

睨み付けてくる久良岐の大神に怯《おび》えながら、王は俯き気味に話を始める。

「ホワイト商会、茂原商会と同じ、シルク扱う仕事。ライバル。でも、ワタシ、以前からチェンさんと、仲良かった。少し前、チェンさんから、ワタシに相談ある、言われた」

「相談？　そりゃ何のことだ」

せっかちな久良岐の大神が問いかけたが、王は首を横に振った。

「分からない。きっと、そのこと、話すつもりだった。仕事、終わってから来い、言われたから、夜、ホワイト商会行った。社長室、ノックしても返事なくて、ドア開けたら、チェンさん、倒れてた。頭から、血流して」

「どうしてすぐ警察に通報しなかった」

久良岐の大神は腕を組んでいた。泣きそうになっている王は、声が裏返っている。

「チェンさん、死んでるなんて、思わなかった。怖くなって、逃げるしかない、思った。もし、通報したら、きっとワタシ、犯人だと思われる。この国、ガイジンのもめ事、関わるの嫌い。ワタシやってない、言っても、誰も、味方、してくれない」

取り乱す王に、久良岐の大神はにじり寄り、何かを確認するように顔や身体をくまなく観察していた。

「じゃあ、お前はチェンバレンの死体は見つけたが、自分は何もしていないと、そう言いたいんだな？」

「ワタシ、やってない」

久良岐の大神の剣幕に、王は必死で抵抗して身の潔白を主張した。緊迫した空気にれんげはおろか、神々も一切口出しすることが出来ず、重苦しい沈黙が流れていく。じっと王の目を見ていた久良岐の大神は、玄関に置いてあった灰皿にパイプの灰を捨てた。

「今、俺がお前をしょっ引けば、どれだけ弁明をしようと十中八九チェンバレン殺しの犯人になるだろう。もう、お前が犯人という筋書きが出来つつある。外人のもめ事は、外交問題に発展する可能性があるから、見て見ぬ振りをすることが平気でまかり通っている。手頃な容疑者がいれば、そいつを犯人にして、後は当事国同士で勝手に解決してくれ、そう考えている。犯人をでっち上げて、とっとと片付けた方が楽だ。しかも、犯人が支那人なら都合がいい。白人を犯人にするより、よほど問題は少なくて済む」

そこで久良岐の大神は、強く壁を叩いた。その迫力にれんげも神々も背筋が伸びてしまった。

「だがな！　そんなのは、法治国家にあるまじき姿だ！　ろくに捜査もせず、適当に犯人をでっち上げて事件を闇に葬るなんざ、罪に罪を重ねる蛮行だ。俺は、そうやって牢屋にぶち込まれ、首をくくられる人間を、多く見てきた。昔は、法も捜査もなく、お上が悪いと決めつけたやつは、問答無用で咎人《とがびと》にされていった。最近になって司法が整備されてきてはいるが、未だにきちんと捜査をせず、犯人逮捕という盲目的な正義に酔っている警察官は跡を絶たない。俺は、権力にぶら下がって、非道の限りを尽くす振る舞いを許すわけにはいかない。改めて聞くぞ、王。お前はやってないんだな？」

「やってない」

王ははっきりと答えた。久良岐の大神が吐き出した煙が、朝の玄関にもくもくと漂っている。

「いいか、俺はお前に同情しているわけじゃない。ろくに捜査もせず、事実に目を向けようとしない現状に腹が立っているだけだ。今、ホワイト商会の現場検証をしているが、めぼしい証拠は出てきていない。このまま何も見つからなければお前が犯人ということにされるだろう。そこで、だ」

久良岐の大神は、サングラスを外して王や神々を見回しながら言った。

「お前に猶予《ゆうよ》をやる。明日までに、犯人を見つけ出せ。それまでは、自由に行動していい。だが、見つけられなければ、お前は二度とこの家では働けなくなるだろう」

「そんな！」

気が付けば茂原の家で働く使用人たちがぞくぞくと集まり、王に疑いの眼差しを向けていた。みんなが沈黙していると、れんげが声を上げた。

「無茶苦茶よ！　王さんはやっていないって言ってるのに！」

れんげの抗議にも、久良岐の大神が表情を崩すことはなかった。

「俺が上に抵抗しなければ、王には一日の猶予もなかったんだ。それに、これは王だけの問題でもない。ホワイト商会は茂原商会の競合企業。その社長がライバル会社の使用人に殺されたとなれば、王だけでなく茂原社長やその家人にまで、疑惑がかけられることになる。警察は、この家も疑い始めている」

集まった使用人たちが不安を口走り、周囲がざわめきに包まれた。警察に目を付けられていると知り、れんげは自然に身体が震えてしまった。久良岐の大神は不安に包まれる茂原家の人々を落ち着かせるよう、咳払いをした。

「無論、犯人捜しを王だけに任せるつもりはない。俺も、できる限りチェンバレン殺しの真相を追う。王、お前も死ぬ気で証拠を掴め」

もはや後には引けなくなった事態を悟った王は、ごくりとつばを飲み込んで返事をした。

「分かりマシた。ワタシ、やります。でも、ワタシだけじゃ、無理。助けてくれる人、必要」

そこでようやく久良岐の大神は、茂原家の人々の他に、見慣れない人物たちが怯えたような目で自分を見ていることに気付いた。気をつけの姿勢のまま微動だにしなくなっている保土ケ谷の神を、足先から頭の上までじっくりと眺めてから、久良岐の大神は声をかけた。

「お前は誰だ？　見ない顔だが」

ぴんと背筋を伸ばした保土ケ谷の神は、ふだんからは考えられないほどよく通る声ではきはきと返事をしていた。

「はっ！　じ、自分はこの家で世話になっている留学生であります！」

蛇に睨まれたカエルでも、ここまで脂汗はかかないだろうと思うくらい、保土ケ谷の神は一瞬で額から汗を垂れ流していた。時間にして十秒ほど観察されていただけだったが、保土ケ谷の神には気を失いそうになるくらい長い時間のように感じられた。

「どうも臭うな。お前、何か隠してないか？」

迫力のある久良岐の大神に取り調べられていると、保土ケ谷の神は洗いざらい話してしまいたい気持ちに駆られる。だが、ここは人目が多すぎるし、自分が正体を明かせば、久良岐の大神が土地神であることも周囲に分かってしまう。それを避けるためにも、保土ケ谷の神は必死に取り繕うしかなかった。

「き、昨日の夜、風呂に入り損ねてしまったから、身体が臭うのかもしれません！」

カスみたいな言い訳に、自分でも情けなくなるばかりであったが、保土ケ谷の神にできるのはこれが精一杯だった。泣きそうになっている保土ケ谷の神に見切りを付けた久良岐の大神は、中の神や西の神に視線を移した。

「この家に世話になっているのなら、お前らも捜査に協力しろ。どうせ暇なんだろう？司法の勉強をするいい機会だ」

そんなことをしている暇などなかったが、反論などしようものならどんな恐怖を味わうことになるか想像するだけで恐ろしく、保土ケ谷の神は最敬礼をした。

「はっ、かしこまりました！」

警察帽を被り直した久良岐の大神は、改めて王を見た。

「何かあったら署まで来い。俺は捜査に戻る。王、俺はお前を信用したんだ。この猶予を最大限活用しろ。だが、もしお前が真犯人だった場合」

久良岐の大神の声色《こわいろ》が変わったことで、周囲の雰囲気は一変した。

「俺が直々に裁いてやる」

すべてを話し終えた警察官は、それ以上とりつく島もなく去っていった。足音が遠ざかるのを察し、保土ケ谷の神は、呼吸をしなければ死ぬということを思い出し、深く息を吸った。

「……なんて迫力だ。俺が知ってる頃より、さらにキレッキレじゃねえか」

「姉上、どうしたのですか。しっかりして下さい」

すっかり固まってしまった中の神は、西の神に声をかけられてようやく我に返った。れんげに近づいてきた王は、深く頭を下げる。

「お嬢様、スミマセン。旦那様に、なんてお詫びしたらいいか」

れんげは頭を下げる王の手を取った。眉をひそめるれんげの表情に、王は身を縮こまらせていた。

「ねえ、あたし、さっきの王さんの言葉に少し傷付いたんだけど」

王は怯えた顔でれんげを見ていた。

「もう少し、注意、するべきでした」

「そうじゃないよ。王さん、さっき、誰も味方してくれない、って言ったよね？　それって、あたしたちが王さんを見捨てると思ってた、ってこと？」

「それは……」

れんげは王の手を握り続けていた。

「あたしは、お父様と考え方が違うから、しょっちゅう言い合いをするけれど、お父様の仕事の姿勢はとても尊敬しているの。儲けがあるのをいいことに、買弁や人夫を奴隷のように扱う成金商人もいるけど、お父様は自分の会社で働いてくれる王さんや、使用人、生糸農家の人たちにも、みんな敬意を払い、信頼を置いている。お父様が信じた王さんがやっていない、って言うならあたしもそれを信じる。もし不当に捕まるようなことがあれば、全力で弁護だってする。だけど、あたしたちを、他の人たちと同じように考えていたのは、悲しいな」

れんげの言葉を受けて、王は申し訳なさそうに口を閉じていた。その様子は、心の底から反省しているように見え、痛々しいものだった。西の神はいよいよこの王という男が何者なのか分からなくなっていた。

王が、れんげを誘拐した賊と関係していたのは間違いない。死んだチェンバレンのいるホワイト商会から出てきたのも事実であり、何かしら関与しているのは否定できなかった。

久良岐の大神がいる時に、これらの出来事を話せば、王の立場はいよいよ怪しくなっただろう。それでも、西の神が会話に割って入らなかったのは、久良岐の大神の姿勢に学ぶべきところを感じたからだった。

王が怪しいのは確かだが、かといって決定的な証拠は摑んでおらず、状況証拠だけで疑いをかけ、力ずくで口を割らせようとするのは、乱暴以外の何物でもなかった。仮にも未来からやってきた土地神ならば、ぐっと堪えて事実をより丁寧に追っていくことが大事であり、まだ動き出す時期ではないと、西の神は結論を下していた。

場が静まりかえってしまったのを感じた西の神は、仕切り直すように手を叩いた。

「とにかく、こうなってしまった以上、犯人を捜すより他にあるまい。このままでは茂原の家まで、疑いの目を向けられることになる。食客《しょっかく》である私たちも、協力するのが筋というものだろう」

保土ケ谷の神は、西の神に近づいて耳打ちをした。

「おい、そんなことする余裕あるのかよ。『九戀宝燈』を探すのが先決じゃないのか？」

「事件が起こったのは、私たちが疑いをかけていたホワイト商会なのだ。何かが、関係していると思わないか？　しかも、久良岐様から協力しろと命を受けているし、居留地内の立ち入りの許可も貰っている。急がば回れと言うだろう」

珍しく西の神の言うことに納得した保土ケ谷の神は、何も言わなかった。動揺する家の者たちを落ち着かせるために、西の神はさらに話を続ける。

「どうやら、王の疑惑を晴らすためには、チェンバレン殺しの犯人を見つけるほかないようです。私たちも微力ながら協力させて頂きたい。闇雲に動き回っても時間を浪費するだけなので、二班に分けて行動することにしましょう。まず、姉上と保土ケ谷は現場周辺の聞き込み調査をしてもらいたい」

「あたしも行く！」

れんげは威勢よく手を上げたが、それに反対したのは途中からずっと騒ぎを注視していたばあやだった。

「なりません！　お嬢様は一度危険な目におあいなのですよ？　それなのに殺人の捜査をお手伝いなさるなんて、ばあやを失神させるおつもりですか！」

「でも、あの警察の人は時間がないって言ってたんだよ？　このまま王さんが捕まっちゃったら、お父様まで疑われてしまうわ。それに、彼らは土地勘がないから、誰かが手伝わなければ余計に時間がかかるだけよ」

れんげの主張を後押ししたのは、意外にも西の神だった。

「ばあや様、れんげさんの仰るように、私たちは周辺の地理に疎いのです。協力をお願いしてもよろしいでしょうか？　もちろん、危険だと思われる場所には近づきません。私たちが賊かられんげさんを取り返した力を、多少なりとも信用して頂けないでしょうか」

れんげを物騒な場所に向かわせるのは、どのような理屈があろうと反対だったばあやだが、このままじっとしていても王の逮捕が迫るだけであって、何か手を打たなければいけないということは理解していた。何より、すっかり協力する気でいるれんげを、再び説得するほどばあやには元気が残されていなかった。深くため息をついて、ばあやは頭を下げる。

「分かりました。くれぐれもお気を付け下さい。お嬢様だけでなく、皆さんもどうか無理をなさらぬよう」

承諾を得たれんげは、ばあやに見つからないよう西の神の腕を摑んで笑みを浮かべた。

今度は王を見ながら、西の神は別の提案を出した。

「私は王と共に捜査を行います。王は嫌疑をかけられている身である以上、誰かが行動を監視していなければなりません。間違っても茂原の家に害が及ぶことのないよう、細心の注意を払うつもりです。それで構わないな？」

「ハイ」

まだ怯えた様子の王は、背筋を曲げながら弱々しく頭を下げた。

「では、早速行動に移りましょう」

西の神の一声で、その場は解散となった。れんげは中の神を連れて外に出て、保土ケ谷の神もその後に続こうとした時、西の神に耳打ちをされた。

「れんげを誘拐したのは、王の可能性がある」

「なんだと？」

思わず大きな声を上げてしまい、中の神とれんげは不思議そうに保土ケ谷の神を見た。

「今はれんげと王を遠ざけておいた方がいい。どこで何が出てくるか分からない。充分に気を付けろ」

そう言い残し、西の神は王を応接間に連れて行くのであった。

Chapter 12

去り際に西の神が言い残した一言が、保土ケ谷の神を悩ませていた。仮に王が誘拐犯だとすれば、なぜれんげを奪還した今になっても、茂原の家にいるのか？　そのことに、西の神はいつ気付いたのか？　事態が進むと思いきや、さらなる疑問が次々と生まれ、思わず愚痴らないわけにはいかなかった。

「まったく、こうも次から次へと厄介ごとに巻き込まれるなんてな」

横を歩く中の神は、ぼうっとした顔のまま黙っていた。返事がないので、保土ケ谷の神は改めて問いかける。

「おい、聞いてんのか？」

何度も瞬きをして、中の神は話しかけられていたことに気付いたようだった。

「ああ、すみません。何か言いましたか?」

こんな時にぼけっとしている中の神に、保土ケ谷の神はもはや怒るよりも呆れてしまった。

「お前なぁ、そんな調子で大丈夫かよ」

自分に呆れるように笑いながら小さく謝る中の神を、れんげは黙って見ていた。

居留地の入口は人だかりが出来ていて、いつも見張っている男たちの姿はどこかへ消えてしまっていた。群衆をかき分けて、洋館に近づくと、警察官が家の周りを囲んでいて、野次馬に怒鳴り散らしている。

「これじゃあ調査も何もあったもんじゃないな」

保土ケ谷の神は早くも降参するような声を上げた。聞き込みをしようにも、こうも人が多くては近隣住民を探しようがない。神々が困って顔を見合わせていると、洋館の入口から騒がしい声が聞こえてきた。野次馬が騒いでいるだけかと思ったが、その声に聞き覚えがあった保土ケ谷の神は、そっと近づいてみることにした。

「だーかーらー、ちょっとくらい入れてくれたっていいっしょぉ? 減るもんじゃないんだしぃ!」

入口で騒いでいたのは、小柄な女だった。髪をポニーテールにした女は、耳にペンを挟み、手に持ったメモ帳をしっかり握りしめている。この時代の女性にしては珍しく短パンを穿《は》いていて、その西洋風の姿だけでも目立っていた。女は必死に警察官に何かを訴えているが、追い払われようとしている。

「邪魔はしないって、マジで！　てかさ、アンタたちだって情報欲しいんじゃないの？　あーしと取引しよーよ、ト・リ・ヒ・キ☆　こう見えて、あーしなんでも知ってっから！」

「何騒いでるんだろ？」

　れんげが騒ぐ小柄な女性を見ながら呟くと、保土ケ谷の神は深く肩を落としていた。

「そりゃあ、あの方もいるよな……」

「もしかして、あの人も神様なの？」

　女があまりにもぎゃあぎゃあわめき散らすものだから、次第に集まる警官の数が増えていった。ようやく人混みから顔を出した中の神は、騒動の中心にいる小柄な女を見て、ぽんと手を叩いた。

「まあ、都筑《つづき》[48]様！」

　きょとんとするれんげに、保土ケ谷の神は補足する。

「あの方は都筑の大神様と言って、横浜の北部を司っている。素早い身のこなしと、鋭い洞察力で、情報収集に長《た》けた方……と言えば聞こえはいいが、ありとあらゆる噂話を収集し、古今東西の秘密を知り尽くした女神として、誰からも恐れられていたんだ」

　今まで騒ぎまくっていた都筑の大神は、何かを察したのかくるっと頭を動かして、れんげたちを見た。野生のトラに見つかった時のように、保土ケ谷の神はぎょっとして声を上げる。

「げっ、気付きやがった！」

こっそり逃げだそうとしてももはや遅く、都筑の大神は警官たちの輪からするりと抜け出して神々に急接近し、れんげを舐《な》め回すように見つめ始めた。

「あっりゃりゃあ？　もしかしてアンタ、茂原のお嬢じゃね？　どうしてこんなところにいんの？」

「あ、あの……」

れんげが自己紹介をしようにも、都筑の大神は構うことなく話を続けていく。

「真犯人は現場に戻ってくる、ってやつ？　でもアンタからはそういうバイブス、感じねーなー。つーかそれより、あのろくでなしどもから助けてもらったんだ。無事で何よりだよ」

「え、えーと、あたしは……」

戸惑うれんげをほったらかして、都筑の大神は神々に気付いた。

「お、アンタが噂のナイトか」

しげしげと見回してくる都筑の大神に、保土ケ谷の神は久良岐の大神に見られた時とは

48　**都筑郡**　律令制により、七世紀ごろから武蔵国都筑郡として成立。現在の横浜市の北半分と川崎市の一部に該当する。一八七八年に郡制施行。一九三九年消滅。

別種の苦痛を感じていた。

「れんげが誘拐されたこと、ご存じなのですか？」

人がびっくりする表情を何よりも好む都筑の大神は、保土ケ谷の神の驚いた顔にいたく満足していた。

「たりめーじゃん。事件現場に、あーし在り！　ってね。もちろん、アンタたちのことも調査済み」

「では、西が誰かに見られていると言っていたのはもしかして……」

中の神が疑問を口にすると、都筑の大神は機嫌良くウィンクした。

「時空に空いた穴なんて、土地神ならふつー気付く系だし。ま、いつまでも放っておくわけにもいかねーし、そろそろ助けシップ、出したげよっか。あーしも、お手上げ状態だったし。それに」

都筑の大神は、聞き耳を立てながら周囲を窺《うかが》った。

「お嬢の噂をしているやつも、ちらほらいるしね。場所、テレポろっか」

謎の言語を駆使する都筑の大神に疑問を持ったれんげは、保土ケ谷の神に問いかけた。

「この方は、神様の言葉みたいなものを使うの？」

保土ケ谷の神は肩をすくめて返事をする。

「……これは都筑語だ。俺にもさっぱり分からん時がある」

人混みをさっと抜け出した都筑の大神に、神々とれんげは黙ってついていった。元町にやってきた都筑の大神は、何の看板も出ていない煉瓦造りの一軒家に入り、慣れた様子で広いフロアの隅にあるテーブルに腰掛け、客人も座らせた。さっさと飲み物を注文し、るんるん気分の都筑の大神は早く不可思議な客たちと話がしたくて鼻息を荒くしている。素早く提供されたコーヒーの苦さに顔をしかめたれんげを見て、都筑の大神は笑いながら話を始めた。

「アンタたち、わけも分からず未来からすっ飛ばされてきたんだべ?」

保土ケ谷の神は、思わずコーヒーを噴き出しそうになった。れんげと中の神が同じ顔をしてぽかんと口を開けたのを見て、都筑の大神はガッツポーズをした。

「うっしゃ、当たりぃ。てっきり、アンタたちが『九戀宝燈』を使ったのかと思ってたけど、たち子に泣きついていたとこを見ると、巻き込まれちまったってとこなんだろーね」

「見ていたんですか?」

顔を赤くした保土ケ谷の神を見て、都筑の大神は得意げに笑った。

「言ったっしょ? あーしはなんでもお見通しだって。アンタたち、いつの時代から来たの?」

すっかり都筑の大神に押されていた保土ケ谷の神は、カップを皿に置き、呼吸を整えた。

「俺たちは未来の横浜から飛ばされてきました。ですが、どの時代からやってきたのかは、お伝えできません。橘樹様にも申し上げたのですが、俺たちは自分たちの意志でやってきたわけではありません。不用意に未来の歴史を話してしまうと、過去を改変しかねないのです」

コーヒーに角砂糖をこれでもかと投下した都筑の大神は、美味しそうにそれを飲んでから、口を開いた。

「それ、もしかして、未来のあーしからそう教わった?」

保土ケ谷の神が、極力人間社会に干渉しないようになったのは、影のように情報収集に徹する都筑の大神に、土地神の姿勢を学んだからだった。土地神としてのいろはを学んだ相手に、その教えを説いていることが不思議だった保土ケ谷の神にとって、この指摘は改めて都筑の大神の底知れなさを感じさせた。

「なぜ、そう思われるのですか?」

都筑の大神は、コーヒーについてきたマドレーヌをかじっていた。

「あーしにもしも後輩ができたら、そう教えようと思ってっから☆」

保土ケ谷の神と中の神をしみじみ見ながら、都筑の大神はマドレーヌで乾いた口に、甘いコーヒーを注いだ。

「アンタたちがたち子やあーしを知ってるってことは、それほど遠い未来からやってきたわけじゃない。だけど、アンタたちの時代には、もうあーしやたち子は役目を終え、天界に帰っている。アンタたちの、懐かしそうな顔を見てたら、そんなのすぐ分かる。近年のハマの変貌はマジでハンパない。区画は毎年のように変わるし、各地で土地神の引退が相次いでいる。あーしたちだって、他人事《ひとごと》じゃない。四半世紀もすれば、アンタたちが天から送られてきて、あーしたちがみっちり仕込む、ってとこかな。ど？　わりかしあってんじゃね？」

　答えを促すように都筑の大神は笑ったが、保土ケ谷の神も中の神も何も言うことは出来なかった。もとよりこの頭の切れる都筑の大神に見つかってしまった時点で、自分たちがどれだけ沈黙を貫こうと、事実を見抜かれてしまうのは分かっていたことだった。保土ケ谷の神は何も言わずに俯いて、コーヒーにミルクを注いだ。カップの中に白い渦ができる。黙り込んでしまった神々を見て、都筑の大神は自らのポニーテールに触れた。

「めんごめんご。今のはぴりっちょ意地悪だったね。ま、あーしはこんな性格だからさ、あんま教えることとか得意じゃないんよ。だから、ハマ神のあんちゃんに、きちんとあーしが見てきたことを、教えられてるか、自信なくってさ」

　いつも飄々《ひょうひょう》とした姿しか見たことがなかった保土ケ谷の神にとって、都筑の大神のしおらしい言葉を耳にしたのは珍しいことだった。

「でも、あーしは今、ばちくそハッピーなわけ！　アンタがさっき、たとえあーし相手でも、歴史の改変に繋がることは話せないってきっちり言い切ったのを見て、あーしの考えも、ハマ神のあんちゃんやアンタたちに受け継がれてるんだって、思ったんよ。アンタたちはもう、一人前の土地神なんだね」

　まさか出会う前の過去に戻ることで、褒められるなんて、保土ケ谷の神は考えてもいなかった。

「きっと、それだけ慎重なアンタたちが、誘拐されたお嬢を助けたんだから、それ相応の理由もあったってことっしょ？」

そう言って、都筑の大神はれんげを見た。

「ごめんね、お嬢。アンタがさらわれたのはあーしも知っていたんだけど、手を出すわけにはいかなくて。土地神が、みんなを助けていたら、民の自立心を奪っちゃう。あーしたちは、民を何度も何度も見殺しにしてきているんだ」

れんげはすかさず反応した。

「謝らないで下さい。ぼけっとしていたあたしが悪いんです。それに、お話を聞いていたら、神様だってすごく大変なんだと思います。あたしが言うのもおこがましいですが」

都筑の大神は身を乗り出して、れんげの頭を撫でた。

「あんがと。お嬢、やさしーんだね。で、アンタたちはお嬢を助けた時に、自分たち以外にも未来から色んなものが流れ着いているのを、見つけたってわけだ」

すべてを見ていたのではないかと思うほど、都筑の大神は事態を言い当てていた。驚きもあったが、相手が都筑の大神だと話が早いので、保土ケ谷の神は少し安心しながら話を始めた。

「はい、賊は未来にしか存在しないはずの銃で、俺たちを撃ってきました。それだけではありません。幻とされる貴重な茶碗や、俺たちも知らない未来の装置が、露店で売られていたのです。その商人が、ホワイト商会に入っていくのを目撃した者がいます」

「最近、港でも用途が分からない機械がよく見つかってんだ。『九戀宝燈』で盗んできたものっぽい」

「ホワイト商会が怪しいと見て、今日にも調査に行こうと思った矢先、社長のチェンバレンさんが殺されていると久良岐様から知らされたのです。しかも、れんげちゃんの家で買弁をしている王さんという方が、犯人だと疑われていて」

中の神が戸惑いながら言うと、都筑の大神はメモ帳を開いてれんげを見た。

「お嬢、アンタの家が捜査線上に浮かんだわけだけど、何か思うこと、あるんじゃね？」

まさか自分に声をかけられるとは思っていなかったれんげだったが、言いたいことは確かにあった。

「ホワイト商会は、茂原商会の競合会社でした。けれど、あたしたちがチェンバレンさんを殺す理由はないんです」

「どーして？」

都筑の大神が鋭く目を光らせても、れんげは動じなかった。

「去年から、ホワイト商会の業績が著しく悪化していたからです。もしもホワイト商会が今も茂原の脅威になっているなら、刺客《しかく》を送り込む仮説も成り立つかもしれませんが、ライバルだったのは少し前までの話で、もはや業界で一、二を争うような会社ではなくなっていました」

満足したように、都筑の大神はメモに丸を付けていた。

「パーフェクツ！　足を引っ張ってやりたいと思うほど、もうホワイト商会は息をしていなかったんだよね。だから、茂原がやったんじゃないか、っていうのは悪質なデマで、よくよく考えてみれば、勝手に死にかけてるやつを殺すのはおかしいってわけ」

れんげはまたコーヒーを飲んで、苦さで顔をしかめながら考え事を続けた。どうやら渋い顔をすると記憶が整理されるようだった。

「でも、何かおかしい気がするんです」

釈然としない様子のれんげに向かって、中の神が質問をした。

「おかしいとは、どういうことでしょう？」

「ホワイト商会はね、長い間とても業績がよかったの。お父様はホワイト商会の動向をいつも気にしていたし、チェンバレンさんも誠実な方だから、うちとも交流があって、王さんとも積極的に情報交換をしていた。けれど、少し前から社交場に姿を現さなくなって、がくんと売上が落ちるようになったの」

都筑の大神は、同意するように頷いた。

「ホワイト商会の転落は、横浜の界隈《かいわい》でもかなり話題になってたね」

「それを不思議に思ったお父様が、チェンバレンさんに尋ねてみても運が悪かったというだけで、具体的な話は分からずじまい。昔はホワイト商会の周りに、柄の悪い外国人なんていなかったのに、いつからか、あたしたちを敵視するような人たちが商館を取り囲むようになって、そのせいで取引のあった商人たちが何人も離れていったの」

都筑の大神は、保土ケ谷の神と同じように、れんげが冷静に状況を把握していることに驚いていた。神を前にしても物怖じせず、自分の意見をはっきりと口にする少女と、なぜ神々が行動を共にしているのか、その理由が少しだけ分かったような気がしていた。

今度は中の神が疑問を挟んだ。

「あの、都筑様。明治の横浜では、頻繁《ひんぱん》に誘拐が起こるものなのでしょうか？」

都筑の大神ははっきりと首を横に振った。

「横浜もコスモポリタンな感じになってきてるわけ。誘拐なんて物騒なことは、減ってたんだけどね。ここ最近までは」

「ここ最近？」

保土ケ谷の神は、コーヒーを飲み干して聞き返した。足を組んだ都筑の大神は、テーブルに肘をついていた。

「半年くらい前から、東京や横浜の周辺にかけて、若い女の子が行方不明になってんの。あまり大っぴらにはされてないけどね。これを大々的に発表しちゃうと、攘夷《じょうい》だのと騒ぐ連中にエサを与えることになっちゃうから」

「だから、ばあやはれんげに早く帰宅するよう促していたのか。誘拐されたのは、やはりれんげのような商家の娘なのでしょうか？」

保土ケ谷の神の質問に、都筑の大神は首を横に振る。

「いや、どうも傾向が絞れねーんよ。官憲の子女もいれば、農家の娘もいたり、中には娼《しょう》婦《ふ》も混ざったりしてるくらいで、何を目的にしてんのかさっぱりわかんない系。あーしは、その誘拐事件の真相を探るべく、あっちこっち調査してたってわけ。でも、よくお嬢を取り返せたね。やつらのアジトが見つけられなくて、警察も手を焼いてたのに」

「賊は、茂原の家に身代金を要求する手紙を届けてきたのです」

中の神は事実を伝えたまでだったが、都筑の大神は眉をひそめた。

「変だな、身代金を要求するなんて」

「誘拐犯は普通、身代金を求めるものなんじゃないんですか?」

保土ケ谷の神は、いつのまにか都筑の大神がシュガーポットに入っていた角砂糖を使い切っていたことに気付いた。

「今までは、犯行声明や身代金の要求もなく女の子たちがいなくなってたわけじゃん? 言い換えてみれば、金品を要求しなくても誘拐がビジネスとして成立してたってこと。女の子を買う外道《げどう》がいて、そいつから金をもらうから、人さらいどもは身代金を要求する必要がなかったわけ。でも、お嬢の場合は金を持ってこいって言われたんでしょ? これまで尻尾を見せなくても仕事が成り立ってたのに、わざわざ姿を現すような真似をしてるんだから、誘拐犯が焦ってるのがわかるよね」

「焦りですか」

保土ケ谷の神は相槌《あいづち》を打った。

「たぶん、女の子を買っていた外道が仕事に見切りをつけたんだろーね。人さらいどもはこのビジネスに味を占めてたから、買い手に突然仕事を畳むと言われても方針を変えられず、やり方が乱暴になってボロが出始めた」

「誘拐事件には、誘拐犯と女の子を買い取る犯人が別にいる、ということでしょうか？」

中の神の推測に、都筑の大神は満足げに頷いた。

「そゆこと。アンタたちがぶちのめしたのは、いわば使いっ走り。誘拐を指示していたのは別にいる。順を追って、考えてみよっか。横浜で一、二を争う生糸会社だったホワイト商会が、一年ほど前から原因不明の業績悪化に見舞われ、ゴロツキどもが商館に出入りするようになった。半年くらい前から、女の子が失踪する事件が頻発するようになった。今になって、アンタたちが何者かにあーしたちの時代に飛ばされ、横浜に時空を越えた物品を扱う露天商がうろついている。そして、今まで姿を見せなかった人さらいどもが脅迫状を送りつける失態を犯し、チェンバレンちゃんが殺害された」

これまでに起こった出来事を列挙しただけだったが、中の神はこめかみを指で押さえた。

「色々な出来事が錯綜《さくそう》していて頭がこんがらがってしまいそうです。これらが全部、何かの形で結びついているのでしょうか」

神々もれんげもいよいよ情報処理が追いつかなくなっているのを見て、都筑の大神は咳払いをした。

「チェンバレンちゃんはなぜ殺されたと思う？」

しばらく思考の沈黙が訪れたが、それを破ったのは保土ケ谷の神だった。

「口封じ、でしょうか」

保土ケ谷の神の察しの良さが、都筑の大神を笑顔にした。

「ごめーさつ。ホワイト商会の業績が悪化したのは、経営不振に陥ったからじゃない。ある時期からゴロツキどもの拠点にされちゃったからだ」

「どうしてそんなことに？」

れんげの質問には、都筑の大神も答えを持ち合わせていなかった。

「何をしようとしていたかは、まだ分かんない。けど、ゴロツキどもはホワイト商会を、何らかの手段で乗っ取って悪事の拠点にし、チェンバレンちゃんは行動を監視され、身動きが取れなくなった。おそらく、その事実を告発しようとして、殺されちゃったんだろーね。かわいそうに」

「では、誘拐犯の拠点がホワイト商会だったのですか？」

今度の保土ケ谷の神の推論は、都筑の大神を満足させなかった。

「そう思いたいとこなんだけど、それは違う。今まで、かなりの数の女の子がいなくなってるわけじゃん？　あの商館に、それだけの女の子たちを閉じ込めておける場所はない。人さらいの拠点はどこか別のところにあるはず」

「誘拐を指示していた真犯人が、突然手を引いたのはどうしてなのでしょう？」

中の神はコーヒーに手をつけることも忘れて質問をしていた。

「他でもない、『九戀宝燈』を使いこなせるようになったからっしょ。あれがあれば、人身売買なんて面倒な金儲けをしなくても済む。過去や未来から財宝を持って来れば金には困らないし、いざとなれば武器を持ち込んで抵抗すればいい。神の力を手にしたんだ。そうと決まればちんけな仕事は畳んで、そそくさと逃げ出すってわけ」

「一連の事件に、土地神が関与しているのは間違いないのですね」

絞り出すように、保土ケ谷の神は言葉を口にしていた。その気持ちを充分に理解しながら、都筑の大神も残念そうに口を開いた。

「それは否定しようがない系だね」

「どうしてそんなことを」

中の神はぽつりとつぶやき、一同は黙るしかなかった。

「あーしは、ホワイト商会が誘拐に何らかの形で関与している可能性までは摑むことができた。だけど、誰がこの事件を指示しているのかまでは特定できてない。チェンバレンちゃんが殺されたということは、真犯人はもう撤退を始めてる。ホワイト商会に潜入して、なんとか証拠は摑めないかって思ってたんだけど、あの様子じゃムリぽよだね」

話は暗礁《あんしょう》に乗り上げてしまい、ここまでくれば何か解決の糸口が見えてくるのではないかと思っていた保土ケ谷の神は、腕を組んで首を捻った。時間を浪費したくないのに、打つ手がない状況をもどかしく思っていると、れんげが口を開いた。

「真犯人は、もともと人身売買を行うために横浜へやってきたのでしょうか？」

「どういうこと？」

珍しく都筑の大神は怪訝な表情で尋ねた。れんげは落ち着いて返事をする。

「ホワイト商会の業績が落ち始めたのが約一年前。女の子たちが失踪し始めたのは半年前で、少し時間差があります。どうして一年前からすぐに仕事を始めず、半年経ってから誘拐が行われるようになったのでしょう？　当初は別の目的があったけれど、途中から誘拐に転じたのではないか、という気がするんです」

れんげの推論の鋭さに、保土ケ谷の神は軽口を叩かないわけにはいかなかった。

「お前も真犯人に似て、頭が切れるようだな」

「だって、何かおかしい気がするんだもの！」

物騒な仮説を口にした自分を恥じるように、れんげは頰を膨らませた。保土ケ谷の神は、その着眼点に興味を持てなかった。

「でも、初めの目的が何か、なんて重要なことか？　それより真犯人が今どこにいるかを考えないといけないだろ」

珍しく真剣な表情をしていた都筑の大神は、テーブルを指でとんと叩いた。

「お嬢、神に閃かせるなんて、やるじゃん」

嬉々として立ち上がった都筑の大神は、褒めるようにれんげの肩に手を置いた。

「どーして原点に立ち返る考え方が出来なかったんだろ。そうだよね、悪党ってのは、確実に金になることにしか手を染めない。誘拐なんて狩りと同じで、うまくいかないことの方が多いはずだ。利益が生み出せる、非合法の活動。見つからない潜伏先。へっへっへ、頭が冴えてきた！」

居ても立ってもいられなくなった都筑の大神は、店を出て行こうとした。まだ満足に話をしていなかった保土ケ谷の神は、慌てて声をかけた。

「ちょ、ちょっと待って下さい！」

「あーし、ぴりっちょ調べ物あっから先行くわ！　黒幕の調査は任せろ！　アンタたちは人さらいどもの線を追ってよ！　そいじゃあねえ！」

返事を待つことなく、都筑の大神は店を去り、扉に付いた鈴がリンと音を立てた。

「ああもう！　あの方はいつもああだ！　ろくに話すらさせてくれねえ！」

ほったらかしにされた保土ケ谷の神は、髪をぐしゃぐしゃにかき乱しながら叫んだ。都筑の大神の勢いに呆気に取られていたれんげだったが、ふと我に返り、呆れたようにため息をついた。それを見逃す中の神ではなかった。

「どうしたんですか、れんげちゃん？」

「コーヒー代、あたしが払うんだな、って思って」

店主のコーヒーミルで豆を挽《ひ》く音が、むなしく響いていた。

Chapter 13

神々とれんげは元町の商店街から続いている長い階段[49]を上り、関内や海が一望できる茶屋の前で息を整えていた。

「すごいです！　あれはもしかして富士山ですか？」

百の階段を上りきっても、まるで呼吸の乱れていない中の神は遠くを指差しながら楽しそうに笑っている。

「ここのお団子、美味しいんだよ。食べていく？」

きゃぴきゃぴ楽しむ女子を尻目に、保土ケ谷の神は注意する気も失せて、がっくりと肩を落としていた。

「お前らは呑気《のんき》なもんだな。やはり都筑様の相手は骨が折れる。一年分働いた気分だ」

疲労困憊《ひろうこんぱい》の保土ケ谷の神を、さすがに無下にはできず、れんげは労《いたわ》るように声をかけた。

「都筑様、ものすごいせっかちな方だったね。それに、あたしのことも、ホワイト商会のことも知っててびっくりしちゃった」

見晴台にあった長椅子に腰をかけて、保土ケ谷の神はビルやマンションのない横浜の景色を見ながら呟いた。

「横浜一落着きのない女神なんだ。今日なんか珍しく会話が成立した方だぞ？　いっつもこっちが喋る前に結論を言って、話を終えちまうから口を挟む余地がない」

口に手を当てて、笑いながら中の神は補足した。

「けれど、都筑様はとても頭脳明晰《めいせき》だったでしょう？　保土ケ谷の論理的な考え方は、都筑様譲りなんですよ。橘樹様からは道徳や倫理を賜《たまわ》り、久良岐様からは武芸を学び、都筑様からは学問を教わったのです。ちょっと喋り方は変わっていますが、知らないことがあれば何でも教えて下さる、偉大なお方です」

「大体、なんで明治だってのにあんなギャル口調なんだよ。前々から変な話し方だとは思ってたけどよ」

「ギャル口調？」

49　**長い階段**　元町百段。現在の霧笛楼《むてきろう》の裏手にあった長い階段。観光地として栄えたが、関東大震災で崩落して以降、再建されることはなかった。

うっかり口を滑らせてしまった保土ケ谷の神は呆れながらごまかした。

「なんでもねえよ」

れんげは不服そうに眉をひそめた。

「ちぇっ、あくまで秘密なのね。まあいいや。ところで、土地神というのは、行政の区画に応じて顕現しているのよね？　橘樹郡には橘樹様がいて、都筑郡には都筑様がいる。久良岐様にも会ったわけだけど、横浜の近くには鎌倉郡[50]があるじゃない？　当然、鎌倉郡にも神様はいるんだよね？」

汗をかいた保土ケ谷の神に、ハンカチを渡しながら中の神は言った。

「はい、鎌倉様もわたしたちのお師匠です」

「どんな方なの？」

午後の茶屋は賑わっていて、外国人の観光客や着物を着た女性たちが会話に花を咲かせている。

「鎌倉様は、主に人間の文化や習俗をわたしたちに教えて下さいました。あらゆる芸事に長けた方で、こっそり人間の芝居小屋に交じったり、句を詠んだり、教養豊かな方です。保土ケ谷は鎌倉様の生き方に、昔から憧れていたんですよ」

「そうなの？」

憧れていると暴露されても、保土ケ谷の神は嫌な気分にはならなかった。

「鎌倉様はとても自由な方なんだ。自分がやりたいと思った芝居には迷いなく参加しちまうし、小説を書いて同人誌を作ることもあれば、ピアノやギターもこなしちまう。あの方は土地神ではあるが、一つのところに留まらず、全国各地を回りながら人間の生み出す文化に興じている。近くにいて、楽しい気持ちにさせてくれる方だ」

中の神は遠くの丹沢の山々を見た。

「今でこそ保土ケ谷は少し面倒臭がりなところがありますが、昔は横浜の大神様に似て、頭でっかちで、潔癖《けっぺき》で、規律にうるさかったんですよ」

「嘘でしょ？」

れんげが本気で驚くのを見て、中の神は嬉しそうに笑った。

「土地神は、働くだけが生きることじゃない。民と共に遊び、学び、食す。そういうことも、大事なんだと、鎌倉様はよく保土ケ谷に仰っていました。初め、保土ケ谷は雲を掴むような鎌倉様の在り方を快く思っていなかったのです。ふらふらと遊んでばかりいて、土地神の会合にまともに出たためしがないことを、横浜の大神様なんかと一緒にぷりぷりしていたのです。けれど、いつしか鎌倉様のような暮らしをするようになってしまいましたね」

「余計なことを喋らなくていいんだよ」

---

50 **鎌倉郡** 律令制により、七世紀ごろから相模国鎌倉郡として成立。現在の鎌倉市全域と藤沢市の東部、横浜市の南半分に該当する。一八七八年に郡制施行。一九四八年消滅。

保土ケ谷の神の照れたような仕草を見て、中の神とれんげは笑った。保土ケ谷の神は、元町百段を上ってくる老いた母と、それに付き添う娘を見ていた。

「鎌倉様と比べれば、俺なんてまだまだ遊び足りないさ。俺はどちらかと言えばぐうたらしている方が好きな性格だが、鎌倉様は遊びに積極的だ。楽しさに貪欲《どんよく》で、面白いことがあれば東北や九州にだってすっ飛んでいくし、まさしく神出鬼没。ある意味、人間が考える神らしい方とも言える。ただ、鎌倉様に会うのは難しいだろうな。都筑様でさえ、鎌倉様と連絡を取るのは骨が折れると嘆いていたくらいだ。ここまでくれば、お前にも会わせてやりたかったんだがな」

やっとの思いで階段を上り終えた母と娘は、高台からの景色に感嘆《かんたん》の声を上げていた。それを見守るように見ていたれんげは、優しい笑みを浮かべていた。

「ちょっと残念だけど、二人から話を聞くだけでも楽しいよ。なんだか羨ましいな、あなたたちの関係って。友達や家族みたいな感じともちょっと違うけど、強く結び合っている感じがしてとても素敵」

茶屋では、仲良しの女学生が桜を見て楽しそうに何かをひそひそと話していた。

「あたし、今まで友達を欲しいって思ったことなかったの。みんなで何かしようとするのって、気を遣うから煩《わずら》わしいじゃない？　だけど、煩わしさで遠ざけていては、大切なものを手にする機会を逃してしまっているのかも。あたしにもいつか、あなたたちのような友達、できるかな」

不安そうなれんげの頭を、中の神はそっと撫でた。

「一人で生きていけないのは、神も人も変わりません。あなたのことを思ってくれる人がいるだけで、人生はとても豊かになります。今、友達がいなくても心配する必要はありません。優しく、素直な気持ちで接すれば、きっとあなたを必要としてくれる人に出会えますよ」

「ありがとう。お姉ちゃん」

本当の姉妹のように触れ合う二人を見て、保土ケ谷の神は立ち上がった。

「よし、じゃあとっととゴロツキどもの尻尾を摑んでやるとするか」

浅間神社から両脇に松の木が生えた道を進み、途中でこんもりとした丘の頂上を目指した。以前訪れた時は夜で、辺りの景色は判然としなかったが、日中でも丘は四方八方に枝を伸ばす木々が鬱蒼としていて視界は悪く、じめっとしていて気温も周囲より低かった。

頂上には焚き火の跡と、破れた衣服が残されているだけで人の気配はない。鳥やリスが木々の間に隠れていて、時折かさこそと音を立てた。中の神とれんげは木の裏や、岩の陰をうろつきながら手がかりを探した。

「何か見つかったか？」

崖の近くを探し終えた保土ケ谷の神が、一度集合をかけたが、誰もこれといった手がかりは摑めずにいた。

「賊が着ていた服の、切れ端のようなものしかありませんでした」

中の神の報告を受け、保土ケ谷の神は深く考え込む。木の上では神々の苦労も知らず、カラスがかあと鳴いていた。

「この丘がやつらの根城かとも思ったんだが、そう易々《やすやす》と自分たちのアジトに客を呼び寄せるようなマネはしないか」

れんげを奪還した丘に何かあるのではないかと踏んだが、当てが外れてしまった。港から、汽笛が鳴り響いてくる。タイムリミットは刻一刻と迫っており、他の場所へ移動しようと保土ケ谷の神が声をかけた時だった。

「仕方あるまい。別の場所で聞き込みをするしか、んおおおおお！」

最後まで話をする前に、保土ケ谷の神は地面から突如として引っ張り上げられた網に捕らえられ、木に吊されてしまった。

「保土ケ谷！」

そう声をかけた中の神は急いでれんげを抱き寄せたが、保土ケ谷の神と同じように地面からの網に捕まってしまい、二人も仲良く宙に吊されてしまった。

「きゃあっ！」

「クソッ！　また例の連中か？」

保土ケ谷の神が網の中でじたばたともがいていると、どこからともなく、笛の音《ね》が聞こえてきた。笛の音はとてもはっきりとした旋律で力強く、思わず捕らえられたことも忘れて、聞き入ってしまうくらい胸を打つものがあった。

大きな竹笠を被り、色鮮やかな僧衣を着崩した男は、笛を吹きながら吊された神々の下にやってきた。演奏を終え、男は竹笠を脱ぎ、網に捕らえられた獲物たちを見上げた。

「道、誤りしものたちよ。なぜ人さらいなどという蛮行に手を汚してしまったのか。我、咎人《とがびと》を罰するにあらず。その咎が、なぜ咎とされるのかを共に考えよう」

竹笠の男は再び笛を吹き、今度は冷たい音色を奏でた。鼻の奥がツンとするような、せつない音色だった。中の神と一緒に網で捕らえられてしまったれんげは、網の間から笛を吹く男を見た。

「ちょっと、何が起きたの？」

体勢を整えた中の神は、懐かしい音色で記憶が蘇《よみがえ》り、竹笠の男を見て声をかけた。

「鎌倉様！」

中の神に名前を呼ばれ、鎌倉の大神は笛の音を止めた。

「おや。汝《なんじ》、我が名を知っているのか？」

手足が網に絡まっていた保土ケ谷の神も、細かいことを考えることなく叫んだ。

「俺たちは誘拐犯ではなく、土地神です！　賊の行方を追ってここまで調査しに来ただけなんです！」

それを耳にした鎌倉の大神は、笛で先ほどとは異なる音を奏でた。その機嫌の良さそうな音色に合わせるように、神々を吊し上げていた網がゆっくりと地面に降りていった。

「我としたことが、とんだ早とちりだったようだ。誠に失礼。して、汝らはどこの土地神であろう？　見覚えのない神々のようだが。それに、珍しい。人間の娘も一緒とは」

鎌倉の大神は口調も穏やかで、常に顔が笑っており、近くにいると楽しい気持ちになるという評が正しいものであると、れんげは感じていた。明治の神々に正体を明かすことに、慣れてしまっていた保土ケ谷の神は、取り繕うのももはや無駄だと判断し、あっさりと素性を明かした。

「実は俺たち、未来の横浜から飛ばされた土地神なのです。世間を騒がせている誘拐犯たちが、俺たちを過去に飛ばしたことと何か関係していると思い、この辺りを調査していたところでした。この人間の娘も、誘拐の被害にあっていまして」

未来、という言葉を耳にして細い目を開いた鎌倉の大神は、楽しそうに笛を一フレーズ吹いてから返事をした。

「それは、まるでおとぎ話のようだ。我も同人を募《つの》って小説なるものを書いたこともあるが、そんな突飛な話を書いてくるものは一人とておらなんだ。素晴らしい、その物語は本にしても良さそうだし、芝居をやっても面白いだろう。今いい曲が閃いた。ほれ、汝らちょっと聞いてみてくれ」

神々の返事も待たずに、鎌倉の大神は笛で感傷的な曲を吹き始めた。鎌倉の大神は、心象風景をすぐ音に変える癖があった。しかもふざけているようでいて、音は繊細なものだから嫌でも聞き入ってしまう。心を震わせるようなメロディに、中の神もれんげもうっとりとしており、保土ケ谷の神も感心はしていたが、のんびり聞き入るわけにはいかなかった。

「あ、あの。演奏して下さるのはありがたいのですが、会話のテンポ悪くなるんで、ちょっと控えてもらってもいいっすかね」

渋々鎌倉の大神が演奏をやめると、女性のオーディエンスたちからブーイングが起こる。

「なんで止めちゃうのよ。ここから盛り上がりそうだったのに！」

「そうですよ！　鎌倉様の演奏なんて、滅多に聴けるものではないんですからね！」

ぷりぷりしている女性陣にいよいよ我慢できなくなった保土ケ谷の神は、盛大にツッコミを入れた。

「俺たちゃライブに来たんじゃねえの！」

怒れる保土ケ谷の神を見て、鎌倉の大神はトゲトゲとした音色に変えた。

「勝手にBGMをつけないで下さい！」

おちゃめな鎌倉の大神は、それから保土ケ谷の神が事情を説明しようにも、逐一笛を吹いてテーマソングを披露してくるので、まるっきり埒があかなかった。保土ケ谷の神が表情をころころと変えていくのが楽しかったらしく、鎌倉の大神は必要以上のボケを加え、れんげと中の神は何度も笑っていた。

「で、どうして鎌倉様はここに罠なんて仕掛けていたんですか？」

いい加減ツッコミ疲れた保土ケ谷の神は、額の汗を腕で拭いながら尋ねた。

「我は昨日、京都から帰ったばかりなのだ。神戸にいる友人とバイオリンの演奏会を行い、その帰りに京都で茶会に招かれ、三日も逗留してしまった。ようやく鎌倉で旅の疲れを取ろうと思った矢先、久良岐が家に飛び込んできたのが運の尽き。ろくすっぽ説明もせず、誘拐犯を捜すのに協力しろとせがんだのだ。あやつは、この丘が怪しいと言い残してどこかへ行ってしまった。やむを得ず、こうして罠を張って賊を待っていたというわけだ。まったく、こんなことならばもう一日ほど羽を伸ばしてもよかったかもしれんな」

「あんたねえ……」

心の声が思わず漏れてしまった保土ケ谷の神ではあるが、自分も同じ立場なら似たように考えただろうから強くは言えなかった。

「ただ、久良岐が動いているということは、人間同士の諍《いさか》いというわけでもないのだろう。汝らが我が時代に飛ばされたのだから、誰かが神器を悪用しているに違いない。そうとなれば、我も動かないわけにはいかない」

ようやくやる気を見せてくれた鎌倉の大神に、保土ケ谷の神は期待が高まった。今度は勇ましい音色を奏でてから、鎌倉の大神は胸を張って口を開いた。

「こうして現に未来から土地神がやってくる事態になっているのだ。これすなわち、『九鑾宝燈』は神話にあらず、実在する神器であって、未来や過去のありとあらゆる芸が楽しめるということではないか！　我も是非、未来や過去へ飛び、音楽や演劇に興じてみたい！」

「ダメだこりゃ……」

期待して損した保土ケ谷の神を無視して、鎌倉の大神は問いかけた。

「して、汝らはせっかくこの時代に来たのだから、ヨコハマベーカリー[51]には足を運んだか？　あそこのパンは実に美味だ。知己《ちき》のフランス人も、いたく満足しておった」

「いいえ、まだなのです。ですが、鎌倉様、そのパン屋は名を変えわたしたちの時代でも営業を続けているのです」

さらっと未来のネタバレをした中の神を保土ケ谷の神が注意しようとしても、もはや神々のグルメトークを止められるものはいなかった。

「それは素晴らしい！　味覚が受け継がれるのもまた、文化の歴史。新たな伝統の始まりを目撃できて我は嬉しいぞ！」

中の神と鎌倉の大神が元町の最新パン屋事情の話に花を咲かせているのを見て、れんげもすぐに首を突っ込んだ。

「鎌倉様、パン屋の向かいに佃煮屋があるのをご存じですか？　実は金曜日だけ、手製のおまんじゅうを販売しているんですよ。横のお米屋さんから余った餅米をもらって作ったのが始まりで、今では舌の肥えた外国人もこっそり買いに来てるんです」

「なんと！　我が少しここを離れているうちに、そんな憎いものを作っていたとな！　娘、

---

51 **ヨコハマベーカリー**　一八六二年にイギリス人が開店したパン屋。一八八八年に日本人に引き継がれ、その後屋号を変更。現在のウチキパン。

名を何と言う?」

れんげはぺこりとお辞儀をした。

「茂原れんげと言います」

「こうはしておれん、れんげ。すぐに買いに行くぞ! もう味が気になって、気が気ではない! 何をぼさっとしておるのだ、汝の名は?」

じたばたし始めた鎌倉の大神に問われ、中の神も自己紹介をした。

「あ、ええとわたしは中の神で、こちらが保土ケ谷の神と言います」

「よし、中、保土ケ谷、れんげよ! 流行とは気付いてからではもう遅い! 乗り遅れていると分かったらすぐにでも追いかけるのだ!」

れんげと中の神が、おー! と片手を上げ、横浜グルメ隊が結成された瞬間、保土ケ谷の神は、指に最大限の力を込めて鎌倉の大神の肩を摑んだ。

「お・待・ち・く・だ・さ・い。そうはさせませんよ、俺たちには時間がないんです! この際ですから鎌倉様にも協力して頂きますからね?」

すっかり図々しさを身に付けた保土ケ谷の神に圧倒され、鎌倉の大神は笛を吹きながら不平不満をたっぷり込めた旋律を奏でた。

「何をそうせかせかしておるのだ。汝もせっかく明治にやってきたのだろう? 旬な食べ物や音楽に触れないのは、あまりにも勿体《もったい》ないというもの。我はサロンにも顔が利く。せっかくなのだ、招待してやるから顔を出すといい」

「だから俺たちは早く帰りたいって言ってんの！」

涙目になって抗議する保土ケ谷の神に、さすがの鎌倉の大神も肩を落とすしかなかった。

「まったく、がみがみとうるさいやつだ。これではまるでハマ神の若造ではないか」

その禁句を耳にして、保土ケ谷の神は怒髪天をついた。

「神器が関係する殺人事件だって起こっているんです！　土地神にも、事態を収拾する責任があるはずですよ？」

ヒステリックな音色をぴいぴい吹きながら、鎌倉の大神は受け流していた。

「ええい、分かった分かった。そうわめくでない。時間がないのであれば、せめて汝らの時代に流行《はや》っているものを教えてくれ。我も未来からやってきた土地神など、見たことがない。土産話の一つくらいあってもよかろうに」

「それもお答えできません。過去に干渉すれば、何が起こるかを考えられない鎌倉様ではないでしょう？」

もはやどっちが偉い神なのか分からなくなっていた。ふてくされたように、鎌倉の大神は両手の人差し指をつんつんとしていた。

「とんでもない石頭だの、汝は。第一、我が未来の文化を知ったところで、悪用するとでも思うのか？　そんなに我は邪神に見えるか？」

拗ねる鎌倉の大神を見て、加勢をしたのはれんげだった。

「そうよそうよ！　あたしだって未来の話を聞いたって、誰かに話したり、当たりの馬券を買ったりするようなことはしないわ！　ちょっとくらい話してくれたっていいじゃない！　ケチ！」

「その通り、ちょっとくらいいいではないか！」

「ねー？」

　一瞬で仲良しになったれんげと鎌倉の大神は、顔を見合わせて頷いていた。神と人間の必死の抗議もむなしく、保土ケ谷の神はわがままを叱りつける母親のように、腰に両手を当てて一喝した。

「ダメなものはダメ！　考えてもみて下さい。ベートーヴェンの音楽は、ただ楽譜が優れているというだけではなく、彼が苦心して作曲した歴史も、その重みを裏付けているとは思いませんか？　確かに未来にも優れた芸術はたくさんありますが、創作の過程を飛び越えて結果だけ享受してもあまり楽しいものではありません。新しいものが生まれる喜びというのは、未来を知らないからこその特権のはずです。土地神は人よりも長く生きるのですから、あれもこれも見てみたいという欲をぐっと堪えて、今を追い続けることこそが人の文化に寄り添うということでしょう」

　怒りに任せて、芸術の師である鎌倉の大神に生意気な文化論をぶっかけてしまい、我に返った保土ケ谷の神はすかさず謝辞を述べた。

「すみません、偉そうなことを言ってしまって」

　いくらふざけた鎌倉の大神を注意しようと思っていたとはいえ、自らの師に説教するなど言語道断であった。激しい後悔に襲われる保土ケ谷の神に、鎌倉の大神は笛を吹いてから感心したような声をあげた。

「汝、ただの堅物《かたぶつ》ではないようだな。ホームズの面白さは、犯人を追いかけていく心理の綾にある。犯人だけを知らされても、退屈というものだ。汝、名を保土ケ谷と言ったな」

「はい」

鎌倉の大神は、夜明けを思わせる音を奏でながら保土ケ谷の神を見た。

「その心意気やよし。芸術に傾倒していない土地神なら手など貸すつもりはなかったが、この我に論戦を挑んでくる勇気は高く買ってやろう。して、汝らや久良岐が追っている賊はどんな輩《やから》なのだ？」

今度は中の神が返事をした。

「その賊たちは、近頃横浜で起こっている誘拐事件に関与している可能性があるのです。何か手がかりがあるかと思ってここにやってきたのですが、めぼしいものは何もなくて」

うなだれる中の神を見て、鎌倉の大神は何かに気付いたようだった。

「汝が手に持っているものを見せてみよ」

鎌倉の大神は、中の神から服の切れ端を受け取った。

「おそらく、賊が着ていたものと思われます」

「ふむ。これがあれば充分だ」

鎌倉の大神は、笛で高音を鳴らした。メロディではなく、ホイッスルのような鋭い音で、れんげは思わず耳を塞いでしまった。藪《やぶ》がざわざわと音を立て、どこからともなく唸《うな》り声が聞こえた。声が大きくなっていき、神々が周囲を警戒していると、藪の中から勢いよく、一匹の犬が飛び出してきた。柴犬ほどの体つきで、顔が細長く、鋭い目と牙を携《たずさ》えた犬は、鎌倉の大神の足元で行儀よく座った。鎌倉の大神が犬を優しく撫でているのを見て、保土ケ谷の神は驚嘆の声を漏らしていた。

「おい、こいつニホンオオカミじゃねえか！　旭が見たら泡吹いちまうぞ」

鎌倉の大神から切れ端の匂いを嗅《か》がされたオオカミは、鼻をひくひく動かした後、地面を周到に調べ始め、ゆっくりと山道を下り始めた。オオカミの背中を追いながら、れんげは感心するように言った。

「鎌倉様は動物にも愛されているんですね。オオカミなんて、もっと田舎にしかいないと思っていた」

オオカミの後ろを、鎌倉の大神は一定の間隔を取って歩いていた。

「神たる者、獣の従者の一匹や二匹、そばにいるというもの。汝らも、熊やトラくらい、手なずけておろう？」

いとも簡単に言ってのける鎌倉の大神に、保土ケ谷の神は呆れながら返事をした。

「いや、それは一部の特異な神に限られています」

オオカミは何かを察したのか、突然勢い良く走り出し、神々もその後を追った。オオカミは獣道《けものみち》をどんどん進んでいき、しばらくすると古びた茅葺き屋根の家々が並ぶ小さな集落に出た。陽の当たらない畑はどこかしょんぼりしていて、実っている野菜にも生命力が感じられない。オオカミはうらぶれた畑の野菜に目もくれず、集落の奥に進んでいくと海岸線に出た。

切り立った崖が続いていて、波がしぶきを上げている。地層が重なった崖の海岸線を進んでいったオオカミは、崖に接岸している古い屋根付きの小舟を見つけると、二度高らかに声を上げた。役目は果たしたと言わんばかりに、鎌倉の大神の足にすり寄って、どこかへいなくなってしまった。

「降りてみるぞ。我に続け」

小舟はぼろぼろで、あちこちにつぎはぎの板で補修した痕が見える。日に晒されすぎたのか、骨のように色褪《いろあ》せていて、一見すれば打ち捨てられたものにしか見えなかった。だが、小舟から岩場に向かって係留用の縄が伸びており、それがまだ使われていることを示している。

鎌倉の大神は僧衣から取り出した泥団子のようなものにマッチで火をつけ、それを小舟に投げ込んだ。一分と経たないうちに小舟からもくもくと煙が立ち込め始め、叫び声が聞こえてくる。小舟の屋根を覆っていたボロ布をはいで、中から瘦軀の男が現れた時、保土ケ谷の神は思わず叫んだ。

「あっ、あん時の！」

れんげが誘拐された時の、瘦軀の男が慌てた顔をして保土ケ谷の神たちを見返していた。

「げっ、てめえらどうしてここに！　くそっ、おい！　とっとと舟を出せ！」

慌てて逃げ出そうとする賊たちを見て、保土ケ谷の神は勢いよく飛び移ろうとしたが、それを止めたのは中の神だった。

「何すんだ！　逃げられちまうだろうが！」

「この距離を飛ぶつもりですか？　わたしたちは、能力が低下しているのですよ？」

中の神の冷静な判断には感謝したかったが、目の前で獲物を逃すのは保土ケ谷の神にとって耐え難いことだった。緊急事態に慣れている賊は、あっという間に舟を出航させ岸を離れていった。その様子を見ながら、鎌倉の大神は呑気に笛を吹いている。いてもたってもいられなくなり、保土ケ谷の神は鎌倉の大神に急かすように言った。

「笛なんて吹いてないで、なんとかしてください！」

そう言われても鎌倉の大神は表情を変えず、ゆるやかな笛の音を響かせるだけだった。

はじめに変化に気付いたのはれんげだった。

「ねえ、あの舟、進んでる？」

れんげが指摘した通り、舟は岸を離れたものの、小さな湾になっている岩場からどれだけ進もうとしても沖へ出ていくことができずにいた。賊たちが必死で櫂《かい》をこいでも、ばちゃばちゃとしぶきを上げるだけで、よく見れば湾の水面が渦を巻いており、それに呑まれた舟がぐるぐると旋回していた。

渦はどんどん速さを増し、すっかり舵《かじ》が利かなくなってくると、渦は舟を呑み込みはじめていく。海流の異常を察知した賊たちは慌てふためくがもはや遅く、舟が転覆する前に海へ飛び込んでいった。鎌倉の大神は笛の曲調を変えると、海の流れが変わり、飛び込んだ賊たちが、高い波に押し寄せられて次々と岩場に流されてきた。溺れかけた賊たちは、命からがら岩場によじ登り呼吸を整えるが、その目の前には保土ケ谷の神たちが睨みをきかせているのであった。

諦めの悪い賊たちは、再度海へ飛び込もうとしたが、演奏をやめた鎌倉の大神がそれを制した。

「やめておけ。今度は泳ぐこともままならぬ波が、汝らを海の底へ誘うだろう」

鎌倉の大神がずっと吹いていた笛『明鏡止吹《めいきょうしすい》』の威力を、初めて目の当たりにした保土ケ谷の神は、威勢を取り戻していた。ここぞとばかりに、戦意を失った賊に向かって偉そうに声をかける。

「やい、この人さらいども！　年貢の納め時だ、てめえらに指示を出してたのはどこのどいつだ？　洗いざらい吐いてもらうからな、覚悟しろよ！」

れんげをさらった男たちを前にして、保土ケ谷の神は怒りを隠すことなくまくしたてていた。それを見ていた鎌倉の大神は、保土ケ谷の神の肩をぽんと叩き、賊たちの前に立った。鎌倉の大神の覇気は、動物的な暮らしをしていた賊たちだからこそ余計に強く感じることができ、悪態こそつくものの抵抗する様子はなかった。

「汝らがこの娘を誘拐したのか？」

れんげの顔を睨んでから、痩軀の男は目をそらして吐き出すように口を開いた。

「へっ、そうだよ。警察にでもなんでもつきだせばいいさ」

捨て鉢になっている痩せた頭目の男に向かって、鎌倉の大神はしゃがみこみ、視線を合わせながら話を続けた。

「なぜこのような蛮行に手を染めた。見ればその筋肉のつきよう、汝は元々漁をしていたのではないか？　このような所業が人の道に反するとわからないほどの狂人なのか？」

鎌倉の大神に諭されていると頭目の良心が痛んできたのか、顔を歪めながら叫び声をあげた。

「んなことは言われなくたってわかってらあ！　俺たちはな、元は浜で漁をしてたのに、外人が住むとなって元町に追い出されたんだ。いきなり商売人に鞍替《くらが》えしろなんて言われたところで、何ができる？　しかも、俺たちはみんな四男とか末っ子の集まりで、家に居場所なんてねえ。お上も外人も家のやつらも、自分たちの都合しか考えちゃいねえ。そこに港を作るとなったら誰が住んでようと容赦なく追い出して、ほったらかしやがる。外人どもと貿易をしてるやつらは、みんな俺たちの敵だ！　おい、娘！　お前みたいに甘い汁だけ吸って生きてきたようなガキを見るのが一番腹立たしい！　なんの苦労もせず、ぬくぬくと暮らしやがって！」

頭目の暴言に保土ケ谷の神はもちろんのこと、中の神も冷静さを失い、『銃王無尽』に手をかけようとしていた。すると鎌倉の大神はまたしても笛を吹き、賊はおろか、神々の怒りも鎮めていった。

「汝らの苦境は理解できる。だが、この娘を罵ったところで汝らが幸せになることはない」

濡れたボロボロの服を絞りながら、賊たちは鎌倉の大神を睨んでいた。明確な敵意を向けられているにもかかわらず、鎌倉の大神は落ち着いた調子で話を続ける。

「今、横浜で貿易商をしているものたちの大半は、地方の名家の次男や三男坊たちだ。みな、故郷で仕事がなく、家督も継げずに半ば家を追い出されて横浜へ流れ着いた。彼らは生きるために、外国語を学び、厳しい奉公に耐え、自分たちの商売を興していった。多くは自分の身を立てるために、右も左もわからず始めたに過ぎない。汝らは、生きるための工夫というものをしたことがあるのか？」

まるで自分たちの貧困の責任が、鎌倉の大神にあるとでも言わんばかりに、痩軀の男は吐き捨てた。

「女たちを売りさばくのが俺たちの工夫さ」

「この野郎！」

今にも殴りかかろうとする保土ケ谷の神を、鎌倉の大神は厳しく睨んでそれを制した。どんな暴論にも腹を立てることなく、鎌倉の大神は忍耐強く対話を続ける。

「考えてもみよ、こんな稼業をいつまで続けられる？　いつかはこのように捕まって、狭い牢屋に閉じ込められたまま飢え死にするだけだ」

「だったら俺の人生はそれまでだった、ってことさ。苦しんで長く生きるくらいなら、ぱっと死んじまったほうがどれだけ楽なことか」

すると鎌倉の大神は笛を吹き、押し寄せてきた波が賊たちを呑み込んだ。一瞬の出来事で、れんげや神々たちは声を上げることすらできなかった。海に投げ出された賊たちは必死にじたばたともがいて、何か叫び声をあげている。悶絶する姿を見ながら、鎌倉の大神は静かに口を開いた。

「何をもがいておる。死を望むのだろう？　手足を止めて、ゆっくりと海へ沈んでゆけ。汝らの望む死は、もう間近にある」

保土ケ谷の神と中の神は言葉を失って、溺れゆく賊たちを見守っていた。

「助けてくれえ！」

賊の一人がそう叫ぶと、鎌倉の大神は腕を組んだ。

「汝らが誘拐した娘たちは、同じことを懇願したのではないか？　汝らはその申し出に耳を傾け、家族のもとに返したのか？」

ろくに返事ができるわけもなく、賊たちはみっともない叫び声を上げて助けを乞うていた。一人、また一人と賊が沈んでいくのを見て、保土ケ谷の神はいよいよ声をかけないわけにはいかなかった。

「鎌倉様、本当に手にかけるおつもりですか？」

最後の一人が海面から姿を消すと、鎌倉の大神はまたしても笛を吹き、岩場にぶつかってきた波は、ぼろぼろになった賊たちを運んできた。かろうじて生き延びた痩躯の男は、海水を吐きながら何度も咳をして、鎌倉の大神にひれ伏していた。

「あ、あんた何者だ。殺すならとっととやれ」

賊たちがげほげほと海水を吐き出す様子を見ながら、鎌倉の大神は淡々と言った。

「汝が思うほど、死ぬのも楽ではなかろう？　それに、本気で死ぬつもりもないようではないか。左様、まだ汝らが死ぬ頃合ではない」

自分たちをどうするつもりなのか、まるで見当のつかない鎌倉の大神の言動に、賊たちは反抗するどころか恐れを感じ始めていた。

「ど、どういうことだ」

痩躯の男が息も絶え絶えに、質問をすると、鎌倉の大神は穏やかな笑みを浮かべた。

「人はなぜ、大罪を犯したものを殺してしまうと思う？」

とても禅問答をしているような場合ではなかったが、答えなければ殺されると思った痩躯の男は、唇を震わせながら考えを振り絞って答えた。

「そんなの、生かしておいたらろくなことにならねえからだろうが」

その答えに、鎌倉の大神は満足そうに頷いていた。

「その通り。それは一つの答えであり、また人の限界でもある。大罪を犯すものを始末するのは、ある意味理に適っているが、一方でもしその大罪人が万人を救う薬を発明する閃きを持っていたならば、殺すのは惜しいと思わぬか？　人には、あらゆる可能性があるが、誰が、何に適しているかを、一つずつ試していくには、人生はあまりに短い。何かに秀でているはずなのに、つまらぬ罪を重ねたせいで、自分の持ち味に気付けぬまま死んでいくもののなんと多いことか。己を大事にせぬことは、世界への謀反《むほん》に他ならぬ。汝らは、せいぜい畑仕事か漁しかしたことがないだろうが、他に適したものがあるか、探す努力はしたのか？」

「俺たちには学もなけりゃ、ってもねえ。人さらいくらいしかやれることはなかったんだ」

瘦軀の男が悔しそうにそうこぼすと、鎌倉の大神は賊を一人一人見ながら言った。

「汝らは千の仕事に就け。そして、どの仕事にも向いていないと思ったのなら、死ぬのもよかろう。だが、自分の何に使い道があるかを試す前に死ぬのは、あまりに早計。もっと己をふるいにかけてみよ」

「そんなことを言ったって何をすりゃいいんだ。俺たちはもうおしまいだ。とっつかまって、てめえの言うように無様に死ぬしかない」

心地好さそうに笛を吹いてから、鎌倉の大神は事もなげに言った。

「これも何かの縁。我が、汝らの使い道を見つけてやろう」

妙な提案をし始めた鎌倉の大神に、当然のことながら保土ケ谷の神が口を挟んだ。

「何をおっしゃるのですか！　こんなやつら、放っておけばいいんですよ！　それに」

小声で、保土ケ谷の神は補足した。

「鎌倉様がこいつらの面倒を見る義理はありません。何より、神が人に道を与えようとすれば、きりがありません」

眉をひそめながら、鎌倉の大神は小声で笑った。

「汝、もしやハマの若造の弟子だな？　言うことがやつとよく似ておる。侮るでない、我を誰と心得る。鎌倉の大神であるぞ？」

いきなり妙な提案をされて、賊たちは呆気にとられるしかなかった。その賊どもに、鎌倉の大神は厳しく言葉を放った。

「汝らは横浜を離れよ。ここは、もはや汝らのいてよい場所ではない。代わりに、我の旅の従者となれ。外の世界には、必ず汝らを必要とする仕事がある。それを全《まっと》うしてから死ぬがいい。それが見つかるまで、我が汝らの面倒を見てやろう。だが、我の従者となった以上、逃げ出すことは許さん。言っておくが、我は相当な気まぐれで、わがままだ。覚悟した上で、つき従え。よいな？」

賊たちが顔を見合わせて、何を言ったらいいかわからないでいると、鎌倉の大神は早速一喝した。

「返事！」

「はい！」

賊たちは鎌倉の大神の覇気に呑まれて、気持ちのいい返事をしていた。あれだけやさぐれた連中が、整った返事をすることに、れんげはただただ驚いていた。納得のいく返事を受けて、鎌倉の大神は深く頷いた。

「よろしい。では、従者よ、質問に答えてもらうぞ。汝らは、なぜ若い娘を誘拐していた？」

観念した痩軀の男はあぐらをかいて、口を開いた。

「俺たちは、地元の古い仲間なんだ。少し前までは、家に盗みに入ったり、作物を盗んだりして生きていた」

そこで鎌倉の大神は、笛で悲鳴にも似た高音を鳴らし、賊たちは慌てて耳を塞いだ。

「言葉遣いには気をつけよ。汝らは我の従者。口の利き方も分からぬのなら、もっと厳しくしつけてやってもよいのだぞ？」

物分かりのいい痩軀の男は急いで正座に座り直し、腰を低くして言葉を改めた。それにならって賊たちも岩場の上で正座を始めた。

「半年くらい前から、俺たちを束ねる棟梁《とうりょう》が、若い娘をさらって、外人に売れば報酬がもらえるという話を持ってきたんです」

「ほう」

鎌倉の大神は息を呑んだ。痩軀の男は続ける。

「初めは話半分で仕事を受けたんですが、報酬が破格だったようで。棟梁は金に目が眩んで、次々と若い娘をさらってくるようになったんです」

「その外人は何者だ？」

「俺たちは会ったことがありません。よほど用心深いやつみたいで、棟梁としか顔を合わせなかったんです」

「その棟梁は、ここにいないのか？」

「こんなことになったから言うわけじゃありませんが、棟梁は次第にやり方が強引になっていったんです。あんまりやりすぎると警察の目が厳しくなるので、ほとぼりが冷めるのを待たなきゃいけないんですが、最近の棟梁は今まで三ヶ月だったのが一ヶ月、二週間というように、無鉄砲にさらってくるよう俺たちに命令をして、手がつけられなくなっていました。しかも、先日、そこの娘の誘拐に失敗してからは姿を消してしまったんです」

話がれんげの誘拐に移ると、保土ケ谷の神が質問をした。

「なぜれんげを誘拐しようとした？」

「少し前から、若い娘を売り渡していた外人と連絡が取れなくなったと、棟梁が大慌てになり、逃げるための金がいるということになったんです。今まではあまり大きな家の娘は狙わないようにしていたのですが、茂原の家なら金が用意できるだろうと踏んで、無理やり決行したんです。何より、協力者がいましたから」

「協力者？」

保土ケ谷の神が問いかけると、痩躯の男ははっきりと頷いた。

「はい。そいつは茂原の家をよく知っているから、娘を誘拐するのなら手引きをしてやる、とどこからともなく棟梁に近づいてきたんです。今思えば、そいつが何か一枚嚙んでいたのかもしれません。俺たちは、あんたたちにぶちのめされて行き場を失い、ここに潜んでいたというわけです」

保土ケ谷の神は痩軀の男の両肩を摑んで、強く揺さぶった。

「その協力者は、どんなやつだ？」

あまりに激しく揺さぶられるものだから、痩軀の男は苦しそうにしながら絞り出すようにいった。

「ええと、そうだ！　王という名前だったと思います。目つきが鋭くて、恐ろしく腕が立つやつでした」

そこまで耳にすると、保土ケ谷の神は慌てて鎌倉の大神を見た。

「鎌倉様、俺たちは今すぐ確認しなければいけないことがあります。この場をお任せしてもよろしいでしょうか」

「構わん。とっとと走れ走れ」

保土ケ谷の神は早々と礼を済まし、早くも港の方へ走っていった。れんげの手をしっかり摑んだ中の神も一礼をして、それを追いかけていく。相変わらず何が起こっているのかわからないでいる賊たちをその場に残し、一路関内へ駆け戻っていく神々を見て、鎌倉の大神は機嫌良く笛を吹いていた。

Chapter 14

西の神は、ぴったりと王の背後について一挙手一投足を見逃さないようにしながら、一階の応接間に入った。西の神から警戒心をむき出しにされていても、王は表情を変えることなく窓辺の椅子に腰掛けた。窓の外では、バラの匂いに引き寄せられ、蝶が舞っている。

「貴様、私に正体を知られたにもかかわらず、なぜ茂原の家にのうのうと潜んでいる。このまま悪行を重ねるつもりでいるのなら、今度は容赦しない」

西の神は『神之碇』を取り出して、王に迫った。王はちらりと西の神に目をやったが、すぐに興味を失い、庭を眺めていた。その態度を挑発と見た西の神は、いよいよ鎖を強く握ったが、王は静かに口を開いた。

「やめておけ。この家を壊すつもりか」

とても流暢《りゆうちよう》な日本語を耳にし、西の神の鼓動が速くなる。

「よどみなく喋れるではないか」

渋々立ち上がった王が部屋の窓を開けると、風がカーテンを優しく揺らした。

「敵を前にしたら、肩の力を抜くことだ。そんなに力んでいては、敵に好機を与えるようなものだ」

勢い任せのスタンスを指摘され、西の神は顔が紅潮してしまった。

「人さらいに説教される筋合いはない！」

窓枠に腰掛けて、王はじっと西の神を見つめた。王の姿勢は背筋がぴんと伸びて無駄がなく、それでいて柔らかい印象を受ける熟練の気配があった。威勢良く啖呵《たんか》を切ったものの、ここで戦いを挑んでも西の神に勝ち目はなかった。それでも、この横浜の地で跳梁《ちようりよう》跋扈《ばつこ》する悪党を許すことはできず、西の神は必死で嚙みついていた。

王が声を荒げることはなかった。

「つくづく、お前たちは厄介ごとを増やしてくれる。おかげで算段が狂ってしまった」

「当然だ。れんげをさらわれて、指をくわえて見ていることなどできるか！」

腕を組んで、王は西の神を見た。

「おとなしくしていれば、お前たちを未来に帰してやることもできたというのに」

未来という単語を耳にして、俄然《がぜん》西の神は興奮を隠しきれなくなった。

「貴様が私たちを明治時代に送り込んだのか？」

勢いよく迫ってくる西の神に、王は右手でストップをかけた。

「落ち着け。真実は、冷静さとともにある」

一つ息を吐き出して、王は椅子に座った。

「お前たちと、私の目的は一致している。『九戀宝燈』は、古代中国の土地神に与えられた古《いにしえ》の神器。長らくその行方が分からなくなっていたが、一年ほど前から商人たちを介して横浜に流れ着いたとの噂が立ち、私は本国の神から調査を命じられたのだ」

まだ警戒心を解けずにいた西の神は、目をそらさずに問い詰めた。

「やはり貴様も土地神だったのだな」

王は足を組んで暖炉に目をやった。

「古代神器の扱いは、どの国の土地神も手を焼いている。現代のものとは比較にならないほど強力にもかかわらず、大半は行方知れず。悪用されれば、いつ争いの火種になるか分からない。加えて、古代神器の管理もできない国だと認識されるのは、土地神の沽券《こけん》にかかわる。古代神器が出現すると、真相を探るべく密使が送られ、いついかなる時も隠密《おんみつ》に行動するよう命じられる。任を受け、私は横浜で有力な貿易商である茂原商会に潜入し、『九戀宝燈』を追っていた」

「だが、貴様はれんげの誘拐に関わっていたではないか。あれはどう説明をする？」

王は西の神に、椅子へ座るよう促した。立ったまま話をしたかったが、止むを得ず、西の神は『神之碇』をしまって腰をかけた。

「茂原れんげを誘拐したのは私だ。だが、目的は若い娘を誘拐している組織の方だ」

「組織だと？」

王ははっきりと頷いた。

「半年ほど前から、突如として東京や横浜で若い娘が失踪する事件が頻発するようになった。時を同じくして、見たこともない宝石や衣服を売りさばく商人が現れ始めた。入国してから一向に足取りがつかめず、途方に暮れていた矢先に飛び込んできたこの事件には、『九戀宝燈』が関係しているような気がしたのだ。そこで、私は茂原商会の買弁を務める傍《かたわら》、横浜周辺の賊が出入りする酒場に顔を出して誘拐組織と接触するようになった」

「なんて執念だ」

西の神は驚嘆の声を上げるしかなかった。

「誘拐組織はただの賊とは異なり、身代金を要求するのではなく、指定の奴隷商に若い娘を売りつけ、報酬を受け取っていた。さらに、その組織は奴隷商から武器も配給されていて、きちんと統率さえ取れていれば政府軍と戦うこともできるくらい強力なものだった。それほどのものを用意できるのだから、若い娘を買い取っている奴隷商こそ、『九戀宝燈』を悪用する犯人であるに違いないと考えたのだが、そこから捜査が難航した。そうこうしているうちに、奴隷商は誘拐組織と連絡を断ち、姿を消してしまった。突然取引を打ち切られた組織は、最後に一儲けしてやるつもりで、あろうことか茂原れんげを誘拐し、身代金を要求しようとした。私が彼女をさらったのは、私が彼女を誘拐すれば、他の賊たちは手出しできず、無傷のまま彼女と身代金をそのまま茂原の家に戻すことが出来たからだ。ところが、お前たちが賊をぶちのめしてしまった挙句、私の正体まで掴もうとするのだから面倒ごとが増えてしまった、というわけだ」

憮然とした表情で、西の神は口を開いた。

「そうならそうと、初めから言えばよいものを」

「私は、『九鑾宝燈』を奪還する任を受けてから、誰にも手を借りず隠密に行動するつもりでいた。長期的な計画だ。周到に準備をして、茂原商会や誘拐組織に潜入し、ことをうまく運んでいたつもりだったが、隙を与えたのは私の鍛錬《たんれん》が甘かったということだ」

「足を引っ張って悪かった」

王は静かに首を横に振った。

「謝ることはない。むしろ、お前たちには猶予をもらったのかもしれない。昨夜チェンバレンが、私を呼び出していたのは事実だ。チェンバレンは勤勉な商人だったのだが、一年前から様子がおかしくなり、交流を絶つようになったのだ。久しぶりに呼び出されたと思ったら、あの有様だ。あれは、ただチェンバレンを殺したわけではない。私を陥れるつもりでもあったのだ。おそらく、奴隷商は私が周囲を嗅ぎ回っていることにも気付いていた。チェンバレンが殺された後、のこのことホワイト商会を訪れ、慌てて出て行く私を見たら、目撃者が誰を犯人と思うかは想像に難くない。案の定、私はその策に陥り、危うくあの煙草臭い土地神に捕まってしまうところだったが、すんでのところで救われた」

そこまで話すと、王はじっと西の神を見た。

「お前は、私が茂原れんげの誘拐犯だということに気付いていたはずなのに、なぜあの場面で告発しなかった？」

西の神は俯いて、しばらく考え込んでしまった。その悩む姿を、王は黙って見つめていた。

「貴様が身代金の取引現場から逃げて行く時も、南京町の裏路地で問い詰めた時も、勝てる気がしなかった。私は、私なりに本気で貴様と戦ったはずだが、貴様は私を殺そうとはしなかった。馬鹿にされているとも思ったが、それ以上に何か理由があってこのような行動を取っているのではないか、という甘えた希望のようなものもあったのだ。だから、久良岐様が貴様を問い詰めた時、もしもここで私が貴様を告発してしまったら、重要なキーを一つ失うような気がしたのだ。もう少し泳がせておけば、何かが手に入るかもしれない。そう思っただけだ」

「真実は冷静さとともにある、という金言は間違っていなかったようだな」

王は褒めたつもりでそう言ったが、西の神は素直に受け取らず、表情は暗いままだった。

「私は、未熟だ。私は心のどこかで、土地神が悪事を働くことなどない、と信じ込んでしまっている。いや、そうではない。土地神が神や人に、明らかな害を加えることなどあり得ないと、思っていたいのだ。だが、私たちを明治時代に飛ばしたり、あるいは未来の兵器を持ち込んだり、挙句若い娘の誘拐にまで関与しているとなれば、そういう恥ずべき神も存在しているのだろう。その事実に、私は動揺してしまっているのだ」

落ち込む西の神に、王は迷いなく声をかけた。

「土地神は、人間が考える神ほど、万能でもなければ寛容でもない。むしろ、土地神がみな完璧な存在だ、というお前の考えを改める必要があるだろう」

西の神は反論したい気持ちがあったが、言葉にならなかった。その様子を見て、王はさらに続ける。

「だが、土地神が土地神の良心を信用しなくなったら、私たちが地上に顕現する意味はいよいよなくなる。いくら天界法に反する土地神がいたところで、土地神全てに失望しなければいけないわけでもあるまい。裏切られるのが怖くて、誰かを信用することをやめてしまえば、誰もお前を信用するものはいなくなる。裏切りの先に、目を向けるのだ」

もはや王が自分より格上で、経験もある土地神であることは明白だった。王にそう言われ、西の神は自分の拙《つたな》さを痛感しながらも、どこか安堵していた。俯くのをやめた西の神は、改めて王の顔を見て言った。

「奴隷商が何者なのか、目星はついているのか？」

王はぴんと背筋を伸ばした。

「私は、賊の棟梁の腹心として活動もしていたが、奴隷商とどこで人の受け渡しをしたり、報酬を受け取っていたのかは、知らないのだ。棟梁は必ず若い娘を連れてホワイト商会に入ったものの、それ以降人質はどこかへ消えてしまった。正面から出入りした痕跡はない。

私は奴隷商の正体を突き止めるために、ずっと家の前を監視していたが、それらしき人物は現れなかった。となるとホワイト商会のどこかに隠し部屋か何かがあるはずなのだが、昨夜は調査できず、今となってはもはや探しようもない。そこの部屋には、奴隷商の証拠も残されているはずだ。ホワイト商会から一度も外へ出ずに、どうやって娘を奴隷商へ売りつけていたのか、お前には想像が付くか？」

西の神は、筋道を立てて考え始めた。

「さらってきた娘を、ホワイト商会に閉じ込めておくのは現実的ではない。誰かに見られたり、逃げられたりする危険がある。何より、奴隷商は娘たちを海外に売り飛ばすつもりなのだから、船を用いている可能性が高い」

王は頷きながらも疑義を呈した。

「だが、税関でそんなことをしようものなら、すぐに見つかってしまう。川沿いに船を横付けしても、人目は避けられない。何より、ホワイト商会は海や、川からは少し離れた場所に位置しているのだ。直接船で運び去ることなど毛頭できそうにない」

目に見えない通路。地上を介さずに、直接海へ繋がる道。頭の中に関内の地図を浮かべていた西の神は、あることに気付き、自然と立ち上がっていた。

「見当がついたのか？」

「説明するより、現場へ行った方が早い」

黙って頷いた王を連れて、西の神は茂原の家を後にした。日本大通を横切って、ホワイト商会も通りすぎると、関内と元町を隔てている堀川に突き当たった。川の上には無数の艀が浮かんでいて、布団を敷いて眠り込んでいたり、炊事の湯気が上がっていたり雑然とした空気に包まれている。川の流れが悪いせいかひどい臭いが鼻をついた。西の神は川沿いを歩きながら、護岸を眺めていた。

「何を探しているのだ？」

王がそう問いかけるやいなや、何かを見つけた西の神は黙って川を指差した。一つだけ幅広の下水口から汚水が流れ出していた。

「下水道が敷設された工事の際に、ホワイト商会の地下に小部屋の一つを作ることくらい、そう難しい話でもない。無論、あれは下水を流すためのものではあるが、あの大きさなら人を乗せた船をぎりぎり入れられるだろう。奴隷商と取引をするのなら、それくらい周到になってもおかしくはないはずだ」

王は頷いた。

「ホワイト商会は、以前に下水道の工事をしたことがある」

「アンタたちも、なかなかのキレものじゃーん☆」

何かの手がかりを掴みかけた王と西の神の前に、突如として小柄な女性が現れた。土地神である彼らにまるで気配を感じさせず、飄々と現れたことで王と西の神はすかさず女を睨み付けた。

「貴様、何者だ！」

西の神に、獣のような目で睨み付けられた都筑の大神は、耳に挟んだペンを取って、メモ帳を軽く叩いた。

「どうどう、そうピリピリしなさんなって。あーしも、アンタたちと同業者。たち子、いや、橘樹や久良岐の同僚って言った方が分かりやすいかな。ほどちゃんや、なか子にはもう顔見せしてあるんだけどね。あーしは、都筑ってゆーの。よろぴこ」

あまりにもうさんくさい登場で、西の神は疑いの眼差しを向けていたが、都筑の大神は強引に握手をしてきた。王はまだ信用していない様子で、睨みをきかせている。そんなことをまるで気にすることなく、都筑の大神は手でひさしを作りながら下水口を見た。

「まーさか、あんなところから人質を搬出してたなんてね。ホワイト商会を乗っ取ったやつは、かなり周到みたいじゃん。さっき、ここいらの労働者たちに話を聞いたけど、時折深夜にあの下水口から掃除の舟が出入りするの、見かけたことあるらしいよ。掃除にしては随分頻繁にやるもんだなって、不思議に思っていたみたいだけど」

王は喋りまくる都筑の大神に、警戒したまま話しかけた。

「なぜその情報を私たちに話す」

都筑の大神は、背の高い王を見上げながら堂々と返事をした。

「『九戀宝燈』をどうにかしなきゃいけないのは、あーしも同意見。だけど、もしこれが土地神と人間の両方が関与してて、それが公になったらどう収拾をつけるつもり？　アンタは『九戀宝燈』さえ手に入ればそれでオッケーかもしれないけど、ここに残されるあーしたちは、この事件を人間に見つからずに処理する必要があるわけ。自分の領地で、他人に好き勝手されるのは、あんま気持ちいいもんじゃないからね」

そう言って、都筑の大神は一瞬だけ王を睨んだ。だが、すぐに表情を緩め、王の背中をぽんぽんと叩き始める。

「そうトゲトゲしないの〜。冗談だって、イッツァ・ジョーク！　アンタだって、あーしだって、なるべく穏便《おんびん》にことを片付けたいっしょ？　そのためには、この事件のストーリーを民に伝える役割が必要なわけ。人間に先回りされて、実は土地神が暗躍《あんやく》してました、なんてことがばれちゃったら、アンタもあーしもマズイっしょ？」

都筑の大神はペンをかじりながら、くるくると一回転させた。

「あーしは、新聞社で記者をやってるわけ。もちろん民の記事に干渉はしないけど、土地神が関係しそうな出来事は、あーしがちょちょっと書き換えてんの。ま、これからカメラとかが普及するようになったら、こんなもみ消しも出来なくなるんだろーけどね。あーしがやってるのは民が土地神の厄介ごとに巻き込まれないための、予防策みたいなもの。アンタたちは、問題を解決するのに尽力して、あーしは事後処理をする。あーしは腕っ節に自信ないし、アンタたちが暴れてくれた方が、適材適所ってやつじゃん？」

神器を奪還することだけを考えていた王は、その後のことはあまり考えていなかった。

だが、都筑の大神の言うように、民も関与する事件となった以上、なるべく土地神の影を消す必要があるのは事実だった。熱しすぎた頭を冷やしてくれる都筑の大神の意見に納得した王は、返事こそしなかったものの黙って同意していた。

それを笑顔で受け入れた都筑の大神は、ぱんと手を叩いた。

「うっしゃ、じゃあいっちょ乗り込んでみるとしますか！」

先陣を切った西の神が川に浮かぶ艀に飛び移り、王と都筑の大神もそれに続いた。一人が乗れる程度の小さな艀だったので、船体が深く沈み、ヘドロの臭いが鼻を刺してくる。

神々は艀を下水道の穴に近づけて、櫂で汚水をかきながらゆっくりと進んでいった。下水道は臭いが酷く、鼻を摘まんでいても臭気が襲いかかってきた。都筑の大神は思わず愚《ぐ》痴《ち》をこぼしてしまった。

「うげえ、ひでえにおいだぜ」

舟をなるべく壁に接近させないよう、西の神は慎重に櫂をこいで薄暗い下水道を進んでいった。下水道は一直線になっており、時折支流とぶつかったが、舟の構造上曲がることは出来ないので真っ直ぐ進むだけだった。入口からの光も届かなくなり、王はろうそくに火を点して周囲を観察していた。都筑の大神も、狭い下水道を見回した。

「何にも見当たらない系じゃん。もしかして、当てが外れちった？」

「いや、そうでもなさそうだ」

王はそう言って天井を指差した。そこには鉄の蓋がはめられており、周囲の劣化した壁面と比較すると錆《さび》がなく、わりあい新しいものだった。王が鉄の蓋を押してみるとわずかに横にずれ、その奥から風が流れてきた。

「私が先に行こう」

王は天井の穴をよじ登り、後から続いてくる都筑の大神と西の神を引っ張り上げた。穴を越えて西の神が目にしたのは、石畳になっている四畳半ほどの空間だった。石の牢屋のような狭い部屋で、上の階に続く階段近くの壁には燭台《しょくだい》が設置され、古いガラスの戸棚や樽が置かれている。大きな木箱もうずたかく積み上げられており、厳重に封がされている。

ひときわ目を引いたのは、戸棚の近くにあるテーブルで突っ伏す、一人の男だった。

王はテーブルで倒れ込んでいる男に近づき、そっと首元に触れた。すでに事切れていることを察した王に、都筑の大神が質問した。

「そいつは誰？」

都筑の大神が尋ねた時、階段の上からばたんばたんという、騒がしい音が聞こえてきた。

「何の音だ？」

西の神がそう声を上げた途端、ばこんという大きな音と共に、階段の上からぶち抜かれた板の破片が、無数に飛んできた。王や都筑の大神が体勢を整える間もなく、拳銃を構えた久良岐の大神が素早く飛び込んできた。

「全員両手を上に上げろ！」

その後ろから、保土ケ谷の神と中の神、れんげもついてきていた。まさか、こんな部屋に西の神がいることなど考えもしなかった保土ケ谷の神は、驚きの声を上げた。

「おい、西！　なんでお前がホワイト商会の地下にいるんだよ！」

保土ケ谷の神がそう叫び声を上げれば、テーブルで突っ伏した男を見て中の神が悲鳴を上げた。

「きゃああ！　この方は亡くなっているのですか？」

これから起こりうる大騒ぎを想像して、王は久良岐の大神に銃口を向けられながら、そっと目を閉じ、静かに肩をすくめたのであった。

Chapter 15

銃を王に向けた久良岐の大神は、唇を強く噛んでいた。真っ赤にした顔は、王に対する怒りより、むしろ己の見通しの甘さを責めているようだった。

「王、俺の信用をふいにしやがったな」

銃口を向けられても王がたじろぐ様子はなく、木箱を開けて中身を確認していた。

「いい度胸だ、俺直々《じきじき》に裁いてやる！」

まさに銃が発砲されようかというところで、王は木箱に寄りかかって両手を挙げた。

「よせ。土地神同士で殺し合うなど、馬鹿げている」

「何だと？」

久良岐の大神は、一瞬銃を握る手が弱まった。王は木箱から取り出した袋の中身を見ながら話を続ける。

「この場にいる人間は、茂原れんげただ一人。あとはみな、時代も国も異なる土地神だ」

そう言われて、久良岐の大神は背後で立っていた保土ケ谷の神に詰め寄った。

「お前は留学生じゃなかったのか？」

鬼の形相で問い詰められ、保土ケ谷の神は目に涙が浮かんでしまう。

「す、すみません、なかなか言い出せなくて」

叱りつけられる保土ケ谷の神に、王は助け船を出した。

「あまり叱ってやるな。彼らは、未来から『九戀宝燈』で私たちの時代に飛ばされてきた若い土地神だ」

緊張する保土ケ谷の神と中の神を見て、都筑の大神は笑った。

「くらっきー、よっぽど未来でこの子たちに厳しくしたみたいじゃん。アメと鞭、うまく使い分けないと嫌われちゃうぜ？」

「お前はこいつらを知っていたのか？」

「もっちろん。この子たち、お嬢を誘拐犯から助けたり、誘拐犯の痕跡を辿ったり、八面《はちめん》六臂《ろっぴ》の活躍をしていたの、知らなかった系？」

申し訳なさそうにしている保土ケ谷の神の頭に、久良岐の大神はぽんと手を載せた。

「それならそうだと、なぜ言わなかった」

「ほ、本当なら皆さんの手を煩わせることなく、解決するつもりだったんです。未来から来た俺たちが、久良岐様たちに迷惑をかけては、過去への干渉になってしまうかもしれなかったので」

久良岐の大神に対してろくに意見など言えた例《ためし》のなかった保土ケ谷の神だったが、精一杯の勇気を振り絞って言えずにいたことを口にした。久良岐の大神は、怯える保土ケ谷の神を見て、髪をぐしゃぐしゃにした。

「馬鹿野郎。先輩が後輩の尻を拭えなきゃ、何のために先に生まれた意味があるってんだ。まあ、なんていうか、すまなかったな。話しにくい雰囲気を作っちまった俺にも、責任はある」

ぎこちなく謝る久良岐の大神を見て、中の神は懐かしい気持ちが蘇ってくるのを感じていた。

気を取り直した久良岐の大神は、再度王と都筑の大神を見た。

「なぜお前らが一緒に行動している？　それに、この男はどうしてこんなところで死んでいるんだ？」

燭台のろうそくに火を点けた王は、全員に向けて話を始めた。

「この男は、賊の棟梁だ。こいつが奴隷商に娘たちを売り渡し、対価としてこれを受け取っていた」

王は久良岐の大神に、木箱から取り出した袋を投げた。久良岐の大神は、紐をほどいて中に目をやるとすかさず声を上げた。

アヘンという言葉を耳にして、一同が驚きの声を上げた。唯一落ち着いていた王は、静かに話を続ける。

「我が国は、この産物で多大な打撃を受けた。今、表向きは禁輸扱いになっているが、手を替え品を替え、未だにアヘンで儲けようとする連中が跡を絶たない。イギリス東インド会社解散後、アヘン貿易で莫大な資産を生みだした男、ジョー・バートは処分が決まっていた大量のアヘンを盗み出し、姿を消した。以後、世界の貿易港でアヘンを不正に取引しながら、人身売買などを繰り返していたが、人間はおろか、土地神でさえその所在を摑むことはできなかった」

都筑の大神は、メモ帳を見ながら頷いた。

「あーしもバートの噂は聞いたことがある。土地神の情報網もかいくぐる、とんでもないやつがいるって」

「バートが取引するアヘンの量は尋常ではない。にもかかわらず、なぜか各国の港でやつを捕まえることはできなかった。それは、やつが貿易船の乗っ取りを得意としていたからだ」

「乗っ取り?」

久良岐の大神は銃口を下に向けて、問いかけた。

「バートの船は世界中から指名手配を受けているから、そのまま港に入るわけにはいかない。そこで、バートは航路の途中で貿易船を襲い、その会社の船に成り代わって、後からアヘンの密輸や人身売買を行うのだ。そこで一通り儲けたら、関係者を全員殺害してその港を去る。この話、何か聞き覚えはないか？」

誰よりも早く返事をしたのは、れんげだった。

「ホワイト商会！」

れんげが声を上げたことには、さすがの王も驚いていた。王は話を続ける。

「その通り。ホワイト商会は元々、生糸の輸出を行う清廉《せいれん》潔白な会社だった。社長のチェンバレンも気立てのいい優しい人物で、横浜での交流では彼に少なからず助けられた。ところが、社交的だったチェンバレンが、一年ほど前から人と会わなくなり、ホワイト商会の業態が変わっていった。バートの噂を耳にしていた私は、すぐに気付いた。もしかしたら、ホワイト商会も乗っ取られてしまったのではないか、と。おそらく、この頃からアヘン中毒者が増え始めたのではないだろうか」

久良岐の大神は銃をホルスターにしまい、顎に手をやった。

「言われてみれば、そうだ。しばらく前から、アヘン中毒者の検挙される数が増えていた」

保土ケ谷の神も、沢山積み上げられた木箱に近づき、中身を確認した。

「それにしたって、このアヘンの量はとんでもないな。人身売買の報酬にしては、やりすぎなんじゃないのか？」

王は、ひどい臭いのする下水道への蓋を閉じた。

「おそらく、バートは横浜でのアヘン取引の関係者を一掃するだけでなく、アヘン貿易そのものから撤退するつもりだったからだろう」

察しのいい都筑の大神が、すかさず声を上げた。

「『九戀宝燈』を手に入れたからだ」

「そうだ。ホワイト商会が異変を来《きた》したのは一年前からだが、若い娘の誘拐と時空を越えた物品の売買が行われるようになったのは半年前。おそらく、半年前に、バートは『九戀宝燈』を利用した物品を売る方が、リスクの高いアヘンの取引よりもずっと金になることに気付き、余った大量のアヘンはホワイト商会の地下に放棄してしまおうと考えたのだろう」

そこで疑問を挟んだのは、中の神だった。

「アヘンの取引より、神器を用いた盗品の方が儲かると考えたのなら、なぜ若い女の子をさらうようなまねをしたのでしょう？　誘拐はリスクが伴うはずですし、余ったアヘンを処分するのなら、他にやり方などいくらでもあったはずです。どうして、若い女の子たちをさらわなければいけなかったのでしょうか？」

中の神の問いかけは核心を突いており、神々は黙り込んでしまった。誰もが言葉を口にしにくいのを感じ、王ははっきりと言った。

「それは、バートに協力する土地神の要求なのかもしれない」

うすうす勘付いていたことではあったが、言葉にされてしまい、神々もれんげも二の句を継げなくなっていた。

「なぜ、土地神が民を悲しませるようなことができるのでしょう」

中の神は、誰に言うわけでもなく、小さく呟いていた。

「動機はともあれ、バートが横浜を離れようとしているのは事実だ。このまま逃がしては『九戀宝燈』の行方も摑めなくなってしまう」

王の言葉を受け、提案をしたのは西の神だった。

「今は有事です。久良岐様に協力して頂き、警察の手を借りて沖合の船舶に一隻ずつ立ち入り調査する他ありません」

だが久良岐の大神は、ぼさぼさの頭をかいて返事をした。

「そうしたいのは山々だが、そうもいかねえ。税関でもないのに、沖合の船を抜き打ちで調査するなんてことを、お上も通さず勝手にやったら、どこの国も横浜で貿易をやろうなんて考えなくなる。後ろ暗いことをしているやつは他にもいるだろうが、貿易の原則が自由であることを考えれば、摘発はあくまで税関でしか行えない。それに、そのバートとかいうやつの船には、『九戀宝燈』を扱う土地神も乗っているはずだ。説得して渡してくれるとはとても考えられん。万が一戦いにでもなれば、警察やほかの船乗りたちに土地神の存在を知られてしまうことにもなるから、人間は巻き込めない。ちくしょう!」

誰よりも飛び出していきたいと考えている久良岐の大神は、壁を強く叩いた。

「考えたくもないことだが、俺たちだけでバートの船に乗り込むしかないんじゃないのか？」

カナヅチの保土ケ谷の神が、決死の思いで出した作戦も、久良岐の大神に却下されてしまった。

「明日は市場が休みなんだ。勝手に沖まで出ようものなら警察にとっ捕まっちまう。それに、バートの船がどれなのかも目星がついていないのに、闇雲に船に近づくのは危険だ。勝手に近づいて欲しくないと思っているのは、何もバートの船だけじゃないからな」

「バートの船を特定するのはあーしに任せてよ」

策を案じる中、そう提案したのは都筑の大神だった。

「情報収集は、あーしの十八番《おはこ》っしょ？　税関には顔が利くんだ。ホワイト商会と頻繁に取引をしていた船をたどっていけば、見つけられるはず。アンタたちは潜入方法を考えてよ」

神々が沈思黙考し、時は無情に流れていった。その沈黙を切り裂いたのは、あろうことかれんげだった。ぱんと両手を叩いた時、れんげの顔には得意げな表情が浮かんでいた。

「そうよ！」

しきりに首を突っ込んでくるれんげに、うんざりしていた保土ケ谷の神はため息交じりに注意した。

「お前なあ、いい加減にしておけよ。これは遊びじゃないんだ」

それを無視して、れんげは神々に向かって宣言するのであった。

「レースに出場するのよ！」

その提案は古今東西の神々が、思わず唸るものだった。

Chapter 16

号砲が打ち上げられた真昼の横浜港では、海岸通りの沿道に沢山の人々が集まっていた。道は封鎖され、露店がびっしりと列を成し、和服の子供が走り回る横で、燕尾《えんび》服を着たイギリス人がオペラグラスを手にホテルの二階へ歩いていく。賑わう人々の視線はみな海に向いており、大きく帆を広げたヨットが心地よい風を受けて、ぐんぐんと進んでいた。

普段は輸入品の木箱や樽がずらりと並ぶ税関が、今はヨットの整備で大忙し。レースに参加する外国人たちはもちろんのこと、初めてのヨットレースで緊張する英語教師や商人たちの姿もあった。

その一角で、保土ケ谷の神は体育座りをしたまま、税関の石壁に寄りかかって小さくなっているのを、れんげに見つかってしまったのであった。

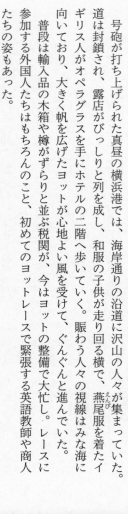

「いた。こんなところに隠れていたんだ。はい、番号標。一番なんて縁起いいね」

ゼッケンを受け取ったものの、保土ケ谷の神は深々とため息をつき、波の音を耳にすると涙が出そうになっていた。

「はあ、やっぱり嫌だ」

ふて腐れる保土ケ谷の神を見飽きたれんげは、セーラー服の上から自分のゼッケンをつけながら冷たくあしらう。

「じゃあそこでお留守番してる？」

まるで同情するつもりのないれんげに、保土ケ谷の神は文句を言い始めた。

「この辺りで溺れるならまだしも、湾の沖まで行くんだろ？　もしそこで落ちようものなら、俺はお陀仏《だぶつ》だ！　溺れ死ぬのだけは絶対に嫌だ……」

「だから、昨日も言ったでしょ？　あなたはマストにしがみついていればそれでいいの！　それともあたしのセーリングがそんなに信用できない？」

急遽《きゆうきよ》行われた昨日のヨット練習で、西の神に負けず劣らずのヨットさばきを見せていたれんげは、都筑の大神や久良岐の大神からも太鼓判をもらうほどの腕前だった。保土ケ谷の神といえども、れんげのヨット操縦技術に文句を付けるわけにもいかず、渋々ゼッケンをつけながら眉をひそめた。

「遊びに行くわけじゃないんだぞ」

「ヨット大会に乗じて、バートの船に近づくっていうのは名案じゃない？　それにしても、都筑様はすごいわ。あっさりバートの船を特定してしまったんだもの。沖合に停泊している塗装の剝げた白い船。見えないところに大砲が隠してあるそうだから、気を付けないと。ちゃんと船は覚えたから、あとはあたしに任せて」

立ち上がった保土ケ谷の神は、やる気に満ちたれんげを静かに見た。

「お前、分かってるのか？　俺たちは海賊をぶちのめしに行くんだ。俺は、確かにお前に手助けをしてもらってはいるが、ここまでは頼んでない」

れんげは歯を見せて笑った。

「あなただけは、最後まであたしがヨットで連れていくことに反対していたものね。でも、お願い。あたしにも手伝わせて」

「お前はもう、充分俺たちを助けてくれたよ。血なまぐさいことには近づけたくない」

ヨットに近づいたれんげは、帆の張り具合を確認した。

「あなたたちを助けるつもりでいたのに、気付けばあたしがあなたたちに助けられているような気がしたの」

波止場は他の参加者で賑わっており、遠くでは西の神と中の神が準備をしていて、れんげは小さく手を振った。セーラー服に袖を通した中の神が手を振り返すと、周りの出場者たちがざわめいていた。

「あたし、これまでは人生が退屈だったの。学校では話の合う友達も出来ないし、英語を覚えても使う機会はないし、家は窮屈で、衣服を作ってもお父様たちはいい顔をしなかった。誰もあたしのことを自由にしてくれなくて、このまま太一郎さんと結婚をしたら、いよいよ家の窓からしか空が見えなくなるんじゃないかって、思ってた」

ヨットを進水させるために、大きな丸太を持った男たちが通りすぎていった。

「でも、あなたたちは、あたしに沢山のものを見せてくれた。あなたたちは神様だけど、人間よりも欲張りで、騒がしくて、子供っぽいのに、とても自由で、やさしい。あなたたちを見ていたら、あたしの人生って、まだ何も始まってないんだな、って気付いたの。あたしも、あなたたちみたいに、大切に思える家族や、友達に出会ってみたい。それは、自分の足で、見つけに行かなきゃいけないんだと思う。あなたたちは、そのことをあたしに教えてくれたの」

「みっともないところしか、見られていない気がするんだがな」

れんげは穏やかに笑い、風で髪が揺れていた。

「あたしにガミガミとお説教するような神様だったら、たぶんこうは思っていないわ。だから、あたしに色々と気付かせてくれたお礼をしたいの。危ないのは、分かってる。でも、あたしはあなたの力になりたい。あなたの力になれたことを、ずっと覚えていたいと思うから」

話しているうちに顔が赤くなってしまったれんげは、海の方を向いて保土ケ谷の神に背を向けた。

れんげに誘導してもらうことには、どれだけ考えても賛成できなかったものの、自分からやりたいという思いを否定することは、保土ケ谷の神の望まぬことであった。彼女に何か起こる前に、自分たちがしっかりしておけばいい。後ろを向いたれんげの頭に、ぽんと手を置いた保土ケ谷の神は、周りのヨットを見ながら言った。

「途中までは、好きに動かして構わない。こいつら全員ぶち抜いて、一番の景色を俺に見せてくれ」

「うん！」

最終レースを迎える頃には、波止場や海岸通りだけでなく、近くのホテルや商館の屋上にまで人が溢れかえり、十艘のヨットの行方を見守っていた。税関からファンファーレが鳴り響き、それにあわせて歓声がわき起こる。風は北向きでスタートにはうってつけであり、参加者たちはスタートを待ち侘びていた。

「しっかり掴まっててね」

「お、おう」

あまり怯えていてはれんげの士気を下げると判断した保土ケ谷の神は、青白い顔のまま必死に返事をした。それを見ていたゼッケン二番の西の神は、セールに触れながら軽口を叩いてきた。

「仮に貴様が沈没したところで、バートは叩きのめしておく。安心して、海へ還《かえ》るがいい。そして、ついでにレースもリードしてやろう」

「へっ、うちのキャプテンを甘く見るなよ。人間の娘に後れを取るようなら、海を司る神を名乗れなくなるな」

早くも火花を散らす男の神々をよそに、中の神はれんげを心配するように話しかけた。

「くれぐれも、気を付けて下さいね。何かあったら発煙筒を上げて下さい。海上警備に回っている久良岐様が、駆けつけて下さるはずですから」

「ありがとう。お姉ちゃんも、気を付けてね」

ファンファーレが止み、ヨットがスタートラインに近づいてきた。観客が一瞬、静まりかえると、銃声が鳴り、レースが始まった。各船、風を受けて好スタートを切ったが、飛び出していったのは西の神率いる二番のヨットだった。休日を江の島や逗子で過ごす西の神からすれば、ヨットが普及し始めて間もない明治時代のレースなど取るに足らず、ぶっちぎりで先行するつもりであった。レースが主目的ではなかったので、中盤から後方に控えて、バートの船に近づいたところでこっそりルートから外れればよかったのだが、西の神にヨットで敗北するという考えは、皆無だった。

「あのバカ！　本気のレースだと勘違いしてやがる！」

保土ケ谷の神は、前をゆく西の神のヨットを見ながら叫んだ。先行されたれんげは、セールに手をかけて舌を出した。

「よーし、あたしたちもいっくぞお！」

風を読んだれんげはセールを巧みに動かして、ヨットは面白いように加速していった。船の揺れと、その加速で胃が縮むような思いの保土ケ谷の神だったが、西の神のヨットに急接近していくのは痛快であった。

「よっしゃ、いいぞ、抜け抜け！」

必死に船を操る西の神と横並びになった保土ケ谷の神は、捨て台詞《ぜりふ》を吐いた。

「こりゃあ、お前じゃなく、れんげが西の神になった方がよさそうだな！　あばよ！」

「小癪《こしやく》な！　ここからが腕の見せ所だ！」

他のヨットを後方に置き去りにし、神々を乗せた二艘のヨットはぐんぐん進んでいった。折り返し地点になっているブイから大きくコースを外れると、東京湾の奥に停泊する大型船に接近していった。後方のヨットは上位が共倒れになったことで気勢を増し、観客もレースに目を奪われていた。

西の神たちの乗るヨットに近づいたところで、保土ケ谷の神はれんげに言った。

「ありがとう。ここからは俺たちに任せてくれ」

れんげはすぐに頷かず、一部始終を見届けたいという気持ちが顔に表れていた。だが、その気持ちをぐっと堪え、笑みを浮かべて返事をした。

「分かった。頑張ってね」

「ああ」

そう言って保土ケ谷の神は、西の神のヨットに飛び移り、れんげのヨットが離れていくのを目で追った。神々を乗せたヨットはよろよろとした速度で大型船に近づいていった。ヨットの接近を察知した大型船では、甲板に船員が出てきて、何かをしきりに叫んでいる。

内容は分からなかったが、近づくなという意味なのは明白だった。間違って近づいてしまった風《ふう》を装いながら、大型船に寄っていくと、あろうことか警告するように砲門が開き、窓から船員が銃を撃ってきた。銃声はなく、ヨットの帆や水面を銃弾が通過していく。

「サプレッサーがついているとしか思えん静かさだな」

保土ケ谷の神は身をかがめながら、潜入口がないかを窺っていた。容赦なく銃撃を浴びせてくる出迎えに、神々は身動きが取れなくなってしまう。船首に近づいた中の神は、うつ伏せになりながら『銃王無尽』を構え、一発ずつ窓に向けて引き金を引いていった。どれだけ文明が発達した武器を使おうとも、使い手が未熟では宝の持ち腐れであり、中の神の精度を前にしては、海賊船の砲撃隊もかたなしであった。慌てた船員たちは、大砲をヨットに向けて撃ち放った。東京湾に、鈍い音が響き渡る。中の神が砲門に銃弾を撃ち込むと、船から戸惑いの声が上がった。抗戦を受け、ひるんだのを見て中の神は背後の神々に叫んだ。

「今のうちに乗船して下さい！　ここはわたしが引き受けます！」

その言葉を待っていたと言わんばかりに、西の神は即座に『神之碇』をバートの船に投げつけ、鎖を繋げた。

「乗り移るぞ！」

西の神と保土ケ谷の神は、大型船に引っかけた鎖を綱渡りのように伝って駆けていった。

甲板に飛び乗ると、そこでは突撃銃を構え、防弾チョッキにヘルメットで身を固めた中国人や白人、黒人といったあらゆる人種の海賊たちが神々の到着を銃弾で歓迎してくれた。保土ケ谷の神が迫り来る銃弾をすべて『硬球必打』で受け流してしまうと、確実に蜂の巣に出来るだろうと考えていた海賊たちは、顔が真っ青になっている。その隙を見て、西の神は『神之碇』を振り回し、固まっていた海賊たちを一網打尽にして海へ放り投げてしまった。

神々が飛び道具を持っていないことに、海賊たちが気をよくしたのもつかのま、今は海にぶっ飛ばされながら、どうして鎖とバットだけであれほどの動きが出来るのか、その人間離れした動きを理解できないまま、気を失っていくのであった。

甲板で待ち構えていた防衛隊をあらかた片付け、保土ケ谷の神は傷一つついていない『硬球必打』を肩に載せて周囲を見た。船尾の高所に操舵室《そうだ》が構えてある。

「親玉はあそこで高みの見物というわけか」

保土ケ谷の神が、船室横の階段を上って操舵室に近づこうとした時、身体を『神之碇』にからめ捕られて、西の神の立つ場所まで戻されてしまった。

「何すんだ！」

鎖を剝がしながら保土ケ谷の神が文句を言うと、西の神は階段の近くを指差して言うのであった。

「あれを見ろ」

保土ケ谷の神が進もうとした先には、空中に黒い球体のようなものが浮いていた。球体は、風を受けると波紋を立て、時折雷のような閃光《せんこう》が横切った。

「なんだありゃ？」

黒い球体はやがて静かに震えだし、船が少しずつ揺れ始めた。すると、甲板に倒れていた海賊たちや落ちた武器が動き出し、黒い球に近づいていく。西の神と保土ケ谷の神も、何かに引っ張られるような感覚があり、慌ててマストにしがみつくと、閃光を放つ黒い球は気絶した海賊たちを次々と飲み込んでいった。暴風に煽《あお》られるような強い重力に引っ張られ、保土ケ谷の神はわけも分からず声を上げる。

「あの球、俺たちを飲み込んだやつに似ている。まるでブラックホールだ。ちくしょう、どんどん力が強まっていきやがる！」

手で耐えるには限界があり、西の神はすかさず自分と保土ケ谷の神を『神之碇』でマストにぐるぐる巻きにした。

「てめえは味方を縛ることしかできねえのか！」

何度も『神之碇』に拘束され、保土ケ谷の神は思わずぼやいてしまったが、西の神は真剣だった。

「じっとしていろ！　このままではマストごと持っていかれるぞ！」

西の神の警告は正しく、マストの根元からみしみしと音が鳴りつつあった。帆桁が左右に揺れて、帆を引っ張る綱も黒い球体に引っ張られている。

「このままだと、また飲まれちまう！」

保土ケ谷の神がそう叫んだ瞬間、操舵室に突如として雷が落ちた。その反動で船が前後に大きく揺れ、保土ケ谷の神はまたしても声を上げた。

「今度は何だ？」

嵐のように揺れる船の船首の先端で、腕を組んだまま立っている王の姿があった。その後ろには、中の神も立っている。

「姉上！」

心配そうに声を上げた西の神を落ち着かせるように、中の神は近づいてきた。

「集中砲火を浴びていたのですが、王さんが助けてくれたんです」

王は雷の落ちた先を見据えながら、マストにしがみついていた神々に声をかけた。

「セミの季節にはまだ早いようだが」

気が付けば黒い球体はどこかに消え、引っ張られる力もなくなっていた。雷を操り、一撃で謎の重力を消し去った王に、西の神は度肝を抜かれていた。一方の保土ケ谷の神は、助けられた恩も忘れて文句を口にしている。

「てめえ！　それだけの力があるなら、一人で乗り込めばよかったじゃねえか！」

王は素知らぬ顔で、操舵室を凝視していた。

「招雷《しょうらい》には時間がかかる。どうしても目くらましが必要だ」

「だから昨日、自分は別行動をするなんて言ってやがったんだな！　俺たちをおとりにしやがって！」

ぶうぶう抗議する保土ケ谷の神に、王は静かに言葉を返した。

「気を抜くな」

黒焦げになった操舵室の扉がゆっくりと開き、中から痩せこけた男が現れた。顔色の悪い男は、地面に届きそうなくらい白髪を長く伸ばしていたが、視界を邪魔しているのが自分の髪だとは分かっていないようなうつろな表情をしている。袴《はかま》に似た服を身にまとっていたが、すべてが色褪せていて、男の身の回りのありとあらゆるものの色彩が失われていた。その中で唯一の色が、手に持った黒い深淵《しんえん》を湛《たた》える宝玉『九戀宝燈』だった。

西の神と保土ケ谷の神は、とうとう『九戀宝燈』を持つ神を前にし、罵詈《ばり》雑言《ぞうごん》の一つでもぶつけてやろうと思っていたが、色のない神を前にして、自然と足が震えているのが分かった。

だが、横浜の土地神として、怖じ気付くわけにもいかず、保土ケ谷の神は震える右手で『硬球必打』を強く握り、その先端を色のない神に突き付けた。

「お前が、今回の黒幕ってわけだな」

色のない神は、甲板から睨み付けてくる神々を見下ろした。半開きの目が保土ケ谷の神たちを捉えてはいたが、その力のない目が対象を認識していたかは定かではなかった。とてもゆっくりとした仕草で、色のない神は口を開いた。

「時とともに、すべては去り、名も、流されていった」

淡々と話す色のない神であったが、その声は耳の奥まで入り込んでくるようで、王されも肌が粟立《あわだ》つのを感じていた。もっと悪辣《あくらつ》な神を想像していた保土ケ谷の神にとって、色のない神は思いの外張り合いがなく、幾ばくか拍子抜けしてしまった。それでもこの神が『九戀宝燈』を手にしている事実には変わりなく、油断しかけた気持ちを引き締めて改めて問い詰めた。

「俺たちを明治時代に連れてきたのはお前なのか？」

色のない神は、手すりに腰掛けながら港の方角に目をやった。海上で、レースはまだ続いており、ヨットが旋回していた。色のない神は、遠くに見えるヨットを見ながら呟いた。

「時は、等しく流れ続ける。神も、人も、この潮流に抗うことは出来ない。この神器を除いて」

そう言って、色のない神は『九戀宝燈』を掲げた。またしても甲板に黒い球体が現れ、大気が震え始める。こちらのことなどまるで気にかけていない神の姿に、気を悪くした保土ケ谷の神は、さらに一歩前に出て声を荒げた。

「仮にも、お前が古い土地神だったならば、なぜ人間の蛮行に手を貸した？」

ヨットから神々に視線を移した色のない神は、『九戀宝燈』を下げて黒い球体を消し去った。

「はるか、はるか昔、余はこの地に顕現した。何もかも拙く、貧しく、争いは絶えず、獣と何も変わらない日々であった。人とのふれ合いは、天界にないあたたかさを余に与えてくれた。だが、彼らの命は夏のように短く、別れは何度も訪れる。余は、幾度となく共に育った友を見送り、姿を変え、長い間地上で土地神としての任を全うした」

そこで色のない神は口を閉じると、吹き付けた潮風で、長く伸びきった白い髪が柳のように揺れた。

「余の任が解かれ、天界への帰還が決まった時、余のそばに一人の女がいた。余が別れてきた人々の記憶に、耳を傾けてくれる、女だった。名は、なんといっただろう。もう、声も顔も、覚えてはいない。ただ、甘い花の香りのする、やさしい女だった。余は、天界へ帰りたくなかった。女は帰還を勧めた。だが、余は、命令を無視し、女を連れて大陸へ渡った」

色のない神は天を見上げた。遠くから、太陽を隠すように雲が近づいてきていた。

「天界からの使者は、余を堕天の神としてどこまでも追いかけ、女を連れて逃げ惑うのは困難を極めた。それでも、余は手を離さなかった。余が土地神ではない何かに変わろうと、女のいない世界を考えることはできなかった」

港で号砲が鳴った。ゴールしたヨットを祝福するファンファーレが遠くから響いていたが、神々には聞こえていなかった。

「女は、ある日、雲のように姿を消した。手を繋いで眠ったはずなのに、朝に目を開けると余は一人だった。海を渡っては砂漠をさまよい、森で眠っては山を越え、余はこの星を歩いて女を捜し続けた。どれだけ、時が流れたのだろう。やがて使者たちが余を忘れても、余は女を見つけられずにいる」

そこで中の神ははっと声を上げた。

「まさか、バートが若い女の子を誘拐していたのは、あなたがその方を捜していたからなのですか?」

「なんてことだ」

西の神はそう口にして、言葉を失ってしまった。色のない神は、ゆっくりと首を動かして手に持った『九戀宝燈』を見た。

「余がこの宝玉を持つと、空間が裂け、古《いにしえ》への入口が開いた。だが、器の使い手は、時を渡ることが出来ない。宝玉の持ち主だった黒髪の男は、余に協力すると言ってくれた。この扉さえ開ければ、女を見つけられるかもしれない。もはや、この地上で女を捜すのは難しい。だが、宝玉で、過去をたどれば、あるいは女にまた会うことができるかもしれないのだ」

保土ケ谷の神は、はっきりと首を横に振った。

「だが、お前の協力者は女を捜してなんかいなかった。時空を越えて、金品を盗んだ挙げ句、そこら辺から娘たちを誘拐してお前を騙していた。なあ、お前だって、途中でバートが悪行に手を染めていることに気付いたんじゃないのか? 堕天したとはいえ、仮にも元土地神。娘たちが家族や友人から離ればなれにされる恐怖や悲しみを、理解できないはずはない。時空を越えた武器の持ち込みの危険性だって、分かるはずだ」

すると色のない神はマストをゆっくりと上っていき、てっぺんに立った。両腕を広げ、潮風を浴びている姿を、神々は意味も分からず見つめることしか出来なかった。

遠くを見つめていた色のない神は、そこから頭を下にして飛び降りた。甲板に激突して、床に大きな穴が空いた。いくら土地神でも、この高さから落ちれば大けがを負うはずだが、むくりと立ち上がった色のない神には傷一つついていなかった。その挙動を、黙って見ているしかできなかった神々に向かって、色のない神はそっと言う。

「余は、もう流す血もない。痛みも感じない。何が悲しいのかも、何が怖いのかも、余には分からないのだ」

そのうつろな表情を見て、保土ケ谷の神も西の神も、追及の手が止まってしまった。永遠の生が、今目の前で息をしていた。思わずすくみ上がってしまった神々を見て、王が声を上げた。

「お前にどのような事情があろうと、手にした『九繼宝燈』は我が国の土地神が管理する神器。濫用《らんよう》を黙認することは出来ず、発見したら即時に回収する。それが私の使命だ。朽ちた神に、『九繼宝燈』は過ぎた代物。そいつをこちらに渡してもらおう」

色のない神が説得に応じる様子はなく、王を見下ろして口を開いた。

「余に比べれば、瞬きほどの命しかないおまえたちが、なぜ何の報いも与えぬ天界へ義理立てをする？　やがては天界へ帰るのであろう。ならば、余に刃向かうより、今世《こんぜ》を全《まっと》うする道を歩むことが賢明だ」

背中から槍を取り出した王は、その刃先を色のない神に向けた。

「天界への義理などない。私が使命を果たすのは、神が人の世を乱さぬよう、混乱の芽を摘むためだ。古の大樹よ、お前の幹はとうに腐っている。刈り取らせてもらう」

「哀れな」

王は甲板を蹴り上げ、槍を手に色のない神に向かって一直線に飛び出していった。その速さは先ほどの落雷にも似て一瞬であり、保土ケ谷の神も西の神も何が起きたのか分からないほどであった。だが、王は確かに相手を突き刺したはずだったのに、気付けば色のない神の横で槍を伸ばしていた。色のない神は、背後に黒い球体を呼び、重力を操って王の槍先の方向をかすかにずらしたのであった。それにひるまず、王は何度となく槍の雨をお見舞いするが、ことごとく的を外してしまい、色のない神はその場から一歩も動くことはなかった。

王のとてつもない速さに目を奪われていた西の神は、思わず声が漏れてしまった。

「なんて速さだ。くそっ、どうすればいい」

さっきまで横にいた保土ケ谷の神の姿がなかった。すでに、未来の智将は動き出していたのだ。それに気付き、西の神は苦笑いを浮かべた。

「怖じ気付いてはいられないということか」

中の神も『銃王無尽』を構えており、臨戦態勢に入っている。西の神は、『神之碇』を握りしめながら、猛襲する王を見てつぶやいた。

「保土ケ谷め。まるで私を試しているようではないか」

古い神は『九戀宝燈』で時空の裂け目を生み出し、強い重力で相手の攻め手を封じていく。王ほど素早く動ける土地神でさえ、闇雲に攻撃を繰り返しても空振りするのがオチだった。こちらに分があるとすれば数の利であり、この優勢をどのように活用すべきか。そして保土ケ谷の神はすでに最善策を見つけ出して手を打っている以上、西の神もそれに気付かなければならなかった。

一番に考えなければならないのは、自分たちが現代ほどの力が発揮できない点だった。特に西の神は操れる碇の重さに限度があり、保土ケ谷の神もミート力に欠けているのは実証済みだった。唯一、戦力の低下が少ないのは中の神の射撃性能であり、この三人の中でアタッカーを任せられるのは中の神しかいなかった。

中の神に攻撃を委ねるとしたら、どのような手段が最適か。王の槍すら避けてしまう重力の壁をすり抜けるために、西の神と保土ケ谷の神で何ができるのか。普通の土地神にならとても頼めそうにないことだったが、西の神は、姉の力を誰よりも信じていた。

何発か『銃王無尽』を撃っても、相手を射貫くことができずにいた中の神に、西の神は声をかけた。

「姉上、私の碇の動きをよく見ていて下さい。これは、相手が不意をつかれた時にしかできない芸当で、チャンスは一度きり。合図は一瞬しか出せません。その隙を見逃さず、一発で仕留めることはできますか？」

中の神は片眉を上げた。

「わたしが何度、あなたの無理を聞いてきたと思っているのですか？」

西の神は小さく笑ってから、『神之碇』を頭上で回転させた。回る碇は船の帆を破り、周囲に強い風を巻き起こして、心臓に響く重い音を立てている。王が色のない神に向かって、間断なく槍を繰り出しているのを見て、西の神は合図を出した。

「王！　下がれ！」

まるでその言葉がやってくるのを知っていたかのように、王は西の神のサインと同時に槍での攻撃を止めて後ろに飛んだ。西の神に操られた『神之碇』は空中を旋回し、斜めの角度から色のない神に向かって襲いかかっていった。

王の連撃に比べれば、重い碇をかわすことなど造作もなく、『神之碇』は色のない神に直撃する寸前で、湾曲するように角度を変えた後、床下の船室を破壊した。

「力押しとは、なんと浅はかな」

色のない神が、自らを避けて船室へ激突していった『神之碇』を見下ろしていると、その直後耳をつんざくような金属音が鳴り響いた。崩れた船室の下では『硬球必打』をフルスイングした保土ケ谷の神が、全力で『神之碇』を打ち返しており、勢いを取り戻した重い碇がまたしても色のない神を襲おうとしていた。

「奇策に転じたか。だが、同じこと」

不意をつかれたものの、色のない神は背後の重力の影をわずかに移動させて、真下から向かってくる『神之碇』の軌道をわずかにずらした。碇がずれたのを見て、西の神と保土ケ谷の神は、ほぼ同時に声をあげていた。

「今だ！」

集中していた中の神は、息を止めて『銃王無尽』の引き金を引いた。弾丸は色のない神に向かってまっすぐ進んでいくかと思いきや、体の横を通り過ぎていく軌道を描いていた。誤射したことに気づいた色のない神は、乱暴に攻撃してくるだけの神々に、呆れるように言葉を吐き出した。

「無益な」

色のない神が目をそらそうとしたその時、横をかすめていこうとしていた弾丸が、突如として軌道を変え、自分に向かってきた。碇の軌道を変えた直後だったせいで、『九蠍宝燈』による重力操作が間に合わず、気づいた時には弾丸が体を貫いていた。痛みを感じることはなく、銃弾が体を通り抜けていっても血も体液も何も出ず、ただ丸い小さな穴が心臓の付近に空いているだけだったが、その衝撃で色のない神は思わず膝を甲板についてしまっていた。

その一部始終を見ていた王は、細い目を見開いて感嘆の声を漏らしていた。

「なぜあの弾はやつを射貫けたのだ？　私の速さでも間に合わなかったというのに」

西の神は敬意を持って中の神に頷いてから、王に話しかけた。

「やつは、背後に出現させた黒い球で重力を操っている。『神之碇』が初めに襲いかかった時、やつは重力で軌道を変えて攻撃を免れたが、その直後、保土ケ谷がそれを打ち返して、またしても軌道を変える必要に迫られた。二度も大きく軌道を変えさせた後、その引力の方向を見定めて、歪んだ軌道の先がやつの心臓に位置するよう銃を放てば、撃ち抜けるのではないか。というのが、保土ケ谷の目論見だったのだろう」

「なぜその作戦がすぐにわかった？ お前たちは、作戦会議などしていなかっただろう」

崩れた船室の下から、瓦礫をかき分けて保土ケ谷の神が近づいてきていた。西の神はそれを見ながら王に言った。

「あの男は偏屈なのだ。裏の裏をかこうとする。だが、やつの考えそうなことなど、私たちはお見通しだ。それに、現存する戦力と、それぞれの力量を考えれば、思い当たらない作戦ではない」

淡々と話す西の神に、王は珍しく驚いた表情を浮かべていた。

「しかし、あの碇がはじかれた瞬間に、引力の方向を見定めるなど、鋭い観察眼と射撃能力もいるはずだ。運を天に任せるような作戦に、どうしてすぐ移行できたのだ」

中の神は、膝をついた色のない神から目をそらさず、西の神も注視しながら話を続けた。

「姉上の腕前は、未来の土地神でも随一。それに、私たちは共に横浜を司る土地神。いざとなれば、即座に最善策を共有することなど造作もない。私も、一度あの男の知略に痛い目を見ている。味方にすればこれほど頼もしいものはない。認めたくはないがな」

王は西の神や、この若い神々を未熟な土地神としてしか認識していなかったが、組織だった戦略と、互いの信頼関係を目にし、それが一朝一夕《いっちょういっせき》でどうにかなるようなものではないことを悟った。自分があれほど手こずった相手に一矢報《いっし》いたからこそ、王の中で神々に対する評価が改められようとしていた。

すっかりボロボロになった保土ケ谷の神は、中の神と西の神にハイタッチをしながら声をかけた。

「ナイスショット。さて、やっこさんはどう出てくるかな」

色のない神は、穴の空いた胸に軽く触れながら、神々を見た。

「余の重力を用いたか。思いの外知恵があるようだ」

色のない神は傷口から手を離して、天を仰いだ。

「どうやら肉体的なダメージを与えても、効果はないようですね」

本来の作戦は成功したにもかかわらず、中の神は自分の成果にまるで納得がいっていない様子だった。

「あの一撃でひるまないとはな。射貫かれた直後、『九戀宝燈』から手を離すんじゃないかと隙を窺っていたんだが、さすがにそんなヘマをするほど油断はしてくれなかったか」

保土ケ谷の神は、無表情のままこちらを見てくる色のない神の底知れなさに、これ以上打つ手を見出せなかった。今までまともに取り合おうとしなかった王が、保土ケ谷の神に声をかけた。

「これからどうするつもりだ。私はまだ動ける」

王が自分たちを信用するようになったことを感じた保土ケ谷の神は、髪に絡まった埃《ほこり》を払いながら言った。

「正攻法で戦うのは無謀だ。そもそも、俺たちは、やつを殺すことが目的じゃない。あくまで、やつから『九戀宝燈』を奪還できればそれでいい。どこかに隙があればいいんだが、そんな呑気な相手ではないよな」

保土ケ谷の神は笑うしかなかった。色のない神が、『九戀宝燈』を両手で天にかざすと、前よりも大きな黒い球体が現れた。それは、周囲の波をすべて船に引き寄せるほどの強さだった。海面の波が、すべて船に押し寄せてくる。

「まずい、やつから動き出されては万事休す！」

西の神が慌てて声を発したその時、海上から二発の銃声が鳴り響いた。神々はもとより、色のない神も予想していなかった音で、一同は海に視線を移した。

船の周りには船の手すりの残骸《ざんがい》や、帆の切れ端が無数に浮いていたが、そこに一隻の小舟が漂っていた。その上で、藍色の古いジャケットを着た、黒い髪の外国人が、銃を右手に、船で争う神々に向かって英語で何かをわめき立てていた。ひどく興奮しているようで、浅黒い肌が血の気を帯びて紫色になっており、肩をいからせて、遠くからでも激昂《げっこう》しているのが伝わってきた。

だが、神々の視線を奪ったのは、男が羽交《はが》い締めにしている人質の方だった。セーラー服姿の少女は、神々の誰もが見覚えがある。バートに拘束されていたのは他でもないれんげであった。

「れんげ！」

保土ケ谷の神が船の端まで駆け寄って、大きな声を上げると、憤《いきどお》ったバートがまたしても天に向かって銃を撃ち放った。

「なぜバートがあんなところにいるのだ！」

西の神は『神之碇』を握りしめながら叫び、王が小舟を見ながら返事をした。

「バートはお前たちが襲撃してきた時点で、逃げる準備をしていたのだろう。茂原れんげは充分船から離れたはずだったが、やつの重力に引き寄せられたところをバートに見つかったに違いない」

「れんげちゃん！」

中の神はすかさず『銃王無尽』を、海賊に向けたが、狂乱したバートは銃口をれんげに突きつけて、何事かをわめいていた。

「くそっ！　やつを刺激するな！　何をしてくるかわからないぞ」

保土ケ谷の神は唇を噛みながら、言葉を歯の間から漏らすしかなかった。バートに思い切り羽交い締めにされて、れんげは苦しそうに顔を歪めていた。さすがの王もこの展開は想像しておらず、槍を握りしめるしかなかった。

神々が身動き取れなくなったのを見計らって、バートは武器を捨てろという旨を口にしていた。その時、重力の球体がまたしても甲板に姿を現した。色のない神は、れんげにだけ視線を送っている。バートが騒ぐのも無視して、重力の球を操ると、れんげをバートもろとも自分の近くにまで引き寄せてしまった。色のない神の前で静止したのはれんげだけで、勢い余った哀れな海賊は遠くの海に放り出されていった。

宙に浮かされたれんげは、黒い球体に引き寄せられる強い重力を感じながら、何が起きたのかを理解できずにいた。色のない神は、ゆっくりとした足取りで、れんげに近づいていく。それを見ていた保土ケ谷の神は、『硬球必打』を突き付けて叫んだ。

「れんげから離れろ！　何をするつもりだ！」

色のない神は、宙に浮かぶれんげに視線を移した。半目を開けて、うつろな表情をしていた色のない神は、れんげの顔を見ると瞼は大きく開き、唇がかすかに震えていた。

「懐かしい匂いだ」

空中に浮かされているれんげは苦しそうに顔を歪めている。その表情になどまるで気付かない様子で、色のない神はれんげの頬に手を伸ばした。

「この匂いだけは、今もありありと覚えている。そこにいたのか」

そう言ってれんげの顔を見た色のない神は、今まで見せたことのない安堵に満ちた表情を浮かべていた。色のない神の様子の変化を察した中の神は、緊迫した声で言う。

「もしや、あの古い神はれんげちゃんを昔の恋人と勘違いしているのでしょうか」

色のない神は心酔した様子で、れんげを見つめている。それを見て保土ケ谷の神はすかさず説得を試みる。

「その娘はお前の捜し人ではない！　お前の知る女と別れて、どれほど時が経ったと思ってるんだ？」

れんげは何かを言おうとしていたが、全身を強く引っ張られているせいで身動き一つ取ることができずにいた。色のない神は保土ケ谷の神を、蔑むように見た。

「肌で感じる懐かしさ、間違えようがない」

多幸感に包まれた色のない神は、れんげに触れ重力から解放した。床に倒れ込んだれんげは近づいてくる色のない神を見て、怖かったはずなのに、古い神のどこか悲しげな気配に、言葉が腹の奥から飛び出すことはなかった。

色のない神はれんげの髪に触れながら、優しく話しかけていた。

「淋しい思いをさせたな。もう浮世を彷徨《さまよ》うこともない」

そっとれんげを抱き寄せた色のない神は、そのまま動かなかった。

ただの説得では効き目がないと判断した保土ケ谷の神は、覚悟を決めるしかなかった。

保土ケ谷の神は、自らの口で話し始めた。

「人の命は短く、お前ほど長くは生きられない。たとえ、どれだけかつての女に似た娘であろうと、お前の知っている女はとうの昔に世を去っている。堕天してなお、この世にこれだけ長く顕現できるお前は、とてつもなく優れた土地神だったはずだ。なればこそ、幻想を求めて、人に仇なすのはもうおしまいにすべきだ。土地神と人は、結ばれてはならないのだから」

保土ケ谷の神がそう口にするのを、中の神は黙って聞いていることしかできなかった。

色のない神は、れんげをかばうように背後に追いやって、保土ケ谷の神を睨みつけた。

「余なら、この娘に永遠の庇護《ひご》を与えられる。おまえたちは、国も時代も異なる小さな土地神に過ぎず、やがて天界に還る日が訪れる。余は、すべての終わりの時までこの娘を見届けよう」

保土ケ谷の神は『硬球必打』で、床板を強く叩いた。

「れんげは、れんげが望む道を進むべきであって、それはたとえ土地神であろうと侵害することはできない。お前はれんげから自由を奪おうとしているだけだ。歪んだ愛を押し付けるのはやめていただこう」

その言葉を耳にして、色のない神は『九戀宝燈』を高く掲げた。神々の前にまたしても重力の球体が現れ、身動きが制限される。その動きを察した王は、色のない神に接近し、槍で激しい突きを繰り返した。隙を生むには充分であり、その間に保土ケ谷の神たちが何らかの行動に出る必要があった。

「どうしましょう、保土ケ谷！　このままではまともに動けません！　それに、万が一攻撃が外れて、れんげちゃんに当たってしまうなんてことがあったら」

中の神が言ったように、遠距離攻撃ではれんげに当たる危険性があり、『神之碇』や『銃王無尽』を用いて戦うことはできなかった。王の素早い攻撃で、黒い球体の引っ張る力が弱まったことを感じた西の神は、保土ケ谷の神に声をかけた。

「私も王に加勢する！　これ以上猶予は作れんぞ！」

保土ケ谷の神は思いつめた表情で、妙案が浮かばない自分を責めている様子であった。それに業《ごう》を煮やした西の神は、保土ケ谷の神の胸ぐらを摑んだ。

「貴様の、れんげに対する思いは、あの古い神ほど凝り固まったものなのか？　貴様が、なぜれんげに愛されたのか、もう一度思い返してみろ！　貴様は、悲劇が似合う男ではない！」

保土ケ谷の神を突き放して、西の神は王の攻撃に加わった。激しい剣幕で一喝してきた西の神に、保土ケ谷の神はもちろんのこと、中の神も驚いていた。あれだけ保土ケ谷の神に自分の思いを伝えられずにいた弟が、こうもはっきりとした態度で示したことに、中の神は見たことのない成長を感じていた。

よもやそんなことを言われるとは思わなかった保土ケ谷の神は、攻撃を続ける王と西の神を見て、表情が緩んでしまった。

「お前の弟も、言うようになったじゃねえか」

なぜか保土ケ谷の神は力の抜けた表情を浮かべていたが、中の神はその姿を見ても安心できなかった。

「わたしたちは何をすればいいのでしょうか。今なら隙を見てれんげちゃんを奪還できるかもしれません」

緊迫感を増す中の神に向かって、保土ケ谷の神はひらひらと手を振った。

「いいや、もういい」

そう言われても、中の神は握りしめた『銃王無尽』を下ろすわけにはいかなかった。

「ですが！」

「悲劇が似合わない、ねぇ。悔しいが、その通りかもしれんな」

保土ケ谷の神は笑っていた。中の神が笑みの理由をまるでわからずにいると、保土ケ谷の神は猛襲《もうしゅう》を繰り返す王と西の神に向かって呼びかけた。

「おーい、お前ら！　もうやめだ、やめ！　ストーップ！」

何を言い出すのかと思いきや、中止の号令が下されて、西の神はすぐに手を止めることはできなかった。王が保土ケ谷の神の言う通り、槍を抱えて後ろに下がったので、西の神も保土ケ谷の神の位置まで戻った。

「せっかく隙を作っていたのに、なぜ攻撃を止めた！」

西の神に詰問されるのをまるで無視して、保土ケ谷の神は高笑いを始めた。

「なっはっは！　実にくだらん！　考えてもみろ、あそこにいるカビの生えた神は、マヌケにも女に逃げられた抜け作だぞ？　どうして未来ある俺たちが、人間の女一人ものにできないようなカスに、いちいちムキになる必要がある？　あんなウジウジした神など、俺たちの相手に分不相応だ」

呆気にとられていた王にも、保土ケ谷の神は話しかけた。

「あんただって、あんなアホが『九戀宝燈』を悪用していると知って失望したはずだ。世界征服をたくらむ土地神や、古い邪神を蘇らせようとする謀略《ぼうりやく》を相手にするなら、気勢も上がるというのに、あろうことかたかが女一人を追いかけるためだけに、こんな騒ぎを起こしているなんて、興ざめというものだ」

「いや、私は相手が誰であろうと……」

唇に人差し指を当てて、王の言葉を止めたのは何かを察した中の神だった。

保土ケ谷の神は色のない神に背を向けて、港を見た。

「こんなカビの生えた古い神なんざ、ほっときゃいずれ露と消える。関わるだけ時間の無駄だ。バカが感染《うつ》る前にとっとと帰ろう」

その言葉の後に、黒い球体がとてつもない重力で神々を引っ張った。西の神がマストに『神之碇』を巻きつけていなければ、たちまち神々が影に飲み込まれてしまうほど、これまでにない力で引っ張られていた。海上から浮かび上がった艀や、小魚の群れが次々と球体の中へ消えていく。さらには海水や、雲までもが黒い球体に飲み込まれ、神々も踏ん張っていられる限界が近づいていた。

「余の、余の思いを愚弄《ぐろう》するつもりか」

強い引力と風に晒されながらも、色のない神が怒りに震えているのを、保土ケ谷の神は見て取った。重力で真っ白い髪の毛を逆立てている色のない神に向かって、さらに保土ケ谷の神は罵声を浴びせていく。

「何が思いだ！　独りよがりの支配欲じゃねえか。恥を知れ、朽ちた神め！」

保土ケ谷の神が声を荒げるにつれて、重力は強さを増し、マストがびしびしと大きな音を立て始めた。必要以上に煽り続ける保土ケ谷の神に、危機感を覚えた王は鎖にしがみつきながら声を上げた。

「おい、それ以上やつを刺激するな！　死にたいのか！」

王の意見に同感だった西の神も、文句を言ってやりたかった。だが、その言葉を発する直前で、一同は色のない神の様子がおかしいことに気付いた。

「おまえは余とこの世にあり続けると、誓ったはずだ。遠き、古き記憶。昨日のように近く、明日のように遠いこの思い。余は今、どこに立っているのだ？　おまえは、どこへ行ったのだ？」

色のない神が、苦しそうに言葉を吐き出す様子を、目の前にいたれんげは辛そうに見守っていた。黒い球体が大きくなったかと思うと、激しく閃光を放ちながら震えが強くなっていった。西の神は、頭を抱えてしゃがみこんでしまった色のない神を見て叫んだ。

「やつの様子がおかしい。貴様、何をしたのだ？」

話を向けられた保土ケ谷の神は、次第に歪んでいく黒い球体が、雷鳴にも似た耳をつんざくような音を立てながら震えるのを見て、口を開いた。

『九戀宝燈』は古代神器。やつがいくら古い土地神とはいえ、正規の持ち主ではない。正規の持ち主ではない土地神が、古代神器を扱えば、命を失いかねないほど消耗する。ましてや時空を操るような神器が、土地神に与える負担は尋常なものではない。やつは、俺たちを相手にする以前から、時空の狭間《はざま》を生み出して、命を激しく消耗していたはずだ。

だが、やつは、痛みを感じなくなっている。もしも身体が痛みを感じられたならば、これ以上『九戀宝燈』を使うのはまずいと、気付けたはずだ。やつは『永遠』に慣れたせいで痛みを忘れ、己の力量も見失い、無尽蔵に古代神器を扱えると勘違いしていた。今、その報いが訪れようとしている」

王はなぜ保土ケ谷の神が、あれほど口汚く色のない神を罵っていたのかようやく合点がいった。

「お前はやつを刺激することで、やつを限界まで消耗させようとしていたのか」

やがて神々を引っ張る力は弱まり、今度は暴走を始めた黒い球体が色のない神を飲み込み始めた。色のない神は甲板に倒れ込み、板に爪を立ててもがいていたが、黒い球体は古い神を異次元の入口へ呼び込んでいく。重力から解放された王は、すかさず落ちていた『九戀宝燈』を回収し、中の神と西の神は横たわっていたれんげに近づいた。

「大丈夫ですか、れんげちゃん?」

中の神が涙を浮かべながられんげを抱き起こすと、弱々しい声が返ってきた。

「ごめんね。何度も迷惑かけちゃって」

中の神は首を横に振り、強くれんげを抱きしめた。保土ケ谷の神が黒い球体に近づくと、色のない神は身体の半分ほど飲み込まれていた。色のない神は、保土ケ谷の神を見上げながら目を見開いて、かすれたような声をあげた。

「またしてもあの永遠を、余は生きねばならぬのか」

足元でもがく色のない神を、保土ケ谷の神は静かな表情で見た。

「自分の痛みを感じられなくなるのは構わない。けれど、他人の痛みを感じられなくなったら、土地神としておしまいだ。俺たちは土地神。人と結びつきすぎてはいけないんだ」

王は『九戀宝燈』を操ろうと力を込めるが、すでに暴走は始まっていて、球体が静まることはなかった。胸まで異次元に飲み込まれていった色のない神を、保土ケ谷の神はこれ以上見ていることができなかった。その時、中の神が何か声をあげたと思ったら、あろうことか、起き上がったれんげが、色のない神の腕を両手で掴んでいた。

「何やってんだ！」

保土ケ谷の神は慌ててれんげを引き剝がそうとするが、れんげの力はとても強いものだった。

「このままにしたら、この神様はどこかに迷い込んでしまうんでしょう？　そんなの、あまりにもかわいそうよ！」

「こいつは禁忌を犯したんだぞ？」

「それはそれとして、きちんと裁きを受ければいいでしょう？　こんな形でおしまいにするなんて、この神様もあなたたちも、納得できないはずだわ！」

れんげがどれだけ力を込めても、色のない神は黒い影に飲み込まれていくので、保土ケ谷の神もすかさず加勢した。それを見て、中の神と西の神だけでなく、王まで加わり、なんとか引っ張り出そうと必死の力を振り絞った。だが、暴走した黒い球体は、底なし沼のようにじわじわと、着実に色のない神を飲み込んでいった。どうにもならない事態に、西の神は、王に向かって叫んだ。

「貴様、この神器を止めることはできないのか？」

王は、まばゆく光る『九戀宝燈』を見ながら首を横に振った。

「『九戀宝燈』は私でも扱えぬじゃじゃ馬だ」

色のない神は肩まで影に飲み込まれ、必死の形相で引っ張っているれんげに向かい、優しく声をかけた。

「すまない。もうよいのだ、娘よ」

その言葉を耳にして、れんげの力は増した。

「謝るなら、他の女の子たちに謝ってよ！　神様ってどうしてこうも自分勝手なの？　自分のやったことの責任を、もっと考えてよ！」

れんげまで飲み込まれないよう、精一杯の力を込めて支えていた保土ケ谷の神は、思わず天に向かって叫んでいた。

「くそっ、このままじゃ俺たちまで飲み込まれちまう！　どうにかならんのか！」

黒い球体がばちばちと激しい音を立てていたはずなのに、神々は一瞬、一陣の風のように通り過ぎていく透き通った音色を耳にした。それは気のせいではなく、きちんとした音階になっており、その音は確かにメロディを奏でていた。

「こ、このふざけた音色は！」

保土ケ谷の神が辺りを見回すと、海上に一隻のヨットが浮かんでいるのが見えた。そこには船上でぴしっと背筋を伸ばして笛を吹く鎌倉の大神と、大きく手を振る都筑の大神の姿があった。久良岐の大神はマストに手をかけて、ヨットを操っている。ヨットは蛇行を繰り返しており、左右に傾いた船にしがみつきながら、都筑の大神は慌てふためく。

「ちょっと、くらっきー！　ちゃんと操舵してよ！　あーしたちが落っこっちゃったらゲロヤバっしょ？」

苦戦しながら久良岐の大神は、言い返した。

「だったらお前がやってみろ！　俺はこういうの、あんまり得意じゃないんだ！」

そこで音色が止まり、演奏を終えた鎌倉の大神が、四苦八苦する久良岐の大神に近づいていた。

「お、代わってくれるのか？」

久良岐の大神が喜んだのもつかの間、鎌倉の大神は顔を真っ青にして言った。

「今まで黙っておったが、我はひどい船酔い持ちなのだ。もう吐いていいか？」

「わあ、ちょっとスタァァップ！　後輩たちが見てんのに、こんなとこでゲロんなっての！」

すでにしゃがみこんだ鎌倉の大神は射出準備が整っており、都筑の大神は慌てて駆け寄った。

「くらっきー！　急いで船に近づけて！　とっとと乗り込むよ！」

その一連のやりとりを見ていた保土ケ谷の神は、れんげを支える力が一瞬緩んでしまった。

「何しにきたんだ、あの方々は……」

船の下から、よいしょ、という何とも呑気な掛け声が聞こえてくる。やがて、船をよじ登ってきた都筑の大神が満面の笑みを浮かべ、操舵で汗だくな久良岐の大神と、青白い顔色をしながらもどこか爽快な顔をした鎌倉の大神とともに現れたのであった。

「皆さん！」

中の神が安堵の声を上げると、都筑の大神は目の近くでピースサインをしながら得意げに笑った。

「うぇーい！　お待ちかねの先輩たち、超絶大登場！」

都筑の大神たちが現れても、影に飲み込まれつつあった色のない神の状況は変わっていなかった。久良岐の大神は色のない神の腕を掴み、都筑の大神は王から『九戀宝燈』を受け取った。都筑の大神が目を閉じて『九戀宝燈』に触れると、あれほど暴れ回っていた黒い球体の雷鳴が静まった。久良岐の大神の合図とともに、神々が力を込めると、まるで手応えのなかったはずの色のない神をいとも簡単に引っ張り出すことができた。

力を使い果たした神々をよそに、久良岐の大神はすかさず色のない神に手錠をかけ、鎌倉の大神が笛でゆったりとした音色を奏でると、空中に浮いていた重力の球体は雲のように霧散していった。

手際よく事態を収拾してしまった古き横浜の神々を、保土ケ谷の神や西の神は呆然と眺めていることしかできなかった。『九戀宝燈』の輝きが鎮まるのを見て、都筑の大神は王に宝玉を渡した。

「おっし、これでオッケー！　ご苦労、王ちゃん」

王もまた、連携の取れた大捕物《おおとりもの》に感心しないわけにはいかなかった。

「協力、感謝する。だが、初めからお前たちがこの船に乗り込めば、もっと早く片付いたのではないか？」

王がそう問いかけると、都筑の大神は船室に入っていく鎌倉の大神を見ながら返事をした。

「ここに宝玉があるのを見つけ出したのは、アンタたちの手柄。あーしたちだって、結局アンタたちが動かなかったら、もっと発見が遅れてたと思うよ。それにさ」

都筑の大神は、れんげを心配する若い神々を見て、王にこっそりと耳打ちをした。

「仕事ってのは、自分で全部やればいいってもんでもないっしょ。手柄を立てる経験をして、土地神としての実績を積んでいく。あーしだって、そうやって育てられてきたしね。優れた先輩ってのは、後輩の仕事を片付けるんじゃなくて、独り立ちの後押しをしてやることっしょ。アンタだって、たまには誰かを頼るのも悪くないんじゃない？」

ウィンクをされた王は、何もかも見透かされていることを知り、黙って一礼した。

久良岐の大神が、後ろ手で手錠をかけても、色のない神は抵抗を示さなかった。死んでしまったと思うくらい身動き一つせず、その身体は久良岐の大神が思っていたよりはるかに軽いものだった。

「あの娘に感謝するんだな」

久良岐の大神は小さく言った。だが色のない神は、今まで以上に虚《うつ》ろな表情を浮かべていた。

「余をどうするつもりだ」

身体検査をしながら、久良岐の大神は続ける。

「これからお前は天界の裁判にかけられる。どのような処遇になるかはわからんが、少なくとも、もう二度と地上に顕現することはない」

久良岐の大神の言葉は、若い神々やれんげも耳にしており、色のない神が黙ることで、沈痛な空気に包まれた。久良岐の大神はそれでも淡々と話を続けた。

「老いた神を痛めつけるほど、天界も残酷ではない。お前にはしかるべき処置が加えられる。地上で傷つくのは、もうおしまいだ」

久良岐の大神に何を言われても、色のない神は表情を変えず、魂の抜けたような顔をしていた。それを見ていたれんげは、そっと近づいて声をかけるのであった。

「あ、あの」

色のない神は顔を上げてれんげを見たが、もうそこにかつての娘を見出している様子はなかった。少し緊張した面持ちで、れんげは口を開いた。

「あなたのもとを離れていった女の人は、決してあなたのことを嫌いになったのではないと思うんです」

後ろからその姿を見ていた中の神は、れんげの手が微《かす》かに震えているのを見逃さなかった。

「どんな事情があったのかは、あたしにもわかりません。けれど、その方はあなたを愛したことを、決して後悔しなかったはずです。その方との思い出は、最後の別れだけで、すべてが台無しになってしまうものなのでしょうか。きっと、笑ったり、ふざけたり、そういう楽しい思い出も、沢山あるはずです。あなたは、長い間ご苦労をされたのですから、そろそろ楽しい思い出だけを振り返っても、天界の神様たちはあなたを責めたりしないと思います。ですから、どうか、気を落とさないで下さい」

非礼を詫びるように、れんげは深々と頭を下げた。西の神はれんげがここまではっきりと自分の意見を口にしたことに驚き、中の神は目頭を押さえていた。保土ケ谷の神は、その言葉を黙って聞いていた。

頭を下げ続けるれんげに、色のない神はそっと声をかけた。

「面《おもて》を上げよ、娘」

れんげが顔を上げると、色のない神は口角をかすかに上げ、安堵の表情を浮かべた。

「いい匂いだ」

そう言い残し、力を使い果たした色のない神は気を失ってしまった。心配するれんげに向かって、久良岐の大神は落ち着いた調子で言った。

「安心しろ。簡単に死ぬような神ではない」

船室の扉が開き、笛の音が響くと、鎌倉の大神が閉じ込められていた娘たちを次々と甲板に連れ出してきた。娘たちは笛を真剣に吹いている鎌倉の大神に目を奪われており、恐怖や悲しさを忘れている様子だった。それを見て、都筑の大神は毒突いた。

「かまかまは、黙って演奏していればイケメンなんだけどなぁ」

久良岐の大神は、海上に向かって大きく手を振った。警察官を乗せた小船がぞろぞろと接近しており、騒動の予兆が感じられた。

「これから、大騒ぎになるぞ。余計なことを聞かれたくないなら、お前たちは船で先に逃げ出しておけ。この時代の警察も、取り調べはねちっこいぞ」

久良岐の大神が、保土ケ谷の神たちにそう言った次の瞬間、すでに王は小脇に『九繼宝燈』を抱え、一人ヨットに飛び乗っていた。

「あっ、てめえ待て！　俺たちも乗せろ！」

「帰るのは、私たちを未来へ帰してからにしろ！」

保土ケ谷の神と西の神も、文句をたれながら王を追った。

慌てる神々を見て、都筑の大神は笑っていた。

「さ、後はあーしたちに任せて、逃げろ逃げろ！　アンタたちも早くしな」

中の神はれんげの手を握りながら、ヨットに飛び乗る前に言った。

「あなたの言葉は、あの方にとって救いになったはずです」

「そうだといいな」

警察官が大型船に接舷し、誘拐された娘たちを一人一人船に乗せ始めた時、大捕物の功労者たちは姿を消していた。

Chapter 17

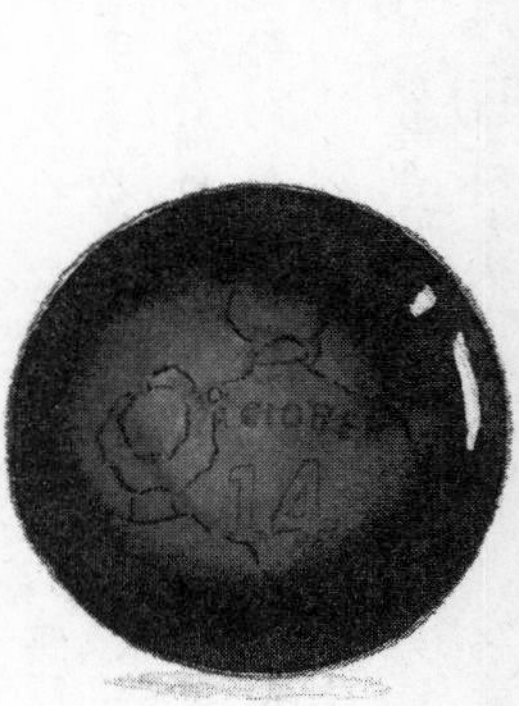

『海賊船拿捕《だほ》！　警官大手柄！』

明け方の東海道は朝靄《あさもや》に包まれていて、草木に露が滴っていた。まだインクのにおいがする新聞を開きながら、保土ケ谷の神は記事を読み上げた。

「えーと何々、くそっ、文語体なんて久しく読んでないからめんどくさいったらないな。白昼堂々、大捕物が行われた。昨日、東京湾沖に停泊していた海賊バートの船が、久良岐警部によって一網打尽にされた。海賊バートは、東京から横浜で婦女子を誘拐するだけでなく、アヘンの密輸も行っており、他国の警察も行方を追っていた。勇敢なる久良岐警部は、単身バートの船に乗り込み、無数の銃弾をかいくぐり、逃げるバートを追った。その気迫に押されたバートはたまらず小船で逃げ出したものの、途中で沈没。溺れかけたところを、お縄となった。警察には娘を誘拐された家族が押し寄せててんやわんやの騒ぎになっている……」

そこで読むのをやめた保土ケ谷の神は、引きつった笑いを浮かべていた。

「とんでもない脚色がされているな、これは」

夜明けでもしゃっきりとした表情の西の神は、久しぶりに袖を通したシャツのボタンを確認しながら言った。

「ならば私たちが、あの古い神を鎮めたと書くべきか？」

修道服を着た中の神は、早くも畑に姿を現している百姓にお辞儀をした。

「あれだけの騒ぎになったのですから、久良岐様だけに説明を任せるのは困難というものです」

保土ケ谷の神は新聞を逆さにしながら、いぶかしげな表情を浮かべた。

「それにしたって、海賊数十人を相手に、警察官が単身で乗り込んでボコボコにし、偶然ヨットレースの取材をしていた記者がその現場に居合わせる、ってのは、いくらなんでも購読者を甘く見すぎているんじゃないのか？　まあ、あの方ならやりかねんが……」

都筑の大神が言っていた事後処理がどのようになるのか、分からずにいた西の神だったが、このような結果に収まり感服していた。

「久良岐様には矢面《やおもて》に立って頂いたが、このような幕引きが最も筋が通っている。思えば、都筑様はずっとこの機会を窺っていたのかもしれないな。土地神と人間が関わっている事件を、どのように収束させればよいのか、私たちでは思いも及ばないことであったが、メディア側に土地神がいれば、それを伝えるのも容易《たやす》い。ある意味、最も恐ろしいのは都筑様なのかもしれない」

「俺と中は、もう何度もあの人に秘密を暴かれて、散々怖い思いをしてきたんだ。お前もその経験をしてくれて俺は嬉しく思うよ」

ふふふ、と中の神は笑っていた。舗装されていない道を歩きながら、大洋ホエールズのユニフォームを着た保土ケ谷の神に、西の神は問いかけた。

「これでよいのか？」

保土ケ谷の神には、西の神の意図がまるで分からなかった。

「何のことだ？」

「とぼけるな。れんげのことに決まっているだろう。これだけ世話になったというのに、別れの挨拶もせず去るというのは、さすがに気の毒ではないだろうか」

その話は聞き飽きたと言わんばかりに、保土ケ谷の神は首を横に振った。

「お別れ会なら、昨日の夜やったじゃねえか。それとも何か、明治に残りたくなったか？俺はそれでも構わんぞ。責任を持って、西区もついでに司ってやる」

呆れてものも言えない西の神は、額に手を当ててため息をついた。

「姉上も何か言ってやって下さい」

ところが中の神は何も言わず、西の神は自分で言うしかなかった。

「人間と深く関わり合いになりたくないという貴様の気持ちは分かる。だが、世話になったのなら、礼を尽くすというのもまた土地神としては大事なことのはずだ。私たちはれんげに助けられただけでなく、彼女から多くを与えられもした。彼女がいてくれたからこそ、私は橘樹様に、久良岐様、都筑様に鎌倉様といった、学ぶ機会のなかった方々と出会うことも出来たのだ。逃げ出すような形で去るのは、彼女に対してだけでなく、私たちにとってもよいことではないはずだ」

「なら、丁寧に握手をして、わんわん泣き叫んで、帰りたくないだの、行かないでだの、そういう愁嘆場《しゅうたんば》を演じればいいのか？　別れってのはな、すっきりしてりゃそれだけいいんだよ」

「納得いかん」

そうは言っても引き返すわけにもいかず、神々が東海道を外れて畑の道を進んでいくと、茅葺き屋根の家が見えてきた。玄関脇から庭に抜けると、縁側に腰掛けている王の姿があった。手にはしっかりと『九戀宝燈』が抱えられている。

「早かったな」

王が神々に声をかけると、保土ケ谷の神が問いかけた。

「ご苦労だったな。橘樹様、いけそうだって？」

王ははっきりと頷いた。

「大した御方だ。時代をきちんと選定し、しかるべき時空への扉を、いとも容易く開いてしまった。私が夜を徹して番をする必要などなかった」

「あーしたちもいるから休んでいいって言ったのに、このマジメ君は一睡もしないんだから」

そう言って近づいてきたのは、メモ帳を片手ににこにこと笑う都筑の大神と、制服姿の久良岐の大神であった。

「都筑様！　久良岐様まで！」

保土ケ谷の神が丁重な挨拶をしようとすると、都筑の大神はそれをやめさせた。

「堅苦しい挨拶はノンノン。あーしたちに無断で帰ろうなんて、さげぽよなんだけど。ちゃんとお別れさせてよ」

都筑の大神は素早く保土ケ谷の神とハグをした後、西の神と中の神にも同じことをした。恐縮する保土ケ谷の神を見ていた久良岐の大神は、腕を組みながら少しだけ困った表情を浮かべていた。保土ケ谷の神にはその理由が分からなかった。

「あー、なんだ、ご苦労だったな」

久良岐の大神からろくに褒められたことがなかった保土ケ谷の神からすれば、とても珍しいことだった。

「滅相《めっそう》もないことです。正体もきちんと明かさずにいたのに、信用して下さってありがとうございました」

久良岐の大神は、ぽんと保土ケ谷の神の頭に手を置いた。

「これから、俺はお前たちに会うことになるんだよな」

「はい」

次に中の神と西の神の頭にも優しく手を載せ、久良岐の大神は続けた。

「これから出会うお前たちが、今のお前たちのような立派な土地神になれるよう、俺は俺なりに全力を尽くす。だから、もしお前たちに恐ろしい思いをさせてしまったのなら、すまない」

保土ケ谷の神からすれば、出会った時から久良岐の大神は、一本芯の通った恐ろしくも尊敬すべき土地神であったが、教育者として迷う姿を見たことは、さらなる敬意を生んでいた。もはや誰も自分たちに厳しい言葉を投げかけてくれなくなった今となっては、親身に向き合ってくれたありがたみが、しみるように伝わってくるのであった。

保土ケ谷の神はいたずらっぽく笑った。

「若い俺たちに会ったら、久良岐様の思う百倍の厳しさでしごいてやって下さい。自分で言うのもなんですが、すごく手のかかるやつらだったと思うので」

「任せておけ」

そのやりとりを見ていた都筑の大神は、呆れたように言った。

「アンタたちが帰るから見送りに行こうって、かまかまも誘ったのに、もう東北に旅しに行っちゃってたんだ。しょっつる鍋を食いに行くとかなんとか言って」

「鎌倉様らしいですね」

中の神は口に手を当てて笑った。

「後のことは任せておいて。伊達《だて》に記者やってないんだ、アンタたちのことは上手に書いておくよ」

「色々と勉強させてもらいました」

西の神が礼を言うと、都筑の大神は背中をぽんと叩いた。

「アンタはぴりっちょマジメすぎる感じするね。あーしみたいな狡猾《こうかつ》さ、持ち合わせればもっと楽ちんに生きられるぜ。頑張れな」

もう二度と『九戀宝燈』を見失わないため、王は不眠不休の番をしていたが、疲れた様子はなかった。王は立ち上がって、挨拶を終えた保土ケ谷の神に言った。

「やり残したことはないか?」

保土ケ谷の神は、苦笑いを浮かべて顔を横に振った。

「充分すぎるくらい、明治を堪能《たんのう》させてもらったよ。思い残すことはないさ」

その言葉を聞いて、王は不敵な笑みを浮かべ、後ろを向いた。

「そう言っていますよ、れんげさん?」

すると家の奥から頬を膨らませたれんげと、橘樹の大神が現れた。

「げっ! どうしているんだよ!」

保土ケ谷の神が逃げるような仕草を見せたので、れんげはさらにむっつりしてしまった。

「あなたがこっそり帰ろうとすることくらい、お見通しなんだから!」

先ほどからしらばっくれた様子で会話に参加しようとしない中の神を見て、保土ケ谷の神は謀略を見抜いた。

「中、お前の差し金だな」

「さて、なんのことでしょう？」

中の神はへたっぴな口笛を吹いてみせたが、ごまかそうとする仕草があまりに拙かったので、保土ケ谷の神は怒る気にもなれなかった。

れんげの怒りはまだ静まっていなかった。

「これだけ手伝ってあげたのに、さよならも言わずにお別れするなんてあんまりじゃない？」

その発言を耳にして、中の神と西の神も深々と頷いた。すっかり四面楚歌《しめんそか》になった保土ケ谷の神は負けじと反論する。

「おいおい、賊から助けてやったのは誰だと思ってるんだ？　それに、俺たちがいなければお前は今頃、原始時代かとんでもない未来に連れ去られてたかもしれないんだから、ちったあお礼の一つくらい言ってもらいたいもんだ」

れんげはすぐさま怒った表情を引っ込めて、事前に用意していたような心を込めた笑みを浮かべた。

「うん。ありがとう。あなたたちがいてくれて、本当に頼もしかったよ」

素直に礼を言われてしまい、保土ケ谷の神は頭を掻いた。

「なんなんだ、調子狂うな」

お互いに照れくさい空気になってしまい、それを見ていた橘樹の大神は保土ケ谷の神に優しく話しかけた。

「よい出会いは、何度も訪れるわけではありません。心を通わせた経験に、民も神もありません。気持ちを伝えられる時に伝えておくことは、とても大切なことですよ」

前にれんげに言ったことを、今度は橘樹の大神から言われていることに気付き、保土ケ谷の神ははっとした。れんげは庭に出て、三人の神々を見てから頭を下げた。

「みんな、ありがとう。あなたたちと出会えて、幸せだった」

西の神も負けじと頭を下げた。

「礼を言うのはこちらの方だ。君がいてくれて心強かった。他の誰でもない、君でなければ、私たちの帰還はもっと遅れただろう」

互いに頭を下げ合っていることに気付いたれんげは、顔を上げて西の神を見た。西の神も行儀良く挨拶することに違和感を覚えており、吹き出してしまった。

「なんかよそよそしいね。これじゃあたしたちらしくないかも」

「私もそう思っていたところだ」

仲良く笑ってから、西の神は右手を差し出した。

「私はあまり人付き合いが上手な方ではない。だが、君を見ていて、そうも言っていられない気がしたのだ。誰かと関わり合いになることは、そう悪いことでもない。少しばかり、客と話をするようなバーテンになっても、いいのかもしれないな」

れんげは西の神の手を強く握り返した。

「あたし、大人になって最初に呑むお酒は、西が教えてくれたカクテルって決めてるの。昨日、王さんやお父様が何度もおかわりをしているのを見て、我慢できなくなりそうだったんだから。神様にしか作れない、特別なことをしているの？」

西の神は嬉しそうに笑った。

「まごころを込めるのは、神だけの特権ではない」

西の神から手を離したれんげは、『九戀宝燈』を持つ王に近づいた。王は宝玉を抱えて、頭を下に向けた。

「あなたを騙すような形になってしまい、申し訳ありませんでした」

王は心の底から申し訳なく思っている様子で、れんげと視線を合わせられずにいた。れんげは静かに首を横に振り、やさしく王の肩に触れた。

「本当なら神様の任務だけをやっていればよかったはずなのに、お父様に沢山の商人を紹介してくれたり、あたしに中国語を教えてくれたり、茂原の業績が伸びたのは、王さんがいてくれたからよ」

「ですが、私はあなたを誘拐し、賊どもの前に晒す危険を冒しました。言い逃れできるものではありません」

「ううん、むしろあたしをさらってくれたのが王さんでよかった。だって、王さんはずっとあたしのそばにいてくれたでしょう？　それに、王さんの任された仕事も、無事に解決できてよかったね」

「勿体ないお言葉です」

「やっぱり、王さんも国に帰っちゃうの？」

王は苦しそうに頷いた。

「はい。この『九戀宝燈』はいち早く天界に返さねばなりません。それに、私も彼らと同じ土地神。いささか長く故郷を離れすぎました。そろそろ仲間や懐かしい景色が恋しくもなってきたのです」

「そうだよね。ごめん、無理言っちゃって」

寂しそうにするれんげに、王は目を細めていた。

「茂原の家には感謝しています。素性の怪しい私を信用して下さり、心細さを感じる暇もないくらい、楽しい日々を過ごさせて頂きました。買弁として横浜にやってきたわけではありませんが、若い街が発展していくのを見られたのは、得難い体験でした」

「王さんの朝ご飯が食べられなくなるのは、すごく残念」

「私は当初、『九戀宝燈』を奪還するためだけに、横浜へ上陸した気でいましたが、あなたたちと関わることで、私がこれからどのような土地神として生きていくべきなのか、まるで皆さんが私の映し鏡のように様々な問いかけをして下さったのです。旦那様の心配も理解できますが、あなたの道はあなたが決めるのです。誰かに言い訳の出来ない、あなただけの道を、覚悟を持ってお進み下さい」

「ありがとう」

神々との別れだけでなく、長い間茂原の家に仕えていてくれた王との別れも、れんげの寂しさを増した。こっそりと朝食のフルーツを摘まみ食いさせてくれたり、家を抜け出す口裏合わせをしてくれたりした思い出がよぎると、涙がこぼれそうになったが、れんげは必死に笑顔を作った。

だが、自分と同じように涙を堪えて唇を震えさせている中の神を見た時、その我慢は限界を迎えた。居ても立ってもいられず修道服を着た、わずかな間だけの姉に飛びついていた。

「お姉ちゃん、やっぱりいかないで。あたし、みんながいない時、どういう風に過ごしていたのか、もう思い出せないの。もっと色んなこと、教えてよ」

強く抱きしめてくるれんげを、中の神は自分まで一緒に取り乱さないよう、震える喉に力を入れながら少女の黒髪を優しく撫でた。

「わたしも、あなたと同じ気持ちです。これから、れんげちゃんがどんな素敵な女性になっていくのか、この目で見たかった」

くっついて離れようとしないれんげを、中の神はいつまでも抱きしめていたかった。一度だけ、れんげを強く抱き返してから、中の神は身体を離した。

「でも、わたしは帰らなければいけません」

「いや」

涙と鼻水でぐしゃぐしゃになったれんげの顔を、中の神はハンカチでそっと拭って真剣な表情を浮かべた。

「わたしは土地神で、未来にはわたしを大切に思って下さる、他の土地神がいます。わたしは、わたしの世界で、民を見守っていたいのです」

そんな理屈でれんげが納得するわけがないと分かっていた中の神は、泣きじゃくる娘の頬に触れた。

「あなたがわたしたちと仲良くなったのは、わたしたちが土地神だからではありません。あなたが、誰かに心を開く勇気を持っていたからです。誰かを泣くほど大切に思えるなら、きっとあなたのことを大事に思って下さる方に出会えます。怖がらずとも、あなたは立派な女性になりつつあるのです」

そう言って中の神が笑った時、柔らかな風が吹き抜けた。その笑みを見せられては、れんげも泣き叫んでいるわけにはいかなかった。

「お姉ちゃん、やっぱりずるいよ。そんな素敵な笑い方、まだ教わってない」

「れんげちゃんはもう充分、素敵ですよ。だから、笑って下さい」

中の神がもう一度れんげの顔を拭き、小さく肩を押した。

れんげが最後に保土ケ谷の神を見た時、身体が熱くなるのを感じた。いつもならどんなことでも気兼ねなく口に出来るのに、脇がじんわりと汗ばんできて、顔が燃えるほど熱く、指先はぷるぷると震え、唇を上手に動かせなかった。その変化を相手に悟られないよう、足元を見ても、目が泳いでしまった。

何を話そうか、ずっと考えてきたはずなのに、いざ保土ケ谷の神を前にすると全部が真っ白になっていた。あれだけ気持ちを込めた言葉でさえ、あっさり忘れてしまうことが悔しくて、また涙が出そうになってくる。

その様子を見ていた保土ケ谷の神は、早速からかってきた。

「俺には何の挨拶も無しか？」

不意を突かれたれんげは、反射的に言い返していた。

「バカ！　ふざけないでよ！」

そんな言葉を言うつもりはなかったのに、はしたない言い方をしてしまって、またしても自己嫌悪の波が押し寄せてきた。けれど、自然な言葉を言ったことで、肩の力が抜け、緊張しているのが馬鹿馬鹿しく思えてくると、つい笑ってしまった。

「あなたって、ほんと神様らしくないよね」

「おい、何を言うかと思ったらまた悪口か」

拗ねた保土ケ谷の神を見ていると、すらすらと言いたいことが口から溢れてきた。

「だらだらしているし、いっつも文句ばっかり言ってるし、人間みたいに傷付きやすくて、そのくせ格好つけてそれを隠そうとするの。きっと、あなたの周りにいるお姉ちゃんや西や、他の神様はみんな、あなたのその手がかかる性格に苦労していると思うわ」

中の神と西の神が深く頷いているのを見て、保土ケ谷の神は抗議した。

「うんうん、じゃねえよ！」

「はじめは、なんて自分勝手に振る舞う神様なんだろうって思って、ちょっとよく分からなかったの。でも、あなたが橘樹様をとても大切に思っていたり、あたしのことを本気で怒ってくれたり、古い神様から助けようとしてくれる姿を見ているうちに、あたしの本であなたのページが増えていった。思いのまま泣いたり、怒ったり、笑ったりすることは、時に誰かに嫌われることもあると思うのに、それでもあなたは気持ちを素直に表していた」

そこまでは上手に話せていたのに、次の句を言おうとすると上の歯と下の歯がぶつかりそうになるくらい震えてしまった。大きく息を吸い、れんげは保土ケ谷の神の目を見上げながら震える息と共に声を発した。

「あたしは、そんなあなたに恋をしたの」

体が暴れ出しそうなくらい熱くなっていたのに、その言葉を口にすると雲が晴れて青空が見えた時のように、気持ちが楽になるのをれんげは感じていた。

「ずっと、あたしのそばにいて欲しい。あなたと離れたくない」

意を決したれんげの姿を、中の神は固唾をのんで見守っていた。西の神と王は、驚いたように保土ケ谷の神を見た。保土ケ谷の神は、泣き出しそうなれんげの真剣な表情を、茶化すことなく正面から見つめ返していた。

保土ケ谷の神は、穏やかに笑って答えた。

「俺はここに残ることはできない」

満足のゆく返事がもらえるとは思っていなかったれんげではあったが、それでも食い下がった。

「あたしが、人間だから？」

返事をするたびに、相手の心に傷をつけてしまうことは分かっていても、保土ケ谷の神はごまかすことができなかった。

「俺は土地神だ。いくらだらしなく見えても、俺には保土ケ谷の地が地図から消え去るまで、守護する使命がある。それは、天界から命令を受けたから、そうしているわけじゃない。俺は、俺がやろうと決めたことを、途中で投げ出したくはないんだ」

その理屈が分からないれんげではなかった。れんげは涙を堪えながら、震える声で続けた。

「あなたは、あたしのこと好きじゃない？」

保土ケ谷の神は首を横に振った。

「俺が明治に残ったところで、先に死ぬのはお前だ。俺は、お前がいなくなった世界で、あの古い神のようにはならないと言い切る自信はない。それくらい、お前は俺の中で大事な存在なんだ」

今にも泣き出してしまいたい気分を、ぐっと押し込めて、れんげは困ったような顔をする保土ケ谷の神を見ていた。瞬きをすれば涙がこぼれてしまいそうだったので、れんげは指で目をこすって、大きく息を吸って、ゆっくりと吐き出した。

「はーあ、ふられちゃった」

無理やり笑いながら、れんげは保土ケ谷の神に言った。

「あなたのこと、試したの。あたしに未練を残すことなく、ちゃんと未来に帰れるのかな、って。でも、もう大丈夫そうだね」

後ろ手に組んだれんげは、さっぱりとした様子で続けた。

「ふられついでに、一つだけお願いをしてもいいかな」

「なんだ？」

またしてもれんげは顔を赤くしながら、そっと呟いた。

「キスして」

保土ケ谷の神は深々とため息をついた。

「人間のお前が耐えられる代物じゃない」

「そんなこと言って、ほんとはしたことないんじゃないの？」

「いい加減にしろ。いくら俺がお人好しの神だからって、何でもかんでも言うことを聞くと思うなよ」

そう言うと、保土ケ谷の神は橘樹の大神に声をかけた。

「そろそろ戻ります。『九戀宝燈』の準備を始めて頂けますか？」

橘樹の大神は、王から『九戀宝燈』を受け取り、目を閉じて力を込めた。庭に黒い球体が現れ、その奥で雷鳴が轟《とどろ》いている。保土ケ谷の神が時空の歪みに近づこうとすると、駆け寄ってきた中の神が手の甲をぎゅっとつねった。

「いてっ、何すんだよ」

保土ケ谷の神の手をつねった中の神は、厳しい視線で呟いた。

「わたしもそろそろ怒りますよ」

「もう怒ってるじゃねえか」

改めてれんげの前に立った保土ケ谷の神は、少女の肩にそっと手を置いた。この華奢《きゃしゃ》な体に、神も驚くほどの度胸や想像力が詰まっていると思うと、保土ケ谷の神は胸の奥がじんと熱くなるのを感じた。保土ケ谷の神に触れられると、れんげは一度だけ体をびくっとさせ、視線を泳がせた後、動揺を悟られないよう目を強く閉じた。保土ケ谷の神は静かに顔をれんげに近づけて、優しく言った。

「助けてくれて、ありがとな」

鼻先で礼を言われるとは思っていなかったれんげは、驚いて目を開けてしまった。その時、目を閉じた保土ケ谷の神はれんげに唇を重ね、そっと体を抱き寄せたのであった。西の神はその様子を見て満足そうに頷き、中の神は何度涙を拭っても、それを止めることはできずにいた。

保土ケ谷の神が唇を離すと、顔が上気したれんげは、緊張を無理やり解くように笑いながら言った。

「言うほど大したことないじゃない」

生意気なれんげの強がりを見て、保土ケ谷の神はにやりと笑った。

「神のキスは遅《ち》効《こう》性なんだ。覚悟しておけ」

保土ケ谷の神は、王に『九戀宝燈』を返していた橘樹の大神に近づき、頭を下げた。

「橘樹様、お世話になりました」

「『九戀宝燈』の時空の狭間は、長い時間開けていられません。早く、お行きなさい」

保土ケ谷の神たちは、見送る古い神々や王、れんげを見ているとなかなか帰る気にはなれなかった。特に保土ケ谷の神と中の神は、強く後ろ髪を引かれており、西の神が率先して時空の歪みに入り込んでいった。

「みなさん、ありがとうございました。さあ、姉上も早く」

もう一度、中の神はれんげをそっと抱き寄せてから、涙を拭いて黒い球体に入っていった。

「さようなら。どうか、お元気で」

最後に保土ケ谷の神も閉じつつある黒い球体に飲み込まれていき、振り向いて一同を見た。

「またいつか」

礼をしていると球体はゆっくりと萎《しぼ》んでいき、何も見えなくなると朝日がゆっくりと差し込んできた。何もなくなってしまった虚空《こくう》を見つめながら、れんげは小さく手を振った。

「さよなら、神様」

Epilogue

本牧の埠頭から飛び出した海づり施設は、休日ともなると家族連れやカップルで賑わいを見せるものだが、平日の午前中では客もまばらで、尖端《せんたん》部分はほとんど貸切状態だった。西の神は竿《さお》にアタリがなくても辛抱強く簡易椅子に座り続け、海を見つめていた。大量の車を載せたタンカーが、ひょっこりひょうたん島のようにのんびりと進んでいる。一気に夏が近づいたような強い日差しが西の神を襲っていたが、潮風が心地よく、不快感とは無縁だった。

かもめが鳴きながらベイブリッジの方へ飛んでいき、釣りに飽きた小さな子供が後ろで走り回っている。この景色を当たり前と思えることに、西の神は感謝しないわけにはいかなかった。

西の神の横で、何かがぶつかる音がした。見てみると隣の竿にアタリがあったらしく、小刻みに竿が欄干《らんかん》にぶつかっている。西の神は、慌てて隣の竿を握って、リールを巻いた。

「おい、かかってるぞ」

西の神にそう言われた保土ケ谷の神は、ぼけっと口を開けたまま自分が釣りをしていることも忘れている様子だった。逃げられては元も子もないので、西の神は保土ケ谷の神から竿を奪い、水中の魚と格闘した。だが、相手の方が一枚上手《うわて》で、強かった引きは一気にぷつんと途切れ、針を引き上げると餌は奪われていた。

「ちっ、またか」

代わりに針を引き上げたというのに、まるで動こうとしない保土ケ谷の神にしびれを切らした西の神は、竿を強引に渡した。

「いい加減、しゃっきりしろ。もう一週間も経つのだぞ」

無事に明治時代からの帰還を果たしたのはいいものの、保土ケ谷の神はすっかり魂を抜かれてしまったように脱力し、今まで以上に何をしていても身が入らない日が続いていた。あの勤勉な中の神にも同じことが起きており、何があったのかを根掘り葉掘り聞いてくる他の神々に説明するのは、西の神の役目になっていた。無論、西の神とてれんげや、古い神々との別れを寂しくないと思っているわけではなかったが、こうも他の二人が意気消沈してしまうと、まるで自分の思いが弱いような気がして、釈然としなかった。

釈然としないのはそれだけではない。古代神器によって、過去へ転送されるという前代未聞の出来事に巻き込まれたにもかかわらず、神奈川の巨神はおろか、横浜の大神にも問いただされることなく、一週間が経過していたことが不気味でならなかった。明らかに報告の義務があるはずなのに、不問にされ、厳罰を覚悟していた身としては心のつかえが取れるかと思いきや、余計に疑問は増すばかりであった。

ここまで気の抜けた保土ケ谷の神を見たのは、西の神にとって初めてのことであり、慰労の意味も込めて釣りへ誘ってはみたが、効果は薄いようだった。

西の神は自分の竿のリールも巻き上げて、針を確認してみると餌がなくなっており、小さくため息をついた。

「何が遅効性だ。貴様がやられてどうする」

毒づいても保土ケ谷の神にはまるで反応がなく、西の神は無視して自分だけでも釣りに専念する他なかった。諦めて餌の箱に手をかけた時、入口から声がした。

「おーい！　西くーん！」

大きく手を振って近づいてきたのは、両手が枝切りバサミや薬箱でふさがっている瀬谷の神だった。思わぬ珍客の登場に、西の神は身構えてしまった。

「げっ、貴様、何をしにきた」

心無い歓迎を受けて、瀬谷の神はヘソを曲げた。

「げっ、とは何さ、ひどいなあ。それより、聞いたよ！　大変だったね、明治時代に飛ばされたなんて！」

「元はと言えば、貴様が無警戒に神器を持ってくるからこんなことになったのだ！」

そう言って西の神は、持ち込んだリュックサックから取り出したものを、瀬谷の神に投げ渡した。慌ててそれをキャッチした瀬谷の神は、破顔した。

「ああ、僕のスマホ！　どこで見つけたの？　わざわざ見つけてくれたんだね、ありがとう！　うわあ、でも画面バッキバキに割れちゃってるよぉ、ちぇっ。せっかく見つけてくれたけど、また機種変しないとだよ」

過去に干渉しないよう、細心の注意を払いながら持ち帰ったというのに、あっさりとお役御免を言い渡されるスマホを見て、西の神は高度に発展した資本主義社会を嘆かないわけにはいかなかった。

「それで、貴様は何しにきたのだ」

呆れた西の神が、さっさと帰って欲しそうに尋ねると、瀬谷の神は目を見開いて何かを思い出した。

「そうだ！　君を探している人が来ているんだ。実は僕、ここの公園の剪定《せんてい》を任されてたんだけど、スーツを着た姿勢のいい男の人に君の居場所を聞かれてさ。君にも教えてあげようと思って、わざわざ仕事を抜け出してきたんだよ」

「どうしてそれを早く言わんのだ！」

「な、なんだよお、せっかく教えてあげたのに。しかも、その人、僕にあの神器が入った箱をくれた人に、よく似てた気がするなあ」

「なんだと？」

真剣な表情で西の神は問い詰めたが、瀬谷の神にはまるで緊張感がなかった。

「あれ、保土ケ谷くんもいたんだ？　おーい、もしもーし？　生きてる？」

瀬谷の神に肩を揺すられても、目の前で猫騙しをされても、まるで保土ケ谷の神は無反応だった。時計を見てサボりすぎたことに気付いた瀬谷の神は、西の神の質問攻めから逃れるように踵《きびす》を返した。

「じゃ、僕は伝えたからね？　仕事に戻りまーす！」

そそくさと去っていく瀬谷の神を、西の神は恨むように見つめていた。

「くそっ、やつはろくな知らせを持ち込まんな」

自分たちを探している人物。『九戀宝燈』を操って、明治時代に西の神たちを送り込んだ黒幕。それが今、近づいてきている。西の神は釣竿を立てて、保土ケ谷の神に話しかけた。

「聞いたか。今回の騒ぎを焚きつけたやつが迫っている。ここでやりあうのはまずい」

そう言っても、保土ケ谷の神はまるで動こうとせず、胸ぐらを摑んで目を覚まさせてやろうと西の神が意気込んだ時、施設の入口のドアが開き、黒いスーツ姿の男が、ゆっくりと近づいてきた。男の後ろには、やはり黒いスーツを身にまとった屈強なSPが目を光らせており、平日午前中の釣り場は彼らの登場により、物々しい雰囲気に包まれた。

黒いスーツ姿の男は、漆黒《しっこく》のサングラスをかけており、鼻と顎の下にはしっかり手入れされたひげが伸びていた。黒髪はオールバックになっており、目尻や頬にはかすかにしわが刻まれていたが、壮年と呼ぶには背筋がぴんと伸びて潑剌《はつらつ》としており、付き人を連れなくても自分の身は自分で守れる強さが滲《にじ》み出ていた。

男は、身構える西の神の前で足を止めた。

「何の用だ。私たちに話があるのなら、場所をわきまえろ。ここは、民の憩いの場だ」

明らかに格上の土地神であることは察せられたが、それでも西の神はひるまずにきっぱりと言い切った。黒いスーツ姿の男は、表情を変えず、そっとサングラスをとった。その顔を、西の神は忘れるわけがなかった。

「王！」

西洋の服を身にまとい、辮髪を切り落としてしまっても、鋭い目と頑固そうな口元はまるで変わらず、西の神は慌てて駆け寄った。王はそっと右手を差し出した。

「タイムトラベル、ご苦労だったな。私も上手に『九戀宝燈』を扱えるようになっただろう？」

西の神は、王の手を強く握った。

「まさか、貴様の差し金だったとは」

「すまなかった。事情を知らせないまま、お前たちを過去へ送らなければならなかったからな」

「こちらは死ぬ思いだったのに、簡単に言ってくれる」

「相変わらず、お前は若いな」

少しだけ声が低くなった王は、西の神の手を強く握り返した。

「馬鹿を言うな。こちらに戻って来てからまだ一週間しか経っていないんだ。貴様は、少し老けたか」

「あれから百年以上、時は流れた。嫌でも偉そうになってしまうさ。元気にしていたか」

もちろん、と西の神はそう返事をしようとした。だが、すぐに笑顔を返すことはできなかった。自分たちからすれば一週間前の出来事でも、王から見れば百年以上経った上での再会であり、その間、王の国と自分たちとの国では、数え切れないほどの民が命を失っていた。

再会を喜びたい一方で、はたして西の神は、今までと同じように王に対して接して良いものなのか、分からなかった。しかも、横浜大戦争の時には、他国に攻め込むことを本気で画策していたのだから、王の右手から伝わってくる熱が、自分の未熟な信念にじくじくと痛みを生んでいた。

西の神は俯き、王の目を見ることができなかった。王は手を離し、欄干に手をかけてベイブリッジを見た。

「横浜も、華やかな都になった。あんなに大きな橋がかかり、巨大なタンカーがひっきりなしにやってきて、血管のように結びついた高速道路で車が日夜走り回っている。かつての私は一艘の小舟を手でこいで、横浜へ密入国したのだ。ひどい雨に見舞われてな、古代神器を見つけ出す前に、溺れ死ぬところだった。あの頃は、人も神もまだおおらかだった。長生きした弊害か、今では私がここを訪れようにも、この者たちを連れなければ、おちおち外にも出られぬ。歳はとりたくないものだ」

王にしては珍しく、肩をすくめて冗談を口にしたが、西の神の表情は深刻なままだった。それを見た王は、ポケットにやけどの痕が残る右手を突っ込んだ。

「茂原れんげがその後どうなったか、知りたくはないか？」

その言葉を耳にして、今まで彫像のように動かなかった保土ケ谷の神は、すっと立ちあがり、王を見た。王は返事を聞くまでもなかった。

「ついてこい」

入口へ戻っていく王に、保土ケ谷の神と西の神は黙ってついていった。置きっ放しになった釣り道具を、王の付き人がせっせと片付けていた。

駐車場には釣り施設に似つかわしくない黒のセンチュリーが止められていて、王が近づくと、運転手がドアを開けた。

「ドアくらい自分で開けられる」

そう文句を言っても、運転手は役目を王に譲ることはなかった。保土ケ谷の神と西の神は後部座席に座り、動き出した車が本牧の埠頭を離れ、山手の坂を登っていく景色を見ていた。車は根岸森林公園の近くで止まり、先に降りた王はトランクを開けた。中には赤とピンクのバラの花束が入っており、王はそれを西の神と保土ケ谷の神に渡した。

何も言わず、王が高台へ登っていくと、そこには無数の墓石が立ち並んでいた。西の神も、保土ケ谷の神も、会話をすることはできなかった。磯子が一望できるあたりで王が足を止めると、墓石の前で一人の修道女が祈りを捧げていた。

「姉上！」

西の神が声をかけると、中の神はゆっくりと振り向いた。墓前にはすでに、白いバラが手向《たむ》けられていた。墓石には「吉田家之墓」と記されている。石は苔《こけ》に覆われていて、横に彫られた先祖の名前はかすれて読むのは難しい。西の神と保土ケ谷の神は、まだ手に持たされた花を手向けることはできなかった。

王は墓前を見て言った。

「この下に、茂原れんげは眠っている」

横浜港から出港を告げる汽笛が、山手の一帯に響き渡った。王は音の鳴る方に視線を移した。

「茂原れんげは『九戀宝燈』発見の関係者であり、功労者でもある。土地神の事件に関与してしまった人間は、その後、特別な監視がつけられ、その一部始終を私たちが確認する義務がある。それは彼女がその後、土地神の秘密を漏らすことを恐れるというだけでなく、土地神の秘密を知る彼女が別の土地神によって新たな事件に巻き込まれることを防ぐ意味合いもある。結果的に、彼女があれから土地神に会うことは二度となく、監視がつけられたおかげで私も彼女のその後を知ることができた。お前たちには、彼女がどう生きたかを知る必要がある。それは、お前たちの傷を癒すためではない。土地神として、彼女から多くを学べるからだ。覚悟はできているか？」

西の神は黙って頷き、保土ケ谷の神は王から視線をそらさなかった。中の神は、風で飛ばされそうになるヴェールを押さえながら返事をした。

「聞かせて下さい」

日差しが強く、王は再びサングラスをかけた。

「お前たちが帰ってから、すぐに茂原れんげは婚約を破棄した。旦那様やばあやはひっくり返るほど驚いていたが、最後に彼女の背中を押したのは奥様だった。きっと、それまでのわがまま娘だったならば、奥様が旦那様に意見をすることなどなかったのだろうが、彼女は少し大人になっていた。それが奥様にもわかったからこそ、婚約は破棄されたし、海外への留学にも漕ぎ着けることができたのだ」

留学と聞いて中の神は手を叩いた。

「れんげちゃん、外の世界に出たのですね？」

王は満足そうに頷いた。

「残念ながら、私が最後に茂原れんげを見たのは、彼女が国を離れる前だった。私には『九戀宝燈』を返却する任務があったからな。その後、茂原れんげは船でパリを目指した。当初、旦那様のつてでパリにある日本人サロンに身を置いていたようだが、しばらくしてそこを離れ、服飾学校に入った。当時は今と異なり、留学生のシステムなどない。すべてフランス語で授業は行われ、四人一部屋の寮で暮らし、休みの日は生活費を稼ぐためにレストランの給仕やモデルの仕事をこなしていた。その頃の暮らしは赤貧と言ってもよく、茂原の家から持っていった反物や着物を泣く泣く手放すこともあったようだ。ジャポニスムの影響がなければ、もっと貧しいことになっていたかもしれないな」

「れんげもタフな暮らしに身を置いていたというわけか」

西の神は腕を組みながら、思わず笑っていた。

「茂原れんげは、積極的に友達を作ったようだ。極東からやってきたアジアの娘が洋服のデザインなどできるはずがない、と入学当初は相手にされていなかったようだが、茂原の家で培った縫製や裁断の技術は彼女の武器となり、学校で行われるコンクールでは入賞の常連となっていた。ただ、当時は服飾が産業化する前後の時代で、ファッション企業というものがなく、卒業してからは共同アトリエでコレクションを行いながら、かろうじて生計を立てていた」

話をする王は、どこか楽しそうな様子だった。

「その頃、パリで万国博覧会が行われた。十九世紀最後の博覧会とあって、各国がパヴィリオンを設ける中、茂原れんげは着物の出展のために渡欧していた吉田という若い商人と出会った。パリで一人デザイナーを続けるれんげに興味を持った吉田は、彼女のデザインもいたく気に入り、積極的に彼女の洋服を売り込んだ。その苦労が実を結び、茂原れんげは単独のコレクションを開催するに至り、東洋出身のデザイナーとして注目されそれなりの話題にもなった。実際にある舞台監督が彼女の衣装を買いたいという話も出ていたのだが、その直前に吉田が病にかかり、帰国を余儀なくされた。吉田はパリに残るよう茂原れんげを説得したものの、彼女は吉田とともに故郷へ戻っていった。茂原れんげにとって、もはや吉田と離れる暮らしは考えられなくなっていたからだ」

その話を聞いて、保土ケ谷の神が安心したように笑うのを、中の神は見ていた。

「帰国後、まもなく茂原れんげは吉田と結婚し、横浜に居を構えて洋裁教室を開いた。パリで経験を積んだ彼女の教室はその厳しさも相まって人気となり、関西や九州からわざわざ学びにくる娘たちがいたそうだ。三人の子供に恵まれ、洋裁教室も弟子を増やし、第一次大戦の特需で吉田の会社も業績を伸ばし、順風満帆な子育ての時期を迎えていた。子供たちが大きくなった頃、突如としてその平穏は打ち砕かれることになる。関東大震災で、横浜が壊滅《かいめつ》したのだ」

れんげに未来の話をしたくないと保土ケ谷の神が考えていた理由の一つが、関東大震災だった。未曾有《みぞう》の災害が起こることを何度も話してしまいたいと思う一方で、それが許されるなら当時の東京や横浜に住んでいたすべての人々にその事実を伝えるべきであり、それは不可能なことだった。土地神が、特定の人間に肩入れをして寵愛《ちょうあい》するのは平等の原則に反している。理屈ではそうなっていたとしても、未だに保土ケ谷の神たちは、沈黙したことが正しかったのか、分からずにいた。

「茂原れんげの自宅は倒壊し、次男が亡くなった。その後世界的な恐慌に見舞われて、吉田の会社も経営が厳しくなり、軍国主義の時代になっていくと洋裁教室は白い目で見られるようになった。第二次大戦が始まると茂原れんげの子供たちが徴兵され、長男はレイテ島で戦死。吉田は横浜大空襲で還らぬ人となった。茂原れんげは、赤十字に清潔な布を提供し、戦災孤児に焼けずにすんだ衣服を着せ、焦土《しょうど》となった横浜を生き抜いた」

関東大震災と横浜大空襲で亡くならなかったことは、神々に一瞬の安堵を生んだものの、さりとてあまりにも多くを失ったれんげを思うと、手放しに喜べるものでもなかった。

神々が言葉を発せずにいる中、王は静かに話を続ける。

「玉音放送が終戦を告げると、茂原れんげの周りには、何も残されていなかった。夫と長男はこの世を去り、三男は行方知れず。パリの学校時代から大切にしていた自らの作品は焼き尽くされ、火事で彼女は視力が著しく低下していた。戦争は終わったものの、実家の茂原商会はとうに倒産し、歳は七十に近く、住む家も、今日の食糧も目処《めど》が立たず、毎日のように知り合いが亡くなっていった」

王はそう言って、港に視線を移した。西の神は、王から告げられた話を聞いて、もはや安易に誰かに対する復讐心というものを持てなくなっていた。そこにあるのは、ただの喪失であり、それが与えてくる虚無感は、暴れまわるだけでは解決できない痛みを生んでいた。

「だが、横浜が滅びることなく、ここまで大きな街になったのは、しぶとい民がいたからだ。それでも生きてやると歯を食いしばった連中が、街を再生させたが、茂原れんげもその一人だった。彼女は焼け野原からボロ布と針を集め、洋裁を教えた弟子たちとともに片っ端から洋服を縫い始めた。彼女の服に対する美しさへの追求だけは失われなかった。衣食住の中で、衣は軽んじられる傾向にあるが、茂原れんげは衣が一番上にあるのだから、最も大事な要素なのだと言って憚《はばか》らなかった。彼女の仕立て集団が作る服は、闇市の商人が商売にならないと嘆くほど安く、耐久性もあって重宝された。彼女の教え子たちがどんどん布を服へ変え、その活動を見て、茂原れんげは自らの役目を果たしたと感じたのだろう。次第に彼女の目は光を失い、病に臥《ふ》せりがちとなって体調は一気に悪化していった。幸いにも、彼女が厳しく指導したおかげで、芯のある弟子に恵まれ、老後は弟子の一人と同居して余生を過ごした。一線を退いてからの老化は激しく、日に日に痩せていく彼女を見て弟子たちは、唯一気の毒に思うことがあった。

「れんげちゃんの三男ですね」

中の神が、涙をためながら言った。

「三男は、満州に送られてから行方が分からなくなっていた。ソ連軍に捕まり、シベリアへ送られていたからだ。茂原れんげは、眠る時間が増え、その間に夢を見ることも増えただろう。子供が生まれた日のことや、吉田と結婚をした頃の思い出。パリの留学時代や、横浜で過ごした少女の頃の記憶。その中に、きっとお前たちの姿もあったに違いない。夢の一つで、三男が帰国する姿を見もしたはずだ。痩せ細り、兄を失っても生き延びた三男に、茂原れんげは何も言わず抱擁をし、再会を喜んだに違いない。病床の彼女に、三男を抱きしめる力はもはや失われていたが、それでも彼女が死の間際に耳にした、自らを呼ぶ三男の声は幻聴ではなかった。茂原れんげの三男は、シベリアから帰還し、母に生き延びた自分の声を確かに伝えることができたのだ。そのことに、茂原れんげが気付いていたのかは分からない。だが、とても穏やかな最期を迎えたのは、もしかしたら、そのことを知っていたからなのかもしれない」

そこまで王が話し終えると、中の神はもはや立っていることができず、墓の前に膝をついてれんげに呼びかけていた。

「よく、頑張りましたね、れんげちゃん。とても立派でした」

泣く姉の姿を見ていて、西の神も目頭を押さえないわけにはいかなかった。保土ケ谷の神は棒立ちのまま、その様子を見ていた。王は、西の神と保土ケ谷の神に言った。

「お前たちも、声をかけてやれ」

西の神は墓前に赤いバラを供え、目を赤くしながらそっと呟いた。

「君は、お嬢さんから立派な淑女になったのだな」

保土ケ谷の神は、一歩を踏み出すことができなかった。冥福を祈りたい気持ちと、一週間前まで、無垢《むく》な笑みを見せていたれんげが、もういないという事実を、受け入れがたく思っていたからだ。王は、花束を握りしめたまま、動けずにいる保土ケ谷の神に声をかけた。

「生きるとは、人を看取《みと》り続けることだ」

王は手に持った黄色いバラを墓前に供えて、短く祈りを捧げた。

「だが、悲しみだけが思い出ではない。生きていれば出会いがあり、その結びつきが、普通ではあり得なかった、新たな出会いも生む。死は一瞬の悲しみだが、結びつきの思い出は永遠だ。私は、彼女がお前たちとの結びつきを生んでくれたことにも感謝している。強くなれ。お前たちが彼女を変えたように、今度はお前たちが変わる番だ」

王は墓に小さく声をかけた。

「また来ます。れんげさん。今度こそ、宝玉を天に返さないといけないので」

そう言って、王は墓を離れようとした。去りゆく王を見て、西の神は今までずっと聞けずにいたことを問いかけたのであった。

「王、貴様はどの地を司る土地神なのだ？」

今の今まで自己紹介を忘れていたことに気づいた王は、サングラスをとって神々を見た。

「横浜と似て、上海[52]もいい街だ。お前たちも余暇を設けて訪れるといい。その時は、私が案内してやろう」

一度だけ手を振ると、王は墓場を離れ、しばらくすると車のエンジン音が遠ざかっていった。

保土ケ谷の神は墓前に膝をついて、そっと花束を手向けた。れんげに繕ってもらったユニフォームを強く握りしめながら、保土ケ谷の神はすっかり苔むした墓に声をかけた。

「お前が確かにこの世で生きていたこと、俺は覚えている。変わらずに、愛しているぞ」

しばらく俯いたまま、祈りを続ける保土ケ谷の神を、中の神と西の神は後ろで見つめていた。広い墓地に、墓参りをする他の人々の姿はなく、どこかの木で鳥が鳴いていた。すっと立ち上がった保土ケ谷の神を心配して、中の神は何か声をかけようとした。だが、くるっと振り向いた保土ケ谷の神はにんまりと笑みを浮かべており、中の神と西の神の肩に両腕を回した。

「よっしゃ、今日は宴会をやるぞ！　今日はあいつらに全部、飲み代払わせてやるからな！　だいたい、こんな大変な仕事を、俺たちだけが担わされたのは納得いかん！」

珍しく西の神は、片手を天に掲げて深く頷いた。

「賛成だ。へべれけになるまでぶっ潰してやろう！」

意気揚々と話し始めた二人を見て、中の神は涙を拭いて笑った。

「そうですね、いつまでも悲しんでいるわけにはいきません。わたしだって、神なのですから。皆さんに、れんげちゃんの話をしてあげましょう。橘樹様や、久良岐様のお話も」

保土ケ谷の神は、もう一度だけ振り向いて、墓に声をかけた。

「今度は、他の連中も連れてくるよ。みんな、ろくでもないやつらだが、きっとお前も気に入ってくれるはずだ。それまで、またな」

52　**上海**　中国東部の都市。一二九二年に上海県として成立。一九二七年から上海特別市が分割される。一九七三年から横浜市の友好都市。

ところで栄のやつを一撃でぶっ潰せるような強いやつはないのか、と保土ケ谷の神が問いかければ、ロシアから輸入したとっておきのやつがある、と西の神は飄々とした様子で言葉を返し、栄はあまりお酒が強くないのですから、お手柔らかにしてあげてください、と中の神が優しくなだめる。そんな声が徐々に墓場から遠ざかっていった。

新緑を迎えた丘に、太陽は強い光を差し込み、すぐにでも夏がやって来そうなほど、暑くなっていた。どこかで鳴いていた鳥が、木から飛び立ち、れんげの眠る墓の上に舞い降りた。春の日差しをたっぷり浴びて、気持ちよさそうに羽を繕っている。そして、また何かを思い出したように羽を広げると、鳥は海に向かって飛び去っていった。

墓は、そうして飛び立っていく鳥を、静かに見守っていた。

文庫版 特別付録 神々名鑑と掌編

横浜の大神

【生年】一八八九年
【身長】一七八㎝
【職業】市役所職員
【人口】約一二万人（一八八九年／二〇一五年は約三七二万人）
【面積】約五・四㎢（一八八九年／二〇〇六年から約四三七㎢）
【神器】『開港一番《かいこういちばん》』（方位磁針）
磁力を操るコンパス
【主な特徴】
● 明治の市制施行により顕現した、神奈川県の土地神。
● 同期の神は、東京や京都、大阪をはじめとする三六人。
● 神奈川県の海運を司る神。
● 他の大都市に比べ歴史が浅いので、気負っている。
● 頑迷に見えるが、意外に見栄っ張りで買い物好き。
● 趣味はワンダーフォーゲル。

横浜の大神の昼食は、いつも変わらない。お昼になると市役所を出て、横浜公園を抜けた先にある魚市場でにぎり寿司を食べるのだ。寿司といっても高級なものではない。船乗りや鉄工所で働く人々が寸暇を惜しんで食べるもので、ネタも漬けマグロにタコ、エビ、かんぴょう巻、厚焼き卵、季節ものとして煮ハマグリとシンプルだった。

漬けマグロを食べて、横浜の大神はこれまでと味が違うことに気付いた。

「大将」

常連でありながらほとんど口を開かなかった横浜の大神に声をかけられ、ハチマキをしたはげ頭の大将は寿司を握る手が少しだけこわばった。

「なんでしょう」

「醬油を変えたか?」

大将はぱちんと手を叩いた。

「さすが旦那、よく分かりましたね。お口に合いませんか?」

「いや、かつおだしの香りがして美味しい」

小さな工夫を言い当てられて、大将は上機嫌だった。

「東北のだし醬油が手に入りましてね。ちょっと混ぜてみたんです」

大将も寡黙だったので、そこでいったん会話が途切れる。店はひっきりなしに客がやってきては出て行き、味わって食べているのは横浜の大神くらいだった。

「うちの寿司は昔から味が変わらないと言われます。ですがね、そんなことはなくて、少しずつ新しい味に変えていっているんですよ」

卵は密度がぎっしりしていて、食べると甘い香りが広がっていく。

「舌ってのは、気付かぬうちに変わっちまってるもんなんです。だから、お客さんの舌が変わっていくのに合わせて、うちも色々と取り入れていかなきゃならねえ。そこの公園の木だって、いつものとおんなじように見えて、ちょっとずつ変わっていっているんです」

喋りすぎてしまったことを恥じたのか、それから何も言わず大将は寿司を握った。向かいの川では木箱を載せた艀が揺れている。ガリを食べて、昼飯は終わった。会計を済ますと、元気のいい看板娘が横浜の大神の顔を覗き込んできた。

「旦那、何かいいことでもありました?」

古代神器が横浜の街に迷い込んだ事件は、未来から来たという神々によって解決されてしまった。横浜の大神でありながら、先輩の神々に事件を委ねる形となり、どちらかと言えば自信を失っていたはずだった。

「そう見えるか?」

「はい。いつもより背筋が伸びていますから」

それは、先輩や未来の神々に負けてなるものかという対抗心がもたらしたのかもしれない。けれど、横浜の大神はそれを認めず、くすりと笑った。

「また明日」

「毎度!」

午後の仕事は、いつもより気合いが入りそうだった。

橘樹《たちばな》の大神

【生年】七世紀ごろ
【離年】一九三八年
【身長】一四八㎝
【職業】農家
【該当する現在の区】鶴見区・神奈川区全域、保土ケ谷区・港北区・西区の一部
【神器】『風光明飛《ふうこうめいび》』（櫛）鳥に変化できる櫛
【主な特徴】
● 律令制の時代から、武蔵国に顕現する古い土地神の一人。
● 同期の神は、久良岐の大神、鎌倉の大神、都筑の大神。
● 武蔵国の豊穣を司る神。
● 聞き上手なので、いつも誰かが遊びに来ている。
● 面倒見がよく、常に何かしていないと落ち着かない性格。
● 自家製の梅酒にファン多数。

「お、食べた！」

橘樹の大神の家の前で、荷馬車が止まった。何か届けものかと思いきや、馬が歩こうとしなくなったのだ。駆者がムチで叩いたり、ハミを引っ張ったりしても効果なし。駆者に泣きつかれた橘樹の大神が、裏手の井戸に連れて行き、水を飲ませて草を食ませると馬は頭をぶるぶると震わせて元気になった。

「一体何をしたんです？」

駆者は橘樹の大神に出してもらった麦茶を飲んで人心地がついている。橘樹の大神は馬の鼻を優しくなでる。

「何もしていませんよ。さあ、もう少しで港に着きますから、頑張りましょうね」

まるで橘樹の大神の言葉が分かるかのように、馬はいなないた。

「助かりました。後で何かお礼をさせてください」

麦茶に漬物までごちそうになって、駆者も疲れが取れたようだった。

「お礼だなんて……そうだ」

作業場で袋詰めしていた長ネギとキャベツを持ってきて、駆者に渡した。

「これを関内の茂原さんのおうちに持っていってくださらないかしら」

受け取った野菜は採れたてで、みずみずしかった。駆者はぽんと自分の胸を叩く。

「茂原さんは、懇意にしていただいているお客様。お安いご用です。どなたからとお伝えすればよろしいでしょう？」

「何かあったらいらっしゃい、とだけお伝えください」

礼を言って、荷馬車は港へ向かっていった。

東海道は、いつも何かが起きている。困った荷馬車が助けを求めに来るなんて、日常茶飯事。橘樹の大神は、不意に訪れる客をもてなすのが好きだった。街道は人と人を結び、ものが受け渡されることで、文化が交わっていく。街道を行き来する人々を見ることが、世の中の変化を最も肌で感じられる。橘樹の大神は、いつまでも賑やかな街道を見ていたかった。

未来へ帰って行った神々も、誰にも知られることなく横浜を救った一人の少女も、これから長い旅が続いていく。彼らの明るい前途を願うだけで、心が温かくなる。自分はあとどれだけ、人々の旅を見られるかは分からない。

ただ、天界へ戻っても旅が終わるわけではない。いつか彼らの長い務めが終わって天界へ帰ってきたとき、心やすまる場所を用意しておくのは橘樹の大神の新たな役目だった。

「さみしがってもいられませんね」

袖のひもを締め直して、橘樹の大神は畑へ向かった。人も土地神も、旅は続いていく。風に吹かれて、ナスの花が小さく揺れていた。

久《く》良《ら》岐《き》の大神

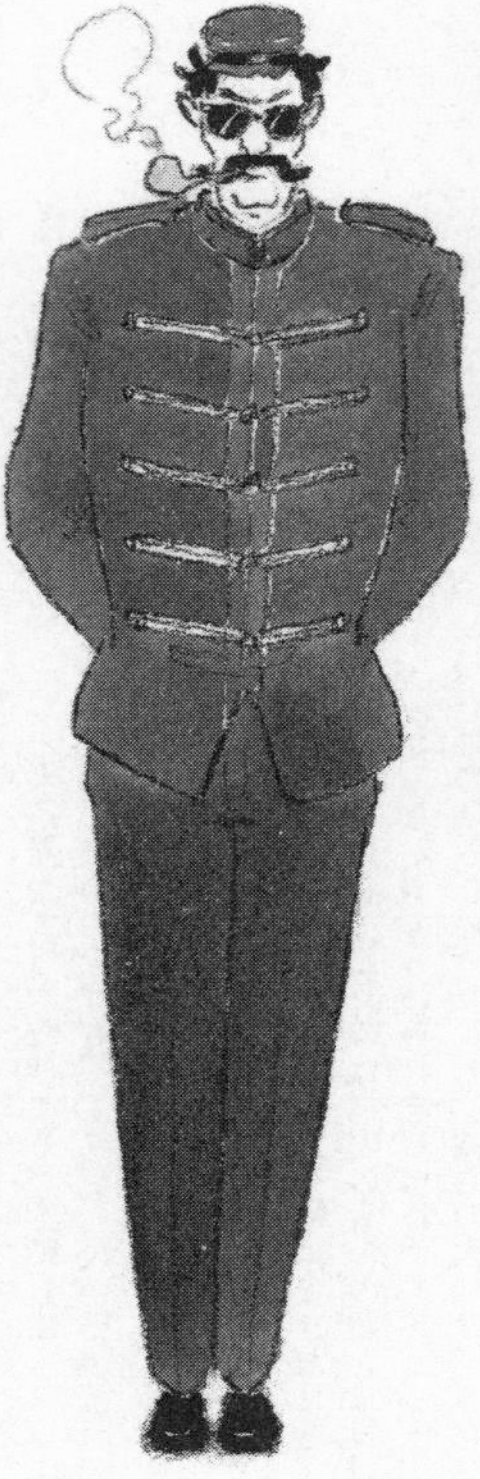

【生年】七世紀ごろ
【離年】一九三六年
【身長】一九八㎝
【職業】警察官
【該当する現在の区】中区・西区・南区・金沢区・磯子区全域、港南区の一部

【神器】『雲散霧昇《うんさんむしょう》』（パイプ）
大気の濃度を操る煙を出すパイプ
【主な特徴】
● 律令制の時代から、武蔵国に顕現する古い土地神の一人。
● 同期の神は、橘樹の大神、鎌倉の大神、都筑の大神。

● 武蔵国の武勇を司る神。
● 自分にも他人にも厳しいタイプ。顔がいかつく、声もダンディなので必要以上に怖がられてしまう。
● 日本酒一合で、すぐ顔が赤くなる。

朝の元町百段に、警官たちの野太い声がこだましていた。鍛えられた上半身裸の男たちが、長い階段を何度も上り下りしている。みな白目をむいて、肺が爆発しかけていた。それでも男たちが足を止められなかったのは、先頭を行くのが上司だったからだ。

「よし、もう一本行くぞ」

久良岐の大神は、珍しく焦っていた。先日、古代神器を回収する大仕事をやってのけた未来の神々は、死線をくぐり抜けてきた貫禄が備わっていた。果たして、自分があれほどの土地神に育てられるのだろうか。このままの訓練ではいけないと考えた久良岐の大神は、自らの指導を改めていた。

がむしゃらに厳しい訓練をしても身にならないことを、久良岐の大神は理解していた。彼らに備わっていたのは、剛柔の切り替え。自分の指導には、柔の部分が欠けている。部下にやる気を出させるには、どうすればいいのか。

階段の下で、部下たちは地面に倒れ込んでいる。そろそろ限界が近かった。頂上の茶屋を見て、久良岐の大神はあることを思い出した。

「これは噂で聞いたんだが」

久良岐の大神は、ひとり階段を上り始める。

「茶屋のトイさんは、たくましい男が好みらしい。先日のヨットレースを見て、自分も海に出てみたいと言っているそうだ」

倒れ込んでいた部下の一人が、目を血走らせて起き上がった。

「俺はもう少し走り込む。疲れたやつは、ここで休んでいろ」

また一人立ち上がって、走り出した久良岐の大神の後ろについた。

「先輩が走っているのに、休んでいるわけにはいきません」

「俺たちを甘く見ないでください」

いつの間にか部下たちは久良岐の大神を追い抜き、今日一番の走りを見せている。

「俺に欠けていたのは、こういうことか」

茶屋でお茶を出してもらっても、部下たちはまだ階段を駆け上っては下っていた。

「精が出ますね」

トイは全員のお茶を用意して、訓練を見ていた。

「ああ、未来で鍛えなきゃいけないやつがいるからな」

いつ新しい土地神がやってきてもいいように、今は鍛え方を学ぶのだ。誰かを鍛えるためには、自分が鍛えられていなければならないのだから。

坂の上に立った久良岐の大神は、腰に手を当てて部下たちに叫んだ。

「トイさんが見ているぞ！　気合い入れろ！」

またしても元町百段に、男たちの声が響き渡った。

都筑の大神

【生年】七世紀ごろ
【離年】一九三九年
【身長】一五五㎝
【職業】新聞記者
【該当する現在の区】旭区・緑区・都筑区・青葉区全域、保土ケ谷区・港北区・瀬谷区の一部
【神器】『先手筆勝《せんてひっしょう》』（筆）
音を文字に書き写せる筆
【主な特徴】
●律令制の時代から、武蔵国に顕現する古い土地神の一人。
●同期の神は、久良岐の大神、鎌倉の大神、橘樹の大神。
●武蔵国の叡智を司る神。
●幅広い人脈を持ち、世界中の噂を追いかけている。
●言動はギャルだが、結構しっかりもの。
●噂を書き記した秘密のノートは、天界から禁書指定を受けている。

都筑の大神のデスクは本が山積みになっていた。英語で書かれた料理の献立帳から新聞記事のスクラップを乱雑にまとめたものまで、種類は多岐に及ぶ。本当なら伊勢佐木町の劇場で新たに始まる舞台を取材しに行く予定だったが、編集長の堪忍袋の緒が切れた。都筑の大神の本が、両隣のデスクを埋め尽くそうとしていたからだ。

「まじ、さげぽよすぎっしょ……」

都筑の大神が新聞社にいるのはまれだ。いつもどこかを飛び回っていて、たまに出社すると本や書類を置きっぱなしにしてまたどこかへ行ってしまう。整理整頓は大の苦手で、デスクの本はどれも見覚えがなかった。

「今日は初日だからハンパないお客さん来るのに、あーしがいないなんてありえねえ」

だるま落としのように、塔になった本の一番下を引き抜こうとすると、雪崩を打って崩れていき都筑の大神は生き埋めになる。

「うええ、またわけわかんなくなったし！　もうドロンしちまおうかな……」

スクラップブックの中から一枚の写真が出てきた。そこには先日のヨットレースの光景が映し出されていた。

「やっべ、これ提出しそびれてた」

古代神器を見つけ出した先の騒動で、都筑の大神は天界へ報告するための写真撮影を行っていた。すべて提出したはずだったが、一枚だけ出し忘れていた。土地神関連の資料は地上に残さない取り決めがあるので、報告漏れがあるとこっぴどくお叱りを受けることになる。うんざりしつつも、写真を見ているとあの騒動が思い浮かんでくる。

「あいつら、よく頑張ってたなあ」

必死な未来の神々の顔を思い出すと、吹き出してしまった。もっと未来の話を聞きたいと思っていたのに、古代神器を見つけ出すと、息つく間もなく未来へ戻っていった。彼らの一生懸命さには、刺激されるものがあった。

都筑の大神は立ち上がって、散らばった本を拾い上げた。

「文句言ってても仕方ないか」

彼らと再び出会うのがいつになるのかは分からない。ただ、いずれ現れる後輩たちのことを考えると、都筑の大神には責任感が芽生えていた。少しずつ先輩として恥ずかしくない所作を身につけていくためにも、片付けを嫌がっている場合ではなかった。

「これ、戒めとして取っておくかな」

写真を胸ポケットにしまい、都筑の大神は書庫に保管する本を台車に載せた。誰もいなくなった新聞社で、本を運ぶ台車の音が夜まで響いていた。

鎌倉の大神

【生年】 七世紀ごろ
【離年】 一九四八年
【身長】 一八〇㎝
【職業】 歌人・俳人・詩人
【該当する現在の区】 戸塚区・泉区・栄区全域、南区・港南区・金沢区・瀬谷区の一部
【神器】 『明鏡《めいきょう》止吹《しすい》』（笛）
音波を操る笛
【主な特徴】
- 律令制の時代から、相模国に顕現する古い土地神の一人。
- 同期の神は、久良岐の大神、橘樹の大神、都筑の大神。
- 相模国の文化を司る神。現在の鎌倉の大神とは別の神。
- あらゆる芸事に秀でる、スーパー遊び人。
- 会と名の付く集まりには、だいたい参加している。
- 好きな漬物はべったら漬け。

鎌倉の大神の秘書は、激務である。気になるものを見つけたらすぐに飛んでいってしまうので、主人に約束を守らせるのは困難を極める。汽車が出発五分前を迎えても、鎌倉の大神がホームに戻ってくる気配はなかった。

かつて人さらいを生業とし、今は鎌倉の大神の秘書を任されている元漁師の男は、駅の時計を何度も見返していた。

「先生はまだ戻ってこないのか?」

他の弟子たちもホームを行ったり来たりしている。汽笛が鳴って発車する直前になり、鎌倉の大神がとぼとぼと歩いてきたので、秘書は汽車に引っ張り込んだ。

「先生! この汽車に遅れたら、仙台の句会に間に合わないと言いましたよね?」

鎌倉の大神は手に弁当箱を持っていた。秘書はさらに注意をする。

「弁当を買いに行かれたのですか? それなら、俺たちが買いに行きましたのに」

「お主らは弁当選びのセンスが終わっておる。しかし、我は納得がいかん。これを見よ」

秘書が弁当のひもを解くと、おにぎりが二つにたくあんが現れた。

「普通の弁当じゃないですか」

鎌倉の大神はおにぎりを頬張って叫んだ。

「あまりにも退屈すぎる! 汽車の旅は非日常。手の込んだものを食べ、心を豊かにするのが大事なのだ」

「なら、先生はどういうものが食べたいんですか?」

汽車は動き出していた。

「我は新鮮な魚が食べたい! 鎌倉の海で獲れた魚を食べながら、次の目的地を目指す。そんな弁当があったらどれだけ幸せだろうか」

いつもなら秘書が呆れるところだったが、元漁師とあって思うところがあった。

「新鮮な魚ですか……。生のまま弁当にしても傷みますから、コハダやサバのように酢で〆ればできなくもなさそうですが」

鎌倉の大神の目が鋭くなった。

「お主、今大事なことを口にした気がするぞ。これからの日の本は汽車が駆け回り、人の行き来も増す。となれば、弁当を食べたがる人も増える。うむ、気分が乗ってきた。仙台に着いたら、向こうの弁当を食べ尽くすことにするぞ」

「頑張ってください」

「何を言っておる。お主が食べて、我好みの弁当を作るのだ。これは、お主の一生を支える仕事になるやもしれぬ」

鎌倉の大神の妄想に付き合わされるのには慣れていた。けれど、美味しい魚の弁当が食べたいのは、秘書も同じ気持ちだった。

汽車は汽笛を鳴らして、鎌倉を離れていった。

旭の神

【生年】一九六九年
（保土ケ谷区から分区）
【身長】一九五㎝
【職業】動物園職員
【人口】約二五万人（市内五位）
【面積】約三三㎢（市内三位）
【名所】よこはま動物園ズーラシア、戸塚カントリー倶楽部など
【神器】『化鳥風月《かちょうふうげつ》』（刀）
動物と感覚（視覚、嗅覚など）を共有することができる

【主な特徴】
●同期の神は、港南の神、緑の神、瀬谷の神。
●保土ケ谷の神は兄。
●横浜の獣を司る神。
●引きこもりがちの兄とは対照的に、社交性に溢れ、気さくで頼りがいがある。
●尊敬する人はムツゴロウさん。
●三日くらい何も食べなくても死にはしないタイプ。

太陽が東の空から顔を出し始めた頃、旭の神のトレーニングルームでは金属音が鳴り響いていた。一二〇キロのベンチプレスを六セットこなし、懸垂、背筋、腹筋の運動を各二〇〇回ずつ行い、仕上げにトレッドミルで一五キロのランを走り終えて朝の日課は完了した。トレーニングルームの窓は熱気で曇っている。プロテインを飲み、汗だくのままシャワールームで冷水を浴びる。

寝坊助な兄・保土ケ谷の神と比べると、旭の神はどんな予定が入っていようと朝早く目を覚まし、トレーニングから一日をスタートする。本人は我流なのであまり効果があるかはわからないと笑っていたが、厚い胸板や瞬発力は日々の努力のたまものであり、風邪というものを一度もひいたことがなかった。

シャワーを終えた旭の神は、フライパンに油を引き、大きなソーセージを焼いていく。軽く焦げ目がつくと、トースターで軽く温めたホットドッグ用のパンに切れ目を入れ、ソーセージを挟んだ。ソーセージの上にケチャップとカレーパウダーをかけ、カリーヴルストドッグが完成した。それに加えてトマトとレタスのサラダに牛乳という朝食をあっさりと平らげ、旭の神は鹿の絵が入ったTシャツとハーフパンツに着替え、ガレージに向かった。大きなピックアップトラックの横に置いてあるロードホッパーを引っ張り出して、家を離れた。

厚木街道を東にしばらく進むと、鶴ケ峰駅が見えてきた。駐車場にバイクを止め、駅ビルに入っていく。ちょうど朝のラッシュ時とあって、駅構内は混雑していた。駅前に大きなタワーマンションが建ってからしばらく経つが、すっかり人で賑わっており、普段、電車を使わない旭の神は、活気のある朝の駅前に意表を突かれていた。

「おっと、感心している場合ではないな」

エスカレーターに乗って、開店前の本屋に近づいた。店頭には横浜大戦争スタンプラリーのコーナーが設置されており、旭の神は思わず鼻の穴が膨らんでしまった。

横浜の大神から横浜大戦争のスタンプラリーを行うという案を提示され、最も喜んでいたのは旭の神だった。普段からサービス精神旺盛な旭の神からすれば、珍しく土地神が直接、民と触れ合える機会だと思い、意気揚々としていたが、案の定保土ケ谷の神に釘を刺されていた。

「握手会を開こう、ってわけじゃないんだからな。スタンプだけ置いて、とっとと帰って来いよ。猿だの鳥だの、余計なお供を連れて行ってはいけないし、店員一人一人捕まえて挨拶なんてするなよ。向こうはただでさえ朝で忙しくしているんだ。邪魔するもんじゃない。大体……」

最後の方はほとんど聞いていなかったが、口を酸っぱくして注意をされていたので、渋々ながら旭の神はおとなしくしておくことにした。スタンプを置くのは造作もないことであり、人との接触も禁じられて旭の神はやることが終わってしまった。

「まったく、店員に挨拶をしたってよいではないか。兄者の石頭は、より強度が増したような気がするな。しかし、これからどうしたものか」

天気が良く、このまま趣味のツーリングに出かけてしまうにはもってこいのシチュエーションであった。浜名湖あたりまで行ってうなぎでも食べてこようか、とプランを練っていると、運転免許の更新はがきが届いていたことを思い出した。

「うむ、思えば今日くらいしか時間が空いていないかもしれないな」

日頃の動物園職員としての生活は多忙を極め、動物の飼育方法について他の動物園から意見を求められることも多い旭の神は出張も多く、明日も福岡で研修指導が決まっていた。せっかくの休日に、事務作業に追われることになればがっかりしそうなものだが、旭の神は免許センターに行くのが好きだった。他の市民からは、横浜駅から少し距離のある二俣川の免許センターは行きにくくて不便と評判はいまいちであったが、旭の神からすれば県民がわざわざ自分の司る区にやってくるのだから、楽しくて仕方がなかった。

「確かいつでも行けるようにはがきをここに入れておいたはずだが」

駐車場に戻った旭の神は、ヘルメットの奥から更新はがきを取り出した。自分の用意のよさになんだか得をしたような気分だった。バイクで免許センターへ向かうと、真新しい建物が姿を現した。刑務所のように暗かった以前の免許センターが嘘のように生まれ変わっていた。感動している場合ではなく、急いで午前の申し込みを済ませ、手続きに入った。

鹿のTシャツのまま写真撮影をし、優良運転者用の講習を行う教室へ案内された。平日にもかかわらず、優良ドライバーは多く、教室は混雑していた。人数がそろうと、教官が入ってきて、優良ドライバーの皆さんは引き続き安全運転を心がけてください、というお褒めの言葉をいただいた。その後、近年の神奈川県における交通事故の発生件数の情報や、自転車を巻き込んだ事故の増加、高齢運転者の免許返納制度の説明など、免許を取った後ではなかなか知ることのできない最新情報が更新され、短い講習ビデオが上映された。

上映が終わり、その場で更新された免許が配られて手続きは終了した。新しい免許を大事そうに財布にしまった旭の神は、せっかくなので技能コースを見に行くことにした。大半の人は教習所で技能試験を終えてしまい、免許センターでは学科試験だけを行うものだが、運転経験があって免許を再取得する人や、一発合格を狙う挑戦者のために二輪と四輪のコースが設けてある。ほかにもペーパードライバーのためにコースを開放する時もあり、旭の神は何らかの事情があって技能コースで運転するドライバーを見るのが好きだった。

動作を一つ一つ確認するように運転していれば仮免試験であり、おっかなびっくり運転していればペーパードライバーのリハビリ。ブレーキが遅かったり、カーブが強引だったり、短い直線でもスピードを出そうとしたりすれば、何が原因で免許を喪失したのかおおよその想像がつく。

土地神が地上で運転したい場合、実際の教習所ではなく天界に申し出れば、人間世界で通用する免許が送られてくる。技能や知識に関しては、地上に顕現する前に試験を済ませているので、申請さえすればすぐに運転ができたが、すべての土地神が運転をするというわけではなかった。

港北の神や鶴見の神、金沢の神はドライブが好きなので、旭の神とはしばしば出かけることがあった。瀬谷の神や緑の神は仕事で軽トラを使うのでやはり車が必要であり、南の神も惣菜の材料を運ぶのに車やバイクを使っていた。泉の神も旭の神と同じくバイク好きで、ツーリング慣れしており、港南の神は子供を乗せるバスを仕事で用いている。

一方で青葉の神や都筑の神は学生という立場上、車の運転は控えており、保土ケ谷の神と戸塚の神、栄の神姉妹以外はペーパードライバーだった。保土ケ谷の神は、そもそも運転する気がなく、戸塚の神と栄の神姉妹は泉の神が運転する車に乗って以来、自分が運転するどころか車そのものに怯える性格になってしまった。

技能コースを見ながら、旭の神は他の神々の運転を思い返して、笑みがこぼれる。運転には、本人が意図せぬ個性が姿を現す。その変化を観察するのが旭の神は好きだった。

「しばらくみなとドライブに行っていないな」

神々とドライブをするといっても、行先は関東近郊に限られ、基本的には日帰りになる。土地神の旅行は厳しく制限され、それが十八人同時となれば、おそらく許可が下りることはない。それでも、旭の神はいつか全員で横浜を飛び出し、旅先の土地神と親交を深めたいと思っていた。それがいつになるのかわからなかったが、その夢が日々忙しい仕事をこなす旭の神を支えていた。

どこへでかけようか妄想を膨らませていると、携帯電話が震えた。メッセージが届いていて、送信元は鶴見の神だった。七時から飲み会をやるので来い、とだけ書かれたメッセージだったが、自分が他の神々のことを考えている時に、自分もまた誰かから思われていることが嬉しかった。

「うむ！　旅に出るのは先になるかもしれんが、せめてみなで呑むことは続けようぞ！」

免許センターを出て、バイクのエンジンをかけながら、旭の神は旅行の案を話したら、みなはどこに行きたがるだろうと考えていた。気が付けば試験が終わったのか、免許センターからぞくぞくと若い人々がやってきていた。嬉しそうな若者たちを見ながら、バイクにまたがった旭の神はにこやかにつぶやいた。

「みな、安全運転でドライブを楽しむのだぞ」

そう言って、旭の神を乗せたバイクは低いエンジン音を響かせながら新米運転者が集まる施設を離れていった。

保土ケ谷の神

【生年】一九二七年
【身長】一七三㎝
【職業】無職（名目上は大学生）
【人口】約二一万人（市内九位）
【面積】約二二㎢（市内一一位）
【名所】横浜国立大学、保土ケ谷球場、旧程ケ谷宿など
【神器】『硬球必打《こうきゅうひつだ》』（金属バット）どんな悪球もホームランにする魔法のバット

【主な特徴】
●横浜最古参の土地神の一人。●同期の神は、鶴見の神、神奈川の神、中の神、磯子の神。●旭の神は弟。●横浜の学問を司る神。●いつも昼頃に目を覚まして大学の講義をさぼっている。●飲み会の参加率は九割。●土地神の人間界への干渉に消極的。●偏屈ではあるが、人心掌握に長け、軍師としての才に秀でている。●カナヅチ。

スマートフォンが、朝の九時を告げていた。愛想のないアラームが鳴り響き、保土ケ谷の神は布団からにゅっと頭を出す。いつもより早い起床時間で、頭がぼうっとしている。アラームを消して、出かける支度をするかと思いきや、布団に寝転がったままソーシャルゲームのアプリを起動し、起きる気配は皆無だった。

「いかん、こんなことをしている場合じゃねえ」

我に返った保土ケ谷の神は、スマホをソファに投げつけ、布団をたたみ、洗面所で顔を洗い、歯を磨いた。朝食は、食べたり食べなかったり。早く起きれば近くのコンビニでおにぎりやサンドウィッチを買うこともあるが、大半は昼前に起きるので朝昼兼用になる。

今日は久々の早起きだったが、食欲はあまりない。ひとまず家を出ることにし、クローゼットを開けた。

野球チームのロッカーと見間違うほど、ベイスターズやホエールズのユニフォームがずらりと並んでいた。その日の天気や気分で、どの選手のユニフォームに袖を通すかを変えている。今日はよく晴れていて、風が心地よい。なんとなく足の速い選手の服が着たかったので、ポンセのユニフォームを選び、荷物の入った袋を持って家を出た。

最寄りの停留所からバスに乗り、馬車道で降りた。関内の駅前にあるビルに入って、上の階にたどり着くと書店の片隅に設置されていた横浜大戦争スタンプラリーなるコーナーを見つけた。それを見て、保土ケ谷の神はため息をつく。

「俺たちは本気で戦ったってのに、どうしてこう面白おかしくキャンペーン展開されにゃあかんのだ」

ぶつぶつと文句を言いながら、保土ケ谷の神は持ち出した荷物の封を解いた。中にはスタンプとスタンプ台が入っており、せっせと設置していく。

「どうして土地神の俺がスタンプを設置しなきゃいけないんだよ。土地神は人間に見つかっちゃいけないんじゃないのか？　それをこともあろうに書籍化した挙句、スタンプ巡礼までさせるなんざ、上の考えていることはよくわからん」

スタンプラリーのスタンプを設置しろという命を、横浜の大神から受けてもまるで納得ができなかった。しかし、他の神々の大半が嬉々として賛成したのでしぶしぶ同意したものの、こんな雑用まがいのことをさせられて、保土ケ谷の神は不平の一つでもこぼさなければやっていられなかった。

「金沢の野郎なんかにこんなことをやらせたら、ろくなことにならんぞ。緑は緑で、せっかく来てくれた人たちに何かお土産を用意しなきゃ、なんて言ってんだから手に負えん」

愚痴を言っている間に任務は完了してしまった。書店はすでに営業を始め、近くのカフェも通勤前の客で賑わっている。朝のせわしない雰囲気を見るのは、久々だった。

「朝早くからてきぱき動いてるなあ。なんだか肩身が狭くなってくるぜ」

自分のスタンプをわざわざ押しに来てくれる人がはたしているのか、見当もつかなかった。仮にいてくれたならば、悪い気はしない。だが、スタンプの近くで、お客さん一人一人に目を光らせるわけにもいかず、保土ケ谷の神は書店を後にした。

高校生たちが通学する様子を眺めながら、保土ケ谷の神は思い切り伸びをした。

「こんなにあっさり終わっちまうとはな。さて、どうするかな」

コンビニで何か買っても良かったが、まだお腹は空いていない。今日は他の神たちも同じ業務に徹しているので、誰かを誘うわけにもいかない。

大学で講義を受けるという至極真っ当な選択肢もあったが、早起きをして体調が悪いのでとても九〇分の講義を受けられる自信がない。講義というのは最高の状態で受けるべきものであって、具合が悪い時に出席したところで何も頭には入らないし、何より教壇に立つ教授たちにも失礼にあたるというものだ。

「よし、今日は自主休講だ」

関内の周辺は通勤客が多く、どうにも余所者のような気がしたので、再びバスに乗って保土ケ谷駅まで戻った。帷子川沿いをまっすぐ進み、天王町の駅を越え商店街に出た。飲み屋が多いので、まだ通りは半睡といった感じだったが、駅前の八百屋には買い物客がおり、一日はすでに始まっていた。

そのまま橋を渡り、神社で軽くお参りを済ませると、八王子街道の先に、松原商店街が見えてきた。

「そういや朝の松原商店街なんて、しばらく行ってなかったな」

これ幸いとばかりに信号を渡り、客で賑わう商店街に潜り込んでいった。八百屋や魚屋は、新鮮な三浦のキャベツや、今朝獲れたばかりのアジを威勢のいい声で売り込んでいる。保土ケ谷区でも随一の商店街は、午前中がもっとも賑わう時間帯であり、保土ケ谷の神は目を光らせる客たちの勢いに少し押されていた。

「こう色々と見ていると腹が減ってくるな」

お茶屋さんや、惣菜屋を見てぶらぶらしているうちに、だんだんと空腹を自覚し始めていた。近くの家系ラーメン屋に入るのも良かったが、せっかく新鮮な魚を見たのだから、今日は魚を食いたい。煮付け定食なんかがあれば、最高だ。

通りを抜け、辺りに目を光らせていると保土ケ谷の神の願いを叶えるかのように、ちょうど中から暖簾を持った店主がやってきて、寿司屋が現れた。それを見た客が意気揚々と入店していく。

朝食抜きで寿司を食うというのは、なかなかの罪悪感だ。だが、昼前なのに客が入っていく店に、入らないという手はない。後に続けと言わんばかりに、雄々しい足取りで保土ケ谷の神は寿司屋に入り、ランチの握りセットを注文した。赤身の漬けとコハダがうまかったが、素朴な河童巻きを最後に食べて、この店に入ったことが正解だと痛感した。

腹を満たして、さてどうするべきか。読みかけの本は家に置いて来てしまった。

「食後の運動がてら、歩くとするか」

松原商店街を後にし、相鉄線沿いをふらふらするうちに、ここまできたら保土ケ谷公園まで歩いていこうと決めた。星川の駅から道なりに進んでいくと、傾斜の急な坂が現れた。それを見て、保土ケ谷の神は歩きにしたことを早くも後悔する。

「やっぱりバスにすりゃよかったかな」

横を走る市営バスがよいしょと気合いを入れるようにギアを入れ、坂道を登っていく。少し戻ってバスに乗る手もあったが、坂の上からジョガーたちが気持ちよさそうに走ってきた。若い人もいたが、仕事をリタイアしたと思われる男性も足には筋肉がしっかりついており、それを見て保土ケ谷の神はバスに乗る選択肢を捨てた。

秋になればイチョウの葉と銀杏だらけになる坂道を、のんびりと歩いていく。遊具のある広場では、母親と幼稚園に入る前の子供が砂場で仲良く遊んでいた。風もあって心地よい空気だったが、何より傾斜がきつい。坂を登り終えると、額に汗が滲んでおり、噴水広場の自動販売機でスポーツドリンクを買った。

平日だったが、広場は賑わっていた。奥に見えるアートホールで演奏会をやっていたのか、楽器ケースを背負った人たちがぞくぞくと戻ってきている。噴水を見ながらスポーツ飲料を体に染み込ませていると、だんだん眠気が襲ってきた。見れば、自分と同じように午睡する人の姿もある。

「目を閉じて、横になるだけだから。別に、眠るわけじゃないから」

誰に言い訳をしているのかさっぱり分からなかったが、うとうとしているとすぐに保土ケ谷の神は眠りについてしまった。

またしてもスマホが鳴り響いた。むくりと体を起こすと、日が暮れかけていた。

「げっ、こりゃ寝すぎじゃねえか」

震えたスマホを確認すると送り主は鶴見の神だった。七時から鶴見で飲み会をするので、参加するように、という旨が書かれていた。

「なんで鶴見なんだ？」

横浜の土地神の飲み会好きには、保土ケ谷の神も呆れるばかりだ。

「何かにつけて、あいつらは呑んでばっかじゃねえか。こっから鶴見に行くのもかったるいんだぞ」

そうぶつぶつと文句は言うものの、保土ケ谷の神は楽しそうだった。

「参加者の少ない飲み会ほど寂しいもんもないからな。土地神の願いを叶えてやるのも、土地神の仕事ってもんだ」

大きくあくびをした後、バス停に向かい、横浜駅を目指した。バスを待ちながら、保土ケ谷の神は、ふと思った。特に何をするわけでもないが、今日はそんなに悪い日じゃなかったと。

帰りの学生を乗せたバスに乗り、保土ケ谷の神は夕暮れの公園を離れていった。

西の神

【生年】一九四四年
（中区から分区）
【身長】一八〇㎝
【職業】バーテンダー
【人口】約一〇万人（市内一八位）
【面積】約七㎢（市内一八位）
【名所】横浜駅、横浜美術館、横浜ランドマークタワー、みなとみらいなど
【神器】『神之碇《かみのいかり》』（碇）
伸縮自在の鎖がついた巨大な碇

【主な特徴】
● 戦中生まれの神。
● 中の神は姉。
● 横浜の海運を司る神。
● 寡黙で感情を表に出さないが、姉である中の神を敬愛している。
● 生真面目な性格で、あまり社交を好まない。
● やや自暴自棄な傾向。

最後の客を見送って、西の神は外の看板を店の中に入れた。時刻は朝の五時。西の神が経営するバーに閉店時間はなく、最後の客が帰った時が店じまいであった。朝まで呑んでいた客はぐでんぐでんになって帰るかと思いきや、しっかりと西の神に礼を言って帰っていった。

早寝早起きに越したことはない、というのが西の神の基本的な考え方ではあったが、誰しもその原則で生きられるわけではない。明け方まで呑まなければ眠れない事情を抱えた人間もいれば、朝になっていることに気付かないまま酒を呑んでしまう人間もいる。西の神がバーテンの仕事を選んだのは、人間社会にかかわりつつもあまり話さなくて済む、というそれだけの理由だった。だが、西の神が生み出す沈黙は、客たちに安心感を与えていた。

今日もまた安らぎの沈黙に満足した客を見送り、西の神は食器を洗って、グラスをふきんで拭き、棚にしまうとふうと息を一つはいた。店の二階にあるシャワールームで軽く汗を流し、ワイシャツと黒のコットンパンツに履き替え、外に出た。

すでに通りには通勤客や学生が歩いていて、一日が始まっている。西の神は帷子川を渡って、夜明けの横浜駅に出た。今日は珍しく横浜の大神から指令を受けていた。今から帰って中途半端に寝るくらいなら、もう少し起きて仕事を片付けてしまったほうが楽だった。

駅の近くにある喫茶店でレタスサンドとコーヒーを注文し、

二階の隅の椅子に座って、軽い朝食を摂った。仕事終わりに食事を摂ることはめったになかったが、これから仕事に向かう人々と朝食を共にするのは、なんだか妙な気持ちだった。仕事に急ぐわけではないので、読みかけの文庫本をめくりながら静かな時間が過ぎていく。

横浜駅の近くにある喫茶店なのだから、さぞ忙しい客ばかりかと思いきや、そういうわけでもない。早起きの老人が、通勤客に目もくれずに新聞を読みふけっていれば、ノートパソコンとにらめっこしたまま微動だにしない小太りの主婦の姿もある。いろんな客がいることに、西の神はほっとした。

のんびりしていると時刻は九時を過ぎ、約束の時間が近づいていた。トレイを戻して店を出た西の神は階段を降り、迷路のような地下道を進んで開店前の横浜そごうに近づいた。

横浜大戦争のスタンプラリーに使うスタンプを設置せよ、という命を受け、西の神は虚を衝かれた。西の神からすれば醜態ともいえる横浜大戦争をキャンペーン展開するなどもってのほかではあったが、あれから時間が経った今、あの戦いを隠したいという気持ちにはなっていなかった。時間は、彼を少しだけ落ち着かせていた。

最後まで保土ケ谷の神はキャンペーンに反対していたが、横浜の大神の、こんな話が現実の出来事だと思うほど、民は間抜けだと思っているのか？　という一言に、全員の土地神が思わず納得してしまい、スタンプを設置しにいくミッションが課せられることとなった。

そごうに入り、上の階にやってくると開店の準備をしている店の前にはすでに、横浜大戦争スタンプラリーの台が設けられており、後はスタンプを置くだけだった。任務は一分足らずで終わりを迎えた。忙しそうにしている店員に礼をすると、ぽっかりと時間が空いてしまった。

「どうしたものか」

どのみち今日は休業日だったので、せっかくのオフなのだから何か有効活用したかった。五番街に出て、ぶらぶらと歩いているとハマボールが見えてきた。

「ボウリングか」

夜勤明けにボウリングなど、他の神々が聞いたら卒倒しそうであったが、疲れ知らずの西の神は迷いなくボウリング場へ足が向かっていた。

建て替えられたことにより、以前に比べすっかりきれいになった施設を見ながら、西の神は小さくつぶやいた。

「スケートリンクがあった頃が懐かしい」

開店間もないボウリング場はほとんど貸し切りで、西の神はテンポよく二ゲームをこなした。平均は二〇〇超え。肩を回しながら、まだ腕が鈍っていないことを確認した。よく見れば、遠くのレーンで同じように一人黙々とピンを倒し続ける中年男性の姿がある。常連らしく、スコアにはストライクが並んでいた。常連のフォームをじっくりと観察してから三ゲーム目に臨むと、今日のハイスコアをたたき出した。

「やはり常連に学ぶこと多し、といったところか」

ゲームに満足した西の神はシューズを返却すると、下の階に温泉施設があることに気付いた。温泉にももちろん興味はあったが、それ以上に西の神を引き付けたのはマッサージの文字だった。

「体をほぐしてもらうのも悪くないな」

階を移動し、スパの入館手続きを済ませ、マッサージの予約をした。温泉よりも先にマッサージに駆け込む客も珍しいだろうが、西の神は揺るがなかった。愛想のいい女性の店員に案内され、マッサージ台にうつぶせになると、体にオイルが塗られマッサージが始まった。あまり眠くならない体質の西の神であったが、マッサージが始まって数分すると店員の説明も聴き取れなくなり、気付けば深い眠りについていた。客が眠りに落ちることに慣れている店員は、入念に西の神の体をほぐしていった。

声を掛けられるまで、西の神はぐっすり眠ってしまい、施術が終わったことを知ると、店員に礼を言った。

「ありがとう。眠るつもりはなかったのだが」

今温泉に浸かると本気で眠ってしまいそうだったので、それは次回に持ち越すとしてスパを後にした。時刻は昼を過ぎており、本格的な空腹がやってきていた。それを感じた矢先に、下の階に焼き肉屋があることに気付いた。流れるように施設を利用している自分に、西の神は笑ってしまった。

「つくづくよくできた施設じゃないか」

焼肉という選択肢は、まったくもって悪くなかった。むしろ、最善の選択とさえ言っていい。

「今日はここの申し子になってやろう」

軽い足取りで焼き肉屋に入り、ランチのセットに加えて、牛タンとロースも追加で頼んでしまった。一瞬ビールという選択肢もよぎったが、さすがにそれはやりすぎだった。スタンプ設置という簡単な仕事で、大はしゃぎなどしてしまえば、飲み会中毒の他の神々と何も変わらない。

ちょっぴり豪華な昼ご飯を終え、そろそろ家に帰ろうかと思った矢先に、西の神のスマホが震えた。メッセージが一件。送り主は鶴見の神。内容はシンプルで、七時に鶴見で飲み会をやるから四の五の言わずに来い、というものだった。

「何かにつけて呑んでばかりのやつらだ」

横浜大戦争以降、事あるごとに飲み会を開催する神々に、西の神は心底うんざりしていたものの、今日はいつもとは違う休日を過ごしたせいか気分がよかった。

「帰って眠りたいところだが、行ってやらないこともないか」

おそらく自分以外の神々も、スタンプ設置の仕事をあっけなく片付けて暇を持て余しているだろう。各々がどんな時間を過ごしていたのかは、少しだけ興味がある。それに、マッサージと焼肉を終えた西の神は、体力が回復していた。

「もう一軒のボウリング場にも顔を出してみるか」

一日に二軒もボウリング場をはしごしたとなれば、土産話には十分だろう。

横浜の他の神々と似たような、ただでは転ばない性格になってきている自分に呆れてはしまうものの、それほど悪い気もしなかった。帷子川を越えて、西の神は、四ゲーム目を行うべく、もう一軒のボウリング場へ向かっていった。

中の神

【生年】一九二七年
【身長】一七〇cm
【職業】シスター
【人口】約一五万人（市内一五位）
【面積】約二一㎢（市内一二位）
【名所】横浜赤レンガ倉庫、横浜中華街、山下公園、元町、伊勢佐木町、関内、山手など
【神器】『銃王《じゅうおう》無尽《むじん》』（銃）命中率の高い銃

【主な特徴】
●横浜最古参の土地神の一人。●同期の神は、鶴見の神、神奈川の神、保土ケ谷の神、磯子の神。●西の神は弟。●横浜の慈愛を司る神。●思いやりがあり、横浜の土地神の精神的支柱。●他者への愛を優先するあまり、自分をおろそかにしがち。●本気で怒るととっても怖い。

中の神がオルガンのふたを閉め、朝の礼拝は解散となった。毎朝祈りに来るのは、みな近所のおばあさんで、全員が帰路に就いたのを確認してから、中の神もチャペルを後にした。

朝に讃美歌を弾くのは、中の神の一日において大切な時間だった。指の運びでその日の体調が分かったし、小さな声で、つたなくとも、一生懸命歌を歌おうとする参加者の声に耳を傾けるだけで、一日の始まりを感じることができた。

チャペルから歩いてすぐの家に戻り、朝食の準備に取り掛かる。昨日買っておいたウチキパンのイングランドをブレッドナイフで食べやすいサイズに切り、トースターで焼いている間に、ゆでたブロッコリーとアスパラでサラダを作った。いい匂いのするパンを斜めに切り、その間にマスタードを塗って焼いたベーコンとレタスを挟んでもう一品もできあがり。マグカップにティーバッグを入れ、お湯を注ぎ、一人にしては豪華な朝食の完成だった。

中の神の朝食にはファンが多く、西の神はもちろんのこと、磯子の神や南の神なんかも時折顔を出して、ぺろりと平らげてしまうほどだった。しっかり朝食を摂って、中の神は一息ついた。普段なら家事をこなして読書でもしているうちにお昼になるが、今日はそういうわけにもいかない。横浜の大神から命を受けていたからだ。

横浜大戦争スタンプラリーのスタンプを書店に設置せよ、という指令を受け、中の神は驚きこそしたものの反対はしなかった。中の神としては土地神が民のそばについていることを知ってもらいたい気もしたのだ。むろん、横浜大戦争はフィクションとして伝えられているので、実際に自分たちのような土地神がいることなど、誰も信じないだろうけれど、それでも、中の神は他の神々に比べて、民と寄り添いたい気持ちが強かった。

弟の西の神には口を酸っぱくして注意をされていた。

「いいですか、姉上。たとえ目の前で姉上のスタンプを押す民がいたとしても、握手をしたり、一緒に写真を撮ったりしてはいけませんからね」

言われなくてもわかっています、とすねたように反論したものの、いざこのスタンプをわざわざ押しに来てくれる民を目の前にしたら、やはり飛びついてしまうかもしれない。

「わたしはあくまでスタンプを置きに行くだけなんですから！」

頭を抱えながら体を揺さぶり、中の神は興奮を抑える。目立たないようにするべく、修道服から白のワンピースに着替え、網のサンダルを履き、家を出た。山手の坂を下って、石川町の駅から京浜東北線に乗って一駅。関内駅で降りて、地下道を抜けると伊勢佐木町に出た。指定された書店はすぐ近くにあり、中の神もよく足を運ぶ店舗だった。店は開店前で、入り口の花屋では販売用の生花の準備をしている。スタンプと別に持たされた販売員証を見せ、店舗に入るとスタンプラリーのコーナーが見えてきた。これだけの準備をしてくれた店員に一人ずつ礼をしたい気分ではあったが、みな忙しそうにしていて、接触も禁じられている。

「はあ、できることならここに住み込んで、スタンプを押しに来てくださる方たちをこの目に焼き付けたいものです」

このままスタンプ台の周りをうろうろしていても営業の邪魔になるだけだったので、店に深々とお辞儀をして中の神は泣く泣くその場を後にした。

「これからどうしましょう？」

今日は何の予定も入れておらず、日々あわただしくしている中の神にとっては珍しく完全なオフだった。せっかくなら普段できていないことをしようと思うや否や、中の神の足はバス停に向かっていた。

本牧で下車して、しばらく住宅街を進んでいくと三溪園の看板が現れた。開園して間もない時間なので、人もまばらだった。中の神は、外でゆっくりしたい時、頻繁に三溪園を訪れていた。横浜の都心に近いにもかかわらず、広大な敷地を有する三溪園は、季節に応じて様々な姿を見せるので、自然が好きな中の神からすれば楽園のような場所だ。

大池は静かに水をたたえ、吹き込んでくる風が心地よい。内苑に向かい、室町時代や江戸時代に作られた建造物に目をやる。何度も訪れているはずなのに、丁寧に管理されている古い建物には、神さえもうなってしまう風格があった。

温故知新とは中の神が愛する言葉であり、どの建物もかつては茶室や邸宅として用いられ、そこに人が生きていた歴史の重みは、襟を正されるような気分であった。一通り園内を歩いてしまうと、自然に足は茶屋へと向かっていく。中の神が三溪園を愛するのは庭園の美しさもさることながら、茶屋の逸品があるからだった。長椅子に腰掛け、注文を取りにやってきたおばさんに中の神はうれしそうに言った。

「おだんご、二本いただけますか?」

三度の飯よりおだんごが好きな中の神にとって、何よりの幸福であった。大池を見ながらおだんごをほおばり、散歩にやってきた老夫婦や外国人観光客を見ていると、つくづく自分の生きている時代は平和なのだと実感した。

「少しでも、今日のような日が続きますように」

感謝しておだんごを食べ終え、中の神は静かに祈った。すると、金髪にワンピース姿の中の神を外国からのお客さんだと思ったおばさんは、食器を片付けながら笑った。

「お祈りしちゃうほどおいしかったかしら?」

祈る姿を見られていて、中の神は顔が赤くなる。けれど、言われたことは間違いではなかったので、はっきりとうなずいた。

「はい。ここのおだんご、大好きなのです」

「あら、うれしい。そう言ってくれると、一生懸命作ったかいがあるわ」

おばさんは新しいお茶を入れてくれた。最近は、ゆっくりと池を眺めるような余裕を持てていなかった。神とて忙しくしていれば、心は貧しくなるし、疲れは余計な不安も生む。神だからこそ、のびのびとしないといけないと考えると、普段から遊びに熱心な神奈川の神や金沢の神を見習わなければいけないような気がした。

店を出て、池の近くのベンチに腰掛けながら、中の神は背中を伸ばした。

「こんなにのんびりしちゃっていいんでしょうか」

せっかく三渓園に来たのなら、他の神々も誘えばよかったかもしれない。なんだか楽しさを独り占めしてしまっているような気持ちでいると、携帯電話がぷるぷると震えた。画面を開くとメッセージの送り主は鶴見の神で、七時に飲み会をやるから来い、とだけ雑に書かれていた。

メッセージを読みながら、中の神は口に手を当てて笑った。

「みんな、わたしと同じみたいですね」

ベンチから立ち上がり、もう一度伸びをして中の神は息を吐いた。

「よし、今日はわたしも呑みますよ!」

誰に向けるでもなく、中の神は気合を入れてしまった。

「せっかく来たのですから、みんなにお土産を買っていかないと」

横浜の土地神に三渓園のお土産を買っていってありがたがられるかはわからなかったが、プレゼントやサプライズが好きな中の神に、どこかへ出かけて何も買わずに帰るという選択肢はあり得なかった。

土産物屋でお菓子を買い、バス停に向かうと日が傾きかけていた。横浜駅行きのバスに乗り、本牧を後にする。一番後ろの席に座った中の神は、お土産の袋を抱えながらうとうとしてしまっていた。

窓によりかかりながら、西日を浴びた中の神は穏やかな笑みを浮かべながら、淡い眠りについていた。いつもとは少しだけ違う休みに満足した神を乗せて、バスは桜木町から横浜駅へと向かっていくのであった。

港北の神

【生年】一九三九年（神奈川区と都筑郡から分区）
【身長】一八二㎝
【職業】商社マン
【人口】約三五万人（市内一位）
【面積】約三一㎢（市内五位）
【名所】新幹線新横浜駅、日産スタジアム、横浜アリーナ、新横浜ラーメン博物館など
【神器】『閃光一車《せんこういっしゃ》』（鍵）自動車の最大限のパフォーマンスを引き出すキー

【主な特徴】
●同期の神は、戸塚の神。
●緑の神は妻、都筑の神と青葉の神は娘。
●横浜の家内安全を司る神。
●ワーカホリックであり、人間界に紛れてバリバリ働く。
●働き過ぎるあまりすぐ出世してしまうので、転職を繰り返している。
●趣味はドライブであり、愛車は日産スカイライン。

朝五時の目覚ましが鳴る前に、港北の神は目を覚ましていた。スマホのアラームを消し、パジャマからランニングウェアに着替え、早々と家を出た。夜が明けて間もない朝にジョギングをするのは、港北の神の日課だった。体質なのか、どれだけ遅く寝ても朝に目が覚める。保土ケ谷の神は寝坊ばかりして、いつも旭の神や戸塚の神からちくちく言われていたけれど、港北の神からすれば一度でいいから寝すぎてみたいものだった。

朝はジョギングに適している。何より交通量が少ないので、大きい道も走りやすい。毎朝柴犬を散歩させているおばあさんに挨拶をし、港北の神は軽快な足取りで鶴見川に出た。川沿いを綱島の駅近くまで下って、戻ってくるのがいつものルートだった。ジョギングから戻ってシャワーを浴び、お湯を沸かしている間にトーストを焼いた。新しく買ってきたブルーベリーのジャムのふたを開け、ボウルいっぱいに入れたレタスとトマトに、レモンビネガーと塩をかけ、朝食が完成した。雨が降ろうと雪が降ろうと、港北の神はきちんと朝食を摂ることに生きがいを見出していた。

時刻は六時過ぎ。いつもなら出社している時間だったが、今日は急ぐ必要もない。横浜の大神から、横浜大戦争スタンプラリーで使うスタンプを指定の場所に設置する命が下っていたからだ。まさか自分たちの雌雄を決した横浜大戦争が、こんなキャンペーン展開になっているなど、思いもよらなかった。

予定の時間よりはだいぶ早かったが、家にいても落ち着かなかったので、港北の神はマンションの地下から自分の車を出した。朝の道路は比較的空いている。綱島駅の近くにある駐車場に車を止めた。一件目は綱島の駅前にある書店で、地下へ続く階段を降りていくと、横浜大戦争スタンプラリーの台が設置されており、足りないものはスタンプだけだった。

店員は本の搬入であわただしく駆け回っており、挨拶する暇もない。港北の神は、持ってきたスタンプを台に設置し、もしかしたら何か起こるのかもしれないと思って身構えた。わざわざ大神が自分に直接出向けと命令したのだから、危険が伴うことも考えられる。だが、スタンプが発光したり、爆発したりすることはなく、押されるのを待っているだけだった。

「大丈夫そうだな」

店に別れを告げ、港北の神は車で港北インターチェンジを越え、横浜市を抜けて小田急多摩線の栗平駅の近くの駐車場に止まった。辺りは多摩丘陵らしい、山坂の多い地形をしており、港北の神は親近感が湧いていた。

指定された店舗は開店しており、そちらにもスタンプを設置したが、やはり何か特別なことは起こらず、港北の神は胸をなでおろした。

「終わっちゃったな」

港北の神は肩透かしを食らったような気分だった。自分がやれば、十八のスタンプをすべて午前中に設置することだってできたけれど、それは他の神々からやめろと言われてしまった。今日は仕事の予定も入れていないので完全なオフだ。せっかく多摩にいるのだからゴルフの打ち放しにでもいこうかとも思ったが、あいにく手ぶらで出てきてしまっていた。

駐車場に戻り、スマホを見る。誰からの連絡も入っていない。今日は誰からも連絡がこないよう、会社の仕事は全て片付けてきたのだから当然だったが、いつもならひっきりなしに鳴っているスマホが静まり返っているのは何か落ち着かなかった。

「いかんなあ、また仕事のことばっか考えちゃってるよ」

緑の神たちに連絡を取ろうにも、妻や娘たちも同じミッションを与えられているので、邪魔するわけにもいかない。

「たまの休みなんだ。普段できないことをやらないとな」

切り替えの早い港北の神は、広範囲に広げた車のナビを見ながら作戦を練った。そういえば最近はジョギングばかりでプールに行けていない。スイミングをしに行くのも悪くない。その時、車で栗平の駅に向かう途中に見た温浴施設の看板を思い出した。

「温泉かあ」

そういえば港北インターチェンジの近くにある温泉に、まだ行ったことがなかった。体を動かすことばかり考えていたけれど、ゆっくりしたって何の問題もないのだ。これ幸いとばかりに、港北の神は川崎市を後にし、スーパー銭湯の駐車場に車を止めた。

靴をロッカーに預け、入り口で入館券と引き換えに館内着をもらい、さっそく男湯を目指した。港北の神は、土地神にしては珍しく守護する土地を離れて出張することを許されているので、時に温泉地の近くに行くこともあったが、仕事だけしてとっとと戻ってきてしまうので、神奈川の神や金沢の神から、なんてもったいないんだと怒られることもしょっちゅうだった。

別に温泉が嫌いなわけではない。なるべく港北の地を離れていたくないという思いからの行動だったが、自分の勤勉さはなかなか理解されないものだ。

ちょうど開店と同じタイミングで入ったが、意外にも客はいる。しかも老人だけでなく、学生やサラリーマンと思しき客もいて、平日の朝に温泉へやってくる客たちの事情は様々なようだった。洗い場で髪と体を洗ってから、露天風呂を目指した。

関東特有の黒いお湯に浸かると、じんわりと体が温まってくる。シャワーでは流しきれない心の汚れが、全身からすっと抜け落ちていく。こんな近くにあるのに、どうして今まで利用しなかったのだろう。行楽が嫌いなわけではないのに、いつも仕事を優先させてしまう自分の貧乏性を呪うばかりだった。

そんな自分を戒めるべく、港北の神はサウナの門を叩いた。すでにサウナの主とも思しき老人が、腕を組んだまま目をじっと閉じており、修行洞のような雰囲気に包まれている。いくら神だからといって、熱さや痛みを感じないわけではない。サウナに入ればしっかり熱いし、水分を摂らなければ脱水症状にもなる。あまり無理をするわけにもいかなかったが、寡黙な老人に後押しされて、港北の神もじっと目を閉じ、汗が流れ落ちるのをただ待った。

どれだけ時間が経っただろう。まだいける、を五回ほど繰り返したあたりで、限界が近いのを感じていた。すでに何人かの新参者が入ってきては、音を上げて出て行った。横を見ると、老人は目を閉じたままずっと熱さに耐えている。できればこの老人より後に出たかったが、これ以上の根競べは今後にかかわる。汗で濡れる手をぎゅっと握りしめ、外のシャワーで汗を流し、水風呂に浸かった。

血管が収縮するこの水風呂がはたして本当に健康に良いものなのか、港北の神にはわからなかったが、心地よいのだけは確かだった。しばらくすると、サウナから主がのっしりとした足取りで出てきて、水風呂に入ってきた。

同じ熱さに耐えた仲間として、もはや他人のような気がしないでいると、老人が港北の神に話しかけてきた。

「あんた、なかなか根性あるねえ」

老人は水で顔をすすいだ。

「結構頑張ったんですけど、限界でした。よく、いらっしゃるんですか？」

港北の神は老人をたたえるように言った。

「毎日来てるよ。年金が入った日は、そばで一杯ひっかけるのがたまらんくてね」

温泉の先輩に別れを告げ、着替えていると小腹が空いたことに気付いた。

「そばか」

老人がつぶやいたそば、という言葉が忘れられず、横の食堂に入って港北の神はざるそばを注文していた。思わずビールも追加しそうになったが、土地神が飲酒運転で捕まるわけにもいかない。食堂には風呂上がりのビールを楽しむ客のほかにも、子連れの客が一緒にアイスを食べていて、平日なのか休日なのか分からなくなってくる。

いつもは一分一秒を刻みながら生きていたが、たまの休みにこういう時間を過ごすのも悪くはなかった。何より、人の営みを味わったような気がしていた。

食後の満腹感から、うとうとしているとスマホが震えた。鶴見の神からメールが入っていて、七時に鶴見で飲み会を開く、とのことだった。これはしめた。ここで呑みそびれた酒を、堂々と呑めそうだ。それに、夜なら妻や娘たちも任務を終えているに違いない。

さっそく、妻と娘たちに一緒に向かう連絡をしよう。メールを打ち終えて、ロッカーから靴を取り出し、施設を出て思わず伸びをした。すると、さっきの老人が横を通り過ぎた。港北の神が何も言わずに会釈をすると、老人も小さく首を曲げて挨拶をして、歩いていった。

「ととのったなぁ」

駐車場へ向かう港北の神の足取りは、温泉の効能のせいかいつもよりも軽かった。

緑の神

【生年】一九六九年（港北区から分区）
【身長】一五八㎝
【職業】農家
【人口】約一八万人（市内一二位）
【面積】約二五㎢（市内八位）
【名所】四季の森公園など
【神器】『森林沃《しんりんよく》』（帽子）
植物の成長を促す帽子

【主な特徴】
- 同期の神は、旭の神、港南の神、瀬谷の神。
- 港北の神は夫、都筑の神と青葉の神は娘。
- 横浜の豊穣を司る神。
- おっとりとして鈍くさく、それでいて憎めないタイプ。
- 料理上手であり、自宅の庭で沢山の野菜を育てている。
- 得意なスイーツはにんじんプリン。

畑に朝日が差し込み始めた時、緑の神はキャベツを収穫していた。川の向こうの線路に、始発の横浜線が見えると朝の仕事を終える頃合いだった。キャベツをダンボールに箱詰めしていると、一台のトラックが近づいてくる。

緑の神が麦わら帽をとって、トラックに手を振ると若い男の運転手は少し照れ臭そうに笑って朝の挨拶をした。

「ご苦労様です。少し早かったですかね？」

「おはようございます。ごめんなさい、今朝は代わってもらっちゃって」

緑の神がぺこりとお辞儀をすると、若い男は帽子をとってキャベツの入った箱を車に載せた。

「全然大丈夫っすよ。それにしても、精が出ますね。この畑は一人でこなせる広さじゃないですよ。向かいの畑なんて、二人でやってるのにこの半分くらいの量しかないんですから」

普段はおっとりしているのに、畑仕事となるときぱきこなしてしまう緑の神を、若い男は尊敬の眼差しで見つめていた。東京の企業に勤めている夫と、二人の娘がいることは若い男も知っていたが、一緒に住んでいるわけではなさそうで、この人妻は少し不思議な存在だった。

謙遜するように、緑の神は小さく手を振った。

「たくさん作ったから偉いというわけではありませんよ。私なんて集中しちゃうと周りが見えなくなるから、つい作りすぎちゃって」

そうは言うものの、緑の神の野菜にはファンも多く、近隣の農家たちが中原街道沿いに開いた直売所には、都内から買いに来る客も多くいるほどだった。

「珍しいですね、緑さんが朝早くに用事なんて」

詮索しすぎかとも思ったが、若い男は好奇心を抑えきれず、つい質問をしてしまった。

「はい、スタンプを置きに行く仕事を頼まれちゃって」

「スタンプ？」

若い男はさらに興味を引かれたが、後ろから別の軽トラがクラクションを鳴らしていた。

「おい！　くっちゃべってないで、とっとと荷物運べ、コラ！」

軽トラの運転手は若い男の父で、脱サラして農業を始めた息子に厳しく教育していた。

「そんなに怒らなくったっていいっての。じゃあ、運んじゃうんで、仕事頑張ってください」

名残惜しそうに去って行く若い男の車に、緑の神は優しく手を振っていた。

「よし、準備しなくちゃ！」

一仕事終えた緑の神は家に戻り、シャワーを浴びて朝食に豆腐の味噌汁と昨日作った筑前煮を食べた。アスパラやほうれん草などとれたての野菜を詰め込んだ箱を車に載せ、緑の神はみなとみらいを目指した。早朝の桜木町駅は通勤客で混雑しており、信号待ちをしている間にたくさんの人が通り過ぎていく。緑の神はため息を漏らす。

「都会だぁ」

近くに車を止め、ランドマークタワーに向かい、曲線形のエスカレーターに乗ると、本屋ではすでに横浜大戦争スタンプラリーのコーナーが用意されていた。あとはスタンプを設置するだけだったが、その前に、緑の神は箱に詰めた野菜を店長に渡した。出荷するくらいの量を渡されて、店長は困惑していたものの、緑の神はにこにこして挨拶をした。

スタンプを設置するにあたって、保土ケ谷の神から、自分たちは出版社に雇われたバイトとして行くのであって、絶対に土地神であるとバレちゃいけないからなと釘を刺されていたが、お世話になるのだから何も差し入れしないというのは、緑の神の美学に反していた。正体を明かすわけでもないし、この程度の量ならさして目立つこともないだろうと緑の神は軽く考えていたが、この光景を見たら保土ケ谷の神はきっと卒倒したに違いない。

あっという間に仕事を終えてしまい、時間ができてしまった。

「今日はせっかく直売所の当番を代わってもらったんだから、普段できないことをしないとな」

そう呟くと、頭に思い浮かんだのは夫である港北の神と双子の娘たちの姿だった。せっかくみなとみらいにいるんだから、何か服を買ってあげよう。港北の神はスーツを着る姿は様になっているが、普段着はいつも似たような服ばかり着ている。青葉の神と都筑の神は、どんな服が好みなのか、毎年のように好みが変わるので分からなかったが、若い娘たちが着ている服を知る上でも服を買いに行くのは悪い選択肢ではない気がした。

そう思ったものの、みなとみらいでの買い物は少し気が引けてしまったので車で鴨居まで戻り、鶴見川を渡ると大きなショッピングモールが見えてきた。午前中のららぽーとは子連れの若い母親たちで賑わっており、赤ちゃん用の日用品を扱う店や、雑貨屋は客が多かった。はじめに男性用の洋服屋に入り、港北の神に似合いそうな服を物色していく。港北の神は休日くらいボタンのない服が着たいと言っていたが、緑の神は港北の神のシャツ姿が好きだった。たまにはポロシャツやカットソーのようなものを買ってあげてもよかったが、会計を終えて店を出ると手には淡いブルーのシャツが入った袋を持っていた。

問題は、娘たちの服だ。都筑の神は何を買っていっても文句は言わないが、青葉の神は最近あまり自分の買った服を着てくれなくなった。たまに都筑の神と渋谷まで買い物に行っているらしく、前に一緒に行ってもいいかと言ったら断られてしまい、少し寂しい。もう母親と一緒に出かける年頃ではないのかもしれない。今日買うものを、娘たちに買ってあげる最後の服にしようと、緑の神は決心した。

「私だって、子離れしなきゃね」

そう意気込み、あまり派手すぎず、しかし洒落っ気のある店に入っていった。都筑の神の服を選ぶ必要はない。青葉の神と同じものを買っていけば、満面の笑みを浮かべてくれるからだ。青葉の神は、短めのスカートを好むようになっていたが、緑の神としてはゆったりとしたロングスカートやワンピースが好きだった。自分の好みを娘に押し付けるわけにはいかないけれど、自分が着るような服を娘にも着て欲しい。この両方を満たす服はないものか。

一人の店員が近づいてきて、何かお探しでしょうかと話しかけてきた。小柄な店員で、体型も青葉の神に似ている。これはいいと、緑の神は店員の体に服を合わせて、娘が着るイメージを膨らませていく。他人に試着させることはあっても、自分が試着させられることには慣れていない店員は、戸惑いながら次々と着せ替えられていった。

結局、青葉の神が自分では選びそうにない、少し肌見せの多いカットソーを買うことにした。喜んでくれるのか分からなかったが、ひとまず大きな仕事を終えた感じはあった。気が付くと一時を過ぎており、ショッピングモールのフードコートでサンドウィッチを食べることにした。

いつもなら午後にまた畑に行くか、夕飯の準備をするが、フードコートでのんびりするのは久々だった。ママ友たちがひそひそと何かを楽しそうに話している姿が見える。たまには、こういう午後も悪くない。

服を買うついでに寄った本屋で買った文庫本を読んでいると、スマートフォンが震えた。送り主は鶴見の神で、今夜七時、鶴見で飲み会をするからきてくれ、という旨だった。返信をしていると、港北の神からメッセージが届いた。合流して一緒に飲み会に行かないか、という内容だった。

フードコートの机に両ひじをつきながら、緑の神は笑みを浮かべる。

「プレゼントがあるから、楽しみにしててね」

港北の神に返事をした後、青葉の神と都筑の神にも連絡した。

「今日は飲み会、一緒に行かない？　おみやげもあるよ」

フードコートから駐車場に向かった。今日はみんなで食事ができる。それを思うと、車が機嫌よくエンジンを鳴らしたような気がした。

緑の神を乗せた車は、渋滞する反対車線の車たちとは対照的に、心地よく鶴見の方向へ向かっていった。

栄の神

【生年】一九八六年（戸塚区から分区）
【身長】一四八cm
【職業】考古学者
【人口】約一二万人（市内一七位）
【面積】約一九㎢（市内一五位）
【名所】田谷の洞窟、横穴墓群、横浜自然観察の森、大船駅（南側は鎌倉市）など
【神器】『匙下減《さじかげん》』（スコップ）
いっぱい掘れるスコップ

【主な特徴】
●同期の神は、泉の神。
●戸塚の神は姉、瀬谷の神は兄、泉の神は双子の姉。
●横浜の地脈を司る神。
●土地柄が地味なことをコンプレックスに思っており、勉強熱心。
●感情に正直であり、裏表のない性格。
●酒癖に難あり。

よろよろしながら、栄養剤を一気に飲み干した栄の神が、空き瓶をパソコンデスクにたたきつけると、外では鳥たちが気持ちよさそうに鳴いていた。

「……もう朝ですか」

目の下に濃いクマができていた栄の神は、パソコンのモニターに映し出されている論文を見ながらため息をついた。以前に調査した地質報告書の他に、新人研修用の資料や新しく発表する論文の仕上げなど、考古学者の仕事は多岐にわたっていた。学会を明日に控え徹夜を敢行したものの、進捗はいまいちであった。

「……どれだけ書いても、全然終わりが見えてきません。うう、どうして私はもっと早くから手を付けなかったのでしょうか」

直前に迫らないとやる気が出ない性格をなんとかしたいと思っていたものの、締め切りに追われる癖は治らずじまいであった。

「あとちょっとで折り返しが見えてきます！　そこまでたどり着けば、なんとか……！」

自分に言い訳するように、栄の神が数度目の決意をすると、資料の山から何かが転げ落ちてきた。おかげでただでさえ散らかったパソコンデスクが、A4の紙まみれになる。

「ああ、どうしてこんな時に雪崩が！」

資料を片付けていると、真新しいスタンプが顔を出した。これ、なんでしたっけ、と手にしたスタンプには「横浜大戦争スタンプラリー　栄の神」と書かれており、栄の神は顔が青ざめていく。

「そそそ、そういえば大神様からお達しがあったこと、すっかり忘れてました！　期限は……」

資料をかき分けながら卓上カレンダーを救出すると、今日の日付に九時と書かれ、大きく丸がしてあった。約束の期日を過ぎていなかったことには安心したものの、緊張の糸がぷつんと切れてしまった。

「はぁ、少し休憩しますか」

シャワーを浴びて、冷蔵庫から出した冷えたこんにゃくゼリーと夜中にコンビニで買ってきたカットりんごを食べながらテレビのニュース番組をぼけっと見ていると、見る見るうちに時間が経過していた。約束の時間も近づいていたので、Tシャツと短パンに着替え、クロスバイクに乗り、一路八景島を目指した。

栄の神は環状四号線を東に進み、長い坂を下って金沢動物園の横を通り過ぎ、あっという間に八景島についてしまった。電車で向かう手段もあったが、体を動かしたい気分だったし、むしろ電車に乗ると寝てしまう可能性があった。自転車で向かおうと自分で決めたから仕方のないことではあったが、栄の神はあることに気付いてしまった。

「私だけ、設置する場所遠くないですかね……」

八景島からシーサイドラインに沿って北上すると、幸浦の駅を過ぎた辺りで指定された大型の商業施設が見えてきた。他にも外資の大型商業施設があったりと、周辺は全体的に大きな建物が多く、小さな栄の神にはより大きく映った。

商業ビルの駐輪場に自転車を止め、横浜の大神に言われた上の階にある本屋に向かった。どのフロアも店員たちは開店前の準備に追われており、ビル全体がそわそわした空気に包まれている。書店にはすでにスタンプラリーのコーナーが作られていて、栄の神はスタンプを設置した後、店員にお礼でも言おうと視線を移した。

すると、開店前なので暇そうにしていた警備のおじさんが声をかけてきた。

「お、嬢ちゃん見ない顔だね。早朝バイト？」

着の身着のまま出てきたので、苦学生に見られたのだろう、おじさんの口調はどこか同情的であった。

「あ、いや、そういうわけでは」

徹夜明けでひどい顔をしていた栄の神は、警備のおじさんのさらなる同情を買っていた。

「なに、すごい疲れてる顔してるじゃないの。学生はバイトも大事だけど、ちゃんと勉強して美味いもん食ってぐっすり寝なきゃだめだよ。元気が一番なんだから」

警備のおじさんはマッスルポーズをして健康をアピールした。

「は、はあ」

「そうだ、これでも飲んでエネルギー、チャージしてよ」

昨晩散々飲んだ栄養剤をまたしても手に入れた栄の神は、下りのエスカレーターに乗りながらげっぷをしていた。

「さすがに何か食べないといけませんね」

昨日の夜から食事も忘れて、執筆に没頭しすぎていたので、周囲の活気に当てられているうちに正常な空腹感が襲ってきていた。どの店も開店したばかりなので、客の数はまばらだった。

「……開店。回転。回転寿司？」

冗談みたいな連想だったが、朝っぱらから回転寿司は悪い選択ではなかった。幸いにも隣のショッピングモールに回転寿司屋があり、栄の神は吸い込まれるように入店していた。開店直後の回転寿司屋は、どこか眠そうな様子だったが、栄の神は食欲のスイッチが入り、いつものようにマグロの赤身とアナゴ、サーモンとイカを二セット食べた。

普通なら満腹になれば眠くなるはずだし、そろそろ寝たほうがよかったのだが、まるで眠気がやってこなかった。自転車に乗っていると意識が冴えるのか、帰りの坂道は地獄のように感じたもののなんとか本郷台まで戻ってきた。すると、遅れてとんでもない眠気が襲い掛かってきた。

「ま、まずいです。このままじゃ路上で寝る羽目に……。それでは土地神の沽券にかかわります」

自転車をよろよろ押しながら歩いていると、駅前の文化施設でクラシックコンサートを催す旨の張り紙が目に入った。見ればあと三〇分で公演が始まる。演者たちには申し訳ないが、ファストフード店で泥のように眠るより、クラシックを聞きながら寝る方が健康に良さそうであった。チケットを購入して、コンサートホールに足を踏み入れた。演目を見ずに入ってしまったが、中央にピアノが置かれている。潜るように座席に座り込んだ栄の神は、目を閉じ、眠りに落ちるのを待った。眠すぎるときはすぐに眠れないというのは、人も土地神も共通であり、会場で拍手が聞こえたので、さすがに無視するわけにもいかず、両手を叩いた。

演奏者は小さな六〇代くらいの女性で、拍手が終わると調べが始まった。ショパンの暗い雰囲気は栄の神の好みではなく、寝心地のよさそうな演奏にはなりそうになかった。ところが静かに耳を傾けていると、思っていた印象とは少しずつ異なった演奏に変化していった。悲愴感や陰鬱さが前面に出る以前に、やさしい雰囲気が所々に表れていた。極度の速弾きも控え、夜想曲にふさわしい、星が見えるようなきらきらとした落ち着きのあるものだった。

眠りたくてコンサートに足を運んだはずなのに、主張しすぎない丁寧な演奏に、栄の神は眠ることも忘れ、旋律に身をゆだねていた。小さな女性のピアニストは、テンポを乱すことなくスマートな演奏を続け、あっという間におしまいの拍手がホールに鳴り響いていた。

もっときちんとした気持ちで聞けばよかったという反省を込め、栄の神は始まりよりも強く賛美の拍手を送った。会場から客が離れる中、栄の神は詰め込みすぎたスケジュールを反省する気持ちになっていた。

「寄り道をして、正解だったかもしれません」

外に出てスマホの電源を入れると、メッセージの通知が入っていた。

「七時に鶴見で飲み会をやる。欠席という選択肢はない」

鶴見の神からの横暴そのもののメッセージを見て、栄の神は憤慨した。

「にゃーにを言ってるんですか、このおっさんは！　明日発表があるってのに、飲み会なんて……！」

そう文句を口にしたものの、ショパンの余裕ある演奏がよみがえってくる。焦る一秒も、余裕のある一秒も同じであり、せかせかしたからと言って使える時間が増えるわけではない。どうせなら余裕があるに越したことはないし、逆算をすれば発表までには充分間に合いそうではあった。

「し、仕方ありませんねえ。私がいないと飲み会も盛り上がらないでしょうしね」

飲み会と聞いて、いつのまにか眠気がどこかにすっ飛んでしまった栄の神は、言い訳をするように参加の返信をしていた。

「これからは、余裕のある土地神でないといけませんもんね」

なぜか鼻歌を歌いながら余裕しゃくしゃくの栄の神であったが、一次会で帰れると思っている甘さが後に悲劇を生むことを、まだ知らないでいるのであった。

戸塚の神

【生年】一九三九年
【身長】一四〇㎝
【職業】手芸職人
【人口】約二八万人（市内四位）
【面積】約三六㎢（市内一位）
【名所】旧戸塚宿、東海道線戸塚駅、横浜薬科大学（横浜ドリームランド跡地）など
【神器】『夢《ゆめ》見《み》枕《まくら》』（枕）己の夢に土地神を引き込む枕

【主な特徴】
●同期の神は、港北の神。●栄の神と泉の神は妹、瀬谷の神は弟。●横浜の眠りを司る神。●戸塚三姉妹の姉であり、他の神々に対しても面倒見がいい。●東海道の繋がりもあり、保土ケ谷の神とは縁が深い。●かつてはドリームランドで着ぐるみの中に入って働いていたこともあった。●可愛いものに目がなく、自分で作ってしまうタイプ。●お酒は苦手。

ピンポーン、という呼び鈴で戸塚の神は夢から覚めた。寝ぼけ眼で玄関に向かい、配達員から段ボールを受け取ると、ガムテープをはがして中身を確認した。

「おお、そういえばこんなものを取り寄せていたのう」

段ボールの中には仕事で使う毛糸玉やモール、フェルトが詰め込んであった。戸塚の神の手芸は多岐にわたり、ぬいぐるみやパッチワークキルトだけにとどまらず、カーテンやベッドカバーまで自分で作るので、既製品の服を買うこともほとんどなかった。

パジャマのまま冷蔵庫を開けて、リンゴジュースを飲みながら、買いあさった材料を吟味していると、何か忘れているような気がした。うさぎが追いかけっこをしている形をした掛け時計は、九時半を示している。それを見て、戸塚の神の血の気が引いていった。

「いかん！　完全に寝坊じゃ！」

今日のために目覚まし時計を四つセットし、スマホのアラームも鳴るはずだったのに、寝ぼけた戸塚の神はすべてを無意識のうちに沈黙させてしまっていた。急いで顔を洗って、手際よく化粧を済ませて家を出たものの、当初は九時に家を出る予定だったので、大いなる出遅れであった。

「やはり早起きは苦手じゃ。慣れぬことはするものではないのう」

家の近くからバスに乗り、一番後ろの座席に座りながら、戸塚の神は肝を冷やしていた。手製の手芸グッズ販売は、インターネットの発達した現代だと、商品の紹介も、受注も発送もすべて自宅でできてしまう。元来たっぷり眠るのを是とする戸塚の神からすれば、自由に時間を使って商売ができるのはよかったものの、早起きというのがまるでできなくなっていた。

つい布に糸を通していると時間が経つのを忘れ、夜が明けてしまっていることもしばしばであった。日の出よりも前に目を覚ますことを生きがいにしている泉の神からは、しょっちゅう注意されていた。

「いかん、こんなことではまた泉にしかられてしまう」

戸塚駅に着いたバスを降り、横浜市営地下鉄に乗り換えた。東海道線に横須賀線、市営地下鉄まで止まる朝の戸塚駅は人でごった返しており、普段あまり外に出ない戸塚の神にとっては、初詣にやってきたような混雑ぶりだった。

「す、すごい人じゃ。民はみなタフじゃのう」

命からがら地下鉄に乗った戸塚の神は、桜木町で降り、横浜の大神から指示を受けた書店に足を向けた。書店はランドマークタワーの横の施設であるクイーンズスクエアに居を構え、観光客や通勤するサラリーマンで賑わっている。うねうねしたジェットコースターのようなオブジェを通り過ぎ、建物に入ると店が見えてきた。寝坊したせいですでに店は開店してしまっていたが、横浜大戦争スタンプラリーのコーナーにはまだ人の姿はなく、仕事をするなら今がチャンスだった。

自分の顔を模したスタンプを設置して、戸塚の神はひとまず自分でも押してみることにした。

「ふむ。なかなかよくできておるのう」

篆刻にも興味があった戸塚の神は、スタンプの完成度に感心していたが、土地神がスタンプにされることの是非については、特に何も考えていなかった。気配を感じ、振り返るとスタンプを押そうとしていた女性の姿があった。それを見た戸塚の神は笑みを浮かべた。

「おお、すまぬな。我が区をよろしく頼むぞ」

にゃっはっは、とご機嫌に笑いながら戸塚の神は書店を後にした。午前中に街へやってくるなどめったにないことで、このまま家に帰るのは少しもったいないように思えた。

「しかし、何をするかのう」

今日は天気が良く、走ると汗をかいてしまいそうな陽気であった。となると、戸塚の神が向かう先は一つだった。地下鉄に乗って戸塚駅にとんぼ返りした戸塚の神は、そこからバスに乗った。東海道を南に下り、竹下通りも明治神宮もない原宿という名の交差点を曲がって終点の近くで降りた。戸塚区と藤沢市を隔てている境川の周辺は畑や田んぼが広がり、先ほどの仕事へ向かう人々で混雑していた駅前が幻に思えるほど、のんびりとしている。サイクリングロードではロードバイクが川を遡上していくような姿が見えた。

「みな、ど平日からよくやるのう」

感心しながらしばらく進むと、突如として現れた牧場の看板を目にし、戸塚の神は自然と笑みがこぼれる。手作りアイスクリーム、という文字を見て心が躍ってしまう。駐車場にはすでに車や自転車が止められ、外のベンチではサイクルウエアに身を包んだ自転車客が、おいしそうにアイスをなめている。

「こうしてはおれん!」

意気揚々と店に入り、散々迷った挙句、シンプルにソフトクリームを注文することにした。天気がいいので外のベンチで濃厚なミルクを用いたソフトクリームを口にすると、幸せが口から全身に広がっていくようであった。

「わざわざ早起きをしたかいがあったというものじゃ!」

妙なもので、アイスを食べて、空腹だったことに気付いてしまい、もう少しきちんとした食事が摂りたくなっていた。だが、近辺は畑や住宅があるだけで、飲食店は見当たらない。コンビニで食事を済ますわけにもいかず、頭を悩ませているとまたしても妙案が浮かんだ。

「今日は冴えているのう!」

牧場から歩いて、乗ってきたバスが本来目指していた場所にたどり着くと、そこは横浜ドリームランドの跡地であった。閉園後、大学が誘致されすっかりきれいになった姿を見て、戸塚の神は満足そうにうなずいた。校門から学生たちが行き来しており、戸塚の神はそれに倣って構内へ潜入し、足は学生食堂へ向かっていた。

昼休みがちょうど終わるタイミングで、昼食をかきこんだ学生たちはあわただしくしていた。医療系の大学のせいか、メニューは健康に良さそうなものが多かった。戸塚の神は食券を渡し、おばちゃんからカレーを受け取って広めのテーブルの席に腰掛けた。五〇〇円でおつりがくるカレーは懐かしい味がして、天界での研修時代を思い出してしまった。

カレーを食べながら、単位や旅行、サークルなんかの話に花を咲かせる学生たちを見ていると、ドリームランドがなくなってしまったさみしさが薄れていくようだった。

すると、横で食事を摂っていたメガネの女子学生が声をかけてきた。

「どう、おいし?」

どうやら学校見学にやってきたと思われたのだろう、向かいに座ったショートカットの女子学生と一緒に質問されてしまった。

「うむ、悪くないのう」

戸塚の神のしゃべり方が思春期独特のものだと思った女子学生たちは、楽しそうに笑った。

「ここって、昔遊園地だったらしいよ。あたしが小さいころになくなっちゃったらしいんだけど。今の図書館、昔はホテルだったんだってー。想像つかないよね？」

戸塚の神は笑った。

ショートカットの女子学生は時計を見て声を上げた。

「げっ、今日の実習、別のとこでやるんじゃなかったっけ？」

「やべっ！　急げ急げ！」

慌てて食器を片付け始めたメガネの女子学生は、プリンとスプーンを戸塚の神に渡してきた。

「それ、手つけてないから食べて！　いらなかったら捨てちゃっていいからさ！」

白衣汚れたまんまなんだけどー……、という声を残して学生たちはいなくなってしまった。そのあわただしい姿を見て、戸塚の神は笑みがこぼれた。

「今日は、甘いものばかり食べているのう」

広い大学の芝生でのんびりしていると、携帯電話にメールが届いていた。七時に飲み会をやるから来い、という鶴見の神からのものであり、戸塚の神も、他の神々と会いたいと思っていたところだった。

むくりと体を起こして、返信をしながら戸塚の神は笑った。

「たまには、酒に付き合ってやるのも悪くないかのう」

戸塚駅行きのバスに乗りながら、せっかく神々と会うのだし何かお土産を買っていくことにした。今日を象徴するようなお土産はアイスしかなく、戸塚の神には心当たりがあった。

「東戸塚の牧場で買っていってやるか。ふふ、今日はやはり冴えているようじゃ」

思いがけぬいい休日となった戸塚の神は、勉学に勤しむ学生たちの学び舎から、離れていくのであった。

泉の神

【生年】一九八六年
（戸塚区から分区）
【身長】一七二㎝
【職業】インストラクター
【人口】約一五万人（市内一四位）
【面積】約二四㎢（市内一〇位）
【名所】旧清水製糸場跡、相鉄線いずみ中央駅など
【神器】『絹《きぬ》ノ糸《いと》』（糸）
七色に光る頑丈な糸

【主な特徴】
- 同期の神は、栄の神。
- 戸塚の神は姉、瀬谷の神は兄、栄の神は双子の妹。
- 横浜の縁を司る神。
- 筋トレマニアであり、大食漢。どれだけ食べても筋肉になる。
- 身体能力の高さは女神随一であり、足の速さは横浜一。
- 鳥の行水タイプ。

一本のバナナとコップ一杯の水を口にして、泉の神は家を出た。日課であるジョギングは、横殴りに雨が降ろうが、雪が降り積もって道が見えなくなろうが、一日も欠かさずにこなしていた。和泉川沿いのジョギングコースを、テンポの良い足取りで進んでいく。以前はジョギング中に音楽を聴いていたが、最近は耳に何もささずに走ることが多い。風が川を通り抜けていく音や、鳥の声を聴きながら、ゆっくりと一日の始まりに体を慣らしていくのが心地よかったからだ。

いずみ野線の陸橋が見えてきた辺りで引き返し、家に戻ってトレーニングマシンがずらりと並ぶ部屋に入った。泉の神が最も強化しているのは太ももであり、上半身のトレーニングを軽く済ませてから、レッグプレス、レッグカール、レッグエクステンションを入念にこなしていく。ジムへやってくる女性の多くはダイエットを望んでおり、どの部位にどのトレーニングが効果的かを示すには、自分の身体を用いるのが最適であった。なるべく飽きずに、結果が出やすいトレーニングを模索するのは、泉の神の仕事でもあり、個人的な興味の対象でもあった。

何より、トレーニングを極めようとする最大の理由は、好きなものを自由に食べるために、消費をしなければならないからであった。土地神が病気になるリスクは、人間と比べればはるかに低かったものの、不摂生が続けば体重も増加するし、身体の動きも悪くなってくる。食の自由が奪われないようにするためには、運動あるのみ。そんなことを考えながら、朝のトレーニングが終わった。

プロテインを飲み、さっとシャワーを浴びてから朝食に取り掛かる。厚切りのベーコンをしっかりと焼き、アボカドとレタス、スライスしたトマトをバンズで挟んで、一品ができあがり。ミキサーにカットした桃、いちご、りんごとヨーグルトを加えてフルーツジュースも手早く作って、しっかりとした朝食が完成した。

ロングタイツにジョギングパンツを合わせ、蛍光ピンクのTシャツの上からラッシュガードを羽織って、ロードバイクで家を出た。いつもなら勤務先のジムに向かうところだが、今日は休暇を取っている。いずみ野線を追いかけるように緑園都市までやってくると、時刻は九時を過ぎていて、近くの女子大へ通う学生の姿もちらほらと見えた。横浜の大神から指示を受けた書店に入ると、横浜大戦争スタンプラリーのコーナーが姿を現した。

持ってきたスタンプを台に設置して、任務完了。書店に目をやると店員たちが開店前の準備に勤しんでいた。それを見た泉の神は、自動販売機で飲み物を買ってから若い店員を捕まえた。

「おつかれさま。よかったらこれ、飲んで」

自己紹介もされないままお茶やコーヒーを渡された店員は、はて、という表情を浮かべていたものの、泉の神は機嫌よく店を後にした。

「さあて、これからどうしようかしらね」

大きく伸びをしながら、泉の神はつぶやいた。せっかく自転車で緑園都市まで来ているので、ひとまずやることは決まっていた。書店からすぐ近くにある洋風の建物に入ると、ショーケースには作り立てのケーキやプリン、アイスクリームやチョコレートなどがずらりと並んでいて、開店して間もないのにお客さんで賑わっていた。

「左から全部」

と注文しそうになるが、いくらなんでもそれは張り切りすぎだと自制した。今日は各所で買い食いをしそうな予感があったので、外でも食べやすいシュークリームを二個注文するだけにとどめておき、自転車に乗る前にぺろりと食べてしまった。

「よし、エネルギー充塡完了！」

今日は天気が良かったので、どこか遠くへ行きたい気分だった。都心に向かう選択肢もあったが、自然が多い場所でのんびりする方が今日には適している気がした。そうなれば行先は一つしかなかった。

緑園都市から北上して、東海道新幹線に沿って西にしばらく進むと境川にぶつかった。境川に沿って伸びるサイクリングロードは、平日の午前中でもサイクリストたちが思い思いに自転車をこぐ姿があった。泉の神もサイクリングロードに合流し、ゆったりとしたペースで南に向かい始めた。

横浜市と藤沢市の市境にもなっている境川沿いは、畑や田園が広がり、風を切って走るのは心地よい。軽快にこぎ続け、湘南台に近づいた辺りで大事なことを思い出した泉の神は、サイクリングロードを離れ、東に進み、小学校の近くにある広い駐車場の施設に自転車を止めた。

「ここまできたら食べないとね」

外にカラフルな牛のモニュメントが置かれた店の中には、アイスが並んでいた。迷うことなくコーンのダブルを選んだ泉の神は、ミルクとカフェオレのジェラートを注文した。中のテーブルにつくと、赤ちゃんを抱っこした若い母親がスプーンでアイスをあげていた。赤ちゃんがおいしそうにニコッと笑ったのを見て、泉の神も笑った。

「いくつ?」

そう質問すると、母親は赤ちゃんのアテレコをするように一歳です、と答えた。

「ちいちゃな頃からこんなおいしいもの食べられて、ハッピーね」

ぷにぷにするほっぺを触って、泉の神は母子に別れを告げた。

サイクリングロードに戻ってから、泉の神はギアを入れなおして一気に終点まで進んでいった。遊行寺坂の下あたりで大通りに合流すると、藤沢駅が見えてきた。寄り道せずにそのまま南に進み続けると、道沿いの店にサーフショップやダイビングスクールが姿を現し、景色が変わり始める。江ノ電の線路が見えてきてから、自転車を押しながら商店街を抜け、目の前に江の島が姿を現した。

「来ちゃった」

トンビがぴょろぴょろと上空で鳴いていた。江の島の海岸はサーフィンやヨットの客でにぎわっており、外国からの観光客も多くいた。橋を渡って自転車を置くと、おなかが音を鳴らした。

「食うか!」

泉の神は参道を進み、エスカーには目もくれず、山道を歩き始めた。高台からは富士山もぼんやりと見え、木々からすがすがしい光が差し込んでくる。日向ぼっこをしている猫たちの頭をなで、山道を抜けると食事処が姿を現した。店に入った泉の神は、シラス丼と焼きハマグリを注文した。

窓側の席だったので、太平洋がよく見える。岩屋の洞窟へ向かうため、急な階段を下りていくカップルや家族連れを見ながら食べるシラス丼は格別だった。

「なんだか私だけおいしい思いをしちゃってるみたいで、悪いわね」

自由気ままに過ごしてしまい、泉の神は罪悪感に駆られる。

「ま、みんなのことだから、同じように遊んでいるかしらね」

焼きハマグリのだしをすすって、泉の神は食事を終えた。自転車をこいだ後、目的地で食べるご当地名物は格別だった。きらきらと輝く海を見ながら、泉の神は他の土地神の健康について考えていた。

特に戸塚の神や保土ケ谷の神、磯子の神といったインドア派の神々をいかに外へ連れ出すかは、大きな課題であった。出不精を運動させるのは骨が折れるが、サイクリングなら観光もできるし、達成感もあるから悪くない。そんなことを思いめぐらせているとスマートフォンが震えた。鶴見の神からメッセージが入っており、七時に飲み会をやるから参加しろ、という内容だった。

「さすがに雑用を任されて、素直に一日を終えるつもりはないようね」

江の島から鶴見までは、ちょうどいい食後の運動になりそうだった。大きく伸びをして、会計を済ませた泉の神は灯台まで歩いていき、もう一度海を見つめた。

「何か忘れている気がするのよね」

山を下って参道を歩いていると、行列を見て、忘れていたものの正体を思い出した。タコを鉄板でプレスして作るなんとも残酷なせんべいは、泉の神が江の島を訪れたら必ず食べるものであった。行くときは、シラス丼のことだけを考えていたから忘れていた。

行列に並びながら、今日はよく食べるなと自分でも呆れるほどだった。

「ま、その分運動するからいいでしょ」

鶴見へのサイクリングをどのルートにすべきか。そんなことを考えながら、泉の神は鉄板でつぶされていくタコを見ていた。

港南の神

【生年】一九六九年（南区から分区）
【身長】二〇五㎝
【職業】幼稚園の先生
【人口】約二一万人（市内七位）
【面積】約二〇㎢（市内一三位）
【名所】京急上大岡駅、神奈川県戦没者慰霊堂など
【神器】『大平星《だいだらぼし》』（ネックレス）自身を巨人化する

【主な特徴】
● 同期の神は、旭の神、緑の神、瀬谷の神。● 横浜の子を司る神。
● 南の神に息子のように教育を受ける。● 図体の割に気弱で、流されやすい。
● いつも金沢の神や磯子の神の悪事に巻き込まれる。
● グルメであり、市内の名店を熟知している。
● 子供に懐かれる。

窓から差し込む日差しのまぶしさで目を覚ました港南の神は、パジャマのままベッドを抜け、窓際でゆっくりと開脚を始めた。身体の大きな港南の神にとって、日々のストレッチは欠かせない。彼が毎日のように相手にする園児たちは、予期せぬ動きをする見本だった。日頃から身体を柔軟にしておかないと、ふいに腰や首をひねって筋を違える心配がある。同僚たちも肩こりや腰痛に悩まされていたが、ストレッチを日課とする港南の神からすれば、体の痛みは無縁の悩みであった。

開脚、前屈、屈伸を終え、いすを使った柔軟に移る。港南の神は、旭の神や泉の神と違って本格的にトレーニングをするわけではなかったが、ストレッチを欠かさないだけで、筋骨隆々な体型を維持していた。鶴見の神からは、どうしてろくすっぽ筋トレもしねえのにそんなにガタイがいいんだ、と文句を言われていたが、港南の神はただ体を柔らかくして、最低限の運動をこなしているだけだった。

ストレッチを終え、ボウルに入れた玄米フレークに牛乳を注いだものと、イチゴとキウイが朝食だった。園児相手の仕事は重労働であり、朝はしっかりと食べる必要がある。いつもなら夜のうちに炊いておいたごはんに、紅じゃけやわかめと豆腐の味噌汁、つくだ煮に梅干しなんかを用意して一日を始めていたが、今日は軽めに済ませておいた。

横浜大戦争のスタンプラリーに用いるスタンプを置きにいけ、という命を受けた時、港南の神の頭によぎったのは、ほかならぬラーメンだった。スタンプを書店に設置するのは、さほど時間はかからない。この日のために有休をとってあるので、残りの時間は自由に使える。となれば、環状二号沿いにあるラーメン屋をはしごしよう、となったのであった。

港南の神は、日頃食べる量を制限していた。というのも食べようと思えばいくらでも食べられてしまうからであり、どこかでラインを設けないときりがなかったからである。それでも、たまには本当におなか一杯と言えるまで食べたい日があり、それがまさしく今日であった。

初めて地上に顕現した時から大事にしているジープに乗って、港南の神は上大岡の駅を目指した。朝の上大岡駅は通勤客でごった返しており、普段ラッシュ時に遭遇することのない港南の神は、駅の百貨店にたどり着くまでに目が回りそうになる。社員用の入り口から上の階に向かって、指定の書店が見えてきた。横浜大戦争スタンプラリーのコーナーが用意されており、スタンプの設置が待たれていた。

人見知りの港南の神からすれば、スタンプを置いてラーメン屋巡りに行きたいところだったのだが、礼儀正しい書店員に、わざわざご苦労様です、と丁寧に挨拶され、港南の神は何度もぺこぺこと頭を下げることになった。

店員が開店準備で持ち場に戻ると、港南の神は思わずほっと息を吐きだした。

「ふ、ふう。さ、さて、行こっかな」

ラーメン屋は夜遅くまでやっていることはあっても、朝早くから営業していることはあまりないので、しばらくドライブをしながら向かうことにした。上大岡から弘明寺を抜けて、のんびりと保土ケ谷から東海道を進み、東戸塚から環状二号に合流すると、開店時間が近くなっていた。一軒目の駐車場に車を止め、店のカウンターに食券を置いた。

店員が目の前でチャーシューをあぶる姿は、なんとも食欲を誘う。注文した醤油ラーメンは焦げ目の付いたチャーシューの載った、濃い魚介のスープで、太麺をすするといい匂いがした。ライスも注文しそうになったが、今日はここ一軒で終わるわけではない。ぐっとこらえ、今どきの手の込んだラーメンと格闘していく。

開店して間もなかったが、続々と学生やトラックの運転手が店に入ってきて、気が付くと外に列までできている。味玉を最後に食べ、完食した港南の神は、車で次の店へ向かった。二分もしないうちに二軒目へやってきた港南の神は、迷わずにとんこつラーメンを注文した。二軒目はテーブル席もある家庭的な店だったが、出された博多とんこつは本格的なもので、色の濃さのわりにあっさりしたスープや、細かく刻んだネギやきくらげが、重さを軽減している。細麺なので瞬く間に食べ終え、今度は替え玉を注文したくなるが、まだまだ二杯目。さらなる戦いが待っているので、店を出て次の店へ向かった。

濃厚魚介系、博多とんこつと来たので、次は地元の味とも言える家系にしようと腹は決まっていた。駐車場の広い三軒目に車を止めて、店のカウンターに腰を下ろした港南の神は、麺固め、脂多めで注文し、トッピングにホウレンソウを加えた。器に海苔が添えられ、チャーシューとホウレンソウを載せた、醤油とんこつの太麺のラーメンが家系と呼ばれるが、まさしくその定義に則ったお手本のような味だった。濃いめのスープに疲れたらホウレンソウで口直しをし、麺をすすっていく。港南の神は、後半戦に少し酢を入れてスパートをかけるのが好きだった。気が付けば器は空になっており、港南の神は両手を合わせて、小さくごちそうさまと言った。

三つの店を制覇し、わずかながら港南の神の腹は膨れてきた。店を転々とするのは構わなかったが、いちいち駐車場に車を止め直さなければいけないのが、環状二号ラーメンツアーの厄介な点だった。

そろそろどこかで、腰を据えて食べるべきだろう。そう思い至ったら選ぶ店は一軒しかなかった。三軒目から信号を渡って、しばらくしたところに構えていた四軒目に入った港南の神は、改めて値段の安さに度肝を抜かれてしまった。コーラ一本が約一五〇円、週刊漫画が二六〇円くらいする世の中で、醤油ラーメン三八〇円というのは破格と言えた。そのせいもあってか、店はドライバーたちだけでなく、近くのオフィスや子連れの客まであらゆる世代がいた。ラーメンだけの店というわけではなく、チンジャオロースやマーボーナス、唐揚げ定食に焼そばまで、ありとあらゆるガテン系のメニューを網羅していたことも、客の多様性の要因かもしれない。

ひとまず醤油ラーメンと餃子を頼み、野菜炒めも注文した。近くのテーブルでは、早くも仕事を終えたとび職の親方と弟子が、レモンチューハイを片手に揚げワンタンをつまみながら一杯始めていた。その横では若い母親が子供にれんげでラーメンを食べさせている。港南の神は、客層が入り混じった店が大好きだった。

先にやってきた野菜炒めをつまみながら、醤油ラーメンをすすっていると、何かが足りないことにようやく気付いた。

そう、コメを食っていなかったのである。ここまで来たらチャーハンで〆るのが筋というものだったが、それでは変化に乏しい。タンタンチャーハンやかにチャーハンなど、そそるメニューがあった中、あえて港南の神は天津丼を注文した。

焼きたての餃子をつまみながら、ラーメンのスープを飲んでいると、天津丼がやってきた。港南の神は、れんげでごはんとあんかけをすくうのが好きだった。箸とは違ったうまさを誘うのである。

とろとろの卵がかぶさったご飯をあっという間に平らげ、餃子も野菜炒めもラーメンも、跡形もなく港南の神の腹の中に消えていった。カウンターでは、中ジョッキを片手にザーサイをつまむ近所のおじいさんの姿もあり、いよいよ一杯呑みたくなってきてしまった。

そんな折、港南の神にメールが届いていた。お冷を飲みながら確認すると、送ってきたのは鶴見の神で、七時に飲み会をするから来いというものだった。

「へ、へへ、ナイスタイミングだね」

うきうきしながら、港南の神は鶴見の神がどこで呑むのかを予想した。鶴見の神はにぎやかに呑むのが好きなので居酒屋か中華屋になる可能性が高いけれど、アジアンやカレーの店も多いのでその可能性も捨てがたい。あるいは、沖縄料理という線もある。そんなことを考えているだけで、港南の神は幸せだった。

「ま、まだ食べられるかなあ?」

調子に乗って四軒もはしごしてしまったことを、今更ながら後悔し始めていたが、土地神仲間で呑み食いする楽しさは、何物にも代えがたいものがあった。

店を出ると、目の前の環状二号では大型トラックやバスがひっきりなしに走っていた。自分が普段見ない時間にも確かな日常があることに、港南の神はほっとする思いだった。

「ま、またやりたいな」

満たされた腹をポン、と叩き、港南の神は車のエンジンを点火した。七時までには時間がある。それまでにどこかで腹を空かせなければならない。だが、その途中で寄り道をして、また何か食べてしまいそうだったが、たまの休日くらい、罰は当たらないかも、という気分で、港南の神はラーメン激戦区を離れていくのであった。

金沢の神

【生年】一九四八年（磯子区から分区）
【身長】一七九㎝
【職業】医者
【入口】約二〇万人（市内一〇位）
【面積】約三一㎢（市内六位）
【名所】金沢文庫、八景島シーパラダイス、金沢動物園など
【神器】『**金技文庫**《かなわざぶんこ》』（本）
すべての神器をコピーする本

【主な特徴】
- 戦後初めて顕現した横浜の土地神。
- 磯子の神は兄。
- 横浜の医療を司る神。
- 横浜きっての女好きであり、医者という立場を利用して日々合コンに明け暮れる。
- 何でも一番でないと気が済まず、他の神々にちょっかいを出す。
- 趣味はサーフィンと日サロ通い。

いつもより早起きした金沢の神は、お気に入りのアロマオイルの香りがする湯船に一時間しっかり浸かり、入念に肌の手入れをしてから、金の髪を整えた。鏡に映った男が、今日も変わらず美男子であることを確認し、白衣ではなく清潔な白のシャツとハーフパンツに着替えた。

普段から週に三回の日サロとエステ、土日はサーフィンに通い、平日は医大での勤務と多忙な生活を送っている金沢の神にとって、今日は珍しくほぼオフだった。横浜大戦争のスタンプラリーに使うスタンプを設置せよ、という指令さえこなしてしまえば、あとは自由の身であった。

金沢の神からすれば、美の追求者である自分のスタンプが作られるのは当然のことであり、どの神々よりも多くの民にスタンプを押してもらう自信があった。土地神本人がスタンプを置きに行くというのはなんとも妙な話ではあったものの、むしろ自分のファンと直接出会えるのではないかと妄想する始末であった。

「ムシュー保土ケ谷は民に見つかるなと口うるさくわめいていたが、この私のあふれんばかりのスター性を消しきれるだろうか？」

何度も自分の顔を確認しながら、本気で心配するように金沢の神はつぶやいた。

「つくづく罪な顔立ちに生まれてきてしまったものだ」

朝の日課を終え、自宅から少し歩いたところにある金沢文庫駅近くにあるショッピングモールに向かった。開店前の商業施設は、生鮮品や日用品を詰め込んだトラックが次々と搬入口にやってきている。それを横目に従業員入口に向かい、特別に渡された入館証を見せて施設の中に入った。

客のいないショッピングモールは、いつもの賑やかさを知っているだけに、どこか不思議な景色に見えた。すれ違う女性従業員一人一人に、モーニン、とご機嫌に挨拶をしながらエスカレーターに乗ると、指定の書店が見えてきた。横浜大戦争スタンプラリーのコーナーが設けられており、ちょうど女性の店員が準備をしているところだった。目を輝かせた金沢の神は、まるで花束でも渡すようにしゃがみこんで持ってきたスタンプを渡した。

「モーニン、マドモワゼル。貴女だけのために、このスタンプを運んで参りました。私は貴女にこそ押してもらいたく思っています。ここで出会ったのも何かの縁。どうです、これから美味しい朝食のエッグベネディクトを食べに、湘南へご一緒しませんか？」

開店前のクソ忙しい時間帯にナンパしてきた非常識な男にも、女性店員はやや引きつりながらも愛想笑いを浮かべ、ご苦労様ですと挨拶をし、自分の仕事をするべくそそくさといなくなってしまった。

去っていく女性を見ながら、金沢の神はいつものように都合よく解釈していた。

「なんと勤勉なマドモワゼルなのだ！　これだから我が区の民は愛おしい！」

誰もが羨む不屈の精神でスタンプを無事設置し終えると、金沢の神は頭を切り替え、商業施設を後にし、海岸沿いの公園に向かった。海の公園では潮干狩りをする子連れの家族やビーチバレーに興じる大学生の姿もあり、平日の午前中でも賑わっていた。金沢の神は砂浜を歩きながら、正面の八景島を見据えて意気込んでいた。

「今日こそ、私はやってのけてみせる！」

誰に言うわけでもなく、気合を入れた金沢の神は、砂浜を軽快に駆けながら八景島の入り口に向かった。八景島シーパラダイスは、雲ひとつない晴れの天気もあって、休日と変わらないほど混雑しており、ジェットコースターからは楽しげな悲鳴が響いていた。フリーフォールやコースターが苦手な金沢の神は、大型のアトラクションは見て見ぬ振りをし、海に近い施設に足を運んだ。

受付を済ませ更衣室に向かった金沢の神がウェットスーツに着替え、プールに近づくと一人の女性従業員がやってきた。

「こんにちは！　またいらしてくださったんですね」

「おお、マドモワゼル！　今日も美しい！」

全国でも珍しい、シロイルカと一緒に泳ぐことができるアトラクションにもかかわらず、金沢の神の目的はインストラクターのお姉さんだった。イルカたちと楽しそうに触れ合うお姉さんに、金沢の神は初めて訪れた時からすっかりメロメロになり、キャバクラに通うような感覚でイルカと遊ぶようになっていた。

プールでは、何度か金沢の神と遊んだことのあるシロイルカが優雅に泳いでいる。とても賢いイルカは、お姉さんと話をしながら鼻の下を伸ばしている金沢の神に気付き、そっと近づいてきた。

「おお、白ドルフィン！　元気だったか！」

大きく腕を広げ、プールサイドに近づくとシロイルカはぷいっと尾びれを見せたかと思ったら、ばしゃんと大きく跳ねさせ、金沢の神は頭から水をかぶることになった。

「ぶえっ！　何をするのだ！」

嘲笑うように去っていったシロイルカに金沢の神は抗議するが、お姉さんは笑っていた。

「金沢さんは、本当にイルカがお好きなんですね」

いやいや、私が本当に好きなのは、マドモワゼル、貴女なのだ！　と叫ぼうにも海水が口の中に入ってろくに言葉にならなかった。

他の参加者と一緒に軽く準備運動をしてからプールに入り、お姉さんはレクチャーを始めた。暴れたり、蹴ったりしない、怖がるとイルカも怖がってしまうので、やさしい気持ちで接しましょう、など他の参加者が真剣に耳を傾けているのに、金沢の神は一生懸命なお姉さんだけを見ていた。

シロイルカは愛想よくウェットスーツを着た参加者を背に乗せ、軽やかに泳いだ。楽しい雰囲気に包まれる中、金沢の神は緊張していた。今日こそお姉さんと一緒に、食事へ出かける約束を取り付けるのだ。それには華麗に白ドルフィンを乗りこなす必要がある。金沢の地を司る土地神として、絶対に失敗は許されない！

金沢の神の番がやってきて、シロイルカの背に乗った。ゆっくりと泳ぎ始めたシロイルカは、軽やかにプールを一周する。すっかり仲良くなった他の参加者が、金沢の神に向かって手を振っていた。ありがとう、民も私の恋路を応援してくれているではないか！　大きく手を振り返しながら、金沢の神はお姉さんを見た。にこやかな表情を見た時、今しかないと金沢の神に電流が走った。

「マドモワゼル！　今日のディナーは私とおおおおお」

突如として、今までゆっくりと泳いでいたシロイルカは速度を増し、金沢の神はぽーんと吹っ飛ばされてしまった。高く飛翔した金沢の神は、顔面からプールに着水し、その飛距離に思わず他の参加者達は、すごい！　と歓声をあげた。

プールから顔を出した金沢の神は、非協力的なシロイルカくんを探したが、すでにお姉さんに優しく撫でられている。お姉さんは驚いたように言った。

「大丈夫でしたか？　今のは慣れていないとやってくれないんですよ」

軽く拍手をされ、世紀の告白というわけにはいかなくなっていた。

着替えを終え、八景島の出口に立ちながら振り返った金沢の神は、手を強く握りしめた。

「私は決して諦めないぞ！　イルカすら御せぬのであれば、マドモワゼルを相手になどできないということ！　まずはムシュー旭に弟子入りするところから始めなければ！」

スマホで時間を確認しようとすると、メッセージが届いていた。送り主は鶴見の神で、七時から始まる飲み会に参加せよ、という指令だった。

「これは吉報！」

二つ返事で向かうことを了承し、またしても金沢の神は気合が入った。
「待っていてくれ、マドモワゼル！　きっと貴女が惚れ込むほどのイルカ使いに、私はなってみせる！」

お姉さんがイルカの相手をするときは左手の薬指にはめた指輪を外していることにまるで気付いていなかった金沢の神は、意気揚々とシーサイドラインの駅に走っていくのであった。

磯子の神

【生年】一九二七年
【身長】一七八㎝
【職業】科学者
【人口】約一七万人（市内一三位）
【面積】約一九㎢（市内一四位）
【名所】横浜こども科学館、製紙工場、セメント工場、石油工場など
【神器】『魔放瓶《まほうびん》』（試験管）溶かしたり爆発させたり昏睡させたりする薬品が入っている

【主な特徴】
●横浜最古参の土地神の一人。●同期の神は、鶴見の神、神奈川の神、保土ケ谷の神、中の神。●金沢の神は弟。●横浜の科学を司る神。●享楽主義者であり、楽しくなるのであれば手段は選ばない。●事情通でもあり、大体のスキャンダルは耳に入っている。●どんな逆境でも笑い、プレッシャーという感覚とは無縁。●主食はコーラとスニッカーズ。

磯子の神の健康な朝は、コーラの一気飲みから始まる。水玉模様のパジャマで眠りこけていた磯子の神は、六時になるとスイッチが入ったようにむくっと起き上がった。半目のまま冷蔵庫を開け、キンキンに冷えた缶のコーラをノンストップで飲み干すと、背筋に電撃が走ったような快感が襲う。

大きな水槽にいる同居人のトノサマガエルにえさのミミズを与え、自身も朝食の準備に取り掛かる。ボウルにコーンフレークを入れ、そこにカルピスを、原液のままなみなみと注いでいく。それに合わせて缶のホールトマトをサラダにして、いつものブレックファストが完成した。

カルピスフレークは、あらゆる神々からやめたほうがいいと強く説得されていたが、日々実験に明け暮れる磯子の神の消費カロリーは計り知れず、年に一度行われる土地神の健康診断でも血糖値に問題はなく、むしろ最も健康と言っていいほどだった。磯子の神曰く、ストレスのない食生活こそ健康の秘訣である、とのことだったが、他の神々は半信半疑であった。

朝食をぺろりと平らげると、カミソリでひげをそり、顔を洗ってから、伸び切った髪を寝ぐせ直しで整えたがあまり変わっていなかった。ボロボロの白衣に着替え、家を出た。磯子の神は早起きではあるが、大半は部屋の隣にあるラボで密造酒を製造したり、笑いが止まらなくなる薬を研究したりと熱心な実験に明け暮れ、ほとんど外出はしない。食事も出前を頼むので、家を出るのは久々だった。だが、外に出るのが嫌いというわけではない。やることを優先していると、気付けば日が落ちて店も閉まっているだけなのである。

横浜の大神から受けた、横浜大戦争のスタンプラリーに用いるスタンプを設置しろ、という命は、そんな引きこもりがちだった磯子の神からすれば朗報だった。何よりスタンプラリーという妙案は彼を楽しませるには十分なイベントだった。

土地神の存在を広めるような活動に反対する慎重な神もいる中、享楽主義者の磯子の神にとっては、こんなにリスキーで刺激的なものはないと大賛成だった。盛り上がるのであればなんでもありというのが彼の基本的な考えだった。

山の上にある家から坂を下って、磯子駅で根岸線に乗った。通勤や通学の客で、駅は混雑しており、白衣の男が乗ってきたものだから嫌でも注目を浴びるが、磯子の神は人目を気にするほどやわな性格ではなかった。

桜木町の駅で降り、駅の近くにある映画館の入った商業施設に指定の書店はあった。洋服屋の若い女性にぎょっとした顔で見られながら、磯子の神はるんるん気分で進んでいく。本屋はまだ開店してはいなかったが、スタンプラリーのコーナーは設けられており、スタンプの設置が待たれていた。忙しそうにしている店員を見かけたので、磯子の神は危険な笑みを浮かべて礼を言った。

「あっひゃっひゃ！　ご苦労様です」

朝っぱらから顔色の悪い白衣の長身男性に話しかけられ、店員は思わず持っていた段ボールを落としそうになっていた。スタンプの設置は五分もかからないうちに終わってしまった。

「あっひゃっひゃ！　暇になってしまいましたね」

今は一日で爪が三メートル伸びる薬や、青い汗が出るようになる薬の開発の最終段階だったので、早くラボに戻って研究に勤しみたいところだったが、せっかく外にいるのにとんぼ返りするのももったいないような気がしていた。

頭の上に電球がぽんと浮かんできた磯子の神は、そそくさと根岸線に乗り、港南台の駅で降りた。駅前の通りから南にしばらく進み、丘を登っていった辺りにハイキングコースの案内板が姿を現した。

ビートルズトレイルと呼ばれる港南台から鎌倉までのハイキングコースは、磯子の神がたまの運動で用いるお気に入りのコースだった。平日の午前中とあって、山道には誰もいないかと思いきや、きちんとハイキングの格好をした老夫婦がいたりとそれなりに賑わっていた。人とすれ違うたびに、怪しい笑みを浮かべて磯子の神は気さくに挨拶をする。天気が良く、山間にはかつての里山を思わせるような畑が見えた。

あれだけ不摂生をしているのに、どうして体力があるのか理解できない、というのが磯子の神の評であった。寝る時間もばらばらで、食事も好きなものしか食べないし、筋トレやジョギングは大嫌いときているのだから、息切れでもしそうなものだが、磯子の神は軽い足取りでハイキングコースを進んでいく。

横浜最高峰の看板が見えてきたので、大丸山の階段を上っていくと金沢八景が一望できる高台に出た。何人かの登山客も、ベンチに座ってのんびりと山の景色を楽しんでいる。山からの景色を望んでスイッチが入り、このまま鎌倉まで行くことにした。途中で富士山も見え、日々失われていった磯子の神の活力がみるみる回復していく。

景色は鎌倉の尾根道に変わり、しばらく進むと天園休憩所が見えてきたので、休むことにした。気付けば時刻は十二時を回っている。腹も減っているし、昼食にすることにした。

休息所にはビールやとうふ、ところてんに田楽など様々なメニューが用意されていたが、磯子の神が注文したのは甘酒とおでんだった。磯子の神は暑さなど気にせずあつあつの大根をほおばりながら、濃い甘酒を飲み干していく。

腹を満たしてゆっくりしていると、自動販売機の近くで眠っていた猫がよろよろと起き上がり、磯子の神に近づいてよりかかってきた。サイケデリックな見た目のせいで、人間にはあまり近づかれなかった磯子の神も、旭の神がうらやむくらい動物にはよく懐かれた。

「あっひゃっひゃ！　すみませんねえ、全部食べてしまいました」

謝りながら磯子の神が頭をなでると、猫は目を閉じて喉を鳴らした。なぜ突然猫がやってきたのか不思議に思っていると、木漏れ日が差し込んできた。猫は日光を浴びながら、心地よさそうに頭をなでられている。それを見て磯子の神は笑った。

「あっひゃっひゃ！　一番いい場所を知っているんですね」

猫と別れて残りの道を進むと、鎌倉はもう目と鼻の先だった。弟は今頃何をしているのだろうと思い、スマホを開くとメッセージが届いていた。鶴見の神から送られてきたメッセージには、七時に飲み会をやるから集合するように、と書かれている。暇を持て余したのが伝わってくるようなメッセージに、磯子の神は笑った。

「あっひゃっひゃ！　みなさん、さみしがり屋ですねえ」

参加する旨を伝え、気付けばハイキングコースは終わり、鎌倉に入り込んでいた。鶴岡八幡宮はいつものように観光客で混雑しており、さっきまでの山中の静けさが嘘のようであった。ちょうどいい運動をして、甘いものが食べたくなっていた。

こうと決めたらすぐに行動する磯子の神は、小町通りに入り、若い女子たちできゃぴきゃぴするパンケーキ屋の列に並んだ。当然のごとく奇怪なものを見るような目で見られたが、そんなことを気にする磯子の神ではない。にひにひと笑いながら、磯子の神は今日の工程を復習していた。

鎌倉へ続く山道は、かつて切通しとして用いられた古道であり、時折歴史を感じさせられる遺構もあった。昔は外敵から身を守るために作られた道が、今は市民の健康を支えるハイキングコースとなり、パンケーキへ続く道となっているのだから、歴史の積み重ねとは妙であると磯子の神はほくそ笑んだ。

「あっひゃっひゃ！　ですが、こういう日が過ごせるというのは、幸せなことですね」

列に並ぶのを嫌う神も多いが、磯子の神は何時間でも待っていられた。彼は無駄遣いを愛しており、時間が浪費できるというのは、豊かさの証でもあった。とことん無駄を追求することで、平和を享受しているのだが、なかなか理解してくれる神はいなかった。

「あっひゃっひゃ！　研究者とは常に孤独なものです」

ぶつぶつつぶやき、後ろに並んだ女子高生が不思議そうに磯子の神を見ていた。列は着実に短くなっていき、一名のお客様、と呼ばれた時、磯子の神は元気よく手を挙げてパンケーキ屋に入店していくのであった。

南の神

【生年】一九四三年（中区から分区）
【身長】一六〇㎝
【職業】惣菜屋
【人口】約二〇万人（市内一一位）
【面積】約一三㎢（市内一七位）
【名所】横浜橋通商店街、弘明寺商店街など
【神器】『鮮客万来《せんきゃくばんらい》』（鍋）揚げ物から炒め物までなんでも可

【主な特徴】
- 戦中生まれの神。
- 横浜の食を司る神。
- 港南の神の母親代わり。
- 気っぷがよく、家庭的な料理は天下一品。
- 横浜橋通商店街で惣菜屋を営んでいる。
- 肝っ玉母ちゃん。

南の神の仕込みは早く、午前三時に起きて市場に出向く。材料を仕入れてからポテトサラダ用のジャガイモを大きな鍋で煮ている間に、イワシの梅肉和えに用いる魚の骨を処理し、カボチャや里芋を蒸かしていく。店はうなぎの寝床のように人一人が通れるほどの広さしかないにもかかわらず、店頭のショーケースにはずらりとおかずが並び、午前中から近所のお年寄りが買いに来ていた。

今朝は珍しく六時頃に目を覚ました南の神が、一階の店に降りて半分開けたシャッターから商店街に出ると、向かいの肉屋の店主が朝の挨拶をしてきた。

「おっ、南ちゃん、寝坊なんてどうしたい？」

シャッターに張っておいた張り紙を指さしながら、南の神は笑った。

「これが読めないのかい。今日は臨時休業だよ」

本日店主急用のためお休みとさせていただきます、と書かれた張り紙を肉屋の店主は腕を組んで見た。

「旅行でも行ってくんの？」

すでに支度を済ませていた南の神は、カバンからスタンプを取り出した。

「これを、港南台の本屋さんに設置しに行くよう頼まれちゃってね」

スタンプに横浜大戦争という文字が記されているのを見て、肉屋の店主は何かを思い出したようだった。

「ああ、こりゃあ南ちゃんが前に取材を受けた、っていう本か。南区の神様ってのが出てくるんだっけ？」

「そうそう、あたしを参考にしたいって言われてね。まったく、取材を受けるのはいいにしても、あたしがスタンプまで置きにいかなくたっていいのにね」

「ははっ！　それじゃあまるで南ちゃんが神様みてえじゃねえか！」

そこで南の神は大げさに胸を張った。

「そうだよ、あたしゃこの横浜橋を土地神様として見守ってる、ってわけ」

またしても肉屋の店主は笑った。

「そいつぁいいや。南ちゃんほど長く店をやってりゃ、もう神様と呼ばれたっておかしかねえわな。考えてみりゃ、俺がガキの頃から南ちゃんは、ずーっと変わらずおばちゃんだもんなあ」

「レディになんてこと言うんだい。ま、あたしが本に出るなんてめったにないことだからね。宣伝がてら今日は休ませてもらうよ」

肉屋の店主と別れ、南の神は店の裏に止めておいた原付バイクに乗って横浜橋から港南台に向かった。横浜横須賀道路の高架をくぐると坂が険しくなり、根岸線が見えてきた。駅の近くの駐輪場にバイクを止め、駅前の高島屋に隣接するビルに向かった。開店前の書店では、店員が準備を始めており、南の神は優しく声をかける。

「ごめんくださいな。このスタンプを置かせてもらいにきたんですけれど」

スタンプを見せると、店員は快くスタンプラリーのコーナーへ案内してくれた。スタンプを設置し、店を去る前に、南の神は持ってきた紙袋を渡した。

「場所を取っちまってすみませんね。あたしの店のものなんだけど、よかったら食べてね」

紙袋には朝支度をしておいた玉こんにゃくと、ひじきの煮物、鯛の塩焼きが入っていた。ぽかんとする店員にみやげを受け取ってもらい、南の神は横浜の大神から託されていた仕事を終えた。

「さて、どうしたもんかね」

バイクで鎌倉街道を戻る途中、弘明寺の商店街が見えてきた。久々に、弘明寺をパトロールするのも悪くない。バイクを止めて商店街をぷらぷらと歩いていると、向こうから杖を突いた小柄な男の人が南の神に気付き、近づいてきた。

「おーい、南ちゃん！　どしたんだい、こんなとこで？」

「あら、村さんじゃない！　今日はちょっとしたお使いでね、さっき終わったところなのよ。具合はどう？」

以前横浜橋の近くで、寿司屋を営んでいた元店主と南の神は懇意にしていた。数年前に体調を崩してから店をたたみ、あまり横浜橋に顔を見せなくなったことを残念に思っていた南の神からすれば、嬉しい再会だった。

「いやあ、心配かけちまったね。おかげさまで、ちったあ元気になったよ。店をやれるほどじゃねえけどな」

「そりゃよかったよ。たまにはこっちにも顔を出しなさいな。みんな村さんに会いたがってんだからさ。積もる話もあるんだろう？」

「まさに相談に乗ってもらいてえ面倒ごとに巻き込まれちまってんのよ」

「どうしたってのさ」

村さんは指で鼻をこすって、目をそらした。

「実はよ、孫娘が旦那と喧嘩してうちに戻ってきちまって」

「まあ」

村さんの表情は暗く何らかの責任を感じているようだった。

「それが、うちの孫娘は料理がてんで苦手でな。旦那ってのは、俺が寿司屋やってたもんだから孫も腕がいいとばかり思っていたのか、孫娘は料理にケチをつけられることが多くて、いい加減ブチ切れて実家に戻ってきたって話なわけだ」

「まったく、そんな昭和のホームドラマみたいなことが起きるもんなんだね」

「笑いごっちゃねえっての。俺は娘夫婦に店を継がせるつもりもなかったし、料理については一切教えなかった。おかげで娘も孫も料理は出されるものだ、っていう生活に慣れちまったんだが、少しくらい教えておくべきだったのかと思ってるわけよ」

「何言ってんだい。もう大人なんだ、味覚の違いなんてのは些細なもんで、若い夫婦にゃ誰にも言えない悩みがあるってもんだよ。じいさんの村さんが責任を感じる必要なんてあるもんかい」

「相変わらず南ちゃんはズバッて言ってくれて気持ちがいいや。まさかこんなじじいになっても、子育てで悩むなんて思わなかったぜ」

南の神の腹は決まっていた。

「さ、傷心の孫に会いに行こうかね。あたしが一肌脱いでやるよ」

「おいおい、いいのかい？」

商店街から少し離れた一軒家にお邪魔し、二階にある部屋をノックすると孫娘が出てきた。

「南ちゃん!」

小さなころから付き合いのある孫娘は、南の神に飛びついてくる。

「なんだい、泣いて帰ってきたと思ったら元気じゃないか」

孫娘はにやりと笑った。

「実家に帰るのが、ダーリンには一番効果があるの。もうしばらくしたら俺が悪かった、って言ってくるわよ」

「村さんにあんまり心配かけてやるもんじゃないよ。あんたたちからすれば小さな喧嘩かもしれないけどね」

「小さくなんてないわ。最近、全然相手にしてくれないんだもの。男って、基本構造が飽きっぽくできてるのね」

「私がいるのが当たり前になってて、感謝の一言もないの。男って、基本構造が飽きっぽくできてるのね」

ため息を漏らした南の神は、孫娘を連れてキッチンに向かった。

「村さん、ちょっと冷蔵庫の中身借りるよ」

豆腐がボウルの中に入れられていたのを見て、南の神は孫娘にエプロンをつけた。

「私がやるの?」

「何のためにあたしが来たと思ってるんだい。おいしい揚げ出し豆腐の作り方教えてあげるから、今度旦那に食わせてやりな。結局、男は胃袋なんだよ」

「でも私、下手だし」

「安心しな。あたしが教えてできなかったやつはいないんだ」

南の神と孫娘が楽しそうに揚げ出し豆腐を作っている様子を、村さんは隣の部屋から眺めていた。久々ににぎやかになったキッチンでは、早くも料理が完成し、試食に村さんが呼ばれた。

「おっ、こりゃ南ちゃんの味だよ。おめえが作ったのか?」

「うん」

めったに料理を褒められなかった祖父に美味いと言わせて、孫娘は少し照れ臭そうだった。

「なんだか久々にあったけえもんを食った気がするよ」

祖母を亡くし、一人で暮らす祖父を見て、孫娘は何か思うところがあったようだった。自らの役目を終えたと感じた南の神は、携帯電話を見るとメールが届いていた。七時から飲み会を始める、という鶴見の神からのものだった。

「ほんとに、業突く張りの集まりだね」

呆れながら返信をしていると、孫娘は南の神に礼をした。

「ありがと、南ちゃん。帰ったらダーリンに作ってみるね」

「何か作りたいものができたらあたしを呼びな。またここで教えたげるよ」

「あんがとな、南ちゃん」

村さんからも礼をされたが、南の神は照れ臭そうに弘明寺の商店街へ戻った。

「さて、鶴見かい。各駅でのんびり行くとするかね」

西日を浴びた弘明寺の坂を、南の神は軽い足取りでバイクを取りにいくのであった。

鶴見の神

【生年】一九二七年
【身長】一八五㎝
【職業】建設業
【人口】約二九万人（市内三位）
【面積】約三三㎢（市内四位）
【名所】キリンビール横浜工場、火力発電所、花月園（元・競輪場）など
【神器】『百火繚乱《ひゃっかりょうらん》』（革の手袋）
自在に炎を操る

【主な特徴】
● 横浜最古参の土地神の一人。
● 同期の神は、神奈川の神、保土ケ谷の神、中の神、磯子の神。
● 横浜の火を司る神。
● 直情径行型の神であり、嫌みのないタイプ。
● けんかっ早く、お祭り好き。
● 女子受け高し。

じりじりと音を立てる目覚まし時計を強くぶっ叩いて、鶴見の神はむくりと体を起こした。あくびを一つして立ち上がると、着の身着のまま玄関の扉を開けて、一階のコンビニに入っていく。パジャマ姿の大男が突然登場して、立ち読みをしていた若い学生や、朝食を買いに来たOLは驚いていたが、鶴見の神はブラックの缶コーヒーにホットドッグ、乳酸菌のたっぷり入った健康ドリンクを手に取り、レジへ向かった。

「いつもの」

寝間着姿でやってくることに慣れている店長のおばさんは、鶴見の神の注文を受けて、ショーケースからアメリカンドッグを取り出した。

「こんなの飲むなんて珍しいね。おなかでも壊しちゃった？」

乳酸菌飲料をレジ打ちしながらおばさんが軽口をたたくと、鶴見の神はまたしても大あくびをしながら頭をかいた。

「気まぐれだよ。俺様はいつでも快眠快便だからな」

はいはい、と呆れながらおばさんは手際よく商品を袋詰めし、鶴見の神はコンビニを出た。部屋で買ってきたものをぺろりと平らげると、鶴見の神はいつもの仕事の服であるニッカボッカではなく、白いTシャツと短パンに着替えた。散らかった洋服や雑誌をかき分け、小さな箱から取り出したものはスタンプだった。裏表をしげしげと見ながら、鶴見の神は満足そうに声を上げた。

「なかなかよくできてるじゃねえか」

横浜の大神から、横浜大戦争スタンプラリーのスタンプを設置せよ、という命を受け、鶴見の神はノリノリで賛成の手を挙げた。勝負事が何よりも大好きな鶴見の神にとって、最も多くスタンプを押してもらうのは自分以外考えられないことだった。人間相手に土地神のスタンプを作ってもいいのか、とか、横浜大戦争の事実が世間に漏れている点などは、特に彼の興味を誘うことではなかった。

「どんなやつが押しに来るのか、今からわくわくするぜ」

スタンプをポケットに突っ込んで、鶴見の神は家を出た。通勤客でごった返す鶴見駅を抜けて、第一京浜を鶴見川方面にしばらく進み、見えてきた書店に入ると、探すまでもなく横浜大戦争スタンプラリーのコーナーが目に飛び込んできた。台にスタンプを置いて、任務完了。店員を捕まえて、来た客全員に押してもらうようにしてくれよ、と言っておきたかったが、神奈川の神に釘を刺されたことを思い出す。

「頼むから余計なことはしてくれるなよ。君らの苦情は僕が対応しているんだからな」

神奈川の神にねちねちと説教をされるのは避けたい。俺様が一番になるよう、よろしく頼むぞ、と心の中で呟いて、おとなしく書店を後にした。

「しっかし、こんな朝っぱらにどうすっかな」

スタンプ設置の命を受けていたので、今日の仕事はオフにしておいた。天気もいいことだし、釣りをするのも悪くない。鶴見川沿いをぶらぶらと歩いていたが、一度家に帰って釣り竿の準備でもするべきかと、帰路に就こうとした時、片手をあげて近づいてくる人の姿があった。

「おーい、鶴ちゃん！　こんな朝早くにどしたの？　ついにクビになっちゃった？」

話しかけてきたのは、濃い顔立ちの愛想のいい男だった。近くで沖縄料理屋を経営しており、飲み仲間の一人だった。軽く小突きながら鶴見の神は返事をする。

「バカ野郎、今日は用事で休業だ。お前こそ、朝っぱらから何やってんだ？」

見れば飲み仲間の男はタンクトップに短パンとジョギングのいでたちだが、汗だくですっかり息切れしている。

「見りゃわかるでしょ、ダイエットよ。このまま運動しないと、すぐにおっ死んじゃうよって医者に脅されちゃってさ」

とはいうもののまるで深刻そうなそぶりはなく、ははは と男は笑っている。すると何かを思い出したように、男は鶴見の神の手を引いた。

「そうだ、いいとこで会ったよ。実は鶴ちゃんの好きな泡盛あっただろ？　あれがとあるルートから手に入ってさ」

「ほんとか？」

酒の中でも泡盛が特に好きだった鶴見の神からすれば、聞き逃せないニュースだった。満面の笑みで男は話を続ける。

「鶴ちゃんに知らせなきゃ、と思ってたところなんだ。ま、こんなところで立ち話もなんだし、とりあえずうちにおいでよ」

一切の反論する隙を与えられず、飲み仲間に言われるがまま小さなシーサーの置物が飾られている一軒の店に連れ込まれた。店からはかつおだしのいい匂いが漂ってきて、カウンターの奥では男の息子が丁寧に仕込みをしている最中だった。鶴見の神がやってきたことに気付くと、息子は愛想よく笑い、泡盛と島らっきょうの入った小鉢を出してきた。

「おいおい、まだ午前中だぞ！」

はじめは殊勝に固辞していた鶴見の神も、泡盛の水割りを一杯呑み、島らっきょうや海ぶどうをつまみながら、息子が手際よく出してくるゴーヤチャンプルーやにんじんしりしりを食べていくにつれて酒も進み、店のテレビが正午のニュースを伝えるころになると、いつのまにか近所の飲み仲間も集まって、ちょっとしたお祭り騒ぎになっていた。

誰かが指笛を鳴らして、鶴見の神も機嫌よくカチャーシーを踊り始めてしまう。あまりのお祭り騒ぎに、鶴見の神は思わず自責の念に駆られる。

「こんな真昼間からどんちゃん騒ぎしてたら、えらい神様に怒られちまうぜ」

だったらその神様も呼んできちゃえばいい、と誰かが言ったので鶴見の神は、違いねえと言って笑った。午後になっても飲み会は続いており、すでに座敷で眠りこける客の姿もある中、鶴見の神が何十杯目かの泡盛を呑んでいると、店主が近づいてきた。さっきまではにこにこしていたのに、今はどこか不安そうな顔をしている。

「実はさ、息子を独立させようと思っているんだ」

吉報に、鶴見の神は驚く。

「そりゃめでたいじゃねえか！　坊主の腕前は大したもんだよ。なんならこの呑み助より、よっぽど仕事が丁寧だ」

鶴見の神に言われて、ずっと料理を続けていた息子は照れ臭そうにお辞儀をした。だが、賛辞を受けても息子を一人立ちさせる親の表情は暗かった。

「そう言ってくれるのはうれしいんだけど、やっぱり親ってのは心配なんだよね」

鶴見の神からすれば息子はどこへ出しても恥ずかしくない料理人だった。何かいい言葉で安心させてやりたかったが、ほかの神々に比べて鶴見の神は口が達者ではない。鶴見の神にできる励ましは一つだけだった。

スマホを取り出した鶴見の神は、せっせと何かを打ち始めた。何をしているのか、店主が疑問に思っていると鶴見の神はにんまりと笑った。

「なら、坊主の腕が確かかどうか、チェックしてやろうじゃねえか。七時にここへやってくるよう、俺様の親戚を呼んだ。俺様を含めて十八人、どいつもこいつも注文が多くて、厄介なやつらだ。こいつらを御しきれたら、一人前を名乗っていい」

いきなり大量の予約を入れられて、息子はあたふたし始める。それを制するように鶴見の神は言った。

「いつもの料理を出してくれればそれでいい。俺様がこの店を好きなのは、料理がうまいこともそうだが、何より居心地がいいからだ。それは、沖縄からやってきた祖父ちゃんや父ちゃんがこの地で地道に築いてきたもんだ。精一杯を続けていきゃ、自然と周りに人はついてくるもんだぜ」

その言葉をエールと受け取った息子は、さっそく予約客に向けた仕込みを始めた。思わぬ計らいに店主は礼を言った。

「ありがとう、鶴ちゃん」

「うし、じゃあうるさい客がやってくる前に、三次会でも始めるとするか」

そう言って鶴見の神は、巣立ちを見守る親鳥のグラスに泡盛を注いだ。

【神奈川の神】

【生年】一九二七年
【身長】一七八cm
【職業】公務員
【人口】約二五万人（市内六位）
【面積】約二四㎢（市内九位）
【名所】三ツ沢球技場、横浜市中央卸売市場、旧神奈川宿、浦島太郎伝説発祥の地
【神器】『飛光亀《ひこうき》』（光る亀）
時の流れを操る

【主な特徴】
●横浜最古参の土地神の一人。
●同期の神は、鶴見の神、保土ケ谷の神、中の神、磯子の神。
●横浜の時を司る神。
●超弩級の面倒くさがり屋で、融通が利かない。
●お役所体質であり、時間外労働をこの上なく憎む。
●遊び上手。

五時半。神奈川の神は目覚ましが十秒鳴ったタイミングで目を開け、まぶたをこすりながら浴室に駆け込んでいった。

六時。シャワーを終え、普段のスーツではなく、私服の和装に着替え、髪型を入念に整える。右目の上を境目にした七三分けが完成した。

六時一〇分。反町駅の近くにある喫茶店で、日課であるトーストとゆで卵にコーヒーのセットを注文し、トーストは右で五〇回、左で五〇回咀嚼した後に飲み込み、ゆで卵は上半分を食べた後に、コーヒーを三度すすり、残りを食べた。

コーヒーをすべて飲み終えると、腕時計の秒針はぴったりと一二時を周り、六時半になった。

六時半。歩いて勤務先である神奈川区役所を越えて、東神奈川の駅から京浜東北線に乗って横浜駅で横浜市営地下鉄に乗り換えた。

七時。センター北駅で降りた神奈川の神は、駅の近くにある大きな商業施設へ向かった。駅は通勤客で混雑し始めている。近くには歴史博物館の姿も見えたが、神奈川の神はすでに目的のことで頭がいっぱいになっていた。開店までまだ時間はあったが、神奈川の神は横浜の大神から渡された入館証を社員用の受付で見せ、中に入っていった。

横浜大戦争のスタンプラリーを行うので、各地の神は指示された書店にスタンプを設置せよ、という通告を横浜の大神から受けても神奈川の神は冷静だった。

土地神の任務が下された日は、人間界での仕事は休みとなり、命令さえさっさと片付けてしまえばあとはオフであった。休暇を愛する神奈川の神からすれば、スタンプの設置云々よりも、その後に発生する休暇の方が重要だった。余白の時間を最大限利用すべく、神奈川の神は今日という日のスケジュールを綿密に組んでいて、それらは順調な滑り出しを見せていた。

エスカレーターに乗って、指定の本屋にたどり着くと、本当に横浜大戦争スタンプラリーのための台が設置されていた。事前に店員がスタンプを置けばそれで完成という段階まで仕上げていてくれたので、神奈川の神はほっとした。一分もしないうちにスタンプを置き、判の押し具合を確認すると、駆け足で店を後にし、横浜駅まで戻ってから東海道線に乗り換えた。

九時。売店で買った冷凍みかんが程よい具合に溶け、ぺろりと食べると、神奈川の神を乗せた東海道線は小田原に到着した。グリーン車から降りた神奈川の神は、箱根登山鉄道に乗り換えて、箱根湯本へ向かった。

九時二〇分。湯本からは登山電車に乗り、スイッチバックをしながらゆっくりと山を登っていく。和装の客が珍しかったのか、最近多くなった外国人観光客から、一緒に写真を撮ってくれないかとお願いされ、しっかりピースをしてファインダーに収まった。

九時三五分。宮ノ下駅で降りた神奈川の神は、歩いて数分のところにある行きつけの旅館にチェックインし、私物が置いてある部屋には入らずに大浴場へ一直線に向かった。雄大な箱根の山々を見ながら、しばしのんびりとした時間が流れるかと思いきや、烏の行水である神奈川の神は、ものの一〇分もしないうちに風呂から上がり、あっという間にチェックアウトして旅館を後にした。

九時五〇分。宮ノ下駅から強羅駅まで再び登山電車に乗った後、終点からはケーブルカーで早雲山を目指した。もくもくと噴煙が立ち込める大涌谷で黒たまごを買い、二口で平げてしまうとロープウェイに乗って桃源台に向かった。

一〇時一〇分。桃源台にやってきて、芦ノ湖の湖畔でも悠然と眺めるかと思いきや、神奈川の神は脇目も振らずに観光船に乗り込み、船は芦ノ湖の南岸である箱根町へと進んでいった。船の上ではしきりにスマホを見ながら次の行程を確認し、周りの景色には一切目もくれずにいる。

一〇時四〇分。箱根町までやってきたのだから、箱根駅伝の記念館くらいには顔を出して、観光らしいことをするだろう、と思うのは素人考えで、神奈川の神は箱根湯本行きのバスに乗り込み、芦ノ湖はあっという間に遠くなっていった。

神奈川の神は、横浜の土地神の中でも珍しく旅行を趣味としていたが、どの神も一緒に旅行をしようとは言わなかった。

神奈川の神にとって旅行とは、想定した時間に目的の場所へたどり着くことであって、そこに余計なイベントは一切必要としていなかった。

鶴見の神の言う、神奈川の神の旅行は、マラソンみたいなものだという意見は当たらずとも遠からずであり、訪れた先で観光するなどもってのほかであった。タイムアタックみたいな神奈川の神のスケジューリングではあったが、予定の時間通りに箱根湯本へたどり着き、当の本人はご満悦であった。

一一時。わずか二時間の箱根滞在を終え、神奈川の神は小田原駅に戻ってから小田急線に乗り換え、一路秦野へ向かった。

一一時半。秦野の駅前からタクシーに乗り、丹沢の山に近づいた辺りに蕎麦屋があった。店に入った神奈川の神は天せいろを頼み、やってくるまでの間に午後の行程を確認していた。五分で十割そばを平らげた神奈川の神は、蕎麦湯で溶いたつゆを飲み干し、外で待たせておいたタクシーに乗り込んで秦野の駅へ戻った。あまりにも早く戻ってきたので、運転手に、あれ、お客さん、食べてこなかったんですか？　と聞かれるほどであった。

一二時半。神奈川の神は緊張していた。箱根を一周するのはうまくいったものの、これからは時間との戦いだった。一分一秒を無駄にしないためにも、最短ルートでいかなければならない。秦野から小田急線に乗って、伊勢原の駅で降りてバスを待っている間、神奈川の神はしきりに時間を気にしていた。登山客を乗せたバスは伊勢原駅を離れ、三〇分ほどで大山の麓にある参道に到着した。途中の信号待ちが多く、いい天気ということもあって山は混んでおり、バスを降りると、坂の傾斜も気にすることなく、神奈川の神はケーブルカー乗り場まで駆け上がっていった。

一二時五〇分。大山阿夫利神社に到着した神奈川の神であったが、参拝することなく、神奈川県が一望できる広場に向かった。これから山頂へ向かう登山客や参拝客が賑やかに盛り上がっている一方、箱根登山ケーブルカーと大山ケーブルカーを一日でハシゴする当初の目的を見事達成して、神奈川の神は胸をなでおろしていた。

人生の限られた時間を一秒たりとも無駄にしない、という神奈川の神の信念は、行き過ぎるあまり共感してくれる神は誰もいなかったものの、山から景色を望む今の表情は笑みが浮かび、充実感に包まれていた。

「前回より、一〇分早い。これは僕も腕を上げたな」

神奈川の神はうん、とはっきり頷き、またしても観光することなくケーブルカーで下山した。

一四時。主目的を達成し、あとは目的の時間までに家へ帰ればよかったので、ほっとした気持ちで小田急線に乗り、海老名を目指しているとスマホにメッセージが届いた。神奈川の神は、着信というものが嫌いだった。自分の時間を乱されるので、必要な時以外は電源を切るようにしていたが、さっき地図を見たときに忘れてしまっていた。

仕方なく文面に目をやると、鶴見の神から七時に飲み会をやるから鶴見へ来いとのことだった。基本的に神奈川の神にアポを取りたい場合、三日前までに連絡をするのが原則であり、当日の呼び出しなど言語道断だった。七時となれば、風呂から上がって夕飯の準備を始める時間なのだから、飲み会になど行っている場合ではない。

「冗談じゃない。僕はこれから家に帰るんだ」

すぐさま断りの連絡を入れるが、間髪入れずに返信がやってくる。

「うだうだ言わずに黙って来い、どうせ今日だってろくでもない旅してるんだろう？　お前のみやげ話が聞けないのは退屈だ」

ろくでもないとは心外だ、と神奈川の神は思ったものの、ひとまずは目的を果たしたわけだし、行ってやらないでもない気持ちになっていた。冷蔵庫に残っている野菜は、昨日買ったばかりなので今日中に使い切らなければいけないわけではない。掃除は九時までに帰ってくれれば、なんとかなる。だが、何より、明日も仕事なので、一一時には布団に入らなければならない。

突如入った予定に対応するためには、時間をどう逆算すればいいのか、頭を悩ませていると、神奈川の神は思わずため息をついてしまった。

「これだから時間にルーズなやつは困る」

予定を乱され、アンニュイになる神奈川の神を乗せた小田急線は時刻通りに海老名駅へ進んでいった。

青葉の神

【生年】一九九四年（港北区と緑区から分区）
【身長】一四五㎝
【職業】中学生
【人口】約三一万人（市内二位）
【面積】約三五㎢（市内二位）
【名所】東急青葉台駅、東急たまプラーザ駅、こどもの国など
【神器】『思春旗《ししゅんき》』（旗）
土地神を子供の姿に変える旗

【主な特徴】
●横浜で最も若い土地神の一人。●同期の神は、都筑の神。●港北の神は父、緑の神は母、都筑の神は双子の姉。●横浜の開拓を司る神。●都筑の神とは同い年ではあるが、容姿の幼さから、主に小学校や中学校に潜って子供たちを調査している。●早く一人前に見られたい気持ちから、背伸びしがち。●異性よりも同性にモテるタイプ。

枕元に置いたスマホがぶるぶると震えていた。重い瞼をこすりながら青葉の神が通知を確認すると、都筑の神からのメッセージが五件。おはようございます。起きましたか？　スタンプを忘れないように。私がいなくて大丈夫ですか？　終わったらどこかで合流しますか？

朝から熱烈なメッセージの嵐に、青葉の神はため息をついて体を起こした。洗面所で顔を洗い、歯を磨いて、クローゼットから取り出したシャツとショートパンツに着替えているとまたスマホが着信を伝えた。メッセージは三件増えている。内容は似たり寄ったりで、やはり都筑の神が心配するものだった。いい加減腹を立てた青葉の神は、独り言をつぶやきながら乱暴に返信した。

「もう！　心配しすぎだから！」

怒気が伝わったのか、それから青葉の神のスマホはおとなしくなった。

「なんでお姉ちゃんぶるのかな。同い年なのに」

ぷんぷん腹を立てながら一階に降りると、台所からみそ汁のいい匂いがした。食卓には焼き魚や冷ややっこ、サラダに炊き立てのご飯が用意されていて、眠そうにしたメガネのおじいさんがにこやかに朝の挨拶をした。台所にいたおばあさんは、青葉の神によそったみそ汁を渡した。

「おはよう、あおちゃん。なんだかご機嫌斜めね」

港北の神たちと別々に暮らすようになってから、青葉の神は子供が巣立った老夫婦の家の世話になっていた。名目上は中学生の青葉の神を一人暮らしさせるのは、世間的にもリスクが高く、二人暮らしに少し張り合いのなさを感じていた老夫婦がイベントの多い中学生と共に暮らすのはいい刺激にもなっていた。土地神であることは伏せているものの、面倒見のいい老夫婦には港北の神も緑の神も感謝しっぱなしであり、てっきり二人で暮らすものだとばかり思っていた都筑の神以外は誰も文句を言うものはいなかった。

「今朝はつづちゃん、こないのかしら？　ごはん、四人分用意したんだけど」

「いいんです。今日は、別々の仕事をやることになってますから」

土地神の仕事が急に入って、学校を休まなければならなくなった時、青葉の神たちは芸能の仕事があるという名目で時間を設けていた。ところが、土地神が嘘をつくわけにもいきませんし、青葉の可愛さは民も共有すべきです、という鼻息の荒い都筑の神の意見を採用し、時折本当に小さな雑誌のモデルの仕事をやっていた。青葉の神はもちろんのこと、保土ケ谷の神や港北の神は強く反対したが、都筑の神の覇気に敵う者はおらず、結果として押し切られる形になってしまった。

こうもひっきりなしに都筑の神からメッセージがくると疲れが増してしまう。たまには一人になりたい、という願いをかなえるような今回の横浜の大神直々の命令は渡りに船であった。

不機嫌そうな青葉の神の事情を察したおばあさんは、いすに腰掛けながら柔らかに言った。

「つづちゃんは、あおちゃんが大好きなのよ。今はうっとうしく思うこともあるかもしれないけど、大人になって姉妹の仲がいいというのはとても幸せなことよ。うちの娘たちも、昔は喧嘩が多かったけど今のほうが仲がいいものね、お父さん？」

みそ汁をすすりながら、むにゃむにゃとおじいさんはあいまいな返事をした。青葉の神は別に、都筑の神が嫌いなわけではない。ただ、何でもかんでも都筑の神がやってしまうのは、一人の土地神としてどうなのか。青葉の神が悩んでいるのはその点だった。

悩み多き青葉の神は、食事を終え、家の近くからバスに乗り青葉台の駅に向かった。混んだバスの車内には、同じ学校の制服の子がちらほら見える。みんなが学校へ行っている時に、違うことをするのはいけないことだとわかっていても、どこかドキドキした。

青葉台駅で降りて駅前のビルに入ると、横浜の大神から指示された広い書店があった。まだ開店前ではあったが、横浜大戦争スタンプラリーのコーナーが設けられている。青葉の神はカバンから事前に渡されていたスタンプを取り出し、台に設置していく。

土地神の戦いが宣伝されるのはどうなんだろう、と青葉の神は至極まっとうな疑問を持ったものの、すでに雑誌やローカルな企業のCMに出演してしまっている以上、今更何も言うことはできなかった。

「ま、みんなフィクションだと思ってくれるよね」

それより、どんな人たちが自分のスタンプを押しに来てくれるのかのほうが気になっていた。なし崩し的に芸能の仕事も始めたものの、誰に支持されているのか気にならない青葉の神ではなかった。ただ、設置したらすぐにその場を離れるように、と命を受けているので、名残惜しそうに青葉の神は書店を後にした。

「今日、どうしよっかな」

普段は学校に行っている時間なので、平日の街を歩くのはわくわくする。しかし、渋谷や町田に出てしまったら、確実に補導員に見つかってしまうだろう。ただでさえ声を掛けられやすいのだから、慎重にならなければならなかった。

「学校さぼるのも、結構頭使うなぁ」

この辺りをふらついていてもいつもと変わらないので、ひとまず田園都市線に乗った。そういえば学校へ行く途中、いつも多摩川の辺りで降りてみたいと思っていたので、二子玉川ではなく、二子新地で降りて川沿いに出た。

平日にもかかわらず、川の土手ではジョギングや草野球に興じる人たちだけでなく、バーベキューで盛り上がる大学生の集団もいて賑わっていた。橋脚の近くに腰を掛けて、どんな人たちが平日を過ごしているのだろうとぼんやり眺めていると、視線を感じた。バーベキューの集団にいた、ロングスカートの女の人がちらちらとこちらを見ていた。補導員ではなさそうだが、何か変なことをしただろうかと青葉の神が不思議に思っていると、紙皿に肉と野菜を載せて、女の人が近づいてきた。

「食べる？」

女の人は、やや濃いめのメイクをしていて、一見すると近づきがたい感じがしたが、人懐っこい気配は青葉の神の警戒心を解いていた。

「ありがとうございます。そういうつもりじゃなかったんですが」

照れ臭そうに青葉の神は笑ったが、大学生が作った割にはなかなかおいしそうに肉も焼けており、何より雰囲気が楽しかった。お言葉に甘えて食べた肉は、少し硬かったが、満足させる何かがあった。女の人は青葉の神の横に座って、缶チューハイを呑んだ。

「さぼりっしょ?」

びくっと青葉の神は肩を揺らし、女の人はなははと笑った。

「ちくったりしないよ。一日くらい、平日に川で肉食ったって罰は当たんないって」

缶チューハイを呑み干した女の人は、集団に戻って自分のチューハイと青葉の神のコーラを持ってきた。小さく乾杯をして、女の人は言った。

「あたし、先生になんだよね。これは学生最後のバーベキューでさ」

女の人の、集団を見る目はどこかさみしそうだった。

「こうやって生徒と飲んだり食ったりできたりすれば、解決することもあるんだろうけど、簡単じゃなさそうなんだよなあ。結構子供の扱いには慣れてるつもりだったんだけど、こないだ実習行ったらなかなかうまくいかなくて」

しんみりしてしまったことを恥じるように、女の人は苦笑いを浮かべた。

「ごめんね、変なこと言っちゃって。何言ってんだろ、あたし。あなたたちのほうがずっと大変なのにね」

肉を食べ終えた青葉の神は、礼を言って一言付け加えた。

「あなたがどんな授業をするのか、ぼくは興味あります」

本心でそう言ったつもりだったが、女の人はお世辞だと思ったようだ。それでも気分をよくした女の人は、ぽんと軽く青葉の神の頭を撫でた。

「ありがと。ちっと元気出たよ」

集団に帰っていく女の人を見ながら、青葉の神は、港北の神や都筑の神たちとバーベキューをするのも悪くない気がした。スマホがぶるぶると震える。見てみると鶴見の神からで、飲み会を開くから七時に集合しろ、という連絡だった。普段ならすかさず都筑の神からメッセージが来るが、朝の説教が効いたのだろう。スマホはおとなしいままだ。

ため息を漏らして、青葉の神はメッセージを入力した。

「仕方ない。許してあげよっかな」

そう言いながらメッセージを送る青葉の神の表情は、どこか嬉しそうだった。

都筑の神

【生年】一九九四年
（港北区と緑区から分区）
【身長】一五五㎝
【職業】高校生
【人口】約二一万人（市内八位）
【面積】約二八㎢（市内七位）
【名所】ららぽーと横浜、横浜市歴史博物館、大塚・歳勝土遺跡など
【神器】『狐狗狸傘《こっくりさん》』（傘）
この世ならざるものを呼び寄せる傘

【主な特徴】
●横浜で最も若い土地神の一人。●同期の神は、青葉の神。●港北の神は父、緑の神は母、青葉の神は双子の妹。●横浜の安息を司る神。●青葉の神より大人びていて、高校や大学に忍び込んで若者の調査を行っている。●才色兼備であり、武道の心得もある。●わりと男気がある。●一途。

都筑の神の朝は早い。四時半には目を覚まし、手早く身支度を終えて寝坊助の青葉の神に目覚ましのメッセージを六時に送るのだ。一度のメッセージでは起きないので、既読が付くまで何度か送らなければならない。いつもなら早く家を出て、青葉の神の下宿先まで足を運び、一緒に朝食を摂ってそれぞれの学校まで登校するのだが、今日は横浜の大神から特別の仕事を言い渡されている。本当なら青葉の神と一緒に、そのミッションをやろうと画策していたのだが、あえなく断られてしまっていた。

いつまで経っても返信がない。こんな形で寝落ちをして遅刻をするのはしょっちゅうだ。改めてメッセージを送ると、つれない返事が送られてきた。

「しつこいから！　一回言われればわかるし！」

絵文字もないメッセージは、青葉の神が怒っている証拠だ。自分ではしつこくしているつもりはないのに、明らかに拒絶を示す連絡をされて、さすがの都筑の神もしょんぼりしてしまう。

「わたくしはこんなに青葉のことを思っているというのに……」

一人で着物を着つけた都筑の神は、意気消沈したまま部屋を出て、一階の食堂に顔を出した。バターロールに目玉焼きとウィンナー、サラダを載せたプレートを食堂のおばちゃんは用意してくれていたが、ホットコーヒーだけを受け取り、誰もいない窓際のテーブルに座って、深く息を吐いた。

しばらくするとがやがやした声とともに、続々と朝の準備を終えた寮生たちが食堂へやってくる。窓際の席で、都筑の神が憂鬱そうにコーヒーを飲む姿を見て、何人かの学生たちは朝から黄色い声を漏らしていた。都筑の神には自覚がなかったものの、この女子寮で彼女のファンは多かった。いつも朝早く出かけてしまうので、食堂でのんびり朝食の席についているのはとても貴重であり、物憂い表情が繊細な女子たちの心をくすぐっていた。

はやし立てられた一人の後輩が、恐る恐る都筑の神に近づいてきて声をかけた。

「お、おはようございます、先輩。今朝は珍しくゆっくりなんですね」

勇気を振り絞って声をかけてきた女生徒の緊張を解くように、都筑の神はにこりと笑みを浮かべた。

「おはよう。今日は仕事の日なのです」

地方から上京し、都心の学校に通う女生徒のための小さな寮で、都筑の神は二年生ながら寮長を務めていた。出身も、通う学校もばらばらの生徒たちをまとめるのは骨が折れるが、元来面倒見のいい都筑の神からすればたやすいことだった。学生だけでなく、最近は芸能の仕事も少しだけ始めた都筑の神を、寮の生徒たちは憧れのまなざしで見つめており、挨拶をされた生徒は、それ以上何をしゃべったらいいのかわからなくなっていた。

するると都筑の神は立ち上がって、後輩の襟に手を掛けながらそっと言った。

「襟が曲がっていてよ」

顔が上気する後輩の女生徒に別れを告げ、都筑の神は寮からバスに乗り鴨居駅で降りた。

横浜の大神から命じられた書店は、二軒あった。横浜大戦争のスタンプラリーに用いるスタンプを、神自ら設置せよ、という命令に都筑の神は何の異論もなかった。いずれ青葉の神を全国デビューさせる野望を秘めている彼女からすれば、このスタンプラリー企画は覇道の第一歩に過ぎなかった。土地神が人間に知られてはいけない、という原則など知ったことではない。青葉の神という都筑の神にとってのアイドルが、狭い世界でくすぶっていることのほうが耐えられないことだった。

そのためならば、自分のスタンプを設置することなど造作もない。駅の近くにあるららぽーとに入り、開店前の書店にお邪魔して、店員に軽く挨拶を済ませると、横浜大戦争スタンプラリーのコーナーを見つけた。各区の土地神たちがにぎやかに描かれたポスターが張られていたが、都筑の神は青葉の神しか見ていなかった。

早々とスタンプを設置して、鴨居駅に戻った都筑の神は、横浜線に乗って横浜駅で横須賀線に乗り換え、新川崎の駅で降りた。周辺は再開発が進んでおり、以前では見られなかった大きなマンションや商業施設が立ち並んでいる。

「ここも、随分と変わりましたね」

変化に驚きつつ、指定されたもう一軒の書店にも顔を出し、店員に礼を言って二つ目のミッションも無事完了した。仕事が終わった旨を青葉の神に連絡するが、さっきから一向に既読が付かない。都筑の神は、ちょっぴり腹が立ってきた。

「青葉ったら、わたくしがこれだけしているというのに！」

いつもなら根負けして返信をしてくるものだが、今日は妙に意固地になっているのか、梃子でも動かない意思が伝わってくる。

「もう知りません！　今日はわたくし一人でオフをエンジョイしてやります！　けれど、こんな時間から何をしたらいいものでしょう？」

四六時中、青葉の神のことを考えるのが都筑の神の日課であり、人生であった。それが許されなくなると、彼女に趣味らしいものはなかった。化粧や着付けは周りからほれぼれされることが多かったものの、それらはすべて青葉の神を美しくするために会得したものであり、自分のためではなかった。いざこうして自分のために時間を使うとなると、何をしたらいいのか想像もつかなかった。

ひとまず新川崎の駅からぶらぶらと歩いていくことにした。しばらく南に進むと、温泉の看板が見えてきた。

「そういえば、青葉が温泉に入りたいと言っていましたね。そうですわ！」

少し意地悪な気持ちになった都筑の神は、一人で温泉に入ってしまう計略を思いついた。川崎の住宅街にぽつんと現れた温泉は、外から見るよりもずっと広く、平日の午前中ともあってお客さんは少なく、快適そのものだった。

露天風呂に浸かっていると、屋根に鳥が止まってちゅんちゅんと心地好さそうに鳴いている。それを見て都筑の神はぽつりと呟いた。

「こういうの、青葉好きそうですね」

たっぷりと温泉に浸かっていると時刻は正午を過ぎており、小腹が空いていた。施設に付随する食堂に入り、メニューを見て、ランチの天丼にソフトクリームまでつけた。自分では食べたいものを頼んだつもりだったが、考えてみればどちらも青葉の神の大好物でもあった。一人だけで食べてしまい罪悪感に駆られるが、それではよくないと思い直して、意地悪になろうと自分に言い聞かす。

「知りませんわ。わたくしを放っておく青葉がいけないんですもの」

午後の時間はゆっくりと流れていった。食堂は、営業の途中でこっそり仕事を抜け出してきたサラリーマンや、常連のおばさん友達で賑わっており、みんなとても楽しそうに見えた。周りが楽しそうにしているからこそ、都筑の神は、ずっと言わずにいたことが、思わずぽろりと喉から出てしまった。

「やっぱり、一人じゃ退屈です」

そう口にすると、青葉の神がいない事実が押し寄せてきて、泣きたくなった。つくづく自分は青葉の神にべったりなのだと自覚はするものの、それが悪いことだとは全く思えなかった。

温泉を後にして、新川崎の駅からバスに乗り、日吉の駅に戻ってきた。そろそろ都筑の神が一日に摂取しなければならない、青葉の神成分が完全に枯渇する頃だった。

日吉からセンター北駅に戻ってきて禁断症状を抑えるべく、

駅の近くにある遺跡の公園で頭を冷やすことにした。

そうです、わたくしも土地神なのだから、万一に備えて青葉と連絡が取れなくなる状況も想定しなければ……。いえ、もしそんなことになったらわたくしは……。不穏な空気を察したのか、都筑の神のスマホがぶるぶると震えた。期待して開いたメッセージは鶴見の神からで、七時に飲み会があるから全員参加せよ、というものの連絡だった。

「あの酔っ払い！」

八つ当たりをしてスマホを地面にたたきつけそうになると、もう一度スマホが震えた。今度は青葉の神からで、一緒に行く？　とそっけなく書かれていた。それだけで、都筑の神が笑顔を取り戻すには充分だった。

「やっぱり、青葉はわたくしがいないとダメみたいですね」

このまま返信しては、自分がしっぽを振って待っていたと思われそうだったので、何か仕返しがしたかった。すると、遺跡の公園近くの交差点に、ゴリラが車の群れを見守っている謎の像があった。

「これです！」

都筑の神は、ゴリラの像に近づいて写真を一枚撮った。それをすかさず青葉の神に送って、それ以上は何も送らなかった。突然、ゴリラの写真を送られて、面食らう青葉の神の顔を想像するだけで、都筑の神は今日の不機嫌だったことなど、もう忘れていた。

瀬谷の神

【生年】一九六九年（戸塚区から分区）
【身長】一六五㎝
【職業】樹木医
【人口】約一二万人（市内一六位）
【面積】約一七㎢（市内一六位）
【名所】海軍道路の桜並木、相澤良牧場、相鉄線瀬谷駅、瀬谷八福神など
【神器】『内憂外管《ないゆうがいかん》』（聴診器）
樹木の体調を感知できる聴診器

【主な特徴】
●同期の神は、港南の神、緑の神、旭の神。
●戸塚の神は姉、栄の神と泉の神は妹。
●横浜の運を司る神。
●幸運と悪運の両方に愛され、肝心な時は悪運が作用し、後がないときに絶対の幸運に恵まれる、厄介な神。
●キワモノ揃いの神々の中では常識的な方。
●趣味は数独。

　夜が明けて間もない庭で、瀬谷の神は盆栽にはさみを入れていた。苔の生えた土から複雑にうねった幹を延ばす松には力強さがあり、数ある作品の中でも特にお気に入りだった。自分の盆栽の手入れが終わると、盆栽仲間から預かった作品に目をやる。樹木医という職業柄、盆栽の治療を依頼されることも多くなっていた。

　狭い鉢の上で、葉や花を開こうとする木々の生命力こそ、瀬谷の神が盆栽に惹かれる理由だった。樹齢が瀬谷の神の年齢を超えるものも多く、中にはもう亡くなってしまった盆栽仲間から託されたものもあった。特に預かっている盆栽を見ると、どのように育てようとしていたかの背景が透けて見えてくる。とにかく見栄えを良くしようとするものもあれば、朽ちていく姿を淡々と見せようとするものもあって、盆栽を通して伝わる人間性は、瀬谷の神を魅了していた。


「よーし、今朝はこんなもんかな！」

　満足そうに手入れを終えた瀬谷の神は、シャワーを浴びてのんびりと朝食を済まし、荷物を持って家を出た。いつもなら車で現場に向かうことがほとんどだったが、今朝は瀬谷駅まで歩いていった。改札口は通らず、北口に出ると横浜の大神から指示された書店がすぐに見えた。これから開店というタイミングで、店員に挨拶を済ませると横浜大戦争スタンプラリーのコーナーに案内された。

　瀬谷の神は、渡されたスタンプをぱっと設置して仕事は終わった。試しにスタンプを押してみると、自分の少し困ったような顔の判が押された。

「なんか、照れちゃうなあ」

　仮にも横浜大戦争の功労者なのだから、少しくらい胸を張ってもよさそうなものだったが、瀬谷の神に誇示する様子はなかった。

「少しでも、ぼくの地を知ってくれる人が増えればいいなあ」

勇ましさとは無縁の瀬谷の神ではあったが、民と触れ合える機会には満足していた。最初のスタンパーが現れるまで、物陰から見ていたかったが、設置したらすぐにその場を後にしろと保土ケ谷の神から口うるさく言われていたので、駅前の広場に戻った。

「うーん、時間空いちゃったな。仕事も休みだし。どうしよ」

天気もよく、気付けば瀬谷の神の足は海軍道路に向かっていた。通りの桜並木は葉を生い茂らせていた。近年、街路樹の倒木が増えており、並木道を歩いているとつい木の健康状態をチェックしてしまう。海軍道路は仕事でもしょっちゅう通り過ぎていたが、改めて歩いてみると景色が違って見えた。街路樹の桜は道路の拡張や、病気にかかって切り倒されることもあり、瀬谷の神からすれば、なるべく木の寿命を延ばしながら、交通との共存を図る道はないものか、頭を悩ませていた。

一本の木に触れながら、瀬谷の神は笑った。

「よし、問題なし。長生きしようね」

一本ずつ検診しているうちに、気付けば野菜の直売所にやってきていた。市外から買いに来る客も多く、駐車場は賑わっていた。

「せっかくだし、お邪魔してこっと」

朝市になると人でごった返す直売所も、平日の午前中は余裕を持って見物ができた。泥付きのネギや葉物の野菜だけでなく、横浜産の米やはまぽーくといったご当地商品も多く並んでいる。店頭の花も買っていきたいところだったが、徒歩ということを忘れていた。どうせなら軽トラで出直してたくさん買っていきたいので、お土産は獲れたてのブルーベリーだけにしておいた。

ブルーベリーをぽりぽり食べながら駅に戻っていくうちに、おなかが空いてきた。踏切を渡り、今度は瀬谷駅の南口をぶらぶらとうろついていると、どこからともなくスパイシーな香りが漂ってきた。

「カレーかあ」

ナンやタンドーリチキン、サモサにシークカバブなどの写真がぺたぺたと張ってあるインド料理屋を見て、瀬谷の神の空腹は限界を迎えていた。料理が得意な瀬谷の神は、仕事先でいつも手製の弁当を食べていたので、昼に外食をするのは珍しかった。

「よおし、たまの休日だし、ガツンと食べちゃうか！」

挑戦者のように意気込んだ瀬谷の神は、腕をまくってインドの門をくぐった。親切な店員に案内され、お手拭きで手をふきながらメニューに目をやる。ランチで二つ頼めるカレーのうち、野菜好きとしてはグリーンカレーを外すことはできず、もう一つのバターチキンカレーは辛めで注文をした。

もともと小食だった瀬谷の神からすると、インド料理店は鬼門だった。巨大なナンは水を含むと一気に大きくなり、満腹感が押し寄せてくる。ただでさえインド料理店は気前のいい店が多いので覚悟を決めてはいたが、すぐにやってきた大きいナンを見て、瀬谷の神はごくりと唾をのんだ。

「よ、よし、勝負だ！」

小さな声で宣言し、瀬谷の神はバターが塗られて熱々のナンを手でちぎりながら、格闘が始まった。サラダを平らげて、ナンを半分まで食べた頃、タンドーリチキンに到達すれば、ちょうどいいペースだった。味に申し分なく、昼時とあって客もどんどん押し寄せてきていた。

「よし、いい具合だ！　これならお持ち帰りせずにすむぞ！」

幾度となくインド料理店で、食べきれなかったナンを持ち帰った苦い経験のある瀬谷の神からすれば、珍しく勝機が見えそうだった。必死の形相でナンを口に入れる瀬谷の神を見て、店員は空になったコップに水を入れに来てくれた。

満腹感が訪れる前に、半分までたどり着いて、ほっと一息つき、ナイフでタンドーリチキンを切っていると、なぜか店員が瀬谷の神を見てウィンクをしてきた。よくわからなかったので、おいしいです、という意思表情のためにぺこりとうなずいた。チキンでナンを食べながら、マンゴーラッシーで詰まりそうな喉を開いていく。

「このまま一気にいこう！」

快調にカレーマラソンは進み、先頭を走る瀬谷の神は自己ベストさえ見えかけていた。最後の一口をさあ今入れようかというタイミングで、先ほどウィンクしてきた店員が近づいてきた。手には、熱々のナンを載せたバスケット。トングでつかまれた焼きたてのナンは、空いたばかりの瀬谷の神の皿に降臨していく。

突然の出来事に、瀬谷の神は目をぐるぐるさせていると、店員はにこりと笑った。

「いい、食べっぷり。サービス」

「いや、ちょっと待って！　そうじゃなくて……」

親切な店員は、またしてもウィンクをして他のテーブルの注文を取りに行ってしまった。

「そ、そんな馬鹿な……！」

綿密に計算されたペース配分が、突然のおかわりナンという心臓破りの坂が登場したことにより、一気に乱されていく。瀬谷の神の目は血走っていた。自分でおかわりをしたナンを残すのは、自分の責任になる。それに、相手の善意でもらったものを残すわけにはいかない。

「よ、よおし、ぼかあ、やってやるぞ……」

幸いにもハイペースできていたので、おかわりのナンを食べるためのカレーは充分に余っていた。漢気を見せ、何とか完食まで到達したものの、しばらくの間、瀬谷の神は白目をむいたまま動けなくなっていた。

やはりインド料理店には気を付けなければいけない。会計を済ませ、外に出た瀬谷の神は、真っ先にそう反省するのであった。

「でも、おいしかったな。今度、みんなも誘ってみよっと」

地蔵のように重い身体をどうしたものか。そんなことを考えていると、スマホが震えた。鶴見の神からのメッセージは、今夜七時、飲み会をやるから来い、というものだった。

「げえっ！　そうならそうと早くから言ってよ！」

土地神同士の飲み会は、たらふく食って呑んでのどんちゃん騒ぎになる。昼食を抜いていったとしても、翌日の夕飯まで何も食べられないような事態になるのだから、瀬谷の神は恐々としていた。

それでも、飲み会という案には賛成だった。今日、他の土地神はどのようにスタンプを設置して、思い思いの一日を過ごしたのか。その話をしているだけで、夜など簡単に明けてしまいそうだった。行くと決めてから、瀬谷の神の決意は固かった。

「よし！　きちんと消化させて夜に備えるぞ！」

一人意気込み、道を歩き始めた瀬谷の神だったが、数歩歩いているうちに横っ腹が痛くなり、鼻からため息が漏れていくのであった。

⚠ 次頁、ネタバレ注意

上海の大神

（王睿《ワンルイ》）

【生年】一二九二年
（一九二七年から上海市）
【身長】一八八cm
【職業】買弁
【神器】『不翼時飛《ふよくじい》』（槍）
雷を呼び寄せる槍
【主な特徴】
● 一三世紀ごろから中国大陸東部、長江の南に顕現する古い神。
● 現在は中華人民共和国の直轄市であり、世界を代表する都市のひとつ。
● アヘン戦争後、イギリスやフランスなどの租界が形成され近代化した。
● 中国の水運を司る神。
● 忍耐強く、寡黙に命令をこなす仕事人。
● 食にこだわりがあり、地上にあるものは大体食べたことがある。
● 猫舌。

海の上から、税関の尖塔が見えた。隣の鉄工所は、黒い煙をもうもうと上げている。横浜へ密航してきたときは景色をのんびり見る余裕などなかったが、離れるときになってようやく港の景色をじっくり眺めることができた。

誰にも言わずに、茂原の家を後にするつもりだった。だが、不穏な動きを察知したれんげに見つかってしまい、茂原家の人々や横浜の神々にも挨拶をして、思っていたのとは違う丁寧な別れとなった。

人間に情が生まれると仕事に支障を来すという考えは、土地神の中で珍しくない。王もまたそう考え、干渉を最低限にとどめようとしていた。

王はれんげから渡された封筒を開け、中に入っていたワッペンを取り出した。黄色いバラの刺繍が施されている手縫いのものだ。そして、メモには一言だけ感謝の言葉が記されている。短いメッセージがれんげらしいと思い、王は笑みが浮かんだ。

バラのワッペンを自分の服にくっつけてみた。

「私にはあまり似合わないな」

情が生まれると支障が出る。れんげや茂原の人々とふれあった今、その気持ちは以前より強まったような気がする。ただ、情が生まれたからこそ、得られたものもある。王はワッペンを鞄にしまった。

「だが、私が強くなれば、情も弱さから強さに変わる」

鞄を持って、王は船室に戻った。大陸に戻ったら、大仕事が待っている。今は眠れるときに眠っておこう。王は客室のソファで、眠りについた。

やがて、横浜港が遠ざかっていった。

単行本　二〇一九年二月　文藝春秋刊

＊文庫版特別付録「神々名鑑と掌編」につきましては、単行本に収録の「神々名鑑」に、次のように書きおろしと大幅な加筆修正をした掌編を加えました。
横浜の大神、橘樹の大神、久良岐の大神、都筑の大神、鎌倉の大神、上海の大神の掌編……文庫版のための書きおろし
旭の神、保土ケ谷の神、西の神、中の神、港北の神、緑の神、栄の神、戸塚の神、泉の神、港南の神、金沢の神、磯子の神、南の神、鶴見の神、神奈川の神、青葉の神、都筑の神、瀬谷の神の掌編……単行本『横浜大戦争 明治編』発売記念スタンプラリーにて配布の「横浜大戦争 朱印編　土地神がスタンプを置きに来た！」を加筆修正

ＤＴＰ制作　エヴリ・シンク

文春文庫

横浜大戦争《よこはまだいせんそう》 明治編《めいじへん》

定価はカバーに表示してあります

2021年5月10日　第1刷

著　者　蜂須賀敬明《はちすかたかあき》

発行者　花田朋子

発行所　株式会社　文藝春秋

東京都千代田区紀尾井町 3-23　〒102-8008
TEL　03・3265・1211㈹
文藝春秋ホームページ　http://www.bunshun.co.jp

落丁、乱丁本は、お手数ですが小社製作部宛お送り下さい。送料小社負担でお取替致します。

印刷・大日本印刷　製本・加藤製本

Printed in Japan
ISBN978-4-16-791692-3